编委会名单

《普通高等教育物流管理专业
"十一五"规划教材》

编委会主任

赵林度　东南大学

委　　员

马龙龙　中国人民大学

刘　南　浙江大学

计国君　厦门大学

李文锋　武汉理工大学

肖生苓　东北林业大学

李翠霞　东北农业大学

于尔弘　哈尔滨师范大学

贾晓航　大连大学

冷志杰　八一农垦大学

霍　红　哈尔滨商业大学

白世贞　哈尔滨商业大学

普通高等教育物流管理专业"十一五"规划教材

危险化学品物流

王宇 主编

WEIXIAN HUAXUEPIN WULIU

 化学工业出版社

北京·

危险化学品物流是物流管理和物流工程专业新的研究方向。全书以危险化学品物流安全为目的，结合危险化学品危险特性和物流理论，以危险源辨识、安全评价、安全预防策略为主线，系统介绍了危险化学品基础知识、危险化学品物流安全管理技术以及事故后果模拟和应急救援；进而阐述了危险化学品物流安全评价技术，最后在分析危险化学品物流系统不确定性因素的基础上，引入模糊理论和神经网络理论，阐述了基于不定性因素下的危险化学品物流系统安全评价技术。

　　本书可作为物流管理、物流工程、商品学、企业管理等专业的本科教材，也可作为教师、研究生和相关工程技术人员的参考资料。

图书在版编目(CIP)数据

危险化学品物流/王宇主编．—北京：化学工业出版社，
2010.8
普通高等教育物流管理专业"十一五"规划教材
ISBN 978-7-122-09143-7

Ⅰ．危…　Ⅱ．王…　Ⅲ．化学品-物流-危险物品管理-
高等学校-教材　Ⅳ.①F252②FQ086.5

中国版本图书馆 CIP 数据核字（2010）第 135907 号

责任编辑：陈　蕾		文字编辑：冯国庆	
责任校对：陶燕华		装帧设计：尹琳琳	

出版发行：化学工业出版社（北京市东城区青年湖南街 13 号　邮政编码 100011）
印　　刷：北京云浩印刷有限责任公司
装　　订：三河市宇新装订厂
720mm×1000mm　1/16　印张 16　字数 331 千字　2010 年 9 月北京第 1 版第 1 次印刷

购书咨询：010-64518888（传真：010-64519686）　　售后服务：010-64518899
网　　址：http://www.cip.com.cn
凡购买本书，如有缺损质量问题，本社销售中心负责调换。

定　　价：35.00 元

序

被认为是国际经济体系重要组成部分的"物流业"随着国民经济的飞速发展，呈现稳步增长、欣欣向荣的态势。在国家继续加强和改善宏观调控政策的影响下，中国物流行业始终保持着较快的增长速度，物流体系不断完善，行业运行日益成熟和规范。随着物流行业和分销服务业向国际市场全面开放，以及物流产业发展的制度环境日趋规范化，中国物流产业将进入更高层次的发展阶段，呈现规模扩张、产业集中度提升、分工精细化、服务方式多样化、物流服务一体化等特征，可以预见，在"十一五"乃至未来更长时期，物流业将处于高速发展阶段。因此物流业的迅速发展迫切需要物流人才培养的有力支持。

目前，已有近300所高等院校开设物流管理本科专业，尽管每个院校开设的物流管理专业各有特色，但普遍存在物流发展与实际相结合的现代物流理论体系尚不完善，授课内容与实际应用存在一定程度的脱节，课程偏重于理论教学而缺乏对企业物流管理案例的分析等现象。为此，需要有一套适合培养本科教育层次的管理和应用型物流人才的物流系列教材。

根据物流管理专业本科教学计划和培养目标的要求，列入第一批编写的教材有《物流管理学》、《物流管理信息系统》、《采购管理》、《物流配送管理》、《物流仓储管理》、《物流运输与组织管理》、《供应链管理》7本。这些教材从拟定到编写体现了以下特点：

1. 坚持权威性和专业性。聘请全国物流研究较权威的本科院校老师及国内著名的物流专家主持编写，其中以教育部高等学校物流类专业教学指导委员会委员东南大学赵林度教授担任编委会主任，编委会成员有中国人民大学马龙龙、浙江大学刘南、厦门大学计国君、武汉理工大学李文锋、东北林业大学肖生苓、东北农业大学李翠霞、哈尔滨师范大学于尔弘、大连大学贾晓航、八一农垦大学冷志杰、哈尔滨商业大学霍红、哈尔滨商业大学白世贞。专家们能够把握现有的物流理论的研究和学科体系，体现了教材的专业性、理论性和前瞻性。

2. 坚持管理和应用的结合。能够依据高等教育本科人才培养模式及物流行业的特点，坚持以提高学生整体素质为基础，以培养学生物流管理综合能力，特别是创新能力和实践能力为主线。教材在基本理论和基础知识的选择上以理论为前提，以应用为目的，服从培养在企业或政府部门从事物流的组织协调和管理工作及从事物流计划实施和作业流程规划，较好地解决物流技术应用问题能力的需要。

3. 坚持科学性、先进性和适应性。摒弃传统物流教材以理论知识为核心，以原理、概念分类为主体，从理论到理论的阐述为结构的做法，在重点突出、完整论述基本理论的同时，大量增加图、表、案例分析等内容的比例，强化了内容的可读性、典型性、普遍性、实用性和针对性。同时，能够考虑到物流管理职业人员对物流基本理论知识的需要，充分吸收国内外物流管理最新研究成果和实践经验、案例和流程，在内容上力求最新以满足物流管理后续发展。并且，将这些新内容与物流管理本科学生的接受能力及相关从业人员的需求相结合，以强化教材的科学性和广泛性。

教材的改革和创新任重而道远。本套第一版《普通高等教育物流管理专业"十一五"规划教材》能够在深入调研的基础上，突出特色，大胆创新，但同时也是一种带有探索性的阶段性成果，其目标的实现还需要广大专家、读者们的支持和关怀。

上海 物流研究院
复旦大学管理学院
朱道立

危险化学品通常是指具有易爆、易燃、毒性、腐蚀性和放射性的化学品以及以它们作为原料所制成的各种产品，这些产品在国民经济中起着重要作用。危险化学品由于其内在的特殊性，作为商品进入流通领域，必然会比普通商品呈现更多的风险，这些风险反映在经济、技术、环境等各方面。如果对这些风险没有系统的把握，无论是政府还是企业，都无法保证危险化学品物流业的健康成长。

危险化学品物流来源于化工产业，在"物流"概念出现之前，它以"化学品运输"、"化学品仓储"、"有毒物品运输与仓储"、"易燃易爆物品的仓储运输"等概念来表述。随着物流概念的出现，人们对危险化学品物流有了新的认识，除了基础的危险化学品运输与仓储功能之外，危险化学品的生产、采购、加工、配送和销售等其他物流过程也纳入了危险化学品物流管理的范畴。

中国社会经济的高速发展，给物流业带来了前所未有的发展机遇和挑战，物流业得到了迅猛发展，其中危险化学品物流量的比重也越来越大，开展危险化学品物流安全管理的研究势在必行。

随着物流实践的发展，我国物流理论的研究也得到了很大发展，取得了丰硕成果。但迄今为止，大多数物流理论的研究都侧重于物流过程、功能、物流管理等微观方面的一般性研究；从宏观角度对物流理论进行系统分析研究的很少，尤其对专业性很强的特殊行业，研究的更少；危险化学品物流不同于其他一般物流，是一项技术性和专业性很强的工作，具有种类繁多、特性各异、危险性大、运输规章多、需专业车辆运输、仓储场地专储、需专业人员才能操作等特点。对危险化学品物流管理进行宏观系统的研究，结合物流理论提出可操作性建议的文献更是少之又少。

通过教学实践，深感现在危险化学品物流方面的资料匮乏，大多资料都是只论述危险化学品方面，或是只论述物流方面的，而把两者结合起来，侧重危险化学品物流安全管理，还未见书籍资料等文献；对于教学，目前还没有适合于危险化学品物流管理的教材，给大学相关专业的教学和学习带来了困难。

鉴于此，开展危险化学品物流管理方面的研究，对危险化学品生命周期内所涉及各物流环节的安全技术进行系统阐述，是很有必要的。

本书对危险化学品物流环节安全管理技术涉及的许多相关问题作了较深入的研究，对于不确定性因素下的危险化学品物流系统安全评价技术也作了较深入的探讨。

全书共两个部分，分十章。第一部分阐述了危险化学品物流的基础知识，内容包括危险化学品的基础知识、危险化学品物流各环节的安全技术、危险化学品物流事故的应急救援以及危险化学品物流安全评价基础；第二部分研究了危险化学品物流安全评价技术，内容包括危险化学品物流危险因素辨识、危险化学品物流安全评价和事故模拟技术以及基于危险化学品物流系统不确定性的相关评价方法，最后提出了危险化学品物流安全对策措施。

通过较系统地介绍危险化学品的固有危险性及各物流环节的安全管理技术，读者可以较深入地了解和掌握危险化学品物流管理的基本理论、基本法规和进行安全评价及事故模拟分析的基本技能；同时掌握危险化学品物流实际运作的管理方法及技术，以期在管理实际中对可能遇到的许多实际问题找到一些实用的安全措施。

本书大部分内容都是作者在近两年教学研究工作中最新收集和研究的成果，对从事危险化学品物流管理和物流工程领域的科研和工程技术人员具有很好的参考价值，同时本书为从事危险化学品产业的企业提供决策参考。在编写过程中，参考了许多国内外新近的相关资料，引用了本领域已有的一些经典的研究成果和文献资料，在此向原作者表示由衷的谢意。

本书力求做到深入浅出，理论严谨，突出系统性并兼顾实际应用的可操作性。主要面向高等学校物流管理、物流工程、企业管理、商品学等专业的高年级本科生、研究生、专业研究人员、教师和工程技术人员，特别适合于与危险化学品行业相关本科生、研究生、教师及工程技术人员阅读。

本书由王宇主编，并编写了第 2 章至第 10 章，第 1 章由王宇、李楠、吴荣、穆维哲、陈化飞、张亚茹、丁旭共同编写，最后由王宇统稿。张亚茹、丁旭参加了本书的前期资料收集整理、研发等工作。对上述人员的辛勤劳动在此表示衷心的感谢。同时感谢霍红教授、徐玲玲、付玮琼、刘莉老师在成书过程中给予的帮助，特别要感谢白世贞教授的大力支持。

由于作者水平有限，加上时间仓促，书中必有很多不完善之处；对于危险化学品物流管理体系及其不确定性等敏感性问题的探讨，仅代表作者个人的拙见，敬请读者和同行给予批评指正。

编　者

2010 年 4 月

Contents

第4章　危险化学品物流事故应急救援

第5章　危险化学品物流安全评价基础

第6章　危险危害因素识别与分析

第7章 危险化学品物流安全评价技术

第8章 危险化学品物流安全评价常用方法

第9章 危险化学品物流综合评价方法

第 10 章　危险化学品物流系统安全对策措施

参 考 文 献

第1章

危险化学品物流概述

1.1 危险化学品物流基础

1.1.1 什么是物流

1.1.1.1 物流的定义

物流一词起源于第二次世界大战期间美国的军事应用，当时称为 Physical Distribution（缩写为 PD），直译为"物资分配"，日本将其定译为"物流"。第二次世界大战后，物流在企业界得到了应用及发展，所以出现了"物资管理"（Materials Management）、"物流管理"（Logistics Management）、"企业后勤"（Business Logistics）、"配送工程"（Disribution Engireering）、"市场供应"（Market Supply）等词来表述物流的内容，现在多用 Logistics 来表示。然而物流在我国得到重视和较大的发展是近 20 年的事。

对于物流，学者们从不同的侧重点（企业、工程、管理）给出了各种不同的定义，一般来说归纳为狭义的和广义的两种。狭义的物流，单纯指作为商品的物质资料的空间运动过程，是属于流通领域的范畴。广义的物流，则指包括物质资料在生产过程中的运动过程。即指出物流既可以发生在流通领域，又包含于生产领域之内。通常我们所研究的是广义的物流。

正式颁布于 2001 年的中华人民共和国国家标准《物流术语》中将物流（Logistics）定义为："物品从供应地向接收地的实体流动过程。根据实际需要，将运输、储存、装卸、搬运、包装、流通加工、配送、信息处理等基本功能实现有机结合。"

物流作为一个专用的学科名词。它包括了物质资料在流动过程中的技术和管理活动。因此，物流的含义还可以表述为：物质资料在生产过程中的各个生产阶段之间的流动和从生产场所到消费场所之间的全部运动过程；包含运动过程中的空间位移以及与之相关联的一系列生产技术性活动。物流技术的提高，不但降低了物质资

料、产成品在流转过程中的费用，而且提高了经济效益和社会效益，因此又被喻为"第三利润源泉"。

1.1.1.2 物流管理

（1）物流管理的概念如下

《物流术语》标准中对物流管理的定义为："为了以最低的物流成本达到用户满意的服务水平，对物流活动进行计划、组织、协调与控制。"物流管理是一门技术，它不但包含微观作业的企业物流管理，又包括国家、地方、行业的宏观物流管理。

企业物流管理的关键是要控制物流成本，加速周转，提高资源的利用率。具体要求是：做好物资的采购管理，做好物资的库存量控制，合理地组织运输和储存，科学地制定物资消耗定额，加强企业物流规划等。

宏观物流管理更为重要，它能够极大地提高物流的社会效益和总体效益。具体的措施为：提倡商物分流，实现合理运输；做好物流资源的社会整合；重视供应链管理；大力培养和发展第三方物流；做好物流规划，建设物流园区，走集约化、社会化的发展道路。

（2）物流管理的内容如下。

① 对物流活动诸要素的管理，包括运输、储存等环节的管理；

② 对物流系统各要素的管理，即对其中的人、财、物、设备、方法以及信息六大要素的管理；

③ 对物流活动中具体职能的管理，主要包括物流计划、质量、技术、经济等职能的管理。

（3）物流管理的特点如下：

① 以实现客户满意为第一目标；

② 以企业整体最优为目的；

③ 以信息为中心；

④ 重效率更重效果。

1.1.1.3 现代物流

现代物流（Modern Logistics）是相对于传统的物流而言。随着物流业的快速发展，物流逐步从以运输和仓储管理为主的传统物流发展成以综合化、集成化、网络化和系统化为特征的现代物流。现代物流就是指现代管理制度、管理组织、管理方法、管理技术在物流中的运用。它是在传统物流的基础上，引入高科技的手段，即指运用计算机进行信息联网，并对物流信息进行科学管理，从而加快物流发展的速度，提高准确率，减少库存，降低成本，以此延伸和扩大传统物流的功能。具体包括物流专业化、运输合理化、仓储自动化、包装服务标准化、装卸机械化、加工配送一体化、管理系统化、信息网络化。

从理论上讲，现代物流较传统物流相比有很大的优势，第一，有利于缩短流通的时间；第二，有利于开展现代贸易；第三，有利于缩短经济联系空间；第四，有利于减少社会库存量；第五，有利减少流通费用等。

1.1.2　物流系统

1.1.2.1　物流系统定义

物流系统是指在一定时间和空间内，由所需位移的物资、包装设备、装卸和搬运机械、运输工具、仓储设施、人员和通信联系等若干相互制约的动态要素所构成的具有特定功能的有机整体。

在物流系统中，人是能动的主体，决定着物流系统或子系统的形成、运行、控制与发展，使物流系统成为由物流固定设施、移动设施、通信方式、组织结构和运行机制等要素构成，实现既定的物流系统目标的多层次人工经济系统。

1.1.2.2　物流系统的功能

物流系统的功能是指物流系统所具有的物流服务能力，以及与其相结合、有效协调、形成系统的总服务能力。一般认为，物流系统应该由包装、装卸搬运、运输、储存保管、流通加工、配送、废旧物的回收与处理、情报信息等所构成。也就是说，物流目的是通过实现上述功能来完成的。

（1）包装。包装具有保护物品、便利储存运输的基本功能。包装存在于物流过程中的各个环节，包括产品的出厂包装，生产过程中在制品、半成品的换装，物流过程中的包装、分装、再包装等。一般来讲，包装分为工业包装和商业包装。

（2）装卸搬运。装卸搬运是指在一定的区域内，以改变物品存放状态和位置为主要内容的活动。对装卸搬运的研究，主要是对装卸搬运方式的选择，装卸搬运机械的选择，以及通过对装卸搬运物品灵活性和可运性的研究，提高装卸搬运效率。

（3）运输。运输职能主要是实现物质资料的空间移动。运输是一个极为重要的环节，在物流活动中处于中心地位，是物流的一个支柱。对运输问题进行研究的内容主要有：运输方式及其运输工具的选择，运输线路的确定，以及为了实现运输安全、迅速、准时、价廉的目的所施行的各种技术措施和合理化问题的研究等。

（4）储存保管。一般来讲，储存保管是通过仓库的功能来实现的。物质资料的储存是社会再生产过程中客观存在的现象，也是保证社会再生产连续不断运行的基本条件之一。有物质资料的储存，就必然产生如何保持储存物质资料的使用价值和价值不至于发生损害的问题，为此就需要对储存物品进行以保养、维护为主要内容的一系列技术活动和保管作业活动，以及为了进行有效的保管，需要对保管设施的配置、构造、用途及合理使用、保管方法和保养技术的选择等作适当处理。

（5）流通加工。在流通过程或生产过程中，为了向用户提供更有效的商品，或者为了弥补加工不足，或者为了合理利用资源，更有效地衔接产需，往往需要在物流过程中进行一些辅助的加工活动，这些加工活动，称为流通加工。对流通加工的研究，包括的内容非常丰富，诸如流通过程中的装袋、单元小包装、配货、挑选、混装等，生产外延流通加工中的剪断、打孔、拉拔、组装、改装、配套等，以及因经济管理的需要所进行的规模、品种、方式的选择和提高加工效率的研究等。

（6）配送。配送是物流的一种特殊的、综合的活动形式，它几乎包括了物流的

3

所有职能，是物流的一个缩影或在某一范围内物流全部活动的体现。一般来讲，配送是集包装、装卸搬运、保管、运输于一体，并通过这些活动完成将物品送达的目的。配送问题的研究包括配送方式的合理选择，不同物品配送模式的研究，以及与围绕配送中心建设相关的如配送中心地址的确定、设施的构造、内部布置和配送作业及管理等问题的研究。

（7）废旧物的回收与处理。废旧物的回收与处理是物流研究不可回避的问题。之所以把它视为物流的一种职能，其主要原因是由于生产消费和生活消费所产生的大量废弃物需要经过收集、分类、加工、处理等一系列活动，或使废旧物转化为新的生产要素，重新返回到生产过程或消费过程；不能成为新的生产要素的，则需要经过销毁、填埋等方式予以处理。

（8）信息服务功能。物流整体职能的发挥，是通过物流中各种职能之间的相互联系、相互依赖和相互作用来实现的。也就是说，各种职能的作用不是孤立存在的，这就需要及时交换情报信息。情报信息的基本职能在于如何对其进行收集、加工、传递、存储、检索、使用，包括其方式的研究，以及管理信息系统的开发与应用研究等，目的在于保证情报信息的可靠性和及时性，以达到促进物流整体功能的发挥。

1.1.2.3　物流系统目标

（1）服务目标：物流系统是"桥梁、纽带"作用的流通系统的一部分，它具体地联结着生产与再生产、生产与消费，因此要求有很强的服务性。物流系统采取送货、配送等形式，就是其服务性的体现。在技术方面，近年来出现的"准时供货方式"、"柔性供货方式"等，也是其服务性的表现。

（2）快速、及时目标：及时性不但是服务性的延伸，也是流通对物流提出的要求。快速、及时既是一个传统目标，更是一个现代目标。其原因是随社会大生产发展，这一要求变得更加强烈。在物流领域采取的诸如直达物流、联合一贯运输、高速公路、时间表系统等管理和技术，就是这一目标的体现。

（3）节约目标：节约是经济领域的重要规律，在物流领域中除流通时间的节约外，由于流通过程消耗大而又基本上不增加或提高商品使用价值，所以以节约来降低投入，是提高相对产出的重要手段。

（4）规模化目标：以物流规模作为物流系统的目标，是以此来追求"规模效益"。生产领域的规模生产是早已为社会所承认的。由于物流系统比生产系统的稳定性差，因而难以形成标准的规模化格式。在物流领域以分散或集中等不同方式建立物流系统，研究物流集约化的程度，就是这一目标的体现。

（5）库存调节目标：库存调节是服务性的延伸，也是宏观调控的要求，当然也涉及物流系统本身的效益。在物流领域中正确确定库存方式、库存数量、库存结构、库存分布就是这一目标的体现。

1.1.3　危险化学品物流管理体系

1.1.3.1　危险化学品的生命周期

危险化学品生命周期划分为六个过程，即生产、运输、储存、经营、使用、废弃处理。危险化学品物流管理就应围绕这几个方面展开，对危险化学品生命周期内所涉及的企业单位实施全程管理。

1.1.3.2 危险化学品物流管理

随着物流实践的发展，我国物流理论的研究也得到了迅速的发展，但迄今为止，大多数的物流理论研究都侧重于物流过程、功能、物流管理等一般性研究，而对特殊行业，特别是对危险化学品的物流管理的研究几乎是空白。

危险化学品物流来源于化工产业，在"物流"概念出现之前，它以"化学品运输"、"化学品仓储"、"有毒物品运输与仓储"、"易燃易爆物品的仓储运输"等概念来表述。随着物流概念的出现，人们对危险化学品物流有了新的认识，除了基础的危险化学品运输与仓储功能之外，危险化学品的生产、采购、加工、配送和销售等其他物流过程也纳入了危险化学品物流管理的范畴。危险化学品通常是指具有易爆、易燃、毒性、腐蚀性和放射性的化学品以及以它们作为原料所制成的各种产品，这些产品在国民生产中起着重要的作用。危险化学品由于其内在性质的特殊性，作为一种特殊的商品，一旦偏离正常的物流过程，就会发生的事故。危险化学品物流过程发生的事故通常都是灾难性事故，会造成相当大的经济损失、环境危害和负面的社会影响。危险化学品物流不同于其他一般物流，是一项技术性和专业性很强的工作，危险化学品物流具有种类繁多、特性各异、危险性大、运输规章多、需专业车辆运输、仓储场地专储、需专业人才操作等特点。

危险化学品物流管理是指危险化学品生产、运输、仓储、经营的整条供应链，这其中不但包括对产品本身、运输过程、仓储过程进行安全管理，还应包括上述环节间密切联系的安全管理，以提高效率，降低成本，保证安全。

1.1.3.3 危险化学品物流管理的特点

（1）安全第一，效率服从于安全。

对于危险化学品物流系统，安全和效率符合二律背反原理。安全性是危险化学品物流管理的基点，是区别于其他物流管理的标志。当然，这并不是说其他物流管理不需要注意安全，不需要进行安全管理，而是鉴于危险化学品的特殊性，安全管理工作对危险化学品的物流管理显得更为重要和关键而已。这里所说的"安全性"有两层含义：一是在危险化学品的物流管理中，一定要把安全工作放在首位，一切以安全为重，一切工作都必须在安全的前提条件下进行，严格实行"安全一票否决制"；二是必须合法、规范地进行危险化学品的物流管理工作，否则，安全就没有保证，效益也就成了空谈。

（2）重效率，更重效果，以企业整体最优为目的。

传统物流以提高效率、降低成本为重点，而现代物流则不仅重视效率方面的因素，更强调整个物流过程的效果。企业物流既不能单纯追求单个物流功能的最优，也不能片面追求各"局部物流"最优，而应实现企业整体最优。即若从成果角度看，有的活动虽然使成本上升，但它有能利于整个企业战略目标的实现，则这种活动仍然可取。

（3）以实现客户满意为第一目标。

现代物流是基于企业经营战略，从客户服务目标的设定开始，进而追求客户服务的差异化。它通过物流中心、信息系统、作业系统和组织构成等综合运作，提供客户所期望的服务，在追求客户满意最大化的同时，求得自身的不断发展。

（4）以信息为中心。

信息系统的发展带来了物流管理的变革，Bar code、EDI、EOS 等物流信息技术的运用以及 QR、ECR 等供应链物流管理方法的实践，都是建立在信息基础上的，信息已成为现代物流管理的中心。进行危险化学品安全管理，必须应用现代高科技技术，从仓储、运输到使用、经营及废弃处理等，建立全程监控系统，否则，就不可能实现危险化学品的安全管理。

1.1.3.4 危险化学品物流管理体系框架

危险化学品物流管理是一项复杂的系统工程，应用信息技术加强危险化学品物流管理体系的建设，有助于提升危险化学品物流管理的水平。危险化学品物流管理体系建设应遵循如下三个原则：

① 高效准确地记录和维护危险化学品的基本信息；

② 能够准确提供危险化学品安全实时数据和历史数据，辅助管理者制订计划和决策；

③ 程序模式化，能使系统不断升级和与其他系统无缝对接。

总体上讲，危险化学品物流管理体系的核心功能部分主要包括客户服务系统、物流资源调度系统、仓储应用系统、配送应用系统、实时数据采集系统五大部分。危险化学品物流管理体系如图 1-1 所示。

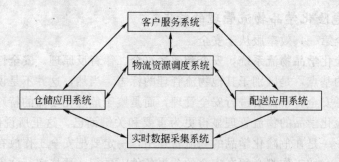

图 1-1　危险化学品物流管理体系框图

1.2　危险化学品物流现状

目前，我国的物流正处在快速发展的时期，可以用一句话来概括我国目前危险化学品物流的发展："规范中的南方市场，搭建中的北方市场"。总体来说，危险化学品物流的南北差异较大，南方地区的发展较快，企业管理水平较高，各种规范标准也相对完善；由于地理环境、政策法规、地方性分化差异等影响，北方的危险化学品物流发展平缓。但是，我国物流业仍还处在发展的初级阶段，各个方面都存在着亟待解决的问题，尤其是危险化学品物流。危险化学品物流是随着工业化步伐的不断加快而逐步发展起来的现代服务业，我国刚刚步入工业化的中后期。因此，我国危险化学品物流仍处于起步阶段，对危险化学品物流的研究工作还刚刚起步，相关领域的理论知识和实践经验几乎处于空白状态，多数危险化学品物流的运作只是沿用甚至直接套用普通货物的物流操作流程，而具体操作方式也只是简单地直接套用普通物流实践中的方法，危险化学品物流安全管理不到位，危险化学品物流过程中不断发生有毒有害物质泄漏甚至爆炸等严重的后果。这对人民群众的生命、财产和环境都造成了极大损害，而且事故的影响范围大，发生时间、地点都具有随机性，外加一些未察觉的潜在的危险，危险化学品物流的研究逐渐引起了政府管理部门、专家学者等的高度关注。具体来讲，我国危险化学品物流的现状如下。

（1）思想观念落后。

危险化学品从业人员特别是管理人员的思想观念落后，严重阻碍危险化学品物流管理水平的提高和物流业的发展。与国内其他物流业相比，危险化学品物流业落后了大概十年，除了以上的原因外，还有以下两个原因：

① 认为危险化学品是一种特殊的生产资料，相关单位的生产和经营都必须得到国家的支持，因此这个行业中不会有竞争经营，即使有也只能是暂时现象；

② 由于危险化学品的特点，特别是危险性大和政策法规性强的特点，制约了很多从业人员的创新意识和创新实践能力的提高，导致危险化学品物流管理始终停滞在传统的物流管理水平上。

长久以来粗放型的管理与危险化学品本身严格的技术要求不相适应，为安全埋下隐患，缺乏严格的管理和物流装备条件是国内危险化学品物流的软肋。

（2）瓶颈现象凸现。

运输不畅是危险化学品物流管理中最为突出的问题。为了解决运输问题又不提高成本，一些无资质的公路运输、客车运输、甚至旅客携带等现象开始出现。这不但使合法正规的危险化学品物流企业的经营变得更为艰难，而且也给国家的公共安全埋下了极大地安全事故隐患。

在危险化学品的存储、保管、配送和流通加工中同样存在不少亟待解决的问题。如从业人员素质不高、责任不强，致使商品损失严重，收发差错增加等，这些都可能为事故的发生埋下隐患。由于大量农民仓库的兴建和库存商品大幅度的减少，使得国有危险化学品库存的经营变得更为惨淡。

（3）法制建设滞后。

主要问题是参差不齐的发展水平使得行业难以形成通行的判断标准。目前我国不仅缺乏有关危险化学品物流本身的法律法规，而且现有的危险化学品物流的法律法规，也存在大量的衔接问题，还没有建立起危险化学品安全监管长效机制。虽然一些有较强安全意识与安全责任感的企业对危险化学品物流运输的操作开始重视起来，但是由于没有可供参考的具体操作方法和管理体系，导致危险化学品物流管理成为企业发展壮大的瓶颈。我国现行的危险化学品安全方面的法律、法规和标准，

主要都是从三个角度来制定的：第一是产品本身；第二是运输过程；第三是仓储过程。但就联系生产、运输、仓储的整条供应链来讲，至今没有一部法规或规范的管理标准。

事实证明，这三个关键环节间几乎没有法规管理，所以各个管理是分开进行的，只能分部门操作，这就是形成目前危险化学品领域众多资格证的原因，交通部门、安全部门、环保部门都参与审批发证；然而资格证众多又导致了其他的矛盾，比如企业在运输一批危险化学品的时候，必须通过多个部门的审批。假如交通部门批准了运输，但是安监局遵循另一套法规而禁止运输，那么会给企业造成很大的困难以及成本上升，这也是促使少数企业非法运输的诱因之一。比起这种现象，更易出现的是政策的重叠，即多个部门同时管理同一件事；各地区局部政策的差异化也会阻碍物流管理的发展。

（4）第三方物流显露头角。

当前，大多数危险化学品企业都是自己既经营生产、销售，又拥有自己的车队、仓库。应该看到，物流属于资本密集的经营活动，运送与存储物料以及产品分销要占大量空间、设备、人员，并对计算机软件依赖日益增大。当今绝大多数的企业资源都严重不足，提高资源利用率便成为企业生存发展的前提。于是，随着市场竞争的激化和社会分工的细化，有的化工企业开始思考究竟是自营物流业务，还是将物流业务外包出去。有些企业也认识到自己并不是运输经营和仓储管理的行家，为了把更多的精力集中于自己的主营业务上，以便同自己的竞争对手展开竞争，有些企业开始把一些自己不是十分擅长的诸如运输、仓储这样的业务外包给第三方物流经营。这表明一些危险化学品企业开始认识到第三方物流的重要性。

（5）外资物流公司大量进入。

在我国加入世贸组织后，外资企业大量地涌入国内，给物流企业带来竞争压力的同时，也带来了很大的合作契机。从投资领域看，物流合资企业为我国的外资企业提供物流服务、集装箱运输以及大陆与香港地区的出入境运输为主。在股份额方面，合资企业基本上是以中方控股为主。寻找合适的合作伙伴，进行各种形式的合作，是外国物流公司在中国迅速立足、开展业务的一个现实和比较有效的选择。

1.3　发展危险化学品物流的意义及对策

1.3.1　危险化学品物流的意义

（1）危险化学品物流管理是相关单位生存发展的需要。

市场经济是无情的，企业为了在激烈的市场竞争中求得生存和发展，就必然迎合市场的创新发展的需要。危险化学品作为一个特殊的行业，由于受计划经济烙印较深，真正步入市场经济已经晚了近十年，若再不迎头赶上，就不能在市场经济中立足。因此，危险化学品的现代物流管理也就势必是相关单位为求得自身的生存和发展的唯一选择。例如，南京市的扬子石化和金陵石化等国家重点大型企业均具有大量危险化学品物流业务，加强对这些企业的危险化学品物流管理也就显得十分重要。因为这不仅关系到企业的生存与发展，更关系到城市的发展。

（2）危险化学品物流是科技进步的保障。

危险化学品由于具有品种繁多、用途广泛、配套性和技术性的特点而成为科学实验和检验的必需品。因此作为为其服务的相关单位的危险化学品物流管理工作状况对科研的成败以及科技进步发展都有十分密切的关系，起到极为重要的作用。

（3）危险化学品物流管理就是社会稳定的条件。

危险化学品物流管理与社会稳定联系密切：物流业的发展，特别是危险化学品物流的发展，肯定会给社会增加很多的就业岗位，同样也有利于科技进步和综合国力的提高，如放松危险化学品物流的管理，势必事故频发，会危害社会的稳定。

随着工业化的来临，危险化学品物流与城市经济发展密不可分，与人民生活密切相关。只有严格管理，为工业企业提供快捷、安全、优质的服务，才能保证城乡经济的持续发展。

1.3.2 危险化学品物流的对策

（1）合理规划危险源布局，建立健全相关法规。

政府必须对危险化学品相关企业进行合理的规划，从宏观角度规划出风险最小的危险化学品运输网络，并建立快速应急措施，以便在事故发生时快速处理，使损失降至最低，以保障人民生命财产安全。同时，建立健全的危险化学品物流管理法律法规，在此基础上逐步规范危险化学品物流的管理操作，使相关行业有一套可以落实到管理过程中的标准。

（2）参考国外经验，建立规范行业标准。

建立了科学规范的行业标准，使从事危险化学品物流的企业能够参照这套科学的规范制定出安全合理的管理方法。具体而言可以从以下几方面入手：对不同危险化学品从物流操作的角度进行分类，给出不同分类的危险化学品适宜的操作环境、不同危险化学品的包装规范、运输设备要求等，以降低危险化学品在运输过程中的风险系数；对从事危险化学品操作的从业人员根据其工作性质进行严格的培训，并且定期进行评审，检验其是否具有从业资格。

（3）对从业人员进行专业知识培训。

危险化学品物流业作为一个特殊的行业，对危险化学品物流过程中的每个环节所涉及的人员都有一定的培训要求。相关的从业人员都必须掌握危险化学品的基本原理和知识，掌握危险化学品物流过程中必需的基本技能和要求。但是不能仅仅对从业人员进行培训，同时还要进行定期或不定期的安全管理技术交流，并且进行行业绩考核，保证持证上岗，使从业人员掌握危险化学品货物的知识、危险的性质、安全防范的措施、医疗急救措施以及岗位安全技术操作规范和其他有关危险化学品货物管理的规章制度，具备一定的应急处理和救护能力，可以更好地保障危险化学品物流的安全运作。

（4）建立关键控制点和控制体系。

危险化学品一旦发生事故后果将十分严重，因此对于防范事故出发点应以防为主，即防患于未然。对于危险化学品物流的管理可以借鉴食品安全管理中的危害分析和关键控制点控制体系预防原理，即通过分析危险化学品物中可能发生危害的环节和表现特征，制定相应的危害发生纠正措施，以确保有效降低或消除危险化学品物流在管理过程中发生事故的可能性，保障危险化学品物流作业的安全性。

（5）大力发展专业化物流公司。

专业化第三方危险化学品物流公司具有现代物流服务理念和水平，可以提供综合性物流解决方案和全程的服务，尤其在负责危险化学品物流的操作管理过程中，可以提升危险化学品物流的安全系数和企业的经济效益，达到经济和安全的双赢。在组建和发展第三方危险化学品专业物流公司的同时，还要注重探索和发展，要借鉴国外的经验实现危险化学品新的物流管理模式。

（6）积极开发危险化学品物流信息平台。

全球定位系统、地理信息系统、无线射频技术和智能运输系统等现代物流信息技术为实现危险化学品物流过程的全程跟踪、监控、管理等提供了技术支撑，也为事故发生后的应急管理提供了技术上的保障。借助覆盖面广泛的 GSM 或 GPRS 网络，实现各地区网和各企业网之间的联网，以及企业网与政府监管部门网络之间的连接，从而达到真正的信息连通，消除信息孤岛现象，做到可以对事故在最短时间和最近地点处理。

1.4　危险化学品物流相关法律法规

有关危险化学品的国际管理组织和管理规章众多，有联合国范围内的，有政府间国际组织和非政府间国际组织的等，我国采用和接受的主要是联合国和有关国际组织的，这些章程具有权威性，普遍为世界各国采用，中国作为联合国和有关组织的成员国，有权利也有义务执行这些规章，促进危险化学品物流的发展。主要的法律法规如下。

（1）联合国《关于危险货物运输的建议书·规章范本》（橘皮书）。1956 年联合国经济及社会理事会危险货物运输的专家委员会（UN CET-DG）编写的《关于危险货物运输的建议书》（以下简称《建议书》）第一次出版，为了适应技术的发展和使用者不断变化的需要，《建议书》每半年进行一次修订，而且每两年出版新的版本。

委员会第十九届会议（1996 年 12 月 2 日至 12 月 10 日）上通过了《危险货物运输规章范本》（以下简称《规章范本》）第一版，为便于《规章范本》纳入国家和国际规章，方便其协调一致，从而使各成员国政府、联合国、各专门机构以及其他国际组织都能节省大量的资源，委员会将《规章范本》作为《建议书》的附件，橘皮书从第十修订版开始，定名为《关于危险货物运输的建议书·规章范本》。需要说明的是，《建议书》本身只不过是一些说明，总共不过 7 页，大量的实质性内容都放在附件《规章范本》当中，并且这种内容和格式已经被其他相关的《国际危规》所接受。

《建议书》是委员会依据技术进展的情况、新物质和新材料的出现、现代运输系统的要求，尤其是保证人身、财产和环境安全的需要编写的，建议是向各国政府以及参与定制危险货物运输规章的国际组织提出的。《规章范本》的目的是提出一套基本规定，可以使有关国家和国际规章能够统一地发展。希望各国政府、政府间组织以及其他国际组织在修改和制定它们的规章时，能够遵守《规章范本》规定的原则，达到在世界范围内的统一。

橘皮书的编写不但是为了保证人身、财产和环境的安全，而且也是为了减少危险化学品国际贸易方面的障碍，而且这两方面是同时的，即安全与发展。橘皮书对危险化学品作了适当的分类，委员会还编写了《关于危险货物运输的建议书·试验和标准手册》(称为小橘皮书，以下简称《手册》)，《手册》详细介绍了联合国关于某些类型危险化学品的分类方法，并阐述了被认为最有助于主管当局获得的所需资料，便于对运输的物质和物品做出适当分类的试验方法和程序。《手册》要与橘皮书一同使用。

(2)《国际海运危险货物规则》。我国在 1973 年正式加入国际海事组织（IMO），现为该组织的 A 类理事国。自此之后，我国陆续批准并承认了一系列相关的国际公约和规则。IMO 所颁布的《国际海运危险货物规则》(IMDG CODE) 作为国际危险化学品海上运输的基本制度和指南，得到了海运国家的普遍认可和遵守，其主要包括总则、定义、分类、品名表、包装、托运程序、积载等内容以及要求。此项规则每两年修订出版一次。从 2000 年第 30 版开始，IMO 对《国际海运危险货物规则》进行了改版，主要采用《联合国危险货物运输规章范本》推荐的分类和品名表，向统一危险货物法规迈出了第一步。新版本还增加了禁运危险货物品名表、放射性物质运输要求和培训等内容。我国自 1982 年开始在国际海运中执行《国际海运危险货物规则》和相关的国际公约及规则，并参加了《国际海运危险货物规则》的修订工作。

(3)《危险化学品国内水路运输安全规则》(国内危规)。我国的《水路危险货物运输规则》主要包括水路包装危险货物、散装液化气体、散装液体化学品的运输规定和船舶载运危险货物的事故医疗急救指南，1996 年由交通部 10 号令颁布，自1996 年 12 月 1 日生效的只是该规则的第一部分——《水路包装危险货物规则》(以下简称《国内危规》)。

《国内危规》是在总结我国现有危险货物运输实践经验基础上，并参照国际规则制定的，它并不是完全单一地依据我国相关的法律、法规，还参照国际海事组织的《国际海运危险货物规则》和联合国《危险货物运输建议书》以及有关的国际公约、规则制定而成的，内容主要包括船舶运输的积载、隔离，危险货物的品名、分类、标识、标记、包装检测标准等。另外《国内危规》根据国家标准《危险货物分类和品名编号》(GB 6944—2005)，将危险货物划分为 9 大类 26 小项，其中所列明的危险货物品名、所采用的学名通用名或商品名以及品名编号均以国家标准 GB 12268—2005《危险货物品名表》为依据。

《国内危规》从中国的实际出发，具有自己鲜明的特点，尤其是在危险货物品名编号、货物分类、危险货物明细表、适用范围、总体格式和运输协调等几方面。《国内危规》适用于国内水路危险化学品的运输，该规则共八章七十三条。与水路运输危险货物有关的托运人、承运人、港口经营人、作业委托人以及其他有关单位和人员，都应严格执行本规则和各项规定。《国内危规》与《国际危规》的主要区别在于危险化学品的分类上。

（4）国家标准《危险货物分类和品名编号》GB 6944—2005、《危险货物品名表》GB 12268—2005 和《化学品分类和危险性公示　通则》GB 13690—2009，对危险化学品的分类、特性以及包装标识作了详细的规定。

（5）《危险化学品安全管理条例》、《中华人民共和国安全生产法》、《中华人民共和国矿山安全法》等对危险化学品的生产、经营、使用等做了严格规定。

第2章

危险化学品基础知识

2.1 危险化学品的定义及危害

2.1.1 危险化学品定义

在现代文明社会里，化学品是必不可少的。所谓化学品是指各种化学元素、由元素组成的化合物及其混合物，包括天然的或人造的。化学品具有各种各样的特性，通常把危险性特别大的物质称为危险物（Dangerous Substances，Hazardous Materials），并通过一些法律对某些危险物的使用做了明确规定。

中国国家标准《危险货物分类和品名编号》（GB 6944—2005），从运输的角度给危险货物（含物质及其制成品）下的定义是：凡具爆炸、易燃、毒害、腐蚀、放射性等性质，在运输、装卸和储存保管过程中，容易造成人身伤亡和财产损毁而需要特别防护的货物，均属于危险货物。如氯气有毒、有刺激性，硝酸有强烈腐蚀性，均属于危险化学品。该定义概括地反映了国际上公认、通用的关于危险化学品的基本含义。但是，不同的国家和部门对于危险化学品的定义和分类还有某些特点和区别。例如，危险化学品在不同场合的叫法或者说称呼则不一样。在生产经营使用场所统称化工产品，通常不称为危险化学品；在运输过程中包括铁路运输、公路运输、水上运输、航空运输均称为危险货物；一般在储存环节又称为危险物品或危险化学品；在国家的法律法规中其称呼也不一样，如在《中华人民共和国安全生产法》中称为危险物品，而在《危险化学品安全管理条例》中称为危险化学品。日本将危险性物质又分为狭义危险性物质和广义危险性物质。

随着危险化学品种类的增多及其在现代工业和科技领域中的广泛应用，由危险化学品引起的事故突发性和灾难性表现出典型的技术密集性。近几年，美国和日本等发达国家将危险化学品的开发和应用的安全问题列为高科技领域。

2.1.2 危险化学品危害

化学品危害主要包括燃爆危害、健康危害和环境危害。燃爆危害是指危险化学品引起燃烧、爆炸的危害程度。健康危害是指接触危险化学品后能对人体产生危害的大小。环境危害是指化学品对环境影响的危害程度。具体可归纳为以下三个方面。

2.1.2.1 燃爆危害

危险化学品中的爆炸品、液化气体、压缩气体、易燃固体、自燃固体、易燃液体、遇湿易燃物品、氧化剂和有机过氧化物等都属于易燃易爆危险化学品。由于这些物品在生产或使用的过程中，通常处于非常态的温度、压力条件，因此如果这些物质在生产、储存、运输、经营时管理不当，失去控制，很容易引起火灾、爆炸事故，可能造成巨大的人员及财产上的损失。

火灾、爆炸事故有很大的破坏性，化工、石油化工企业由于生产中使用的原料、中间产品及产品多为易燃、易爆物，一旦发生火灾、爆炸事故，就会造成严重后果。据不完全统计，2000～2002年，由危险化学品造成的火灾、爆炸事故占化学品事故的53%，伤亡人数占所有事故伤亡人数的50%左右。这些事故都是由于化学品自身的火灾爆炸危险造成的。因此了解化学品的火灾、爆炸危害，对危险化学品的危险性进行正确评价，及时采取防范措施，对做好安全生产、防止事故具有重要意义。

(1) 可燃气体、可燃蒸气、可燃粉尘的燃烧危险性如下。

可燃气体、可燃蒸气或可燃粉尘与空气组成的混合物，当遇点火源时极易发生燃烧爆炸，但并不是在任意混合比例下都能发生，需要有固定的浓度范围。爆炸（燃烧）上限和爆炸（燃烧）下限统称为爆炸（燃烧）极限，上限和下限之间的浓度称为爆炸范围。当浓度在爆炸范围以外，可燃物不着火，也不会爆炸。但是，在容器或管道中的可燃气体浓度超过爆炸上限，若发生泄漏、空气渗漏或补充进去，遇火源则随时有燃烧、爆炸的危险。因此，对浓度在上限以上的混合气，通常仍认为它们是危险的。

爆炸范围一般用可燃气体、可燃蒸气在混合气体中的体积百分比表示，燃粉尘的爆炸极限是以在混合物中所占体积的质量比（mg/m^3）来表示的。例如：甲烷爆炸范围为5%～15%，5%称为爆炸下限，15%称为爆炸上限。爆炸极限的范围越宽，爆炸下限越低，爆炸危险性越大。爆炸极限通常是在常温、常压的标准条件下测定出来的，它随温度、压力的变化而变化。

部分可燃气体、可燃蒸气的爆炸极限见表2-1。

另外，一些气体即使在没有空气或氧存在的情况下，同样可以发生爆炸。例如，若乙炔被压缩到2个大气压以上，即使在没有氧的情况下，遇到火星也能引起爆炸。这种爆炸是由物质的分解引起的，称为分解爆炸。乙炔发生分解爆炸时所需的外界能量随压力的升高而降低。实验证明，当压力在1.5MPa以上时，需要很少

表 2-1　部分可燃气体、可燃蒸气的爆炸极限

可燃气体或蒸气	分 子 式	爆炸极限/%	
		下限	上限
氢气	H_2	4.0	75
氨	NH_3	15.5	27
甲烷	CH_4	5.3	14
甲苯	C_7H_8	1.4	6.7
乙烷	C_2H_6	3.0	12.5
乙烯	C_2H_4	3.1	32
乙醚	$(C_2H_5)_2O$	1.9	48
丙酮	$(CH_3)_2CO$	3.0	11
一氧化碳	CO	12.5	74.2

的能量，甚至无需能量即会发生爆炸，这也表明高压下的乙炔是非常危险的。除乙炔外，还有一些其他气体，也有同样性质，如乙烯、环氧乙烷、丙烯、联氨、一氧化氮、二氧化氮等。

（2）液体的燃烧危险性如下。

易（可）燃液体在火源或热源的作用下，先蒸发成蒸气，蒸气再氧化分解进行燃烧。开始时燃烧速度较慢，火焰也不高，这是由于液体表面温度低，蒸发速度较慢，蒸气量较少。随着燃烧时间延长，火焰不断向液体表面传热，使表面温度上升，蒸发速度和火焰温度则同时增加，这样液体就达到了沸腾的程度，使火焰显著增高。若不迅速隔断空气，易（可）燃液体就可能完全烧尽。

液体的表面都有一定量的蒸气存在，蒸气的浓度取决于该液体的温度，温度越高蒸气的浓度越大。在特定的温度下，易（可）燃液体表面上的蒸气和空气的混合物与火焰接触时，可闪出火花，但随即熄灭，这种瞬间燃烧的过程称为闪燃。液体能发生闪燃的最低温度称为闪点。当到达闪点温度时，液体蒸发速度较慢，表面上积累的蒸气遇火瞬间即已烧尽，而新蒸发的蒸气还来不及补充，因此不能持续燃烧。当温度升高至超过闪点一定温度时，液体蒸发出的蒸气在点燃以后足以维持续燃烧，能维持液体持续燃烧的最低温度是该液体的着火点（也称燃点）。闪点是用来评价液体化学品燃烧危险性的重要参数，闪点越低，它的火灾危险性越大。常见易（可）燃液体的闪点见表 2-2。

表 2-2　常见易（可）燃液体的闪点

液体名称	闪点/℃	液体名称	闪点/℃
汽油	−58~10	甲苯	4
二硫化碳	−45	甲醇	9
乙醚	−45	乙醇	13
乙醛	−38	石脑油	25
原油	−35	丁醇	29
丙酮	−17	氯苯	29
辛烷	−16	煤油	30~70
苯	−11	重油	80~130

15

（3）固体的燃烧危险性如下。

固体燃烧分两种情况：像硫、磷等低熔点简单物质，受热时首先熔化，继而蒸发变为蒸气进行燃烧，无分解过程，容易着火；然而，对于复杂物质，受热时首先分解为物质的组成部分，产生气态和液态产物，然后气态和液态产物的蒸气再发生氧化进而燃烧。

某些固态化学物质，例如镁，一旦点燃将迅速燃烧；某些固体如爆炸品、有机过氧化物，当受外来撞击或摩擦时，很容易引起燃烧爆炸，因此对该类物品进行操作时，要轻拿轻放，切忌摔、碰、拖、拉、抛、掷等；某些固态物质如白磷，若露置于空气中可很快燃烧，这样在常温或稍高温度下即能发生自燃的固体，在生产、运输、储存等环节要加强对该类物品的管理，这对减少火灾事故的发生具有重要意义。

（4）火灾与爆炸的破坏作用如下。

火灾与爆炸都会造成生产设施的重大破坏和人员伤亡，但两者有着显著不同的发展过程。火灾是在起火后随着火势的逐渐蔓延扩大和时间的延续，损失程度逐渐增加，损失大约与时间的平方成比例，若火灾时间延长一倍，损失可能增加到四倍。爆炸则是猝不及防。爆炸的过程可能只需要短短的几秒钟，设备损坏、厂房倒塌、人员伤亡等巨大损失也将在瞬间发生。

爆炸通常伴随发光、发热、压力上升、真空和电离等现象，具有很强的破坏性。爆炸的破坏性与爆炸物的数量、性质、爆炸时的条件以及爆炸位置等因素有关。

2.1.2.2　健康危害

一些化学品具有毒性、刺激性、致癌性、致畸性、致突变性、腐蚀性、麻醉性、窒息性等特性，可能造成人员中毒或导致职业病，现已认定的化学致癌物大约有 150 余种。这些化学品在生产和储运的过程中，一旦出现问题就可能造成生命危害。因此，关注化学品的健康危害，将是化学品安全管理的一项重要内容。

（1）危险化学品进入人体的途径如下。

在诸多的危险化学品当中，许多化学品具有一定的毒性。有毒物质可通过呼吸道、消化道和皮肤进入人体。在工业生产中，有毒物质主要经呼吸道和皮肤进入体内。

（2）危险化学品对人体的危害如下。

① 刺激。危险化学品会刺激皮肤、眼睛和呼吸系统。当某些化学品接触皮肤时，化学品可造成皮肤保护层脱落，引起皮肤粗糙、干燥、疼痛，这种情况称作皮炎，许多化学品能引起皮炎。当化学品和眼部接触时，会导致轻微的伤害、暂时性的不适，甚至永久性的伤残，伤害的严重程度取决于中毒的剂量和采取急救措施的快慢。当雾状、气态、蒸气化学刺激物与上呼吸系统（鼻和咽喉）接触时，会产生火辣辣的感觉，这多数是由可溶物造成的，如氨水、甲醛、二氧化硫、酸、碱，这些物质易被鼻咽部湿润的表面所吸收。

此外，一些刺激物对气管的刺激可引起气管炎，甚至严重损害气管和肺组织，如煤尘、氯气、二氧化硫。一些化学物质将会渗透到肺泡区，产生强烈的刺激或导致肺水肿。如二氧化氮、臭氧以及光气等。

② 过敏。皮肤过敏是指接触危险化学品后在身体接触部位或其他部位产生的皮炎（皮疹或水疱）。这类物质有：环氧树脂、偶氮染料、胺类硬化剂、煤焦油衍生物和铬酸等。此外，危险化学品还可能导致呼吸系统的过敏现象。呼吸系统对化学物质的过敏引起职业性哮喘，这种症状的反应常包括咳嗽（特别是在夜间）及呼吸困难（如气喘和呼吸短促），引起这种反应的危险化学品有甲苯、聚氨酯、福尔马林。

③ 缺氧（窒息）。窒息涉及对身体组织氧化作用的干扰。具体的窒息情况可以分为单纯窒息、血液窒息、细胞内窒息三种。

④ 昏迷和麻醉。接触高浓度的某些化学品，如乙醇、乙炔、乙醚、丙醇、丙酮、丁酮、烃类、异丙醚会抑制中枢神经。这些化学品会产生类似醉酒的作用，一次大量接触可导致昏迷甚至死亡。也可能造成一些人沉醉于这种麻醉品。

⑤ 全身中毒。全身中毒即化学物质引起的对一个或多个系统产生了有害影响并扩展到全身的现象，这种作用不局限于身体的某一部位或某一区域。

⑥ 致癌。长期与某些化学物质接触可能引起细胞的无节制生长，产生癌性肿瘤。这些肿瘤可能在第一次接触这些物质许多年以后才表现出来，这一时期被称为潜伏期，通常为4～40年。形成职业肿瘤的部位是变化多样的，未必局限于接触部位，如砷、石棉、铬、镍等物质可能导致肺癌；铬、镍、木材、皮革粉尘等可能引起鼻腔癌和鼻窦癌；膀胱癌与接触萘胺、联苯胺、皮革粉尘等有关；皮肤癌则与接触砷、煤焦油和石油产品等有关；接触氯乙烯单体可引起肝癌。

⑦ 致畸。孕妇接触化学物质可能对未出生的胎儿造成危害，影响胎儿的正常发育。在怀孕的前三个月，胎儿的脑、心脏、胳膊和腿等重要器官正在发育，一些化学物质可能干扰正常的细胞分裂过程，如麻醉性气体、有机溶剂和水银，从而导致胎儿畸形。

⑧ 尘肺。尘肺是由在肺的换气区域发生了小尘粒的沉积及肺组织对这些沉积物的反应，早期很难发现肺的变化，一旦 X 射线检查发现这些变化的时候病情已经较重了。尘肺病患者肺的换气功能下降，在剧烈活动时将发生呼吸短促症状，这种作用是不可逆的，能引起尘肺病的物质有滑石粉、石棉、石英晶体、煤粉和铍。

2.1.2.3 环境危害

随着化工业的发展，各种化学品的产量大幅度增加，新型化学品也不断涌现。人们在充分利地用化学品的同时，也产生了大量的化学废物，其中包括有毒有害物质。在危险化学品的生产、储存、使用、销售和运输，直至作为废弃物进行处理的过程中，因操作失误或处理不当等因素，不仅损害人类的健康，而且还会对生态环境造成污染。

（1）危险化学品对大气的危害。导致破坏臭氧层、温室效应、酸雨、形成光化

学烟雾等。

(2) 危险化学品对土壤的危害。据统计，我国每年向陆地排放的有毒有害化学废物有 2242 万吨之多，由于大量化学废物进入土壤，可导致土壤碱化、土壤酸化和土壤板结。

(3) 危险化学品对水体的污染。水体中的污染物概括地说可以分为：无机无毒物、无机有毒物、有机无毒物和有机有毒物四种。无机无毒物包括一般无机盐和氮、磷等植物营养物等；无机有毒物包含各类重金属（如汞、镉、铅、铬）和氟化物、氧化物等；有机无毒物主要是指在水体中易分解的有机化合物，如蛋白质、脂肪、碳水化合物等；有机有毒物主要为多环芳烃、苯酚和多种人工合成的具积累性的稳定有机化合物，如有机农药和多氯醛苯等。有机物的主要污染特征是耗氧，有毒物的主要污染特性是生物毒性。

(4) 危险化学品对人体的危害。一般来说，未受污染的环境对人体功能是最适合的，在这种环境中人能够正常地吸收环境中的物质进行新陈代谢。若环境受到污染，污染物可以通过各种途径侵入人体，将会毒害人体的各个器官组织，造成其功能失调或者发生障碍，同时可能会引起各种疾病，严重时将危及生命。

2.2 危险化学品的分类及特性

2.2.1 危险化学品分类及危险特性

现今，常见的危险化学品约有数千种，其性质也各不相同，每一种危险化学品往往具有多种危险性，但是在多种危险性中，必然有一种主要的危害即对人类危害最大的危险性。因此在对危险化学品分类时，依据"择重归类"的原则，即根据该化学品的主要危险性来进行分类。

依据《国际海运危险货物规则》（2002 版），根据危险化学品所呈现的危险性可将其划分为以下 9 类：

第 1 类爆炸品；

第 2 类气体；

第 3 类易燃液体；

第 4 类易燃固体、易自燃物质、遇水放出易燃气体的物质；

第 5 类氧化物质和有机过氧化物；

第 6 类有毒和感染性物质；

第 7 类放射性物质；

第 8 类腐蚀性物质；

第 9 类其他危险物质和物品。

以上各类别、分类的排列序号并不表示其危险性大小的顺序。

我国国家质量技术监督局在颁布了国家标准《危险货物分类和品名编号》（GB 6944—2005）和《危险货物品名表》（GB 12268—2005），依据运输的危险性将危险货物分为九个类别，有些类别再分成项别。类别和项别的号码顺序并不是危险程度的顺序。下面按《国际海运危险货物规则》的分类进行简单介绍。各种危险化学品标识见表3-7。

2.2.1.1 爆炸品

（1）定义。这类化学品指在外界作用下（如受热、受摩擦、撞击等），可能发生剧烈的化学反应，瞬时产生大量的热量和气体，使周围压力急骤上升，发生爆炸，对周围环境造成严重破坏的化学品，还包括无整体爆炸危险，但具有燃烧、抛射及较小爆炸危险的化学品。

（2）危险性分类。依据爆炸性的大小，爆炸品分6项。

① 具有整体爆炸危险性的物质和物品。

② 具有抛射危险性但没有整体爆炸危险性的物质和物品。

③ 具有燃烧危险、较小爆炸或者较小抛射危险，或兼具两种危险性，但无整体爆炸危险的物质和物品。此类物质和物品包括：a. 产生相当大的辐射热；b. 相继燃烧，产生较小爆炸或抛射作用或兼有两种作用。

④ 无重大危险的物质和物品。此类包括在运输过程中一旦点燃或引爆时只有微弱危险的物质和物品。其主要影响限于包件本身，预计不会产生相当大的碎片抛射作用或其作用范围并不大。外部火焰必须不会引起包件中全部的货物在瞬间爆炸。

⑤ 有整体爆炸危险但极不敏感的物质。此类包括具有整体爆炸危险，但在正常运输条件下引爆或从燃烧转为爆炸可能性很小的、极不敏感的物质。

⑥ 没有整体爆炸危险性的极不敏感物品。此类仅由极不敏感的起爆物质组成的物品，此类物品因意外起爆或传爆的可能性可以忽略。

（3）危险特性。爆炸品的危险特性主要有三个方面。

① 爆炸性强。化学品通常具有化学不稳定性，在特定的外因条件作用下发生强烈的爆炸，其爆炸性强主要表现在化学反应速率猛烈、释放大量气体和热量、瞬间产生高温和高压等方面，具有极大破坏力。

② 敏感度高。爆炸品对环境作用力，例如加热、摩擦、火花、撞击、冲击波等作用敏感，极易引发爆炸，但不同的爆炸品对不同的环境的作用力具有感度选择性。

③ 毒害性。有些爆炸品，如TNT等本身都有一定的毒害性，可以通过呼吸道、食道或皮肤进入人体导致中毒伤害。除此之外，爆炸品爆炸后产生的一氧化碳和氮氧化物等有毒气体都可能对人体造成伤害。

2.2.1.2 压缩气体和液化气体

（1）定义。此类化学品指压缩、液化或加压溶解的气体。依据气体的物理状态对其描述如下。

① 压缩气体：气体在压力下包装运载时，处于−50℃时，完全呈气态；此类化学品包括临界温度低于或等于−50℃的所有气体。

② 液化气体：气体在压力下包装运载时，在温度高于−50℃，部分呈气态，根据其特性可分为如下两类。

a. 高压液化气体：临界温度处于−50～65℃之间气体。

b. 低压液化气体：临界温度处于65℃以上的气体。

③ 冷冻液化气体：在包装载运时，由于温度低而使部分气体处于液态。

④ 溶解气体：在压力下包装载运时，溶解在液态溶剂中的气体。

（2）分类。在运输过程中，依据气体的主要危险性，可将其再细分为：易燃的、非易燃的、助燃的、无毒的、有毒的、腐蚀性的，部分化学品还可能同时具有两种或两种以上的性质。

① 易燃气体。此类气体在温度为20℃、标准压力为101.3kPa条件下：a. 当其占空气混合物总体积的13%或更低时能够点燃；b. 无论最低燃烧极限是多少，与空气的燃烧范围至少为12%。

② 非易燃无毒气体。当温度为20℃，压力不低于280kPa，或作为冷冻液体运输的气体。此类气体具有以下特性。

a. 窒息性：在大气中，该气体通常会冲淡或代替氧气。

b. 氧化性：此种气体通常提供氧气，比空气更容易引起或导致其他材料燃烧。

③ 有毒气体。此种气体定义为：被认为是对人类有毒或者有腐蚀性以至于危害人体健康的气体，或者被推定对人类有毒或有腐蚀性的气体。

（3）危险特性。压缩气体和液化气体特性如下。

① 可压缩性。一定量的气体在温度不发生变化时，所加的压力越大其体积就会变得越小，若不断加压则会压缩成液态。

② 膨胀性。气体在光照或受热后，温度升高，分子间的热运动加剧，体积膨胀，若处在密闭容器内，随着气体受热温度的逐渐升高，其膨胀后形成的压力也就越大。通常压缩气体和液化气体都盛装在密闭的容器内，若受高温、日晒，气体极易膨胀产生巨大的压力。当压力超过容器的耐压强度时就会导致爆炸事故。

③ 易燃、可燃气体与空气能形成爆炸性混合物，遇到火极易产生燃烧爆炸。

④ 除具有易燃性、毒性以外，还有刺激性、致敏性、腐蚀性和窒息性等。

2.2.1.3 易燃液体

（1）定义。易燃液体包括通常意义上的易燃液体和液态退敏爆炸品，并分别对其作如下定义。

易燃液体指是闭杯试验在61℃（相当于开杯试验65.6℃）或者在61℃以下时放出易燃蒸气的液体或液体的混合物。

液态退敏爆炸品是指溶于或者悬浮于水或其他液态物质，形成均一的液体混合物来抑制其爆炸特性的爆炸性物质。

（2）危险特性。易燃液体具有以下特性。

① 易挥发性。易燃液体大部分属于低沸点、低闪点、强挥发性的物质。随着温度的升高，蒸发速度会加快，当蒸气与空气达到特定浓度时遇火源极易发生燃烧

爆炸。

②易流动扩散性。易燃液体具有流动和扩散性，大多数黏度较小，易流动，有蔓延及扩大火灾的危险。

③受热膨胀性。易燃液体受热后，体积会膨胀，同时液体表面蒸气压随之增加，部分液体挥发成蒸气。在密闭容器中储存时，经常会出现鼓桶或挥发现象，若体积急剧膨胀就会引起爆炸。

④带电性。大部分易燃液体为非极性物质，在储罐、管道、槽车、油船的输送、灌装、摇晃、搅拌和高速流动过程中，由于摩擦易产生静电，一旦所带的静电荷聚积到某个程度时，就会产生静电火花，可能引起燃烧和爆炸。

⑤毒害性。多数易燃液体都有一定的毒性，对人体的内脏器官和系统有毒性作用。

2.2.1.4　易燃固体、易自燃物质和遇水放出易燃气体的物质

(1) 定义和分类。此种物质可细分为以下三类。

①易燃固体。此类物质是在运输所遇条件下，易于燃烧或易通过摩擦起火的固体；易发生强烈热反应的自反应物质（固体和液体）；在没有充分稀释情况下有可能爆炸的退敏爆炸品。

②易自燃物质。在运输过程中遇到的正常条件下易自发升温或易遇空气升温，然后容易起火的液体或固体物质。

③遇水易放出易燃气体的物质。与水发生化学反应易自发成为易燃或放出达到危险数量的易燃气体的液体或固体物质。

(2) 危险特性。

①易燃固体有以下的主要特性。

a. 易燃性。易燃固体容易被氧化，易受热分解或升华，遇火种、热源常会产生强烈、连续的燃烧。

b. 可分散性与氧化性。固体具有可分散性。通常来讲，物质的颗粒越细其比表面积越大，分散性也就越强。当固体粒度小于 0.01mm 时，可悬浮于空气中，这样就能充分与空气中的氧接触而发生氧化作用。

固体的可分散性是受到许多因素影响的，但主要还是受物质比表面积的影响，若比表面积越大，则和空气的接触机会就越多，氧化作用也就越容易，燃烧得也就越快，也就越具有爆炸危险性。

此外，易燃固体与氧化剂接触，可能会产生剧烈反应而引起燃烧或爆炸。例如，赤磷与氯酸钾接触时，硫黄粉与氯酸钾或过氧化钠接触时，均易立即发生燃烧爆炸。

c. 热分解性。某些易燃固体受热后不熔融，而发生分解现象。一些物质受热后边熔融边分解，如硝酸铵（NH_4NO_3）在分解过程中，往往会放出 NH_3 或 NO_2、NO 等有毒气体。通常来讲，热分解温度的高低会直接影响危险性的大小，受热分解温度越低的物质，其火灾爆炸危险性也就越大。

d. 对撞击、摩擦的敏感性。易燃固体对撞击、摩擦、震动也很敏感。如赤磷、闪光粉等受摩擦、震动、撞击等时也能起火燃烧甚至爆炸。

e. 毒害性。很多易燃固体有毒性，或燃烧产物有毒或有腐蚀性。例如：二硝基苯、二硝基苯酚、五硫化二磷和硫黄等。

② 自燃物品的主要特性如下。

a. 极易氧化。自燃的发生是由于物质自行发热和散热速度处在不平衡状态而造成热量积蓄的结果。自燃物品多具有容易氧化、分解的性质，而且燃点比较低。在没发生自燃前，通常都要经过缓慢的氧化过程，同时产生一定热量，当产生的热量越来越多时，积热会导致温度达到该物质的自燃点，由此便会自发地着火燃烧。

凡能促进氧化的一切因素均能促进自燃。空气、受潮、受热、氧化剂、金属粉末、强酸等能与自燃物品发生化学反应或对氧化反应有促进作用的，它们都能成为自燃物品自燃的因素。

b. 易分解。一些自燃物质的化学性质很不稳定，在空气中会自行分解，积蓄的分解热也会引发自燃现象，如硝化纤维素、硝化甘油、赛璐珞等。

③ 遇湿易燃物品的特性如下。

a. 遇水或酸反应性强。遇水、潮湿空气、酸能发生剧烈的化学反应，释放出易燃气体和热量，极易引起燃烧或爆炸。

b. 腐蚀性或毒性强。一些遇湿易燃物品具有毒性或腐蚀性，如硼氢类化合物、金属磷化物等。

2.2.1.5 氧化物和有机氧化物

(1) 定义和分类。氧化剂是指处于高氧化状态，具有强氧化性，易分解并释放出氧和热量的物质。包括含有过氧基的无机物，虽然其本身不一定可燃，但能引起可燃物的燃烧；与粉末状可燃物能组成爆炸性混合物，对热、震动或摩擦较为敏感。按其危险性的大小，可分为一级氧化剂和二级氧化剂。

有机过氧化物是指分子组成中含有过氧键的有机物，此种物质本身易燃易爆、极易分解，对热、震动和摩擦极为敏感。

另外，这类物质还可能具有下列特性中的一种或多种：易发生爆炸性的分解、迅速燃烧、对撞击或摩擦敏感、易与其他物质起危险反应和对眼睛造成损害。

(2) 危险特性如下。

① 氧化性物质。又可以分为氧化性固体和氧化性液体两类，并具备以下三个主要特性。

a. 氧化性物质在特定环境下会直接或间接地放出氧气，因此氧化剂增加了与其接触的可燃物质发生火灾的危险性及剧烈程度。

b. 氧化剂与可燃物质的混合物，甚至与像糖、面粉、食油、矿物油等物质的混合物都是有危险的。这些混合物容易点燃，有时因摩擦或碰撞而着火。混合物能剧烈燃烧并导致爆炸。

c. 大多数氧化剂和液体酸类接触时会发生剧烈反应，散发有毒气体。某些氧化剂遇火时也可能散发有毒气体。

一般所有氧化性物质都有上面的性质。此外，有些物质具有特殊性质，对此须在运输中予以足够的重视。

② 有机过氧化物的特性如下。

a. 有机过氧化物处在常温或高温状态下易于放热分解，另外接触杂质（例如酸类、重金属化合物和胺类）、摩擦或碰撞也能导致分解。分解能放出有害或易燃气体或蒸气，分解的速率是随温度和过氧化物的组成不同而变化的。

b. 对某些有机过氧化物需控制其运输途中的温度。一些有机过氧化物可能发生爆炸性分解，特别是在封闭情况下。缓和这种特性可用添加稀释剂或使用适当的包装来完成。

c. 许多过氧化物会猛烈的燃烧。

d. 在运输过程中，应避免使有机过氧化物接触眼睛。有些过氧化物，即使只有暂短的接触，也会给角膜造成严重的损害，或者对皮肤有腐蚀性。

为了确保运输的安全，有机过氧化物在多数情况下可以用有机液体或固体、无机固体或水来退敏。

2.2.1.6 有毒的和感染性物质

（1）有毒物质特性如下。

① 定义。有毒物质可经吞咽、吸入或与皮肤接触损害人体健康，所以通常用急性皮肤毒性致死剂量 LD_{50}、急性经口吞咽毒性 LD_{50} 和急性吸入毒性 LD_{50} 来定义有毒物质。

急性经口吞咽毒性 LD_{50}：即在 14 天内，使雄性和雌性刚成熟的天竺鼠半数死亡所用的物质剂量。接受试验的动物数目需足以做出有效的统计结果并与药理学实践结果相一致。其结果以 mg/kg 体重表示。

急性皮肤毒性致死剂量 LD_{50}：即与白兔裸露皮肤连续 24h 接触，在 14 天之内使受试验动物半数死亡所施用的物质剂量。接受试验的动物数目应足以做出有效的统计结果并应与药理学实践结果一致。其结果应以 mg/kg 体重表示。

急性吸入毒性 LD_{50}：即让雄性或雌性刚成熟的天竺鼠连续吸入 1h，并在 14 天内使受试验动物半数死亡所施用的蒸气、烟雾或粉尘的浓度。

② 危险特性如下。

a. 这些物质所固有的毒性危险要视其与人体的接触状况而定，即与货物一定距离内不经意吸入了蒸气或身体与物质接触的直接危险。

b. 几乎所有有毒物质遇火时或受热分解时都会释放出毒性的气体。

c. 规定为"稳定的"物质要求不得在非稳定的状况下运输。

（2）感染性物质特性如下。

① 定义。感染性物质是那些已知的或被认为含有病原体的物质。病原体即已知或被认为会使动物或人感染疾病的微生物（包括细菌、病毒、寄生虫、真菌、立克次体）或重组合的微生物（杂交体或突变体）。

② 感染性物质的分类及危险特性。感染性物质的危险性类别主要按生物体的致病力、传染的方式以及相对容易性、对个体和群体的危险程度、疾病是否因能得到已知有效的预防制剂和治疗方法而能够复原等原则来划定，通常可划定为以下四种。

a. 危险类 1：包含不大可能使人或动物生病的微尘物（即没有个体或群体危险性或危险性非常低）。若只有这类微生物则该类物质不被认为是感染性物质。

b. 危险类 2：能够使人或动物致病但不大可能有严重危险性的病原体，即使接触时能够造成严重感染，但对这种情况有有效的治疗和预防措施并且感染传播的可能性较低（即个体危险性中等，群体危险低）。

c. 危险类 3：通常会引起人类或动物感染严重的疾病但一般不会从一个被感染的个体传染给另一个个体的病原体，并且对此情况有有效的治疗和预防措施（即个体危险性较高，群体危险较低）。

d. 危险类 4：通常会使人类或动物感染严重疾病而且能够快速地直接或间接地从一个个体传染给另一个个体的病原体，而且对此通常没有有效的治疗和预防措施（即个体和群体危险性都很高）

2.2.1.7　放射性物质

（1）定义。放射性物质即比活度大于 $7.4 \times 10^4 \mathrm{Bq/kg}$ 的任何含有放射性核素的物质。放射性核素的比活度是指单位质量的这种核素的放射性活度。放射性核素实质上是均匀分布在其中的物质，其比活度就是此种物质的单位质量活度。

根据运输规则，下列放射性物质不包括在第 7 类中。

a. 放射性物质作为运输方式中不可分割的一部分。

b. 在某一机构内部运输的放射性物质，适用于该机构现行的有关安全规定，而且该运输不涉及公共公路或铁路。

c. 以诊断和治疗为目的嵌入或装入人体或活体动物体内的放射性物质。

d. 消费产品中的放射性物质，依据销售给最终使用者的目的，并得到了法定许可。

e. 含有自然形成的放射性核素的天然材料及矿石，且对其加工不是为了使用这些放射性核素。

（2）危险特性如下。

① 具有放射性，能自发或不断地放出人们感觉器官所不能觉察到的射线。放射性物质放出的射线分为四种：α 射线，也称甲种射线；β 射线，也称乙种射线；γ 射线，也称丙种射线；另外还有中子流。但是各种放射性物质放出的射线种类和强度不尽一致。

若上述射线从人体外部照射时，α、β 射线和中子流对人的危害很大，达到特定剂量时易使人患放射病，甚至死亡。若放射性物质进入体内时，α 射线的危害最大，但是其他射线的危害也较大，因此要严防放射性物品进体内。

② 许多放射性物品的毒性很大。如钋^{210}、镭^{226}、镭^{228}、钍^{230}等都是剧毒的放

射性物品；纳^{22}、钴^{60}、锶^{90}、碘^{131}、铅^{210}等都为高毒性的放射性物品，均需注意。

③ 不能用化学方法中和或其他方法避免放射性物品放出射线，只能设法把放射性物质清除或用合适的材料予以吸收屏蔽。

2.2.1.8 腐蚀品

(1) 定义。腐蚀品即能灼伤人体组织并对金属等物品产生损坏的固体或液体。在与皮肤接触的 4h 内出现可见坏死现象，或温度在 55℃时，对 20$^{\#}$ 钢的表面的均匀年腐蚀率超过 6.25mm/年的固体或液体。

此类按化学性质可分为三类：

① 酸性腐蚀品；

② 碱性腐蚀品；

③ 其他腐蚀品。

按其腐蚀性的强弱又可细分为一级腐蚀品和二级腐蚀品。

(2) 危险特性。此类物质具有以下几方面的特性。

① 对人体的危害如下。

a. 对人体有非常严重的伤害，例如，严重灼伤皮肤、眼睛和黏膜。

b. 很多此类物质都易挥发，产生的蒸气会刺激眼和鼻黏膜。

c. 除与皮肤或黏膜接触时有直接的损害作用外，有些此类物质甚至能渗入皮肤或在吞咽和吸入蒸气时中毒。

② 其他特性如下。

a. 有些物质因高温分解，可能产生有毒气体。

b. 此类中所有物质对金属和纺织品之类的物品都有或多或少的损坏作用。

c. 此类中许多物质只有与水和潮湿空气发生反应时，才会具有腐蚀性。

2.2.1.9 杂类危险化学品物质和物品

杂类危险化学品物质和物品是指没有列入以上类别的，且具有危险性的物质和物品。

2.2.2 危险化学品常用编号

为了便于危险化学品的生产、运输、储存和销售的安全管理，便于使用和查找，需要对危险化学品进行统一的编号。

2.2.2.1 联合国编号（UN Number）

该编号是联合国危险货物运输专家委员会对危险物质制定的编号。编号登录在联合国《关于危险货物运输的建议》（Recommmendations on the Transport of Dangeous Goods）中。

联合国编号是一组 4 位数字，它们可以用来识别有商业价值的危险物质和货物（例如，爆炸物或是有毒物质）。这种数字架构在国际贸易之中被广泛使用，以便于

标注货运容器的内容。UN编号只是一个编号，并没有实际意义。

GB 6944—2005中危险化学品品名编号中规定，危险货物品的编号采用联合国编号，国内危规号则作为备用。每种危险货物只对应一个编号，但对其性质基本相同，存储、运输的条件和灭火、急救、处置的方法相同的危险货物，也可使用同一编号。

例如：某些化合物有自己的联合国危险货物编号（如丙烯酰胺是UN2074），同时某些具有类似性质的化学品或货物的联合国危险货物编号也是相同的（如打火机和可燃气体都是UN1057）。若一种化学品在固态和液态下，或者在不同纯度下的危险属性具有相当大的差别，它会因其两种属性分别得到一个联合国危险货物编号。

从UN0001到大至UN3500的编号都是由联合国危险物品运送专家委员会制定的。这些编号在《关于危险货物运输的建议》之中公布。协调各种运输方式的一些组织机构已经在使用这一系统。

2.2.2.2 危险货物编号（国内危规号）

《水路包装危险货物运输规则》（以下简称《国内危规》）依据国家标准《危险货物分类和品名编号》（GB 6944—2005）和《危险货物品名表》（GB 12268—2005），将危险货物分为9大类，细分为26项。《国内危规》根据危险货物的危险程度，又划分为一级危险货物和二级危险货物，而《国际危规》没有分级。《国内危规》将第1类爆炸品、第2类气体、第5.2类有机过氧化物、第6.2类感染性物质、第7类放射性材料都划为一级危险货物；第3类易燃液体、第4类易燃固体、第5.1类氧化物、第6.1类有毒物质、第8类腐蚀性物质划分为一级危险货物和二级危险货物。按此将危险货物分为9类23项。

我国《危险货物分类和品名编号》（GB 6944—2005）标准编号方法是一种自主创新的方法，它的品名编号是由五位阿拉伯数字组成，分别表示危险化学品所属的类别、项别以及顺序号。

第一位数字表示类别号；

第二位数字表示项别号；

后三位数字表示序号。

这种标准危险化学品品名编号的识别方法，是先看类、项，再看顺序号。例如：某种物品的编号为32025，那么此编号就表明该危险化学品为第三类第二项的第32号物品，就是32号中闪点易燃液体。与联合国编号方法相比，我国《危险货物分类和品名编号》（GB 6944—2005）标准的编号方法更为科学、更便于使用和识别，而且与我国《建筑设计防火规范》（GB 50016—2006）相匹配。具体方法是，品名编号的后三位小于500均为一级危险货物；品名编号后三位大于500的均为二级危险货物。因此，从消防安全的角度上考虑，可以依此对火灾的危险性类别进行判定。例如：有两个编号分别为41058、41551的危险化学品，人们一看编号，就能够很清楚地知道，此危险化学品前者是甲类易燃固体（即在任何地方都可以擦燃的火柴）；后者为乙类易燃固体（即不能够任意擦燃的安全火柴）。此种编号方法也会存在不同物质由于特性相同而具有相同编号的情况。

2.2.2.3 CAS 编号（CAS Register Number）

CAS 是美国化学文摘服务社（Chemical Abstract Service）的英文缩写，此种编号是美国化学文摘服务社为文献中出现的各种化学品分配的录入登记号。其目的是为了防止化学物质有多种名称而造成的麻烦，便于数据库的检索。对化学物质而言，它就像是化学物质的身份证字号一样，是唯一且特定的一种编号。因为每一种化合物都可能存在多种不同的命名，以 IUPAC（国际理论与应用化学联合会）命名的 4,4′-sulfonyldianiline 为例，其的中文名为 4,4′-二氨基二苯砜，商品名为 Avlosulfon，其实验名为 NSC 6091，中文同义名为二氨基苯或醋氨苯砜，英文同义名为 bis（4-aminophenyl）sulfone 或 p-aminophenyl sulfone 等，其他的命名又如：1,1′-sulfonyl bis（4-aminobenzene）等，在这样繁多的命名中，如果以单一的命名来查询资料，势必会产生资料收集不全的问题。但其化学物质登录号为 80-08-0，这唯一的信息用来检索资料，可以节省许多的精力和时间，同时资料也会收集较为齐全。如今几乎所有的化学数据都可以用 CAS 号来检索，到 2005 年 12 月 25 日，CAS 已登记了 27115156 种物质的数据，并且还在以每天 4000 余种的速度增加。登记号是由三部分数字组成，各部分之间使用短线联结。它是检索有多个名称的化学物质信息的重要工具，是某种物质〔化合物、高分子材料、混合物或合金、生物序列（Biological Sequences）〕唯一的数字识别号码。

其格式是，一个 CAS 号用连字符"-"分为三部分，第一部分有 2～6 位数字；第二部分有 2 位数字；第三部只分有 1 位数字作为校验码。CAS 号以升序排列并且没有任何内在的含义。

校验码的计算方法如下：CAS 顺序号（第一、二部分数字）的最后一位数字乘以 1，倒数第二位乘以 2，依此类推，然后把所有的乘积相加，再把和除以 10，余数就是第三部分的校验码。举例来说：水（H_2O）的 CAS 号的前两部分是 7732-18，则其校验码 $=(8\times1+1\times2+2\times3+3\times4+7\times5+7\times6)\bmod 10=105$，$105\bmod 10=5$（mod 表示求余运算符）。

例如：盐酸的 UN 编号为 1789，CAS 号 7647-01-0 从数字看不出任何含义，校验码为 $(1\times1+0\times2+7\times3+4\times4+6\times5+7\times6)\bmod 10=110\bmod 11=0$。

2.2.2.4 ICSC 编号

ICSC 编号是指国际化学品安全卡的顺序号码（International Chemical Safety Card）。国际化学品安全卡 ICSC 是由世界卫生组织（WHO）、联合国环境规划署（UNEP）以及国际劳工组织（ILO）三个组织的合作机构——国际化学品安全规划署（IPCS）以及欧洲联盟委员会（CEU）合作编辑的一套化学品安全信息卡片。卡片中共设有化学品标识、危害/接触类型、急性危害/症状、预防、急救/消防、包装与标志、溢漏处置、应急响应、储存、物理性质、环境数据、重要数据、注解以及附加资料 14 个项目。其中化学品标识数据提供了一种化学物质的 UN 编号、

CAS 登记号、欧盟编号（EC）、化学物质毒性作用登记号（RTECS）和中英文化学品名称，卡片的数据库（中文版）还提供了中国危险货物的编号等信息，供使用者检索查询 ICSC 数据。

国际化学品安全卡具有以下的特点。

（1）所涵盖的化学品代表性较强，具有优先控制的必要性。列入卡片名单的化学品多是对人体健康以及环境具有高毒性或者有潜在危害的常用化学品，包括了目前国际上禁止或者严格限制的有害化学品和农药。

（2）卡片清晰地表述了基本的健康与安全信息。在很大程度上，卡片中的信息符合国际劳工组织关于工作场所化学品安全使用化学品公约（第 170 号）及其建议书（第 174 号）规定的要求，并且卡片中的信息要尽可能使用简明、易懂易记的标准化术语表述。国际化学品安全卡不仅为在化工企业车间环境工作的管理人员、技术人员以及工人提供了他们使用的化学品安全与控制信息，而且还供从事职业卫生与安全、事故预防与反应以及环境保护的管理和专业技术的人员使用。

2.2.2.5 RTECS 号

RTECS 号是指美国职业安全与卫生研究所规定的化学物质毒性作用登记号（Registry of Toxic Effects of Chemical Substances）。此种编号可用来查找一种化学物质的毒理学数据。

这个数据库涵盖了现今报道过的化合物的毒性以及毒理数据，包括急毒、对皮肤和眼睛的刺激、致畸、致癌和多剂量效应等体内及体外的实验结果。此数据库中包括超过了 155000 种化学物质，这些信息详细地从世界范围内工作环境的毒数指标、美国毒数标准与规定会议、毒物数据与评论、分析方法以及危险数据等方面进行描述，其中 2/3 是指药物和有希望成药的分子，其他的则来自于不同领域，例如：石油化工、塑料制造业、农业化学、香料和调味剂、动植物提取物、金属有机化合物和无机化合物。该数据库每个季度升级一次。

2.2.2.6 EC 编号

此编号是欧洲经济共同体即欧盟的《欧洲商业化学物质名录》（European Inventory of Existing Commercial Chemical Substances，EIECCS）中对该物质的编号。

2.2.2.7 北美危险货物编号（NA numbers，又称 DOT numbers）

北美危险货物编号是由美国运输部（Department of Transportation）制定的一套危险物质识别号。货物的北美编号与联合国编号相同；但是有些货物没有联合国编号，它们的北美编号主要使用 NA8000～NA9999 号段。

相关的编号可以参见下列网址：http://www.webcargo.com.cn QueryPages/QuerySafeGoods.asp 来进行查询。

2.2.3 化学品全球统一分类和标签系统简介

2002 年推出的联合国《全球化学品统一分类和标签制度》（GHS）为世界各国

建立综合的化学品安全计划奠定了基础。这种分类制度对物理危险性（如易燃性）、健康危险性（如致癌性）以及环境危险性制定了统一的国际分类标准，可以用来评估化学物质和混合物的危险性。各国可以借助这一工具建立并完善本国化学品危害的公示制度。

2.2.3.1 建立 GHS 的必要性

（1）目前，还没有任何一个国家有能力对所有化学品的毒性进行识别，并有针对性地采取措施管理每一种化学品。如在美国就有 65 万余种化学品，但美国不能同时提供出这 65 万种化学产品的相关资料（如毒性、急救措施）帮助人们达到对健康和环境保护的要求。

（2）很多国家均达成了一个共识：使用传统方法研究化学物品的危险性，是非常烦琐的。此外，在国际贸易中也经常遇到同一种产品有多种标签和安全数据资料的问题。

（3）由于不同国家对化学品危害的定义标准不同，在各国就有不同的标签或者安全清单。同种产品在一个国家被认定具有可燃性或毒性，但在其他国家运输时可以不受任何限制。例如，在使用化学品统一标签和分类之前，欧盟将含量小于 25mg/kg 的口服急性毒性定为一级毒性，而在美国则将毒性小于 50mg/kg 化学品定义为一级毒性化学品。因此，所有急性毒性在 25～50mg/kg 之间的化学品就具有不同的分类。

（4）各国对危化品识别上的差异会影响安全保护和贸易。从安全保护方面讲，对于同一种化学品，在没有特殊要求的国家，用户常常会看到同一种化学品具有不同的标识和数据清单；从贸易方面讲，要遵守多种关于化学品危害的分类标准和标签规则，不但费钱而且费时。由于要严格遵守这些化学品规则，令中小企业不堪重负，因此常常在国际化学品贸易中被排挤出局。

2.2.3.2 建立化学品分类和标签统一系统

想建立全球化学品统一分类和标签系统，涉及的国家、组织非常多，化学品分类和标签统一所需要的专业知识非常广博。为了进一步推进统一工作，需要确定哪些系统是主要的，然后制定一个化学品分类和标签统一的时间表；再根据分工获得不同领域的最好专家。

（1）现存的主要体系。现存的主要体系包括：联合国运输建议；欧盟关于物质和药剂的详细指令；美国关于工作场所、消费者和杀虫剂的要求；加拿大关于工作场所、消费者和杀虫剂的要求；及其他体系。

（2）化学品统一分类和标签的原则。不能减少保护措施，深入研究保护措施的关键是要涵盖所有类型化学品，要以化学品所固有特性（危害性）为基础，对所有系统都将做出相应改变。

（3）化学品分类和标签统一的过程如下。

① 根据组织间化学品无害管理方案（IOMC），由化学品统一分类和管理合作小组（CG/HCCS）对化学品的分类和标签统一过程进行管理，就国际关注的问题

划分为若干技术个小组。

② 物理危害：由联合国有关危险化学品运输的专家，领导物理危害方面的工作。与 ILO 合作，依据现行技术分类小组的要求，做出相应改变来满足其他部分的需要。

③ 健康和环境危害：由 OECD 负责检验指南的制定和其他化学主题，此项工作还要扩展到制定混合物或制剂的分类标准。

该分类制度涵盖了所有危险化学物质、稀释溶液和混合物，并明确给出了如何利用标签和化学品安全技术说明书传递化学品危害性以及如何保护人们避免受到化学品危害的信息。GHS 在协调统一各国化学品分类制度方面有了重要的进步，极大地改善了各相关行业的化学品安全性。

GHS 还为开展安全培训、促进健康活动奠定了基础。其服务的主要人群包括雇主、工人、消费者以及事故应急人员。对医生、护士、职业卫生学者和安全工程师等服务性人群也是十分有价值的。

GHS 将为全球各个国家提供一个危险化学品分类和标签的整体框架，保证世界各国进出口化学品时所提供的资料连贯性和一致性。这些资料将为世界化学物品无害化管理提供依据。GHS 的发展已经历了一个困难且长期的过程，已经完成的工作仍需要进一步讨论和协商。实施 GHS 还需要各国、世界组织、资金拥有者（包括工厂和劳动者代表）的长期努力。展望未来，GHS 必将被广泛应用，必将为保护人类健康和环境做出突出的贡献。

第3章

危险化学品物流各环节安全技术

经统计分析，危险化学品事故发生的主要环节包括生产、储存、运输和使用，在这四个过程中发生事故的概率高达90%以上，而造成的人员死亡人数更是高达95%以上。因此要实现对危险化学品的有效管理，切实减少危险化学品事故的发生，就必须在危险化学品的生产、储存、运输和使用四个过程中切实地落实安全技术，实现全程监控。上述的四个过程安全技术在危险化学品物流中主要体现在物流各功能环节的操作规程上，其中安全性的要求较为突出的是包装、仓储、运输、搬运等环节安全技术；而各环节的安全技术则主要体现在防火、防爆、防静电和防辐射等技术。

3.1 危险化学品包装

3.1.1 危险化学品包装原则

（1）遮盖原则。防止危险化学品因接触雨、雪、阳光、潮湿空气等其他物质而变质，或发生剧烈的化学反应，造成事故。

（2）稳定原则。化学品运输过程中不免受到碰撞、震动、摩擦和挤压，在包装的保护下保持完整和相对稳定的状态，减少碰撞、摩擦等机械损伤，从而保证运输安全。

（3）隔离原则。防止因撒漏、泄漏、挥发以及与性质不相容（相互抵触或能相互作用）的货物直接接触而发生事故，污染或腐蚀运输设备及其他货物。

（4）方便装运原则。便于装卸、搬运、堆垛和保管。

3.1.2 危险化学品包装的性能试验

危险化学品具有危险性，为了保证其在存储、运输等物流环节的安全性，避免所装危险化学品受到损害，必须要对危险化学品的包装进行性能测试，测试合格后

才可以使用。每一种包装在开始生产前就都要对其设计、材料、制造和包装方法等各方面进行试验。无论设计还是材料或包装方法有变动，都需重新进行试验。同时还应按照主管部门规定的间隔时间，定期的对生产的包装进行重复试验或抽样检查试验，以保证包装的质量。我国《商检法》第十五条将出口危险货物包装质量列为强制性检验项目。

在试验时，包装件应处于待装状态，拟装物品可用性质相近的非危险化学品代替，并根据物质状态的不同选择。固态物质至少应与拟装物质的物理特性、密度、粒径等相同；液态物质应至少要与拟装物品的物理特性、密度、黏度等相同。固态物质的装满度为95%；液态物质的装满度为98%。

根据《危险货物运输包装通用技术条件》（GB 12463—2009）的规定，危险化学品包装的四种试验方法为：堆码试验、跌落试验、气密试验、液压试验。

3.1.2.1 堆码试验

堆码试验适用于桶类包装和箱类包装。试验方法应符合GB/T 4875.3的规定，将试验样品按预定状态置于水平平面上，再将加载用包装件组或自由加载平板或导向加载平板置于试验样品的顶面中心位置。试验要求见表3-1。

表3-1 堆码试验要求

运输包装类型	堆 码 试 验				
	数量	试验方法	堆码高度及持续时间	合格标准	备注
钢（铁）桶（罐） 铝桶 木琵琶桶 胶合板桶 硬纸板桶 硬质纤维板桶 钢箱 天然木箱 胶合板箱 再生木箱 硬纸板箱 硬纸纤维箱 瓦楞纸板箱 耐酸坛、陶瓷坛、厚度3mm以上的大玻璃瓶	3只	见GB 4875.3	①堆码高度：陆运为3m；海运为8m；如采用集装箱或在甲板上运输，堆码高度为3m ②持续时间：24h至一周	容器不应有引起堆码不稳定的任何变形和破损	
塑料桶（罐） 塑料箱 钙塑板箱 桶装复合包装（内容器为塑料材料） 箱状复合包装（内容器为塑料材料）			①堆码高度：3m ②持续时间：28d（温度40℃条件下）		
筐、篓			①堆码高度：3m ②持续时间：24h		不允许用作Ⅰ级包装

3.1.2.2　跌落试验

试验方法要符合 GB/T 4875.5—1992 的要求。试验时，应当平落，重心垂直于撞击点上，并按不同跌落方向及高度跌落。试验的跌落高度要根据包装类别不同来确定，具体高度见表 3-2。此外，液体物品又依物品的密度不同有不同的要求。

用水代替拟状液体时，当液体货物的密度 ρ 不大于 $1.2g/cm^3$ 时，具体要求同表 3-2；若拟状液体密度 ρ 大于 $1.2g/cm^3$ 时，Ⅰ级包装货物的跌落高度为 $\rho \times 1.5$，Ⅱ级包装的跌落高度为 $\rho \times 1.0$，Ⅲ级包装的跌落高度为 $\rho \times 0.67$。

经过跌落试验的危险化学品包装及其内部容器，不得有任何严重破裂或渗漏。当开口桶用来盛装固体时，其跌落试验的方法要用顶部撞击在目标上。若通过某项装置其内容物仍保持完整无损，即使桶盖不具有防漏能力，该包装应视为试验合格。对于盛装液体的包装，在内外压力达到平衡时，若包装不漏则视为试验合格。对于袋类包装，其外层及外包装没有严重破裂，内装物没有损失方可视为试验合格。跌落试验主要测试包装的强度和抗震性。

表 3-2　跌落试验高度

包装级别	Ⅰ级包装	Ⅱ级包装	Ⅲ级包装
堆码高度/m	1.8	1.2	0.8

3.1.2.3　气密试验

气密试验只适用于铁桶（罐）、铝桶（罐）、塑料桶和木琵琶桶。试样数量为 3 个，且要求每个桶都要进行试验。试验要在第一次使用前和修复后的再次使用之前进行。

试验时，将包装浸入水中（侵入水中的方法不得影响实验效果，也可以采用其他等效试验方法），再向包装充气加压，观察有无气泡产生，或者在接缝处或其他易渗漏处涂上皂液或其他合适的液体后再向包装内充气加压，观察有无气泡产生。不同级别的包装试验时承受的压力不同，具体见表 3-3。若容器不漏气，视为合格。

表 3-3　气密试验压力

包装级别	Ⅰ级包装	Ⅱ级包装	Ⅲ级包装
压力/kPa	30	20	20

3.1.2.4　液压试验

液压（内压）试验适用于铁桶（罐）、钢桶（罐）、铝桶、塑料桶和木琵琶桶。试验时，在测试容器上安装指标压力表，拧紧桶盖，接通液压泵，向被试包装连续均匀地注水加压，在整个试验期间要保持稳定。包装不得用机械支撑。若采用机械支撑包装时，不得影响试验效果。试验中，对于拟装Ⅰ类包装物品（一级危险化学品）的包装试验压力不得低于 250kPa；对拟装Ⅱ、Ⅲ类包装物质（二、三级危险

化学品）包装的试验压力不得低于 100kPa。塑料容器和内容器为塑料材质的复合包装，需经受 30min 的压力实验；其他材质的容器和复合包装需经受 5min 的压力实验。在保持压力续时间内不漏气的包装视为合格。液压试验主要测试包装的水密性。

3.1.3 危险化学品包装分类与代码

3.1.3.1 包装分类与分级

包装是盛装商品的容器，通常分运输包装和销售包装。国际化学品的联合国包装级别，一般根据联合国《危险货物运输建议书》和国际海事组织（IMO）《国际海上危险货物运输规则》等规定，除第 1 类、第 2 类、第 5 类、第 6 类和第 7 类有专门规定之外，其余的各化学物质的包装分别按危险性分为三级。危险性大的包装级别为 I 级，中等危险的包装级别为 II 级，危险性较小的级别为 III 级。每个级别的划分都有相应的判定标准。

例如有毒化学品包装级别的判定标准（单位：LD_{50}，mg/kg）如下。

I 级包装：口服毒性≤5；皮肤接触毒性≤40；吸入毒性≤0.5。

II 级包装：口服毒性 5～50；皮肤接触毒性 40～200；吸入毒性 0.5～2。

III 级包装：口服毒性 50～200；皮肤接触毒性 200～1000；吸入毒性 2～10。

国家标准《危险货物运输包装通用技术条件》（GB 12463—90）中规定，除爆炸品、气体、感染性物品和放射性物品外，其他危险货物按其承装货物的危险程度，及对包装结构强度和防护性能的要求，将危险化学品包装分为三类（级别）。

I 类包装：高度危险货物包装，包装强度要求高。

II 类包装：中度危险货物包装，包装强度要求较高。

III 类包装：低度危险货物包装，包装强度要求一般。

不同类型的包装决定了包装物或接收容器的质量要求。I 类包装表示包装物的最高标准；II 类包装可以在材料坚固性稍差的装载系统中安全运输；III 类包装使用最为广泛，可以在包装标准要求较低的情况下安全运输。不同危险化学品对所用包装类型都有明确的要求，实质上即表明了该危险化学品的危险等级。

《危险货物运输包装通用技术条件》（GB 12463—2009）规定中对危险化学品包装容器的包装级别标记代号、材质和包装容器类型作了明确规定。

（1）包装级别标记代号用小写英文字母表示：

x——符合 I、II、III 级包装要求；

y——符合 II、III 级包装要求；

z——符合 III 级包装要求。

（2）包装容器形式标记代码用阿拉伯数字表示：1——桶；2——木琵琶桶；3——罐；4——箱、盒；5——袋、软管；6——复合包装；7——压力容器；8——筐、篓；9——瓶、坛。

（3）包装材质标记代号以英文字母表示：A——钢；B——铝；C——天然木；

D——胶合板；F——再生木板（锯末板）；G——硬质纤维板、硬纸板、瓦楞纸板、钙塑板；H——塑料材料；L——编织材料；M——多层纸；N——金属（钢、铝除外）；P——玻璃、陶瓷；K——柳条、荆条。

3.1.3.2　一般包装类型及代码

（1）单一包装代码。单一包装代码由一个阿拉伯数字和一个英文字母组成，表示不同的包装容器类型及材质，英文字母右下方的阿拉伯数字代表同一类型包装容器的开口形式，1 表示闭口（顶部有注入口和透气口，不能全部打开）；2 表示开口。

例如：1B——铝桶；$1B_1$——闭口铝桶；$1B_2$——开口铝桶。

（2）复合包装和感染性物质包件代码。对复合包装和感染性物质包装，要用阿拉伯数字"6"表示，后面紧跟两个大写的英文字母，分别表示内包装和外包装的材质。其后再跟一位数字，表示包装形式。

例如：6HB1——内包装为塑料，外包装为铝桶的复合包装。

（3）其他标记代号：

S——拟装固体的包装标记；

L——拟装液体的包装标记；

R——修复后的包装标记；

GB——符合国家标准要求；

UN——符合联合国标准要求。

（4）包装代码还要包括以下内容。

① 试验压力：精确到 10kPa，表示内包装通过液压试验的压力，固体不需要做液压试验，用"S"代替试验压力标准。

② 针对液体拟装物要标记出相对密度标注，固体拟装物标注最大总重量。

③ 标注出包装制造或修复的年份的后两位数，塑料桶和塑料罐还要标注出月份。

④ 标注出包装的制造或修复国别。

⑤ 标注出制造厂或修理厂代码。

⑥ 标注出包装级别：X，Y，Z。

如图 3-1 所示为一般包装类型代码示例。

3.1.3.3　大宗包装类型代码

《国际危规》（IMDG Code）对大宗包装的代码做了明确规定，用于大宗包装的代码包括以下内容。

① 用两个阿拉伯数字："50"表示刚性大宗包装；"51"表示柔性大宗包装。

② 用大写英文字母表示材料的性质，例如木制的、钢制的等。

大宗包装的代码后接字母"w"时，表示等效包装。如图 3-2 所示为某大宗包装代码示例。

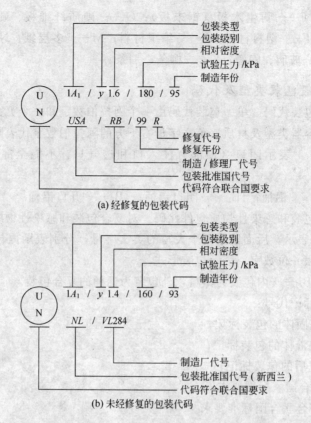

(a) 经修复的包装代码

(b) 未经修复的包装代码

图 3-1　一般包装类型代码示例

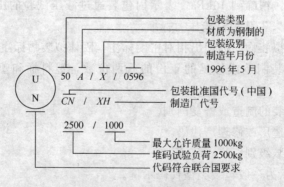

图 3-2　某大宗包装代码示例

3.1.3.4　中型散装容器的代码

《国际危规》（IMDG Code）对中型散装容器的代码做了明确规定：中型容器代码用两个阿拉伯数字表示不同类型的中型散装容器，后接一个或多个大写字母，表示包装级别、制造厂、年份、堆码负荷。中型散装容器代码后接字母"w"，表明为等效包装。中型散装容器包装类型与对应数字见表3-4。中型散装容器类别与代码划分见表3-5。

表 3-4　中型散装容器包装类型与对应数字

种　　类	固体,装卸方式		液体
	重力	适用大于 10kPa(0.1bar)的压力	
刚性	11	21	31
柔性	13	—	—

表 3-5　中型散装容器类别与代码划分

材　　料	类　　别	代　　码
A. 钢	适用于固体,重力装卸	11A
	适用于固体,压力装卸	21A
	适用于液体	31A
B. 铝	适用于固体,重力装卸	11B
	适用于固体,压力装卸	21B
	适用于液体	31B
C. 天然木	适用于固体,重力装卸,带有内衬	11C
D. 胶合板	适用于固体,重力装卸,带有内衬	11D
F. 再生木	适用于固体,重力装卸,带有内衬	11F
G. 纤维板	适用于固体,重力装卸	11G
HZ. 带有塑料内容器的复合包装	适用于固体,重力装卸,带有刚性塑料内容器	11HZ1
	适用于固体,重力装卸,带有柔性塑料内容器	11HZ2
	适用于固体,压力装卸,带有刚性塑料内容器	21HZ1
	适用于固体,压力装卸,带有柔性塑料内容器	21HZ2
	适用于液体,带有刚性塑料内容器	31HZ1
	适用于液体,带有柔性塑料内容器	31HZ2

如图 3-3 所示为中型散装容器包装代码实例图。

3.1.4　危险化学品包装标识

为了确保危险化学品储存和运输的安全性,使办理储存、运输、经营的人员在进行作业时提高警惕,避免发生危险;或当发生事故时,便于消防人员能及时采取正确的援救措施。危险化学品的包装必须具

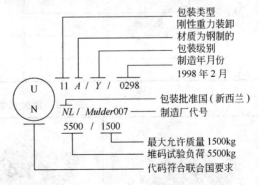

图 3-3　中型散装容器包装代码实例

备国际或国家统一规定的"危险货物包装标志"。国际及国内化学品安全包装标识详见联合国危险货物包装标志图版(表 3-7)。

欧盟规定:化学品安全包装要使用危险符号、S 标记和 R 标记。欧盟国家中要求化学品的包装上必须标示出"危险符号"(Dangerous Symbols)。这些符号的含

义与危险物质的"安全使用建议（即 S 标记）"以及对危险化学物质的"特别风险性质（即 R 标记）"有关。危险符号要用黑体字印刷在橙红色背景下。各种符号的含义如下。

C 符号：腐蚀性物品　　　　　　　E 符号：爆炸性物品

F 符号：高度易燃物品　　　　　　F＋符号：极易燃物品

O 符号：氧化性物品　　　　　　　T 符号：有毒物品

T＋符合：极毒物品　　　　　　　Xi 符号：刺激性物品

Xn 符号：有害物品　　　　　　　N 符号：环境危险物品

在特别标记中，S 标记表示安全预防措施建议（the Recommended Safety Precautions）。R 标记表示化学物质使用中产生的特别风险的性质（the Nature of Special Risks）。这种特殊的标记由一个字母（R 或 S）和一串数字所组成，字母后面的数字表示具体的类型，字母与数字之间的"-"连字符号则表示对特别风险（R）或安全预防措施建议（S）的单独说明。字母和数字之间的"/"斜杠符号表示用一句话对特别风险（R）或安全预防措施建议作综合的说明。例如，R7表示可能引起火灾；R20/21 表示吸入和与皮肤接触时有害；R20 表示吸入有害；R45 表示可能致癌；S2 表示避免儿童接触；S7 表示应存在密闭包装容器中；S1/2 表示上锁保管并避免儿童接触；S20/21 操作（搬运）时不得进食、饮水或吸烟等。

国家标准《危险货物包装标志》（GB 190 及 GB 191）中规定了危险货物图示标志的类别、名称、尺寸及颜色。标志的尺寸一般分为 4 种，见表 3-6。标志的图形共 21 种，19 个名称，其图形分别标示了 9 类危险货物的主要特性。标志的颜色执行标志图形规定，见表 3-7。

表 3-6　危险化学品包装标识尺寸

号　别	尺　寸		号　别	尺　寸	
	长/mm	宽/mm		长/mm	宽/mm
1	50	50	3	150	150
2	100	100	4	250	205

表 3-7　危险化学品标识

易燃气体标识 符号:黑色或白色 底色:正红色	不燃气体标识 符号:黑色或白色 底色:绿色	有毒气体标识 符号:黑色 底色:白色
易燃液体标识 符号:黑色或白色 底色:正红色	易燃固体标识 符号:黑色 底色:白红色条	自燃物品标识 符号:黑色 底色:上白下红
遇湿易燃物品标识 符号:黑色或白色 底色:蓝色	氧化剂标识 符号:黑色 底色:柠檬黄色	有机过氧化物标识 符号:黑色 底色:柠檬黄色
剧毒品标识 符号:黑色 底色:白色	有毒品标识 符号:黑色 底色:白色	有害品标识 符号:黑色 底色:白色

3.1.4.1　标记的作用

（1）表明设计型号。

（2）标明包装形式的最大容积或质量及其他特殊要求。

（3）可以帮助相关人员了解新包装的使用，原来的标记只是作为生产商区别包装类型并标明达到某些性能试验要求的手段。

3.1.4.2　标志的使用方法

（1）标志的标打：标志的标打可采用粘贴、钉附及喷涂等方法。

（2）标志的位置有如下规定：

① 箱状包装的标志位于包装端面或侧面的明显处；

② 袋、捆包装的标志位于包装明显处；

③ 桶形包装的标志位于桶身或桶盖；

④ 集装箱、成组货物的标志粘贴于四个侧面。

（3）主副标志：每种危险化学品包装件应按其类别粘贴相应的标志。若某种物质或物品还有属于其他类别的危险性质，包装上不但要粘贴该类标志作为主标志，还需粘贴表明其他危险性的标志作为副标志。标志清晰，确保在货物储运期内不脱落。标志应由生产单位在货物出厂前标打，出厂后如改换包装，其标志由改换包装单位标打。

3.1.5 危险化学品技术说明书及安全标签

3.1.5.1 安全技术说明书

（1）化学品安全技术说明书及其作用如下。

①《危险化学品安全管理条例》中规定生产和运输危险化学品时应附有与危险化学品完全一致的化学品安全技术说明书，而且要在包装（包括外包装件）上加贴或者栓挂与包装内危险化学品完全一致的化学品安全标签。

危险化学品生产企业若发现其生产的危险化学品有新的危害特性时，应当立即公告，并且及时修订其安全技术说明书和安全标签。

② 化学品安全技术说明书的作用。国家标准《化学品安全技术说明书编写规定》（GB 16483—2008）指出：化学品安全技术说明书（SDS）为化学物质及其制品提供了有关安全、健康和环保方面的各种信息，并能提供有关化学品的基础知识、防护措施和应急行动等方面的资料，是生产供应企业向用户提供基本危害信息的工具。化学品安全技术说明书需要每 5 年更新 1 次。

（2）化学品安全技术说明书（CSDS）包括以下内容。

① 化学品及企业的标识。主要标明化学品的名称、生产企业名称、邮编、地址、电话、传真等信息。

② 成分/组成信息。说明书要标明该化学品是纯化学品还是混合物。若为纯化学品，则要给出其化学品名称或商品名和通用名。若为混合物，则应给出危害性组分的浓度或浓度范围。

但是，无论是纯化学品还是混合物，若其中包含有害性组分，则应给出美国化学文摘索引的登记号（CAS 号）。

③ 危险性概述。简要概括出本化学品最重要的危害和效应，主要包括：危险的类别、侵入途径、健康危害、环境危害以及燃爆危险等信息。

④ 急救措施。需要指出在作业人员意外地受到伤害时，所需采取的现场自救或互救的简单处理方法，主要包括：眼睛接触、皮肤接触、吸入、食入的急救措施。

⑤ 消防措施。主要表示化学品的物理性质和化学特殊危险性、合适灭火的介质、不合适的灭火介质以及消防人员个体防护等方面的信息，主要包括：危险特性、灭火介质和方法，灭火时的注意事项等。

⑥ 泄漏应急处理。主要是指化学品泄漏后现场可应用的简单有效的应急措施、注意事项及消除方法，主要包括：应急人员防护、应急行动、环保措施、消除方法等内容。

⑦ 操作处置与储存。主要是指化学品操作处置和安全储存方面的信息资料，主要包括：操作处置作业中的安全注意事项、安全储存条件及注意事项。

⑧ 接触控制/个体防护。主要是指在生产、操作、搬运和使用化学品的作业过程中，为保护作业人员免受化学品危害而采取的防护手段和方法，主要包括：最高

允许浓度、工程控制、呼吸系统防护、眼睛防护、手防护、身体防护、其他防护要求。

⑨ 理化特性 主要描述化学品的外观和理化性质等方面的信息，主要包括：外观与性状、pH 值、相对密度、相对蒸气密度、饱和蒸气压、沸熔点、燃烧热、临界温度、临界压力、辛醇/水分配系数、引燃温度、闪点、爆炸极限、溶解性、主要用途以及其他一些特殊理化性质。

⑩ 稳定性和反应性。用于描述化学品的稳定性和反应活性方面的信息，主要包括：稳定性、禁配物、聚合危害、分解产物和应避免接触的条件。

⑪ 毒理学资料。提供化学品的毒理学信息，主要包括：不同接触方式的急性毒性（LD_{50}、LC_{50}）、致敏性、刺激性、亚急性和慢性毒性、致突变性、致畸性、致癌性等。

⑫ 生态学资料。描述了化学品的环境生态效应、行为和转归，主要包括：生物效应（如 LD_{50}、LC_{50}）、生物富集、生物降解性、环境迁移及其他对环境有害的影响。

⑬ 废弃处置。主要是指对被化学品污染的包装和无使用价值的化学品的安全处置方法，主要包括：废弃处置方法和注意事项。

⑭ 运输信息。主要是指国际、国内化学品包装、运输的要求及运输规定的分类和编号，主要包括：危险货物编号、UN 编号、包装类别、包装标志、包装方法及运输的注意事项等。

⑮ 法规信息。主要是化学品管理方面的法律条款和标准。

⑯ 其他信息。提供其他对安全有重要意义的重要信息，主要包括：填表时间、填表部门、数据审核单位等。

（3）化学品安全技术说明书的编写要求如下。

安全技术说明书中规定的十六项内容在编写时不可随意删除或合并，其顺序不可随意变更。各项目填写的要求、边界和层次，根据填写指南进行。其中十六大项必须填写，每个小项有三种选择，标明［A］项者，表示为必填项；标明［B］项者，表示此项若无数据，应写明原因（如无资料、无意义）；标明［C］项者，若无数据，此项可忽略。

安全技术说明书的正文应采用通俗易懂、简捷、明了的规范汉字表述。数字资料要准确可靠，系统全面。安全技术说明书的内容，需要从该化学品的制作之日起算，每五年更新一次，如果发现新的危害性，在有关信息发布后的半年内，生产企业必须对安全技术说明书的相关内容进行修订。

氯乙酸安全技术说明书示例如下所示。

化学品安全技术说明书

第一部分　化学品及企业标识

化学品中文名称：氯乙酸。

化学品商品名称：一氯醋酸、氯醋酸。

化学品英文名称：Chloroacetic Acid

企业名称：

地址： 邮编：

电子邮件地址：

传真号： 企业应急电话：

技术说明书编码： 生效日期：

登记号：

第二部分 组成/组成信息

纯品 ☑ 混合物 □

化学品名称：氯乙酸

有害物成分	浓 度	CAS NO
氯乙酸		79-11-8

第三部分 危险性概述

危险性类别：GB 8.1 类 酸性腐蚀品。

侵入途径：经皮吸收、吸入、食入

健康危害：本品有强刺激性、腐蚀性，毒性强，蒸气刺激黏膜。附着皮肤能引起烧伤。误服或皮肤接触，渗入血液可引起中毒，严重者可导致死亡。

环境危害：对水生生物有毒害作用。

燃爆危险：可燃，其粉体与空气混合，能形成爆炸性混合物。

第四部分 急救措施

皮肤接触：立即脱去污染的衣着，用大量流动清水冲洗20～30分钟，如有不适感，就医。

眼睛接触：立即翻开上下眼睑，用流动清水或生理盐水冲洗15分钟以上，如有不适感，就医。

吸入：迅速脱离现场，至空气新鲜处，保持呼吸道畅通。呼吸困难时，给输氧。如呼吸、心跳停止，立即进行心肺复苏术。就医。

食入：用水漱口，洗胃。给饮牛奶或蛋清。就医。

第五部分 消防措施

危险特性：遇明火、高热可燃。受高热分解产生有毒的腐蚀性烟气。与强氧化剂接触，可发生化学反应。遇潮时对大多数金属有腐蚀性。

有害燃烧产物：一氧化碳、氯化氢、光气。

灭火方法：用雾状水、二氧化碳、泡沫灭火。

灭火注意事项及措施：消防人员必须穿全身酸碱消防服，佩戴空气呼吸器、灭火器进入现场。尽可能将容器从火场移至空旷处。喷水保持火场容器冷却，直至灭火结束。

第六部分 泄漏应急处理

应急行动：隔离泄漏污染区，限制出入。消除所有点火源。建议应急处理人员戴防尘口罩、穿防酸碱服。穿上适当的防护服前严禁接触破裂的容器和泄漏物。尽可能切断泄漏源。用塑料布遮盖泄漏物，减少飞散。勿使水进入包装容器内。用清洁的铲子收集泄漏物，置于干净、干燥、盖子较松的容器中，将容器移离泄漏区。

第七部分　操作处置与储存

操作处置注意事项：密闭操作，局部通风。操作人员必须经过专门的培训，严格遵守操作规程。简易操作人员佩戴导管式防毒面具，穿橡胶耐酸碱服，戴橡胶耐酸碱手套。远离火种、热源，工作场所严禁吸烟。使用防爆型通风系统和设备。避免产生粉尘。避免与氧化剂、还原剂、碱类接触。搬运时要轻装轻卸，防止包装及容器损坏。配备相应品种和数量的消防器材及应急处理设备。倒空的容器可能残留有害物。

储存注意事项：储存于阴凉、通风良好的专用库房内，实行"双人收发，双人保管"制度。远离火种、热源，库温不超过32℃，相对湿度不超过80%。应与氧化剂、还原剂、碱类、食用化学品分开存放，切忌混放。配备相应品种和数量的消防器材。储区内应备有合适的材料收容泄漏物。

第八部分　接触控制/个体防护

mAC（mg/m³）：未制定标准。　　　　PC-TWA（mg/m³）：未制定标准。
PC-STEL（mg/m³）：未制定标准。　　TLV-C（mg/m³）：未制定标准。

监测方法：溶剂解析-气象色谱法。

工程控制：密室操作，局部排风。提供安全淋浴和洗眼设备。

呼吸系统防护：可接触其蒸气或烟雾时，必须佩戴过滤式防毒面具（全面罩）。必要时佩戴空气呼吸器。

眼睛防护：防护系统中已作防护。

身体防护：穿橡胶耐酸服。

手防护：戴橡胶耐酸手套。

其他防护：工作场地禁止吸烟，饭前要洗手、进食和饮水，工作完毕，淋浴更衣。注意个人清洁卫生。

第九部分　理化特性

外观与性状：无色结晶，有潮解性，有刺激性气味。

pH值：无意义。

熔点（℃）：189。　　　　相对密度：1.4～1.58（水＝1）。
沸点（℃）：50～63。　　相对蒸气密度：3.26（空气＝1）。
辛醇/水分配系数：0.22。
闪点（℃）：126。　　　　爆炸上限：无资料。
引燃温度（℃）：＞500。　爆炸下限：8%。

溶解性：易溶于水，能溶于乙醇、乙醚、二氧化硫和氯仿。

主要用途：用于制农药和有机合成的中间体。

第十部分　稳定性和反应性

稳定性：稳定。

禁配物：强氧化剂、强碱、强还原剂。

避免接触的条件：潮湿空气。

聚合危害：不聚合。

分解产物：氯化氢、光气。

第十一部分　毒理学资料

急性毒性：本品的钠盐属中等毒。中毒表现为反应迟钝，体重减轻，1～3天内死亡。豚鼠皮肤 5％～10％ 面积上涂本品，在 5 小时后相继死亡。死亡前有血尿、抽搐及昏迷现象。

LD_{50}：大鼠经口 $LD_{50}=76mg/kg$；小鼠经口 $LD_{50}=255mg/kg$。

LC_{50}：大鼠吸入 $LC_{50}=180mg/m^3$。

人吸入 LCLO（mg/m^3）：

亚急性与慢性毒性：大鼠饲料中含 1％ 的氯乙酸时，在 200 天实验期内，生长缓慢，发现肝糖原增加，其他无特殊危害。

致突变性：哺乳动物体细胞突变：小鼠淋巴细胞 400mg/L。姐妹染色体交换：仓鼠卵巢 160mg/L。细胞遗传学分析：大鼠经口 $0.5×10^{-9}$。

第十二部分　生态学资料

生态毒理毒性：半数致死浓度 $LC_{50}=150mg/L/96h$（鱼）；半数效应浓度 $EC_{50}=30mg/L/48h$（水蚤）。

生物降解性：土壤半衰期-高（小时）：168。土壤半衰期-低（小时）：24。空气半衰期-高（小时）：2050。空气半衰期-低（小时）：205。地表水半衰期-高（小时）：168。地表水半衰期-低（小时）：24。地下水半衰期-高（小时）：336。地下水半衰期-低（小时）：48。水相生物降解-好氧-高（小时）：168。水相生物降解-好氧-低（小时）：24。水相生物降解-厌氧-高（小时）：672。水相生物降解-厌氧-低（小时）：96。水相生物降解-二次沉淀处理-高（小时）：19000。水相生物降解-二次沉淀处理-低（小时）：1900。

非生物降解性：水相光解半衰期-高（小时）：19000。水相光解半衰期-低（小时）：1900。光解最大光吸收-高（纳米）：360。空气中光氧化半衰期-高（小时）：2300。空气中光氧化半衰期-低（小时）：230。一级水解半衰期（小时）：23000。

其他有害作用：无资料。

第十三部分　废弃处置

废弃物性质：危险废物、废弃。

废弃处置方法：建议用焚烧法处置。与燃料混合后，再燃烧。焚烧炉排出的卤化氢通过酸洗涤器除去，或用酸掩埋法处置。

废弃注意事项：处置前应参阅国家和地方有关法规。

第十四部分　运输信息

危险货物编号：81603。

UN 编号：1751。

包装类别：Ⅱ。

包装标志：腐蚀品。

包装方法：塑料袋外塑料桶（固体）；塑料桶（液体）；耐酸坛或陶瓷瓶，普通木箱或半花格木箱；玻璃瓶或塑料桶（罐），普通木箱或半花格木箱；磨砂口玻璃瓶或螺纹口玻璃瓶，普通木箱；螺纹口玻璃瓶、铁盖压口玻璃瓶、塑料瓶或金属桶（罐），普通木箱；螺纹口玻璃瓶、塑料瓶或镀锡薄钢饭桶（罐），满底板花格箱、纤维板箱或胶合板箱。

运输注意事项：启运时包装要完整、装载应稳妥。运输过程要确保容器不泄漏、不倒塌、不坠落、不损坏。严禁与氧化剂、还原剂、碱类、食用化学品等混装混运。运输途中应防暴晒、防雨淋、防高温。

第十五部分　法规信息

下列法律法规和标准，对化学品的安全使用、储存、运输、装卸、分类和标志等方面均作了相应规定：中华人民共和国安全生产法（2002年6月29日第九届全国人大常委会第二十八次会议通过）；中华人民共和国职业病防治法（2001年10月27日第九届全国人大常委会第二十四次会议通过）；中华人民共和国环境保护法（1989年12月26日第七届全国人大常委会第第十一次会议通过）；化学危险物品安全管理条例；（2002年1月9日国务院令第52次常务会议通过）；安全生产许可证条例（2004年1月7日国务院第34次常务会议通过）；常用危险化学品分类及标志（GB 13690—92）；危险化学品名录；剧毒化学品名录。

填表时间：

填表单位：

数据审核单位：

修改说明：

其他信息：

3.1.5.2　危险化学品安全标签

（1）危险化学品安全标签的内容如下。

《化学品安全标签编写规定》（GB 15258—2009）明确指出：安全标签用于标示化学品所具有的危险性和安全注意事项的一组文字、象形图和编码组合，它可粘贴、挂栓或喷印在化学品的外包装或容器上；安全标签应由生产企业在货物出厂前粘贴、挂栓、喷印在包装或容器的明显位置；如果需要改换包装，则要由改换单位重新粘贴、挂栓、喷印。

① 化学品名称。用中文和英文分别标明化学品的化学名称或通风名称。名称要求醒目清晰，位于标签的上方名称应与化学品安全技术说明书中的名称一致。

对混合物应标出对其危险性分类有贡献的主要组分的化学名称或通用名、浓度或浓度范围。当需要标出的组分较多时，组分个数以不超过5个为宜。对于属于商业机密的成分可以不标明，但应列出其危险性。

② 象形图。采用GB 20576～GB 20599、GB 20601～GB 20602规定的象形图。

③ 信号词。根据化学品的危险程度和类别，用"危险"、"警告"两个词分

别进行危害程度的警示。信号词位于化学品名称的下方，要求醒目、清晰。根据 GB 20576～GB 20599、GB 20601～GB 20602，选择不同类型危险化学品的信号词。

④ 危险性说明。简要概述化学品的危险特性。居信号词下方，根据 GB 20576～GB 20599、GB 20601～GB 20602，选择不同类别危险化学品的危险性说明。

⑤ 防范说明。表述化学品在处置、搬运、储存和使用作业中所必须注意的事项和发生意外时简单有效的救护措施等，要求内容简明扼要、重点突出。该部分应包括安全预防措施、意外情况（如泄漏、人员接触或火灾等）的处理、安全储存措施及废弃处置等内容。

⑥ 供应商标识。供应商名称、地址、邮编和电话等。

⑦ 应急咨询电话。填写化学品生产商或生产商委托的 24 小时化学事故应急咨询电话。国外进口化学品安全标签上应至少有一家中国境内的 24 小时化学事故应急咨询电话。

⑧ 资料参阅提示语。提示化学品用户应参阅化学品安全技术说明书。

⑨ 危险信息先后排序。当某种化学品具有两种及两种以上的危险性时，安全标签的象形图、信号词、危险性说明的先后顺序规定如下。

a. 象形图先后顺序。物理危险象形图的先后顺序，根据 GB 12268 中的主次危险性确定，未列入 GB 12268 的化学品，以下危险性类别的危险性总是主危险：爆炸物、易燃气体、易燃气溶胶、氧化性气体、高压气体、自反应物质和混合物、发火物质、有机过氧化物。其他主危险性的确定按照联合国《关于危险货物运输的建议书规章范本》危险性先后顺序确定方法确定。

对于健康危害，按照以下先后顺序：如果使用了骷髅和交叉骨图形符号，则不应出现感叹号图形符合；如果使用了腐蚀图形符号，则不应出现感叹号来表示皮肤或眼睛刺激；如果使用了呼吸致敏物的健康危险图形符号，则不应出现感叹号来表示皮肤致敏物或者皮肤/眼睛刺激。

b. 信号词先后顺序。存在多种危险性时，如已在安全标签上选用了信号词“危险”，则不应出现信号词“警告”。

c. 危险性说明先后顺序。所有危险性说明都应当出现在安全标签上，按物理危险、健康危害、环境危害顺序排列。

（2）安全标签的制作如下。

① 编写。标签正文应使用简捷、明了、易于理解、规范的汉字表述，也可以同时使用少数民族文字或外文，但意义必须与汉字相对应，字形应小于汉字。相同的含义应用相同的文字或图形表示。

当某种化学品有新的信息发现时，标签应及时修订。

② 颜色。标签内象形图的颜色根据 GB 20576～GB 20599、GB 20601～GB 20602 的规定执行，一般使用黑色图形符号加白色背景，方块边框为红色，正文应使用与底色反差明显的颜色，一般采用黑白色。若在国内使用，方块边框可以为黑色。

③ 标签尺寸。对不同容量的容器或包装，标签最低尺寸见表3-8。

表 3-8　标签最低尺寸

容器或包装容积/L	标签尺寸/mm	容器或包装容积/L	标签尺寸/mm
≤0.1	使用简化标签	50～500	100×150
0.1～3	50×75	500～1000	150×200
3～50	75×100	>1000	200×300

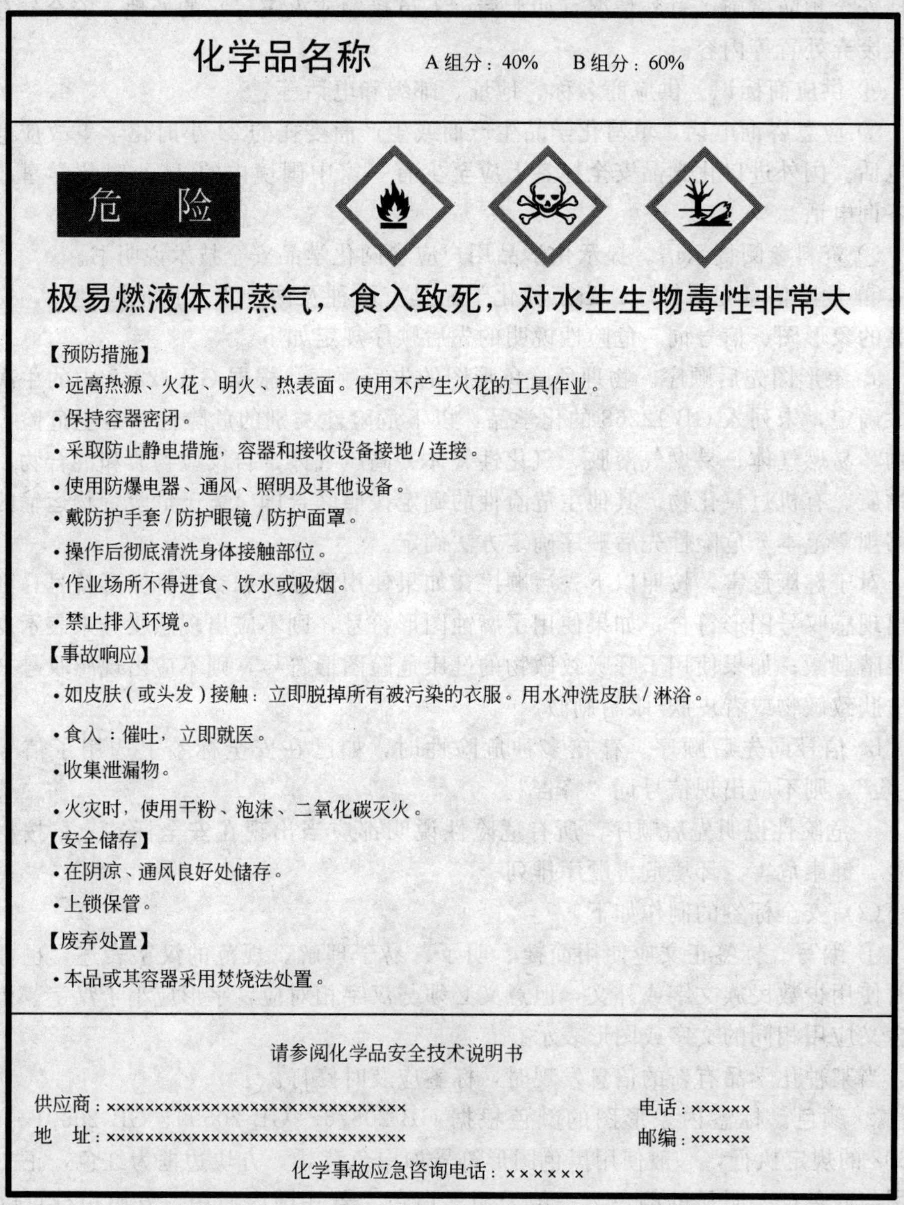

化学品名称　　A组分：40%　　B组分：60%

危　险　　　　

极易燃液体和蒸气，食入致死，对水生生物毒性非常大

【预防措施】

·远离热源、火花、明火、热表面。使用不产生火花的工具作业。

·保持容器密闭。

·采取防止静电措施，容器和接收设备接地/连接。

·使用防爆电器、通风、照明及其他设备。

·戴防护手套/防护眼镜/防护面罩。

·操作后彻底清洗身体接触部位。

·作业场所不得进食、饮水或吸烟。

·禁止排入环境。

【事故响应】

·如皮肤(或头发)接触：立即脱掉所有被污染的衣服。用水冲洗皮肤/淋浴。

·食入：催吐，立即就医。

·收集泄漏物。

·火灾时，使用干粉、泡沫、二氧化碳灭火。

【安全储存】

·在阴凉、通风良好处储存。

·上锁保管。

【废弃处置】

·本品或其容器采用焚烧法处置。

请参阅化学品安全技术说明书

供应商：×××××××××××××××××××××××××　　电话：××××××

地　址：×××××××××××××××××××××××　　邮编：××××××

化学事故应急咨询电话：××××××

图 3-4　安全标签样例

④ 印刷方法如下。

a. 标签的边缘要加一个黑色边框，边框外应留大于或等于 3mm 的空白，边框宽度大于或等于 1mm。

b. 象形图必须从较远的距离以及在烟雾条件下或容器部分模糊不清的条件下也能看到。

c. 标签的印刷应清晰，所使用的印刷材料和胶黏材料应具有耐用性和防水性。

3.1.5.3 安全标签的使用

（1）使用方法如下。

① 安全标签应粘贴、挂栓或喷印在化学品包装或容器的明显位置。

② 当与运输标志组合使用时，运输标志可以放在安全标签的另一面板，将之与其他信息分开，也可放在包装上靠近安全标签的位置。后一种情况下，若安全标签中的象形图与运输标志重复，安全标签中的象形图应删掉。

③ 对组合容器，要求内包装加贴（挂）安全标签，外包装上加贴运输条形图，如果不需要运输标志可以加贴安全标签。

（2）标签的位置规定如下。

① 瓶形或桶形包装：应位于瓶、桶的侧身。

② 箱状包装：应位于包装端面或侧面明显处。

③ 袋或捆包装：应位于包装明显处。

（3）使用注意事项如下。

① 安全标签的粘贴、挂栓或喷印应牢固，保证在运输、储存期间不脱落，不损坏。

② 安全标签应由生产企业在货物出厂前粘贴、挂栓或喷印。若需改换包装，则由改换包装单位重新粘贴、挂栓或喷印标签。

图 3-5 简化标签样例

49

③ 盛装危险化学品的容器或包装，在经过处理并确认其危险性完全消除之后，方可撕下安全标签，否则不能撕下相应的标签。

3.1.5.4 安全标签及运输标志使用说明

危险化学品安全标签样例如图 3-4 所示，简化的安全标签样例如图 3-5 所示，危险化学品安全标签与运输标志粘贴样例如图 3-6 和图 3-7 所示。

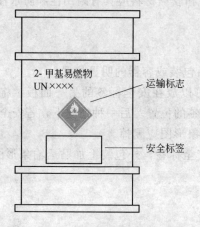

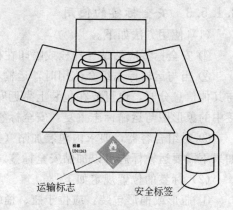

图 3-6　单一容器安全标签粘贴样例　　　　图 3-7　组合容器安全标签粘贴样例

3.2　危险化学品物流机械

危险化学品搬运的安全技术主要体现在危险化学品的包装以及物流机械本身和操作规程上。

3.2.1　叉车

目前市场上叉车品牌众多，车型复杂，加之产品本身技术性、操作专业性强，因此车型的选择及供应商的原则是企业经常面临的问题。本小节主要从车型分类、品牌、性能判别等方面来学习这部分知识。

3.2.1.1　车型分类

叉车有两种分类形式，按动力源分类和按结构形式分类。其中按动力源可分为以内燃机为动力的内燃叉车和以蓄电池和交流电为动力的电动叉车。

（1）内燃平衡重式叉车。内燃平衡重式叉车由动力部分、底盘部分、电气设备、工作装置以及液压系统五部分组成。

① 动力部分的作用是燃烧供入其中的燃料，从而发出动力，通过传动装置驱动叉车行驶并带动其他附属设备。它由曲轴连杆机构、配气机构、冷却系统、润滑系统、燃油供给系统和点火系统（汽油发动机专用）等构成。

② 底盘部分由传动装置、行驶装置、转向装置以及制动装置等组成。

③ 电气设备由电源、发动机的启动系和点火系以及叉车信号、照明等用电设

备组成。

④ 工作装置位于叉车的前部，其作用是用来叉取和升降货物。它由门架、滑架货叉等组成。

⑤ 液压系统是用来驱动工作装置，以完成各种装卸作业的任务。它主要由油泵、油缸、换向阀和油管等组成。

（2）电瓶叉车。电瓶叉车又称为蓄电池叉车，与内燃叉车相比较，电瓶叉车结构较为简单，操作方便，动作灵活，维修保养比较容易。与内燃叉车相比，它需要有一套充电设备及其工作人员；此外，它的走行速度低，对路面要求也较高；爬坡能力较弱。

电瓶叉车主要由起升机构、前桥、制动系统、减速箱、转向机构、后桥、液压系统、蓄电池组、电气系统和车架等组成。这些部分分别连接于车架上，构成一台完整的电瓶叉车。电瓶叉车的车架用钢板和型钢焊接而成，结构形式采用底架式。由于车架是叉车的机架，几乎叉车上所有的零部件都安装在机架上，所以，它应当具有足够的强度和刚度，保证作业时可以承受各种载荷的作用。

图 3-8　平衡重式叉车

走行电动机安装于车架中部，起升机构、转向、制动、液压、控制操作系统都安装在车架前部。在车架后部放置后桥电瓶和平衡重块。电瓶叉车又可分为平衡重式叉车（图 3-8）、插腿式叉车、前移式叉车、侧面式叉车和其他特殊场地专用叉车。其中平衡重式叉车是叉车的基本类型，它有很强的应用性，是一种使用最为广泛的搬运机械。

3.2.1.2　叉车的功能

叉车设有工作装置，它具有自行升降和前后倾斜的功能，可以完成成件包装物资和集装物资的装卸、搬运及拆码垛作业。若配备其他工具，还可以用于散装货物和非包装的其他成件货物的装卸作业。因此被广泛用于车站、机场、货场、仓库、码头和工厂等场所。叉车的功能具体可归纳为以下几条。

① 可有效地降低劳动强度，节约劳动力，提高劳动生产率。经实践证明，只要能科学合理地使用叉车，一台叉车通常可以代替 8～15 个装卸工人的体力劳动。当发一个 60 吨位的车皮，若不用叉车，一般需用 40～50 名装卸工人，1.5～2 小时才能完成任务。如果使用叉车，再配合其他搬运工具，只需 10 人，约 1 小时就能完成。

② 因为作业率的大大提高，有效地缩短了装卸、搬运以及堆码的作业时间，从而加快了车辆和船的周转。

③ 可采用托盘和集装箱，简化货物包装，降低装卸成本，为国家节约大量的包装费用。

④ 可以提高库房的有效利用面积。

⑤ 可提高装卸作业的安全感。因为叉车的作业解除了笨重的手工作业，减少了货物的破损和人员的工伤事故。

3.2.1.3 叉车型号的识别

目前国内还没有一个统一的叉车型号的编制方法，既有机械工业部颁发的 JB 标准，也有铁道部的标准，还有其他一些生产厂家自己定的型号等。但是，目前使用最多的还是机械工业部颁发的标准，以下以"JB 2390—78"标准为例来分析内燃重式叉车型号的含义。

"JB 2390—78"标准规定的内燃平衡重式叉车型号一般有 6 位阿拉伯字母及数字，各数字的含义如下。

第一位字母代表叉车的代号。

第二位字母代表叉车的类型代号，如：P——平衡重式；C——侧插式；Q——前移式；T——插腿式；B——低起升高度插腿式；X——集装箱车；K——通用跨车；KX——集装跨车；KM——龙门跨车。

第三位数字代表动力配制代号，如：柴油内燃发动机用 C 表示；汽油内燃发动机用 Q 表示；以燃烧液态石油气为动力用 Y 表示；以蓄电池和交流电为动力源的叉车用 D 表示。

第四位字母表示叉车底盘的动力传动形式，机械传动不标出，动液传动用字母 D 表示，静液传动用字母 J 表示。

第五位数字代表叉车额定起重量，单位为吨。

第六位字母代表叉车的换代号，其顺序是按汉语拼音顺序表示。

例如：CPQ4C 表示经过第三次改形、额定起重量为 4 吨、机械式传动、以汽油发动机为动力源的平衡重式叉车。CPCD8 表示起重量 8 吨、液力机械传动、以柴油机为动力源的平衡重式叉车。"JB 2390—78"标准规定的国产电动式叉车一般由 5 位字母及数字组成，各位数字表示的含义如下。

第一位字母代表叉车代号，用 C 来表示；

第二位字母代表叉车的类型代号，同上；

第三位字母代表叉车的动力源为电动式；

第四位数字代表叉车的额定起重量，单位为吨；

第五位字母代表叉车换代号。

例如：CTD3 表示额定起重量为 3 吨、插腿式电动叉车。

新标准为 JB 2390—2005，基本内容与上面一样，只是对表示叉车额定起重量的数字及单位做出了调整，新标准下所标的额定起重量单位为 100 千克，也就是所标的数字乘上 100 为起重量（千克）。例如：CPQD20B（JB/T 2390—2005）表示第二次改进的额定起重量为 2000 千克的汽油发动机动液传动的平衡重式叉车。

3.2.1.4 叉车在作业中的注意的事项

(1) 在叉取货物和托盘时，叉车的货叉应该对准托盘的插入孔，水平方向插入，尽量避免碰撞。

(2) 取托盘时，当货叉插入托盘后，稍微起升，货叉面紧贴托盘，然后门架后倾，再升货叉。

(3) 放托盘时，要先降货叉至离地面 100mm 左右，操纵液压分配器手柄，让门架垂直，降下货叉使托盘落地，再使叉车后退，货叉从托盘插孔中脱出。

(4) 禁止单叉作业，或使用货叉顶货、拉货；禁止同时接通两个或两个以上的动作电路。

(5) 叉车作业时做到五不插。

① 货物超载时不插。

② 货物重心超过货叉载荷中心，后轮翘起时不插。

③ 单载、偏载不插。

④ 货物堆码不稳不插。

⑤ 叉尖可能损坏货物时不插。

(6) 库内或车内码放载货托盘时，每垛不可超过四盘。

(7) 叉车叉取危险化学品、易碎品、贵重品或装载不稳的货物时，要先用安全绳捆绑，并有专人引导，方可行驶。

(8) 两台以上叉车同时装卸货车时，需要有专人指挥，并严格执行呼唤应答制度。

(9) 装卸棚车时，外侧车门可以全开，以增加亮度，但必须加设安全防护装置，防止从外侧跌落下去。

3.2.1.5 叉车的选用

叉车的选型与存储形式的设计是密不可分的。设备选型上的失误，通常会造成效率低或者易发生事故，严重时需要拆除或重建仓库。所以在仓储系统的初期设计及设备选择时，除了要考虑车型所适用的高度与巷道空间之外，还需要结合自身的条件，综合考虑其他因素。

(1) 影响因素如下。

① 托盘：尺寸影响叉车的选用（大部分的叉车是以托盘为操作单位的）。

② 地坪：要考虑其光滑度、平整度、承重能力（高度提升时）等。

③ 电梯、集装箱的高度。

④ 日作业量：就是指装卸能力。

其他的还有轮子材质、作业高峰期、建筑限制等影响因素。

(2) 选用原则如下。

满足使用性能的要求。了解叉车性能参数，如转型半径 1～4 米不等。

使用费用低、效率高的叉车。如燃料消耗少，维护保养费用低。

(3) 品牌的选择如下。

国内的主要品牌有：湖南叉车、洛阳一拖、上力重工、合肥搬易通、合力、湖南衡力等品牌。

国外的品牌有：德国的林德，日本的丰田、小松、TCM、力至优、尼桑，美国的海斯特、皇冠等品牌。

3.2.2 起重机

起重机是在一定范围内垂直提升和水平搬运重物的多动作起重机械，又称为吊车。它主要是用来吊运成件物品，在配备适当吊具后也可吊运散状物料和液态物料。

起重机的工作特点是作间歇性运动，是指在一个工作循环中取料、运移、卸载等动作的相应机构是交替工作的。各部件经常处于启动、制动和正反方向运转的工作状态。

起重机一般按结构可以分为臂架型起重机和桥架型起重机。臂架型起重机包括塔式起重机、浮游起重机、自行式起重机、门座起重机、由桅杆和臂架组成的桅杆起重机、沿着墙壁运行的壁行起重机和装在船舶甲板上的甲板起重机等；桥架型起重机包括龙门起重机、桥式起重机、运载桥和缆索起重机等。起重机还可以按用途、驱动方式和机动性等特点分类。

起重机的操作方式有很多，一般是在司机室内操纵；或在地面上用按钮操纵；还可以采用有线或无线的远距离控制。在完成固定程序的作业时，可以使用程序控制的方法自动完成多种动作。

起重机的故障会引发重大的人身事故和经济损失，因此，需在起重机上装有各种安全装置，例如，防止超载的负荷限制器，用以限制起重机、起重小车或吊具位置的行程开关，避免起重机被大风吹走的起重机夹轨器，以及信号装置等。臂架型起重机要特别注意整体的稳定性，即保证它在外载荷作用下不会倾翻。

现今，起重机的主要发展趋势是：研发更合理的金属结构、机构和零部件，来减少金属消耗量；研发大起重量的起重机；提高工作速度、扩大调速范围；研究结构的振动问题；增强金属结构、机构和电气设备的可靠性和使用寿命；改善司机的操作条件，保证作业安全，提高自动化控制程度，并扩大远距离控制系统的使用范围，特别是把它们应用到作业频繁的仓库堆垛起重机以及环境恶劣的冶金起重机上。

3.2.3 集装箱正面吊

集装箱正面吊（图 3-9）是专为 20 英尺（1 英尺＝0.3048 米）和 40 英尺国际集装箱设计的特殊工具，主要用于集装箱的堆叠和码头、堆厂内的水平运输，与叉车相比，集装箱正面吊具有机动灵活性、方便操作、稳定性好、轮压较低、堆码层数高和堆厂利用率高等优点。还可以进行跨箱作业。尤其适用于中小港口、铁路中转站和公路中转站的集装箱装卸，还可在大型集装箱码头作为辅助设备使用。

集装箱正面吊是由工程机械底盘、伸缩臂架、集装箱吊具等几部分组成，底盘装有发动机、动力换挡变速箱、前桥、转向系统、驾驶室、后桥、车架、配重、车轮等部件；伸缩臂架装有伸缩油缸，俯仰油缸，臂架等部件；集装箱吊具装有旋转机构、上架、连接架、伸缩架、底架、防摇油缸、侧移油缸、伸缩油缸、旋锁油缸等部件。

集装箱正面吊有可伸缩和左右旋转的集装箱吊具，可以用于 20 英尺和 40 英尺集装箱装卸作业，吊装集装箱时正面吊不一定要与集装箱垂直，也可以与集装箱成夹角作业。起吊后，吊具可以旋转，便于通过比较狭窄的通道。同时，吊具可以左右侧移各

图 3-9　集装箱正面吊

800mm，便于在吊装时对箱，提高作业效率。即使场地条件较差的货运站，正面吊也能正常作业。

伸缩式的臂架，可带载变幅，集装箱起降要由臂架伸缩和变幅来完成，在臂架伸出和俯仰油缸伸出时，起升的速度较快，在下降的时同时锁入，可获得较快的下降速度。作业时，可同时完成整车行走、变幅、臂架伸缩动作，因此具有较高的工作效率。

3.2.4　管道输送

管道运输是使用管道输送流体货物的一种运输方式，所输送的货物主要是油品（如原油和成品油）、天然气（包括油田伴生气）、煤浆及其他矿浆。管道输送是随着石油开发而兴起的，并伴随着石油、天然气等流体燃料的需求的增长而发展。

管道运输不同于用一般的车、船舶、飞机等运输方式，管道是静止的，它采用输送设备（如泵、压缩机等）驱动货物，使货物经过管道流向目的地。因此，管道运输具有以下特性。

（1）运输量大。一条管径 720 毫米的管道，在一年内可以输送易凝高黏原油 2000 万吨以上，相当于一条铁路的运量；而一条 1220 毫米的管道，年输送量可高达 1 亿吨以上。

（2）永久占用土地少，易于选取捷径来缩短运距。管道多埋藏于地下，其中埋入地下部分一般占管道总长度的 95% 以上，因此永久占用土地少。管道可以从河流、湖泊甚至海洋的水下穿过，也可以翻越高山，跨越沙漠，允许敷设坡度相比于铁路、公路大，易于选取捷径缩短运距。

（3）可长期稳定运行。管道受恶劣气候条件的影响较小，因此，可以长期连续不断地稳定运行。

（4）便于管理。易于远程监控，维修量小，劳动生产率高，便于运输管理。

（5）损耗少，安全可靠。易燃的油、气密闭于管道中，不但可减少挥发损耗，安全性又较高于其他运输方式，且系统机械故障率低。

（6）耗能低、运输费用低。输送公里/吨的轻质原油所需能耗只有铁路的1/17～1/2。成品油运费为铁路的1/6～1/3，接近于海运，且无需装卸、包装，也没有空车回程问题。

（7）沿途无噪声、漏失污染少。管道输送不仅不会造成沿途的噪声污染，而且据近10年西欧石油管道的统计，漏失污染量只是输送量的4%。

但是管道运输也存在不如其他运输方式的地方，如灵活性差，承运的货物比较单一，货源减少时不可改变路线，当运输量降低较多且超出其合理运行范围时，很难发挥其优越性。因此目前只进行定点、量大、单项的流体运输。

3.3 危险化学品物流消防与防暴技术

3.3.1 灭火与消防

3.3.1.1 燃烧的条件

（1）燃烧的定义。燃烧是一种同时产生光和热的剧烈的氧化还原反应。在氧化还原反应中，某些物质被氧化而另外一些物质被还原。

燃烧反应必须具有的如下3个特征：

① 剧烈的氧化还原反应。

② 释放出大量的热。

③ 发光。

在日常生活和生产中常见的燃烧现象多是可燃物与空气中的氧气所进行的剧烈的氧化还原反应，但是并非所有的燃烧反应都要有氧参加，如铁或者氢在氯气中的反应均具上述特征，也都属燃烧反应。

（2）燃烧的必要条件。燃烧必须同时具备三个条件，也称为燃烧三要素。

① 有可燃物存在。固体物质如煤、硫黄、木材；液体物质如汽油、苯；气体物质如乙炔、氢气等。

② 有助燃物存在（或有氧化剂存在）。常见的氧化剂有空气（主要指其中的氧）、纯氧或是其他具有氧化性的物质。

③ 有点火源存在。如高温的灼热体、碰撞或摩擦所产生的热量或静电火花、电气火花、明火、化学反应热和绝热压缩产生的热能等。

三个条件都是不可或缺的，否则不会引起燃烧。

但是并非具备了上述三个条件就一定能引起燃烧，而是要达到一定的比例，例如，当甲烷在空气中的浓度小于5.3%或者大于14%时，由于甲烷浓度过低或氧气浓度过低，都不能引起甲烷燃烧。此外，要使燃烧发生必须具备一定能量的点火源。如果用热能引燃甲烷和空气的混合物，在点燃温度低于595℃时燃烧便不能发生。如果用电火花点燃，则最小点火能量为0.281J，若点火源的能量小于该数值，该混合气体便不着火。

（3）燃烧的充分条件。燃烧可以分为有焰燃烧和无焰燃烧两种。对于无焰燃烧，只要可燃物、氧化剂和温度这三个条件同时存在时，燃烧就可以发生。然而，对于有焰燃烧，除上述条件外，还必须存在没有受到抑制的链式反应，燃烧才可以持续下去。

所谓链式反应，就是当某种可燃物受热时，不仅会发生气化反应，而且其分子会发生热裂解作用，从而产生自由基。自由基是一种高度活泼的化学形态，能够与其他自由基或分子发生反应，从而使燃烧持续下去。链式反应包括三个基本过程：链引发、链转移和链终止。

① 链引发：反应物在一定外界条件的作用下，产生具有高度活泼化学形态的自由基的过程。如：H-H 在某种特殊条件的作用下可以变为 2H。

② 链转移：高度活泼的自由基与反应物继续发生反应，持续不断地生成新的物质与活泼的自由基。

③ 链终止：活泼自由基与其他活泼的微粒相结合，形成性质较为稳定的化合物，从而减少自由基，促使反应停止。

3.3.1.2　灭火的原理与方法

根据物质燃烧原理和灭火的实践经验，灭火的基本方法有：减少空气中氧含量的窒息灭火法；隔离与火源相近可燃物质的隔离灭火法；降低燃烧物质温度的冷却灭火法；消除燃烧过程中自由基的化学抑制灭火法。

(1) 窒息灭火法。窒息灭火法是指阻止空气流入燃烧区，或使用惰性气体稀释空气，使燃烧物质因得不到足够的氧气而熄灭。在火场上采用窒息法灭火时，可选用石棉布、帆布、结实的棉布、沙土等不燃或难以燃的材料覆盖燃烧物或封闭孔洞；用水蒸气、惰性气体通入燃烧区域；利用建筑物上的门、窗或生产、储运设备上的盖、阀门等，封闭燃烧区，阻止新鲜空气流入等。此外，在万不得已而条件允许的情况下，也可采取用水淹没的方法。

(2) 冷却灭火法。冷却灭火法是一种常用的灭火方法。即将灭火剂直接喷洒到燃烧的物体上，使可燃物质的温度降到燃点以下终止燃烧。还可用灭火剂喷洒在火场附近的没有点燃的易燃物上起冷却作用，避免其受辐射热影响而着火。

(3) 隔离灭火法。隔离灭火法也是常用的灭火方法之一，是将燃烧的物质与附近未燃的可燃物质隔离或疏散开，使燃烧因缺少可燃物质而停止。这种灭火方法适用于扑救各种固体、液体和气体火灾。常用的措施有以下 3 种。

① 转移可燃、易燃、易爆物质和氧化剂，使其远离事故现场，并移至安全地点。

② 关闭阀门，以阻止可燃气体、液体流入燃烧区。

③ 用泡沫覆盖已着火的易燃液体表面，将燃烧区与液面隔开，阻止可燃蒸气进入燃烧区。

(4) 化学抑制灭火法。化学抑制灭火法即把灭火剂加入到燃烧反应中去，起到抑制反应的作用。具体说就是让燃烧反应中产生的自由基与灭火剂中的卤素原子相结合，生成性质稳定的分子或低活性的自由基，从而切断氢自由基与氧自由基连锁

反应链，终止燃烧。目前常用的 1211、1202、1301 都是抑制燃烧反应的灭火剂。使用这类灭火剂时，必须要将灭火剂准确地喷洒在燃烧区内，否则得不到好的灭火效果。

不同的基本灭火方法所采取的具体灭火措施是不同的。在灭火中，要根据可燃物的性质、燃烧特点、火场、火灾大小等具体条件以及消防技术装备的性质等实际情况，选择一种或几种合适的灭火办法。一般来说，几种灭火法综合运用效果较好。

3.3.1.3 灭火措施

（1）常用灭火剂及其适用性如下。

灭火剂能够有效地破坏燃烧条件，中止燃烧。灭火剂选择的基本要求是灭火效率高，使用方便，资源丰富，成本低廉，不会对人和环境造成伤害。常用灭火剂包括以下几种。

① 水（及水蒸气）。水是最常用的灭火剂，主要起到冷却降温的作用，也有隔离窒息的作用。它可以单独用于灭火，还可以与其他不同的化学添加剂组成混合物使用。除了带电物质的火灾、非水溶性燃烧液体和遇水燃烧物质的火灾外，一般都可以用水（及水蒸气）进行灭火。

② 泡沫灭火剂。泡沫灭火剂划分为化学泡沫灭火剂和空气泡沫灭火剂两大类。化学泡沫灭火剂主要是化学药剂混合发生化学反应产生的，通常是二氧化碳，可以覆盖易燃液面，起隔离与窒息的作用。空气泡沫灭火剂是由一定比例的水、泡沫液水和空气在泡沫发生器内机械混合搅拌而生产的气泡，泡内一般为空气。泡沫灭火剂主要适用扑救各种不溶于水的可燃、易燃液体的火灾，还可用来扑救木材、纤维、橡胶等固体的火灾。

③ 干粉灭火剂。常用的干粉灭火剂是由碳酸氢钠、细砂、石粉或硅藻土等组成的细颗粒固体混合物。干粉灭火剂是依靠压缩氮气的压力被喷射到燃烧物表面上，从而起到覆盖、隔离和窒息的作用。干粉灭火剂的灭火效率比较高，有非常广泛的用途，可用于可燃气体、易燃液体、油类、电器设备、遇水燃烧物质等物品的火灾。

④ 二氧化碳灭火剂。二氧化碳灭火剂是将二氧化碳压缩为液态的形式，并加压充装于灭火器中，二氧化碳气体从钢瓶喷出时一部分二氧化碳绝热膨胀，气化吸收大量的热，使另一部分二氧化碳迅速固化成固体（干冰），不燃也不助燃，能起到稀释氧浓度、隔离的作用。二氧化碳灭火剂可用于扑救电器设备和部分忌水性物质的火灾，还可用于扑救机械设备、精密仪器、图书、档案等的火灾。

⑤ 卤代烷灭火剂。卤代烷灭火剂在接触到高温表面或火焰时，分解产生活性自由基，大量捕捉、消耗燃烧链式反应产生的自由基，起到破坏和抑制燃烧链式反应的作用，从而起到迅速灭火作用。日常生活中，少量的食盐洒在火焰上可以加剧燃烧，但大量的食盐洒在高温火源处可以通过化学作用，吸收燃烧环节中的自由基，抑制燃烧。

⑥ 7150 灭火剂。7150 灭火剂是一种无色透明液体，其主要成分是三甲氧基硼氧六环，是有效扑救镁、铝合金等轻金属火灾的灭火剂。

⑦ 其他灭火剂。除了以上几种灭火剂外，惰性气体也可以作灭火剂。另外，用沙、土覆盖物来灭火也很广泛。

（2）灭火剂的选用方法如下。

火灾发生时，要根据火灾的类别和具体情况选择适当的灭火剂，以达到最好的效果。选用时可以参照表 3-9。

表 3-9　灭火剂种类及适用情况

灭火剂种类		灭 火 种 类				
		木材等一般火灾	可燃液体火灾		带电设备火灾	金属火灾
			非水溶性	水溶性		
水	直流	√	×	×	×	×
	喷雾	√	△	√	√	△
水溶液	直流	√	×	×	×	×
	喷雾	√	√	√	×	×
	水加表面活性剂	√	△	△	×	×
	水加增黏剂	√	×	×	×	×
	水胶	√	×	×	×	×
	酸碱灭火剂	√	×	×	×	×
泡沫	化学泡沫	√	√	×	×	×
	蛋白泡沫	√	√	×	×	×
	氟蛋白泡沫	√	√	×	×	×
	水成膜泡沫	√	√	×	×	×
	合成泡沫	√	√	×	×	×
	抗溶泡沫	√	△	√	×	×
	高、中倍数泡沫	√	√	×	×	×
特殊液体(7150灭火剂)		×	×	×	×	√
不燃气体	二氧化碳	△	√	√	√	×
	氮气	△	√	√	√	×
干粉	钠盐、钾盐干粉	△	√	√	√	×
	硝酸盐干粉	√	√	√	√	×
	金属火灾用干粉	×	×	×	×	√
烟雾灭火剂		×	√	×	×	×

注：√表示适用，×表示不适用，△表示一般不用。

3.3.1.4　防火防爆安全装置

（1）阻火装置。阻火装置的作用是防止火焰窜入容器、设备与管道内，或阻止

火焰在设备和管道内扩展。常见的阻火设备有安全液（水）封、水封井、阻火器和单向阀。

① 安全液封。通常装设在气体管线与生产设备之间，以水作为阻火介质。其作用的原理是：由于液封中装有不燃液体，因此无论液封的两侧中任一侧着火，火焰至液封处即可被熄灭，阻止火势的蔓延。

② 水封井。水封井是安全液封的一种，通常设置在含有可燃气体或油污的排污管道上，以防止燃烧、爆炸顺排污管道蔓延。其高度一般在 250mm 以上。

③ 阻火器。燃烧开始后，火焰在管中蔓延的速度随着管径的减少而减小。当管径小到某个极限值时，则管壁的热损失大于反应热，火焰也就不能传播，从而熄灭火焰，这就是阻火器的原理。在管路上连接一个内装金属网或砾石的圆筒，则可有效阻止火焰从圆筒的一端蔓延到另一端。

④ 单向阀。又称为止逆阀、止回阀，仅允许流体向一定方向流动，在遇到回流时自动关闭的一种器件，可防止高压燃烧的气流逆向窜入未燃低压部分引起管道、容器和设备的爆裂。液化石油气的气瓶上的调压阀就是这样一种单向阀。

（2）火灾自动报警装置。自动报警装置的作用是在感烟、感温、感光等火灾探测器接收到的火灾信号，借助灯光显示出火灾发生的部位并发出报警声，提示人们尽早采取灭火措施的装置。火灾自动报警装置主要由检测器、探测器和探头组成，根据其结构的不同，大致可分为感温报警器、感烟报警器、感光报警器和可燃气体报警器。若某个房间出现火情，既能在该层的区域报警器上显示出来，又能在总值班室的中心报警器上显示出来，便于及早采取措施，避免火势蔓延。

3.3.1.5 危险化学品运输的防火技术措施

（1）危险化学品运输的防火共性技术要求及措施如下。

危险化学品安全运输涉及诸多因素，物品的性质不同对防火运输的要求也不同，就共同技术要求和措施而言主要有以下几个方面。

① 要采取完好的包装。经验教训说明，要确保危险化学品运输的安全，首先必须要确保包装完好。成品出厂前就必须包装完好。这样即使内包装的材质与内容物长期接触也不能起化学反应，不会造成溶解、溶胀、软化和强度降低等物理反应。

如果内包装完好，而外包装损坏，需将外包装修好或重新包装好后，再进行装卸、运输。如果外包装字迹模糊，难以辨认，或发现外包装品名与内包装品名不相符时，不可贸然运输，要与生产单位或发货单位或用供单位联系，或退或换，不得装卸、运输不符合包装规定的货物。

② 要严格遵守并装禁忌的原则。任何一种运输方式，都必须严格遵守并装禁忌的原则，就是指两者相混能发生放热反应的物质，及灭火方法不同的物质，都不允许混装。

③ 要有适宜的气象条件。气象条件对危险化学品运输防火影响很大，气象条件不良时很容易导致危险化学品蒸发、泄漏、爆炸，引发火灾。因此，运输危险化

学品必须选择适宜的气象条件。

（2）危险化学品运输防火的个性技术要求及措施如下。

① 采用机动车运输。

a. 配备好消防器材。所有运输危险化学品的机动车辆必须有明显的标志，必须配备能扑救危险化学品火灾的适合的消防器材。

b. 导除静电。车辆在运行中会因摩擦、颠震等产生和积聚大量静电，需要及时导除。一般方法是在车身后面拖一条铁链或有色金属链。

c. 控制车速。若用汽车运输，应根据路面情况控制车速 5～40km/h 不等，如果路面平坦，且不易打滑，车速可适当加快，但最好不要超过 40km/h。

d. 槽车安全问题。装运液体物料的槽车的槽内应该是分隔的，以减轻液体在运输过程中的震荡，降低静电产生；槽车上的槽罐顶部应装置呼吸阀，不宜配置放空管；槽车应设双道放料阀门以免中途阀门渗漏。

e. 严格控制装货高度。汽车运输危险化学品时，要严格控制装货高度，例如，在使用 150L 的铁桶装易燃液体，则不可叠放。

f. 其他要求。汽车的车况不良时不可运输危险化学品；挂有拖斗的汽车不允许运输危险化学品；通常情况下，拖拉机也不能运输危险化学品；火车装运危险化学品时，要依照公安部和铁道部有关规定办理相关手续。

② 采用船运。散装量大的易燃液体最好选用特殊设计的船舶运输。船运危险物品时，要注意检查包装；执行并装禁忌原则；根据危险化学品的特性，配备相应的消防器材，配置温度指示仪来显示舱温，避免自燃或爆炸；易燃物品应防湿、防水。此外，船运时应注意船舱清洁，防止非危险物品因受海水腐蚀、受潮、日照、闷热等影响，自动发热、蓄热而引发事故。

③ 采用管道输送。管道运输与其他运输方式有很大不同，因此，在采用管道输送是要注意以下问题。

a. 液体危险化学品的管道输送应注意的问题。

输送易燃液体时不可以使用绝缘泵，防止产生静电，引发危险；可采用铁壳铜芯的离心泵，用蒸气往复泵最为合适。

输送液体危险化学品的管道内径要比输送泵的出口粗，以降低管道内壁所受的压力和液体运送过程中的阻力，减少跑、冒、满；同时可降低管道内的流速，这样可以大大减少静电危险。

管道的材质要进行适当的选择，材质要耐溶胀、耐腐蚀，而且管道要保证有足够的强度，其安全系数不应小于 3，使管道无爆炸的危险。

凝固点较高（0℃下）或环境温度与物料凝固点相比较低时要采取保暖措施。

易燃液体不可以使用压缩空气输送。如用惰性气体输送时，应严格控制压力，以防止管道的破裂。

b. 气体危险化学品的管道输送应注意的问题。

管道输送气体时，要防止泄漏，不得超压。

管道输送系统中要设停泵连锁装置，用以防止事故发生，确保安全。

（3）危险化学品运输防火的监管技术要求及措施如下。

监督管理是做好危险化学品运输防火的重要手段和措施，可以有效地防止物流过程运输火灾的发生。

① 严格持证运输上岗。运输易燃易爆化学品的车辆必须办理《易燃易爆化学物品准运证》，没有此证的车辆不得从事易燃易爆化学物品的运输业务；从事危险化学品车辆运输的驾驶员、押运员以及保管员等，必须持有经消防部门培训合格的上岗证，若无此证者不得从事易燃易爆化学品车辆运输驾驶、押运、保管工作。

② 严格遵守运输相关规定。

a. 运输单位和个人必须对装运物品进行严格检查，对包装不牢、破损、品名标签或标志等不明显的易燃易爆化学物品以及不符合安全要求的罐体、没有瓶帽的气体钢瓶等不得装运。

b. 注意轻拿轻放，防止碰撞、拖拉和倾倒。

c. 运输易燃易爆化学物品的车辆和船舱必须彻底清扫冲洗干净，才可以继续装运其他危险物品。

d. 化学性质、灭火方法、安全防护方法互相抵触的易燃易爆化学物品，不得混合装运。

e. 遇热易引起燃烧、爆炸或生成有毒气体的化学品，应按夏季限运物品的规定，宜在夜间运输，必要时要采取隔热降温措施。

f. 遇潮容易引起燃烧、爆炸或生成有毒气体的化学品，不宜在阴天或雨天运输；若必须在阴雨天运输时，不但要有良好的装卸条件外，还要有防湿、防潮、遮雨等措施。

g. 无关人员不得搭乘装有易燃易爆化学品的运输工具。

③ 严格运输车辆标示。运输易燃易爆化学危险物品的车辆必须严格按照国家规定注有明显的标识。其标识必须符合国家标志《道路运输危险货物车辆标志》（GB 19392—92）的要求。

运输压缩、液化气体和易燃液体的槽罐车的颜色，必须依照国家色标要求喷涂，并安装静电接地装置和阻火设备。

3.3.2 爆炸及防护

3.3.2.1 爆炸的特征及分类

爆炸是一种极为迅速的物理或化学的能量释放过程，爆炸过程中，体系内的物质以极快的速度将其内部所含有的能量释放出来，转变为机械功、光和热等能量的形态。所以一旦失控，发生爆炸事故，就会产生极大的破坏作用。爆炸产生破坏作用的根本原因是构成爆炸的体系内存在高压气体或在爆炸期间产生的高温高压气体或蒸气的骤然膨胀。爆炸体系和它周围的介质之间产生巨大的压力突变是爆炸的最重要特征，这种压力突变也是产生爆炸破坏作用的直接原因。

（1）爆炸的特征如下。

所谓爆炸，就是物质从一种状态迅速转变为另一种状态，并在瞬间以对外作机械功的形式放出大量能量的现象。爆炸现象一般具有这样的特征：爆炸过程进行得很快；爆炸点附近压力瞬间急剧上升；发出声响；周围建筑物或设备发生震动或遭到破坏。

（2）爆炸的分类如下。

① 按爆炸性质分类。

a. 物理爆炸：指由物理变化引起的爆炸，如蒸汽锅炉或液化气、压缩气体因超压引发的爆炸。

b. 化学爆炸：指由化学变化引起的爆炸，如可燃气体、蒸气的爆炸、炸药爆炸等。

② 按爆炸的速度分类。

a. 轻爆爆炸是指传播速度是每秒数十厘米至数米的过程。

b. 爆炸是指传播速度为每秒十米至数百米的过程。

c. 爆轰是指传播速度为每秒一千米至数千米以上的爆炸过程。

③ 按反应相分类。

a. 气相爆炸。

ⓐ 可燃气体混合物爆炸。

ⓑ 气体热分解爆炸。

ⓒ 可燃粉尘爆炸。

ⓓ 可燃液体雾滴爆炸。

ⓔ 可燃蒸气云爆炸。

b. 凝聚相爆炸。

ⓐ 液相爆炸。包括液体爆炸品的爆炸和聚合爆炸。

ⓑ 固相爆炸。包括爆炸性物质的爆炸以及固体物质混合、混融所引起的爆炸等。

3.3.2.2 运输中爆炸的防护及管理措施

（1）运输过程中爆炸的基本防护如下。

如果某种物质（如自反应物质或过氧化物）在运输中的温度超出其以包装形式运输时的特定值时，就可能会加速其分解或者发生猛烈的爆炸。为了防止这种分解的发生，在运输过程中必须要控制这种物质的温度。为了安全起见，其他对温度没有没控制要求的物质也可因商业要求在控温要求下运输。

某些特殊物质温度控制的规定是假设在运输过程中制定出来的，货物周围的环境温度不要超过 55℃，而且只是以 24 小时为周期的相对短时间内达到这一温度。如果是一般不需进行温度控制的物质运输，其运输环境条件可能会超过 55℃，可能就会需要控制温度，在这种情况下，就要采取相应措施控制温度。

（2）危险化学品运输爆炸防护技术措施如下。

爆炸危险化学品的运输主要有三种运输工具：船舶、火车及汽车。不同的运输

工具，对爆炸有不同的防护技术，必须综合考虑各种运输工具的基本运输规定和危险化学品的特殊性。可从危险化学品包装、装卸、运输工具、对本身的要求、操作规程、停放等方面考虑。

（3）危险化学品运输中的管理措施如下。

要控制危险化学品运输事故的发生，需要做到以下几点。

① 首先要求政府部门进一步加强对危险化学品运输资质的管理，严格地对车辆进行管理和检查，加强铁路道口的管理，加强抢险人员关于危险化学品应急救援方面的培训，对危险化学品公路运输的管理贯彻全过程、全方位的控制思想。

② 企业应严格执行国家的危险化学品安全管理法律、法规和条例的有关规定，建立、健全危险化学品运输规章制度，运输危险化学品的司机、押运人、车辆、单位等一定要具备相关的资质，充分地认识到运输危险化学品的危险性，并从危险化学品的装载、包装，中途临时停靠、车辆检查、司机和押运人员的培训，对路线和天气状况的充分考虑等方面，制定有针对性的安全对策，并配备专职的安全管理人员，加强对驾驶员、装卸管理人员以及押运人员的安全教育和管理，做好安全事故的预防工作。对于没有危险化学品营运证的不允许承运危险化学品，一经查出，必将严惩重罚。

③ 企业和政府等有关部门还要做好危险化学品事故的应急救援准备工作，包括救援组织的健全、救援队伍的培训、救援设备的配置、事故应急预案的编制等，形成全方位的、完善的危险化学品公路运输事故预防体系。

④ 在自然灾害和恶劣气象条件等严重影响道路运输安全时，危险化学品的运输车辆不得上路行驶。

⑤ 通过公路运输危险化学品的托运人，只可以委托有危险化学品运输资质的运输企业承运，并且要向承运人说明运输危险化学品的品名、数量、危害以及应急措施等情况。危险化学品运输时需要添加抑制剂或者稳定剂的，托运人交付托运时应当添加的抑制剂或者稳定剂，且告知承运人。

⑥ 危险化学品运输的车辆必须符合《机动车运行安全技术条件》（GB 7258—1997）的要求，配备应急处理器材和防护用品，并悬挂明显的危险货物运输标志；当采用重型载货汽车运输危险化学品时，应当安装、使用符合国家标准的行驶记录仪。

⑦ 用于危险化学品运输的槽罐和其他容器，必须由专业生产企业定点生产，并且在经检测、检验合格以后，方准使用。

⑧ 运输过程中发生危险化学品被盗、丢失或流散、泄漏等情况的，驾驶员和押运人员应立即向当地公安机关报告，并采取一切可行的措施进行应急补救，并采取警示措施，不得擅自离开现场。公安部门在接到报告后，应当立即向其他有关部门通报情况；相关部门应当采取必要的安全措施。

3.3.3　基于信息、自动化技术的危险化学品物流安全技术

信息系统的发展也为物流管理的变革带来了新的契机，信息已成为了现代物流

管理的中心。普通物流监控管理系统采用了很多先进的信息技术管理模式和方法，涉及通信、自动化、人工智能、数据处理等多个方面；对于危险化学品物流监控管理系统来说，则更应该综合运用这类技术，但是同时也要考虑到危险化学品的特殊性对其加以调整。

3.3.3.1 基于 GPS、GSM 和 GIS 的危险化学品道路运输安全监控系统

危险化学品道路运输车辆运行安全监控系统是一种同时把 GPS（全球定位系统）、GSM（全球移动通信系统）以及 GIS（地理信息系统）等高科技现代化技术集合为一体的复合型安全监管信息平台。通过这种系统可以实现对危险化学品运输车辆的实时监控，而且系统具有车辆定位信息查询、路线和区域的控制、信息指挥的调度、安全状态的监测、报警响应处理以及车队优化管理等功能。此外，车载监控终端可以实现驾驶人员身份的验证功能，因此可以阻止可能发生的危险化学品道路运输工具被盗窃或抢劫后引发的危机。如果遇到危急情况时，驾驶员还可借助安全监控车载终端发送应急报警信息。

运输车辆监控系统主要由三大部分组成：车载监控系统、数据传输系统（CD-MA/GPRS/GPS）和中心监控管理系统。

（1）车载监控系统。车载监控系统是安装在危险化学品运输车辆上的，其主要功能为车辆运行监控、录像及无线数据的传输。在危险化学品运输车上安装 2～4 个远红外彩色（或黑白）针孔摄像机，且分别安装在驾驶室及车尾，这样即使在没有任何光照的夜晚，也可以看清现场情况。

因为危险化学品运输车辆处于移动状态，并且温度、湿度变化很大，灰尘很多，工作环境恶劣，所以对数字录像机的要求更高，可以选用车载嵌入式硬盘录像主机，要求使用嵌入式操作系统，具有系统稳定、扩展功能强大等特点；机箱采用专业防震结构设计，可多重保护硬盘；车速、行车路线以及行车状态等与实时图像同步记录功能；超速报警功能，可以记录车速、转向以及刹车停车时间等相关行车信息。录像资料采用 H.264 等压缩方式存储，具有成像清晰、占用空间小、网络传输带宽占用小等诸多优点。

另外，汽车用电设备较多，电压变化幅度较大，电磁干扰也较强，车载嵌入式主机具有宽输入电压范围的电源。其输入电压在 DC7～30V 的范围之内，输出电压可以保持不变，使用这种电源能给监视器和摄像头供电，可保证主机图像在汽车静止状态和行驶中都能清楚稳定，这样既可提高监视器和摄像头的使用寿命又可得到始终稳定的图像。

（2）数据传输系统。除了本车监控和录像以外，配合使用无线数字传送模块，系统还可以将车上的音频、视频及相关行车信息通过 GPRS 或 CDMA 模块实时传输到监控中心，从而实现危险化学品运输车辆的远程音频和视频监控。

（3）中心监控管理系统。中心监控管理系统包括车辆监控管理服务器。其主要功能如下。

接收存储：服务器接收并存储危险化学品运输车上无线数字传送器传过来的音

频、视频图像和车辆到达后行驶记录仪上的相关信息。

司机和车辆管理：服务器通过下载录像机上的资料能够存储和管理危险化学品运输车辆和驾驶员的信息资料，包括司机姓名、年龄、驾驶记录、车型、车牌号码、所属单位等各种相关信息。这样在对危险化学品运输车辆进行实时监控的过程中，可以随时调阅该车驾驶员的个人信息和驾驶记录。管理人员还可以很方便地添加、修改、删除、查询这些资料。

此外，管理人员可以通过多种途径，如通过无线网桥、普通网络等将车载嵌入式主机上录制的音频和视频数据备份到计算机上，集中备份和管理数台车载数字录像机的监控资料。中心服务器提供的联网功能可以实现对分布在各地的服务器集中管理的功能，对于备份到服务器上的录像资料来说，可以通过指定时间、车牌号码等条件进行查询，甚至刻成 DVD 光盘随身携带。

系统还可以通过使用 GIS/GPS 模块来实现电子地图的精确定位，并逐渐实现全国电子地图的无缝覆盖，实现跨省运输的实时监控；中心控制室在显示危险化学品运输车辆音频和视频图像的同时，还可以将车辆所在位置 GPS 定位信息在电子地图上显示出来，若车辆发生紧急事件，方便相关部门迅速赶赴现场处理。

此项技术应用于危险化学品物流运输，既可以保证管理人员对危险化学品运输车辆的有效管理，又可以避免发生各种形式的事故，为做好预防工作提供强有力的查询依据，这必将成为危险化学品运输车辆使用的专业监控设备。

3.3.3.2 物联网危险化学品物流管理技术

RFID 的应用和物联网建设是目前国家、企业以及 IT 从业人员普遍关心的热点，也是计算机、电子通信和互联网领域发展的一件大事。由于我国危险化学品在管理上还比较混乱，还存在着危险化学品数量不清、状态不准确、产权信息不明确、安全责任难以落实等一系列的问题，造成了巨大的安全隐患。而传统的危险化学品标识方法难以满足安全管理的要求，如条形码技术、打钢印都存在一定的局限性，在危险化学品流通次数增多、周转周期加快、途径增长后就不易识别而且不能保证信息的准确性，若危险化学品所处环境恶劣时更难以保证可行性。

依托物联网发展的思想，利用 RFID 技术建立一个网络化的动态危险化学品安全管理系统，不仅可以解决上面所提到的问题，克服传统管理技术的局限性，还可以带来最大的好处表现在两个方面：首先，由于 RFID 的引入能可以实现对危险化学品的实时跟踪，减少危险化学品事故的发生；其次，解决现在危险化学品事故发生后法律责任追究困难的问题，借助 RFID 技术的管理系统可以对危险化学品从生产、储存、运输到使用进行实时的跟踪和监测。当事故发生时可以通过监测网络迅速地判断出问题出在哪里，并明确责任。如图 3-10 所示为物联网危险化学品管理系统框图。每个管理子系统都通过有线或无线网络技术与企业及政府管理终端连接，因此管理部门通过登录管理终端就可以完成对危险化学品流向及使用情况进行全程监控管理。

每一个管理子系统都由具有不同功能的管理模块组成，各管理模块主要由贴于

图 3-10　物联网危险化学品管理系统

相应物品上或物品包装上的读写器、电子标签以及计算机终端组成，各模块再通过通信网络与管理平台连接，把相关信息输入数据库，监控人员通过终端计算机可对整个危险化学品物流过程进行实时监控。管理模块结构如图 3-11 所示。

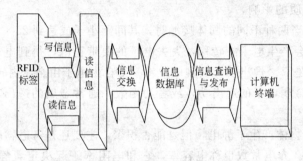

图 3-11　管理模块结构图

管理系统应含有报警模块，一旦标签使用时间超过安全期限时就能够发出报警信号，提醒相关部门人员进行调整，用以减少危险化学品生产事故的发生。而更高效的是标签自身带有报警模块。

3.4　危险化学品防雷、防静电技术

雷电和静电有许多相似之处：
① 雷电和静电都是电荷聚积产生的结果；
② 雷电放电与静电放电有一些相同之处；
③ 雷电和静电的主要危害均是引起火灾和爆炸等。

但雷电与静电电荷产生和聚积的方式不相同，存在的空间也不同，放电能量相差甚远，其防护措施也有很多的不同之处。

在危险化学品物流环节中，应特别注意防雷和防静电，否则很容易引起火灾和爆炸。因此，要采取相应的防雷和防静电措施。本节从雷与静电的生成、种类及危害等方面入手，分别介绍雷电和静电的特点及防护技术。

3.4.1　静电的产生及危害

3.4.1.1　静电的产生

物质是由分子组成的，分子又是由原子组成的，原子则由带正电荷的原子核和

带负电荷的电子构成。当原子核所带正电荷及电子所带负电荷总和在数量上相等时，此物质呈中性。倘若原子由于某种原因获得或失去部分电子，则打破了原来的电中性，导致物质显电性。如果所获得的电子没有丢失的机会，或丢失的电子没有得到补充，就会使该物质长期带电，称为物质带"静电"。

因此，静电是在宏观的范围内暂时失去平衡的相对静止的正电荷和负电荷。通常所称静电是指附着在物体上很难移动的集团电荷。静电现象是十分普遍的带电现象。人们活动中，尤其是生产工艺过程中产生的静电可能引起爆炸及其他危险和危害。

静电的产生是一个极为复杂的过程，它与很多因素有关。

① 材质和杂质的影响。

a. 逸出功。当两种不同的固体接触时，其间距小于或达到 25×10^{-10} m 时，在接触的界面上就会产生电子的转移，失去电子的要带正电，得到电子的则带负电。电子的转移主要是靠"逸出功"实现的。将一个自由电子由金属内转移到金属外所做的功，称为该金属电子的逸出功，或者功函数。通常金属的逸出功多在 $3\sim5$ eV 之间。

b. 电阻率。物体产生了静电，但是能否积聚，主要还是考虑物质的电阻率。

c. 介电常数。介电常数也称电容率，它和电阻率一起决定着静电产生的结果及状态，对液体的影响最为明显。介电常数大的物质，其电阻率均较低。例如，降流体的相对介电常数超过 20，且以连续相存在，并有接地装置，通常情况下，不论是储运还是管道输送，都不会产生静电。

② 工艺设备和工艺参数的影响。接触的面积越大，双电层正、负电荷就越多，产生的静电也越多；管道内壁越粗糙，接触面积越大，冲击和分离的机会也就越多，流动电流也就越大；对于粉体，颗粒越小，一定量的粉体表面积越大，产生的静电越多；接触压力越大或摩擦越强烈，都会增加电荷的分离，致使产生较多的静电；接触-分离的速度越高，产生静电就越多；液体流速和管径对液体静电影响很大。

设备的几何形状对静电产生也有影响。例如，平皮带与皮带轮之间的滑动位移比三角皮带大，产生的静电也就比较强烈。过滤器可以大大增加接触和分离的程度，可能使液体静电的电压增加十几倍到 100 倍以上。

③ 环境条件和时间的影响。材料表面电阻率随着空气湿度的增加而降低，相对湿度越高，材料表面电荷的密度越低。但当相对湿度在 40% 以下时材料的表面静电电荷的密度几乎不受相对湿度的影响而保持为某一最大值。因空气湿度受环境温度的影响，以致环境温度的变化可能加剧静电的产生。

此外，带电历程会改变物体的表面特性，进而改变带电特征。通常情况下，初次或初期带电较强，而持续性或重复性作用带电较弱。

3.4.1.2　静电的消失

静电的消失主要有两种方式，即中和和泄漏。

（1）静电中和。静电的中和主要通过空气迅速的中和产生放电时发生；泄漏主要通过带电体本身及其相连接的其他物质发生。静电中和的主要方式如图 3-12 所示。

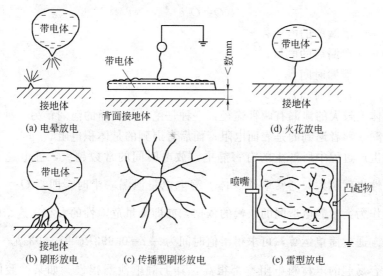

图 3-12　静电中和的主要方式

① 电晕放电：也称尖端放电。这种放电现象是发生在带电体尖端附近或其他曲率半径很小处附近的局部区域内。在这些很小的区域内，电场的强度很高，其他分子发生了电离，产生薄薄的电晕层，形成电晕放电。有时，电晕放电还伴有嘶嘶声和淡蓝色光。

电晕放电时，间隙内的气体电离不完全，电流很小。电晕放电的能量密度并不高，如不发展则不会出现危险。

② 刷形放电：它是火花放电的一种，其放电的通道有很多分支，而不集中在一点上，放电会时伴有声光。刷形放电释放的能量不超过 4mJ，其局部能量密度有引燃一些爆炸性混合物的能力。

绝缘体束缚电荷的能力很强，其表面很容易出现刷形放电。同一带电的绝缘体与其他物体之间，可能会发生多次刷形放电。

当高电阻率薄膜背面贴有金属导体时，薄膜的两面带有异性电荷。一旦有导体接近薄膜表面，就会发生放电，非导体表面上大面积的电荷经过邻近电离了的气体迅速流向初始放电点，形成了所谓的传播型刷形放电。传播型刷形放电形成密集的火花，且火花能量较大，引燃危险性也大。

③ 火花放电：是放电通道火花集中的火花放电，即电极上有明显的放电集中点的放电。火花在放电时伴有短促的爆裂声和明亮的闪光。在易燃易爆场所，火花放电具有很大的危险性。

④ 雷型放电：当悬浮在空气中的带电粒子形成范围较大、电荷密度较高的空间电荷云时，可能会发生闪电状的所谓雷型放电。雷型放电能量大，因此引燃的危

险性大。

（2）静电的泄漏如下。

静电通过绝缘体本身的泄漏很像电容器放电，其电量符合以下规律：

$$Q=Q_0e^{-\frac{t}{\tau}}$$

式中　Q_0——泄漏前的电量；

　　　Q——泄漏后的电量；

　　　t——泄漏时间；

　　　τ——泄漏时间常数。

绝缘体上较大的泄漏有两种途径：一种是绝缘体表面的泄漏；另一种是绝缘体内部的泄漏。前者遇到的是表面电阻；而后者遇到的是体积电阻。

对于生产过程中所产生的有害静电，放电时间的常数越大，静电越不容易泄漏，危险性也就越大。通常取绝缘体上静电电量泄漏一半时，即当 $Q=\frac{1}{2}Q_0$ 时所用的时间作为衡量静电泄漏的快慢的依据，亦即衡量危险性的大小，这个时间称为半值时间。通过简单运算，可求得半值时间为 $\frac{1}{2}t=0.693RC=0.693\varepsilon p$。

很多容易起的电材料电阻率都很高，其上静电泄漏很慢。如某橡胶的电阻率 $p=1\times10^{14}\Omega\cdot m$、介电常数 $\varepsilon=17\times10^{-12}F/m$，那么时间常数 $\tau=\varepsilon p=1700s$、半值时间 $\frac{1}{2}t=1176s$，即将近 20min。

因为绝缘体的静电泄漏很慢，所以同一绝缘体各部分可能在较长时间内都保持不同的电压。或者说，同一绝缘体的某些部位电压可能不高，而另一些部位则可能带有危险电压。

此外，湿度对静电泄漏的影响也很大。随着湿度增加，绝缘体表面凝成薄薄的水膜，并将空气中的二氧化碳气体溶解，绝缘体析出的电解质，使绝缘体表面电阻大为降低，从而加速静电的泄漏。当空气湿度降低时，很多绝缘体表面的电阻率都会升高，静电泄漏变慢，静电的危险性就增大。因此，静电事故多发生在干燥的季节。吸湿性越大的绝缘体，静电所受湿度的影响也就越大。

3.4.1.3　静电的危害

静电放电是指带电体周围的场强度超过周围介质的绝缘击穿场强时，由于介质的电离而使带电体上的电荷部分或全部消失的现象。静电能量可能变为热量、声音、光、电磁波等而消耗，若这种放电能量较大时，就会成为火灾、爆炸的点火源。

导体放电时，其上电荷全部消失。其静电场储存的能量一次集中释放。有较大的危险性；绝缘体放电时，其上电荷不能一次放电而全部消失，其静电场所储存的能量也不能一次集中释放，危险性较小。但正是由于绝缘体上的电荷不能在一次放电中全部消失，而使得绝缘体具有多次放电的危险性。

工艺过程中产生的静电可能引起爆炸和火灾，也可能给人以电击，还可能妨碍生产。其中，爆炸或火灾是最大的危害和危险。

3.4.2 雷电的分类及危害

3.4.2.1 雷电机理

雷电是一种大气中的放电现象，是由雷云放电引起的。随着雷云的发展和运动，一些云积累正电荷，而另一些云积累负电荷。随着电荷的不断积累，电压逐渐升高。一旦空间电场强度超过大气游离放电的临界电场强度（大气中约为 30kV/cm，有水滴存在时约为 10kV/cm）时，就会发生云间或对大地的火花放电，出现耀眼的闪光。闪光时温度会高达 20000～30000K，因此空气会受热膨胀，发出震耳的轰鸣，这就是闪电和雷鸣。

雷电放电包括雷云对大地、雷云对雷云和雷云内部的放电现象。大多数雷云放电都是在雷云与雷云之间进行的，只有少数是对地进行的。在危险化学品物流防雷工程中，主要关心的是雷云对大地的放电。

就本质而言，雷电放电是一种超长气隙的火花放电，与金属电极间的长气隙放电是相似的。所不同的是由于雷云的物理性质与金属板不同，因而具有多次重复放电等现象和特点。

雷云放电过程定义为将云内的负电荷输送到地面的放电过程。一次始于云中的对地放电过程通常可将几十库仑的负极性云电荷带到地面。一次雷电放电过程如图 3-13 所示。

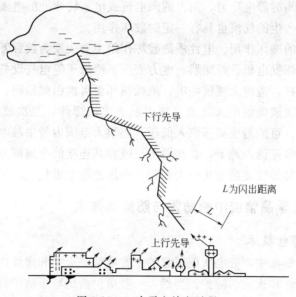

图 3-13 一次雷电放电过程

3.4.2.2 雷电危害

雷电具有电流大、电压高、冲击性强等特点，因此有多方面的破坏作用，且破坏力巨大。雷电可造成设施和设备的损坏，导致大规模停电；当雷电击中人体时，雷击电流迅速通过人体，可迅速使呼吸中枢麻痹，出现心室纤颤，心跳骤停，引发脑组织及一些主要脏器受到严重的损害，出现休克或突然死亡。雷击中产生的电

弧、火花，还可以让人遭到不同程度的烧伤，造成人员生命财产上的损失。就其破坏因素来看，雷电具有热性质、电性质和机械性质三方面的破坏作用。

(1) 热性质的破坏作用。热性质的破坏作用主要表现在直击雷放电的高温电弧能够直接引燃邻近的可燃物，从而引发火灾。巨大的雷电流通过导体，在极短的时间内转换出大量的热能，可能烧毁导体，并导致可燃物的燃烧和金属的熔化、飞溅，从而引起火灾或者爆炸。球雷侵入可引起火灾。

闪电表面上看似乎只闪一次，实际上却是一系列闪光，在闪光发生的瞬间，雷电流在极短的时间内，以连续的尖峰脉冲形式通过大量的电流。特别是直击雷，它的放电电流平均达 2.5 万～4.5 万安培，大雷暴时最可高达 20 万安培。

如果雷电击在树木或者建筑物件上，被雷击的物体在瞬间将产生大量热能，由于雷电流很大，通过的时间又很短（50～100μs），根本来不及散发，导致物体内部的水分大量变成蒸汽，并迅速膨胀，从而产生巨大的爆炸力，造成破坏。与雷电通道直接接触的金属因高温而熔化的可能性极大，因为通道的温度可能会高达 6000～10000℃甚至更高，所以在雷电流通道上遇到易燃物质，会引起火灾。

(2) 机械性质的破坏作用。机械性质的破坏作用主要表现为被击物遭到破坏，甚至爆裂成碎片。这是由于当巨大的雷电通过被击物时，在被击物的缝隙中的气体会剧烈膨胀，缝隙中的水分也会急剧蒸发为大量气体，致使被击物破坏、爆炸。另外，同性电荷之间的静电斥力、同方的向电流或电流转弯处的电磁作用力也有很强的破坏力，雷电产生的气浪也具有一定的破坏作用。

(3) 电性质的破坏作用。电性质的破坏作用主要表现为数百万伏乃至更高的冲击电压，可能毁坏发电机、断路器、电力变压、绝缘子等电气设备的绝缘，烧断电线或者劈裂电线杆，造成大规模停电；绝缘损坏很可能引起短路，导致火灾或爆炸事故的发生；二次放电的电火花也可能引起火灾或爆炸，二次放电也能够造成电击。绝缘损坏后，可能造成高压窜入低压，在很大范围内带来触电的危险。数十至一百千安的雷电电流流入地下，会在雷击点或者其连接的金属部分产生极高的对地电压，可能会直接导致接触电压电击和跨步电压的触电事故。

3.4.3 危险化学品物流中的防雷与防静电技术

3.4.3.1 防静电技术

危险化学品物流中，静电所能引起的主要危险是火灾和爆炸，因此，静电安全防护主要是对爆炸和火灾的防护。当然，一些防护措施对于防护静电电击和消除影响生产的危害也是同样是有效的。

(1) 静电导致火灾爆炸的条件：
① 具备产生静电的条件；
② 具备产生火花放电的电压；
③ 有能引起火花放电的合适间隙；
④ 产生的电火花要有足够的能量；

⑤ 周围环境有易燃易爆物品。

上述条件缺一不可，只要消除其一，就可防止静电引起燃烧爆炸。因此，防静电技术措施可从静电导致火灾爆炸的条件入手。

（2）防静电的主要场所。静电可能引起安全事故的场所必须采取防静电的措施，具体需要防静电措施的场所如下：

① 生产、储存、使用、装卸、输送易燃易爆物品的生产装置；

② 能产生可燃性粉尘的生产装置、干式集尘装置和装卸料场所；

③ 易燃气体、易燃液体槽车和船的装卸场所；

④ 可能遭受静电电击危险的场所。

（3）静电控制措施如下。

① 工艺控制法。工艺控制法是指从工艺流程、材料选择、设备结构和操作管理等方面采取措施限制静电的产生或控制静电的积累，使其不能到达危险的程度。具体方法有：对静电的产生区和逸散区采取不同的防静电措施；限制输送速度；正确选择设备和管理的材料；合理地安排物料的投入顺序；消除可能产生静电的附加源，如液流的冲击、喷溅、粉尘在料斗内的冲击等。

增加空气湿度可以降低绝缘体的表面电阻率，因而便于绝缘体通过自身泄放静电。所以，若工艺条件允许，可增加室内空气的相对湿度至50％以上。

② 泄漏导走法。泄漏导走法是指将静电接地，使之与大地连接，从而消除导体上的静电。这是消除静电的最基本方法。可以通过工艺手段对空气增湿或添加抗静电剂，使带电体的电阻率下降或规定静置时间及缓冲时间等，将所带的静电荷通过接地系统导入大地。

③ 静电中和法。静电中和法是指利用静电消除器产生的消除静电所必需的离子对异性电荷进行中和作用。非导体，例如橡胶、胶片、塑料薄膜、纸张等在生产过程中产生的静电，都应采用静电消除器消除。

（4）人体防静电措施。人体带电除了会使人遭到电击和影响安全生产以外，还可以在精密仪器或电子器件生产中造成质量事故。

① 在人体必须接地的场所，工作人员要随时用手接触接地棒，用以清除人体所带的静电。在重点防火防爆的岗位场所的入口处及外侧，要有裸露的金属接地物，例如采用接地的金属门、扶手和支架等。属0区或1区的爆炸危险场所，而且可燃物的最小点燃能量在0.25mJ以下时，工作人员需要穿防静电鞋、工作服。严禁在爆炸危险场所穿脱衣物、鞋帽。

② 导电化特殊场所的地面，是作为导电性或具备导电的条件。这个要求可以通过洒水或铺设导电地板来实现。

③ 安全操作工作中要尽量不进行会使人体带电的活动，如接近或接触带电体；操作步骤应有条不紊，避免急骤性动作；在有静电危险的场所，不可以携带与工作无关的金属物品，如硬币、钥匙、手表等；合理使用规定的劳动保护工具和用品，不得使用化纤材料制作的拖布或抹布来擦洗物体或地面。

3.4.3.2 危险化学品物流的防静电措施

（1）首先在包装上采用防静电包装，这是一种非常有效的途径。

（2）在运输过程中，尽量减少物质之间的摩擦和碰撞，车辆走平坦的路。

（3）运输危险化学品的车厢应铺有抗静电橡胶、抗静电地板等，相邻的装置之间涂抗静电剂，尽量减少静电荷的产生。

（4）通过静电导体和静电亚导体，将已经产生的静电荷向大地泄放，防止静电聚集，限制静电电位上升，避免由此产生的火花放电。接地分为直接接地和间接接地。直接接地是将金属导体与大地直接进行电气连接，使该金属导体的电位接近于大地电位。间接接地是对金属以外的非金属静电导体和静电亚导体的局部和全部表面，通过与金属导体紧密接触后，再将金属导体接地。另外，增加环境湿度，使物体表面电阻率降低，利于静电泄放，也是一种实用的方法。

（5）利用各种静电消除设备，将聚积的静电荷中和掉。这方面设备目前市面上不少，例如感应式消静电器、离子风消静电器、高压静电消电器等。

（6）操作人员及工作人员必须穿戴防静电服。

3.4.3.3 防雷技术

（1）防雷装置如下。

防雷装置包括接闪器、引下线、接地装置、电涌保护器和其他连接的导体。

① 接闪器主要用于直接接受雷击的金属体，如避雷针、避雷线、避雷带以及避雷网，要安装在被保护设施的上方，它更接近于雷云，雷云会首先对接闪器放电，使强大的雷电流沿接闪器、引下线和接地装置导入大地，从而保护设施免遭雷击。

② 引下线要满足机械强度、耐腐蚀以及热稳定的要求，一般用圆钢或扁钢制成，并采用镀锌或刷漆等防腐措施，绝对不可采用铝线作引下线；

③ 接地装置具有向大地泄放雷电流的作用。对接地装置的要求与接闪器一样，应有防腐要求，接地体通常采用镀锌钢管或角钢制作，其长度以 2.5m 为宜，垂直打入地下，其顶端低于地面 0.6m。接地体之间要用圆钢或扁钢焊接，并采用沥青漆防腐。

④ 电涌保护器也称过电压保护器。它是一种限制瞬态过电压、分走电涌电流的器件。

（2）防雷基本措施如下。

① 防直击雷，其主要的措施是装设避雷针、避雷线、避雷网和避雷带。

② 防电磁感应及雷电波入侵。雷电感应能产生极高的冲击电压，在电力系统中要与其他过电压同样考虑，在化工厂主要考虑的是放电火花所引起的火灾和爆炸。

为防止雷电感应所产生的高电压放电，应将建筑物内的金属设备、金属管道、电缆钢铠外皮、钢筋构架及金属屋顶等都作等电位的良好接地，钢筋混凝土层面要将钢筋焊接成避雷网，且每隔 18～24m 采用引下线与接地装置连接。

金属管道和架空电线受到雷击产生的高电压如果不能就近导入地下，就必定沿着管道或线路，传入相连接的设施，危害人的健康和设备。因此，防雷电电波危害的主要措施是在其没有侵入前先将其导入地下。

3.4.3.4　危险化学品运输工具的防雷措施

（1）公路、铁路以及汽车槽车和铁路槽车在装运易燃、易爆物品时要装阻火器；铁路装卸危险化学品的设备需要作电器连接并接地，冲击接地电阻应小于10Ω。

（2）金属船舶的金属桅杆或其他凸出物要作接闪器。若船体的结构是木质的或其他的绝缘材料，则必须将桅杆或其他凸出的金属物与水下的铜板连接。无线电天线应该装避雷器。有雷暴时，应停止运输。

（3）一些危化品使用管路运输。管路本身可作为接闪器，其法兰或阀门的连接处，需设金属跨接线。若法兰用5根以上螺栓连接时，法兰则可不用金属线跨接，但是必须构成电气通路。管路系统的所有金属部件，包括护套的金属包覆层都必须接地。接地电阻不得大于10Ω。可燃性气体放空管路时必须装设避雷针，避雷针的保护范围要高于管口至少2m，避雷针距管口的水平距离不得小于3m。

3.5　危险化学品物流的防辐射技术

相关概念及内容均参照中华人民共和国国家标准《放射性物质安全运输规程》（GB 11806—2004）的相关规定。

3.5.1　放射性物质相关概念及分类

3.5.1.1　放射性物质的概念

（1）放射性物质：放射性物质即比活度大于$7.4\times10^4 Bq/kg$的任何含有放射性核素的物质。放射性核素的比活度是指单位质量的这种核素的放射性活度。放射性核素实质上是均匀分布在其中的物质，其比活度就是此种物质的单位质量活度。

（2）放射物质比活度：单位质量物体单位时间内所衰变的原子核数。

（3）A_1、A_2值：A_1是指A型货包中允许装入的特殊形式放射性物质的最大活度。A_2则指A型货包中允许装入的除特殊形式放射性物质以外的，即其他形式放射性物质的最大活度。

（4）同位素：一种元素的多种类型原子。其质子数相同，但是中子数不同，是属于同一种元素的原子。它们具有共同的化学性质，在元素周期表上位于同一位置。如氢、重氢、超重氢。

（5）放射性核素：自发地放射出粒子、射线或者自发分裂。

（6）照射量：表示照射物质在空气中单位质量体积内能产生的电离离子电荷量，单位为C/kg（库仑/千克），现暂用单位为R（伦琴），$1R=2.58\times10^{-4}C/kg$。

（7）照射剂量率：单位时间内的照射剂量，单位为R/h、R/s。

（8）吸收剂量：单位质量体积所吸收的射线能量，单位为J/kg，暂用单位为

rad（拉德），1rad＝10mGy。

吸收剂量率：单位时间内的吸收剂量，单位为 rad/s。

（9）剂量当量：表示人体对一切射线所吸收能量的剂量单位，单位为 J/kg＝Sv（西沃特）或 rem（雷姆）。

剂量当量率：单位时间内人体对一切射线所吸收能量的剂量单位，又称辐射强度，单位为 $\mu rem/s$。

（10）有效剂量当量：度量体内或体外照射源造成的健康效应发生率的指标，用于评价电离辐射对人体的负伤程度。

3.5.1.2 放射性物质的分类

（1）按放射性物质活度限值分类如下。

因为限值直接与包件，即与放射性物质包装之后的结果有关，所以是以包件中物质种类来分类，具体如下。

① 低比活度放射性物质（LSA）：是指在不考虑周围屏蔽材料的情况下，其比活度等于或低于一定限值的放射性物质。具体还可以再分为三类。

a. Ⅰ类低比活度的放射性物质（LSA-Ⅰ）包括：含有天然放射性核素（如铀、钍）的矿物及其铀或钍的浓缩物；没有辐照的固体天然铀、贫化铀和天然钍，以及它们的液体或固体的化合物；A_2 值不受限制的放射性物质（不包括可裂物质）。

b. Ⅱ类低比活度的放射性物质（LSA-Ⅱ）包括：比活度低于1TBq/L（20Ci/L）的，平均比活度不超过下限值的其他物质，针对于固体不超过 $1\times10^{-4}A_2/g$，针对于液体不超过 $1\times10^{-5}A_2/g$。

c. Ⅲ类低比活度的放射性物质（LSA-Ⅲ）指满足下列条件的固体：放射性物质均匀分布于密实固体黏结剂内；其中的放射性物质是比较难溶的，或实质上是在较难溶的基质中，因此即使在货包失去包装时，被泡在水中7天，每件货包由于浸出而损失的放射性物质不超过 $0.1A_2$；或平均比活度（不计屏蔽材料）不超过 $1\times10^{-2}A_2/g$。

② 表面污染物体（SCO）：是指物体本身不属于放射性物质，但表面散布着放射性核素的固态物体，表面污染物体根据可接近和不和接近表示的污染程度，可以分为两类，具体见表3-10。

表 3-10 污染物分类

污染物分类	固体污染物 /[Bq/cm(μCi/cm^2)]		非固体污染物 /[Bq/cm(μCi/cm^2)]	
	β、γ 发射体	α 发射体	β、γ 发射体	α 发射体
Ⅰ类(SCO-Ⅰ)	$\leqslant4\times10^4(1)$	$\leqslant4\times10^3(0.1)$	$\leqslant4(10^{-4})$	$\leqslant4\times10^{-1}(10^{-5})$
Ⅱ类(SCO-Ⅱ)	$\leqslant8\times10^5(20)$	$\leqslant8\times10^2(2)$	$\leqslant4\times10^2(10^{-2})$	$\leqslant4\times10^1(10^{-3})$

③ 易裂变物质：是指 ^{233}U、^{235}U、^{238}Pu、^{239}Pu、^{241}Pu 或这些放射性核素的任

意组合物。但是不包括未辐照过或只在热中子反应堆中辐照过的天然铀或贫化铀。

④ 特殊形式放射性物质：是指不弥散的固体放射性物质或装有放射性物质的密封小容器。

（2）按包件分类如下。

① 豁免包装的物质或物品：放射性物质辐射总量不超过 $5\mu Sv/h$ 限量的非裂变物质。

② A 型包件物质：A 型包件内装的放射物质的比活度不应大于下列数值。

a. 特殊形式放射性物质的最大活度——A_1。

b. 其他形式放射性物质（除特殊形式的放射性物质）的最大活度——A_2。

c. 对于各自的或共同的活度已知的放射性核素混合物，符合下列条件的也是 A_1 型包件物质：

$$\sum_i \frac{B(i)}{A_1(i)} + \sum_j \frac{C(j)}{A_2(j)} \leqslant 1$$

式中 $B(i)$ ——特殊放射性物质放射核素的活度；

　　$A_1(i)$ ——放射性核素 i 的 A_1 值；

　　$A_2(j)$ ——放射性核素 j 的 A_2 值；

　　$C(j)$ ——除特殊形式外其他形式放射性核素 j 的活度。

③ B(U) 型包件物质：内装的放射性物质活度不超过由单方主管机关批准的限制（活度超过 A_1、A_2 值）。所谓单方批准是指只需包装设计的原产国主管机关批准。

④ B(M) 型包件物质：内装的放射性物质活度不超过有多方主管机关批准的限制，而且在批准书中给出。所谓多方批准是指需包装设计的原产国或起运国以及托运货物途径或抵达的每个国家批准。

⑤ 工业性包件物质：有低比活度的放射性物质或表面污染物体。

3.5.2　放射性物质包装分类

放射性物质在运输过程中，货物的包装可以分为豁免货包、工业性货包、A 型货包和 B 型货包。

（1）豁免包装：满足放射性物质货包的一般设计要求，而且满足仅装放射性物质不超过某一限定值（$5\mu Sv/h$）的包装。

（2）工业包装：装有低比活度放射性物质或表面污染物体的包装、运输罐或货物集装箱。

（3）A 型包装：A 型货包满足通用设计和某些情况下的专门设计（或空运条件），且所装放射性活度不超过 A_1 或 A_2 值的包装、运输罐或货物集装箱。

A 型包件的设计必须符合的要求有：包件的最小外部总尺寸不得小于 10cm；包件的外部必须装有类似密封件的装置，密封件必须不易损坏，当其完好无损时即可证明包件未被打开过；包件上的所有拴系附件必须设计成在正常运输条件和事故运输条件下其所受的力不会减弱包件满足本规章要求的能力；包件设计要考虑到容

器各部件的温度范围：−40～70℃，需要注意液体的凝固温度和在此给定温度范围内容器材料的性能可能退化。

（4）B型包装：B型货包满足通用设计和某些况下的专门设计（或空运条件上），且所装放射性活度超过 A_1 或 A_2 值要求的包装、运输罐或货物集装箱。只需单方批准的货包为 B（U）型货包，需多方批准的为 B（M）型货包。

B型包装的包件不应该含有：

① 活度大于认可的设计包件；

② 与认可活度的设计包件不相同的放射性核素；

③ 在形式或物理、化学状态上与认可的设计包件不相同的内装物。

3.5.3 放射性物质货包的分级

3.5.3.1 货物包件运输等级分类

货包按照表 3-11 规定的条件可以分为三个等级。一个货包，若运输指数满足某一级的条件，而表面辐射水平满足另一级的条件，则按两级中较高的一级来确定其运输等级。外包装的分级：Ⅰ级（白色），运输指数为 TI＝0；Ⅱ级（黄色），运输指数为 0＜TI≤1；Ⅲ级（黄色），运输指数为 TI＞1。

表 3-11　运输等级与运输指数

运输等级	货包外表面任意一点的最大幅 H/[mSv/h(mrem/h)]	运输指数
Ⅰ级（白色）	$H \leqslant 0.005(0.5)$	TI≤0.05
Ⅱ级（黄色）	$0.005(0.5) < H \leqslant 0.5(50)$	0＜TI≤1
Ⅲ级（黄色）	$0.5(50) < H \leqslant 2(200)$	1＜TI≤10
Ⅲ级（黄色，专载）	$2(200) < H \leqslant 10(1000)$	TI＞10

3.5.3.2 运输指数

（1）运输指数的定义。运输指数（TI）是指给包件、集合包装、罐柜或集装箱或无包装 LSA-Ⅰ和 SCO-Ⅰ所指定的一个数字。利用它可以同时对核临界安全性以及辐射照射量进行控制。TI 的使用致使无论是否装有裂变物质的包件在运输中都能同样的对待。

（2）运输指数的确定。

① 货包、外包装运输罐、集装箱或无包装的Ⅰ类低比活度放射性物质及Ⅰ类表面污染物体的运输指数时离该货件表面 1m 远处最大辐射水平。若该辐射水平以 mSv/h 为单位表示，运输指数应为该值乘以 100；若辐射水平以 mrem/h 为单位表示，则其数值就为运输指数。

② 对于含铀和钍的矿石及浓缩物在距离货包外表面 1m 远处的任一点，其最大辐射水平为：含铀和钍的矿石及其物理浓缩物为 0.4mSv/h（40mrem/h）；钍的化学浓缩物为 0.3mSv/h（30mrem/h）；除六氟化铀以外的铀的化学浓缩物为

0.2mSv/h（20mrem/h）。

③ 对于运输罐、集装箱和无包装的Ⅰ类低比活度放射物质和Ⅰ类表面污染物，要将由①和②所确定的运输指数乘以一个放大系数。放大系数见表3-12。

表3-12　放大系数

装载的最大截面积 S/m^2	放大系数	装载的最大截面积 S/m^2	放大系数
$S \leqslant 1$	1	$5 < S \leqslant 20$	3
$1 < S \leqslant 5$	2	$20 < S \leqslant 100$	10

④ 按上述程序计算所得的数值应进位至小数点后一位（例如将1.13进位为1.2），只有当计算结果小于或等于0.05时，才可认为运输指数为零。

（3）运输指数的意义。运输指数适用于Ⅰ级（白色）标志和Ⅱ级、Ⅲ级（黄色）标志的包装。对于Ⅱ级、Ⅲ级（黄色）标志的包装，运输指数在黄色标志内标出便于积载和隔离；运输指数也可以用来确定某些包件内所装内容物的限量值；可以确定标志类别；确定是否需要采用专载方式运输；确定在采用特殊安排方式运输期间以及中转存储期间应采取的限制；确定一个集装箱或者运输工具内允许装载的包件数量。

3.5.3.3　临界安全指数 CSI 的确定

每批托运货物的临界安全指数 CSI 是指该批货物所有包件的临界安全指数的总和。

（1）装有易裂变材料货包的临界安全指数要用50除以 N，即 CSI＝50/N。若无限多货包是次临界的，那么 CSI 为零。

（2）每件外包装或货物集装箱的临界安全指数要根据所装的全部货包的临界安全指数之和来确定；每一批托运货物或者每一件运输工具的临界安全指数应遵守同样的程序来确定。

N 是指货包的件数，分别根据正常运输条件下的货包阵列以及运输的事故条件下的货包阵列来确定（详见 GB 11806—2004）。通常应保证任一货包阵列组别中的总运输指数都不超过50，可按此标准来确定 N。

3.5.4　放射性物质物流相关安全防护技术

（1）运输中的隔离。为控制辐射照射，放射性货物在运输中，除Ⅰ级货包外，必须与生活设施、工作区以及旅客或公众经常逗留的场所保持一定的距离，运输人员每年所受的照射剂量当量不得超过5mSv（500mrem），而公众成员每年不得超过1mSv（100rem）。可以由此推算合适的隔离距离。

（2）运输中的摆放。

① 放射性货物在运输过程中，必须摆放牢固、稳妥。

② 货包表面平均热通量不可以超过15W/m，并且在周围的货包不是装入囊状包皮或包壳中时，该类货包或外包装均可以与有包装的普通货物一起运输。

③ 放射性货物不可以与其他危险化学品装载在同一船舶、飞机和车辆的同一甲板区、房间或货舱内。同时也不可以放置于乘坐旅客的舱或车厢内运输。

④ 除特殊安排装运的货包外，不同类型的放射性货包（包括易裂变物质货包）可以混合装运。

⑤ 货包、外包装、运输罐和集装箱的堆集限额均有相应的规定。

a. 交通工具内所有的货包、外包装、运输罐和集装箱的允许数目，限制为一个交通工具上的运输指数总和，要求不超过规定的限值。但是对于Ⅰ类低比活度放射性物质，运输指数总和不受限制。

b. 在常规运输条件下，交通工具外表面任意一点上的辐射水平不可以超过2mSv/h（200mrem/h），在距表面2m远的任意一点处不可超过0.1mSV/h（10mrem/h）。

（3）中转存放。

① 装有放射性物质的各种货包必须遵循有关规定与危险物品隔离。

② 各类货包、外包装、运输罐和集装箱集中摆放时，必须确保任何一个组别中的运输指数总和不超过50，而且每组间的间隔不小于6m，但对于Ⅰ类低比活度放射性物质则不受限制。

第4章 危险化学品物流事故应急救援

4.1 事故的原因分析

为预防危险化学品物流事故的发生，不仅要依法安全装卸和运输，依法监督管理，而且还要研究运输事故预防工程的技术措施及安全管理的对策措施，为国家的立法和政府部门的监督管理提供参考方案及决策依据。

危险化学品物流事故的发生，究其原因往往是复杂的、多样的，并非某个单一的原因造成的。为了方便事故原因的分类分析及预防措施的制定，可将事故原因划分为管理原因、人的失误（包括违章行为）、设备设施缺陷、环境方面的原因（包括地形、道路状况、天气状况等）、交通事故导致的危险化学品事故和救援不当导致事故扩大六类。

4.1.1 管理原因

根据责任划分，由管理原因造成的事故还可分为两个方面：一是政府主管部门及相关部门的管理原因；二是企业方面的管理原因。企业方面主要针对托运方（货主）和承运方（运输公司）。

（1）政府主管部门及相关管理部门方面的管理原因如下。

① 危险化学品运输资质的认定是管理中的薄弱环节。危险化学品物流事故的发生，有很大一部分是因为物流企业或运输公司没有危险化学品运输资质，驾驶员没有运输危险化学品的资格，在运输过程中由于设备的缺陷、人员的违章、缺乏对运输的危险化学品理化性质的了解，最终导致了危险化学品事故。

② 某些铁路道口的管理不善、设施不全。一些典型的物流事故是危险化学品车辆与火车相撞造成的。主要原因是铁路道口缺乏有效管理，设施不全，没有专人看管，甚至是无人看管的非法道口，由于种种原因存在多年，导致多起汽车与火车相撞事故。

③ 修车铺、加油站等临时停车地点疏于管理。修车铺、加油站等临时停车地点所发生的危险化学品运输事故在物流事故中也占有一定的比例。要改善这一现状就要对这些地点的从业人员进行相关知识技能的培训。因此，政府部门应该对危险化学品运输企业从资质认可到日常监管进行全过程控制，对涉及危险化学品运输的单位和部门进行全方位控制，包括托运方、承运方、修车厂、修车铺、加油站、铁路道口、抢险单位等。

④ 某些乘客或司机违章携带易燃易爆品。近年来，由于乘客携带、客车捎带或客货混装造成的危险化学品火灾爆炸事故经常发生。虽然政府有关部门大力宣传，三令五申，加大监管力度，但仍无法杜绝类似事故的发生。

（2）企业方面的管理原因如下。

① 企业不执行或不严格执行国家的危险化学品安全管理法规和条例的有关规定，无视危险化学品运输对资质的要求，将危险化学品等同一般货物运输，是这类事故发生的主要原因。

② 企业危险化学品运输制度不健全，没有制定针对危险化学品运输的安全对策，危险化学品运输无章可循，也是造成事故发生频繁的重要原因。

③ 危险化学品的装载和包装不合格，如超高、超载、过量充装、混装、包装有破损等，也是造成事故发生的一个重要原因。

④ 驾驶员及押运人员缺乏培训教育，没有危险化学品运输资格，可以从多个方面引起危险化学品运输事故的发生。加强对驾驶员及押运人员的培训教育，严格遵循持证驾驶原则，可大大减少事故的发生。

⑤ 在运输危险化学品前缺少对道路、天气等因素的调查，没有慎重选择路线，没有充分考虑到意外的天气变化从而制定相应的预防措施，也导致了一些事故的发生。

⑥ 企业违章自制和改装危险化学品容器，将存在缺陷的、不合格的危险化学品容器投入使用，也是造成事故发生的一方面原因。

⑦ 企业没有制定或者没有执行危险化学品运输车辆检查维修的制度，没有对危险化学品的运输车辆进行严格的定期全面检查、维护及日常出车前的逐项检查，因而导致运输事故的发生。

⑧ 车辆中途活动管理的薄弱，也导致一些意外事故的发生。运输危险化学品的车辆在中途随意变更路线，随意停车，在不安全的修车铺修车等，都会增大事故发生的机会。

⑨ 承运方（运输公司）安全意识淡薄，没有化学危险化学品准运证，却承接危险化学品运输业务，也是导致一些事故的发生重要原因。

4.1.2　人的失误

按失误者的身份可将人员失误归纳为装卸人员的失误、押运人员的失误、驾驶人员的失误、维修运输设施人员的失误四类。

（1）装卸人员的失误。装卸人员的失误概括起来主要有：超高装载；超重装载；过量充装；未对危险化学品容器采取紧固措施，使其在路上颠簸碰撞，甚至从车上掉落；危险化学品容器的阀门没有拧紧，引发泄漏事故。

（2）押运人员的失误。押运人员的失误概括起来主要有：要求司机违章随意停车；搭载无关人员；擅离职守，使危险货物失去监控，如油罐压力升高时不及时排放，最后可能导致超压爆炸，或货物落下发生事故等。

（3）驾驶人员的失误。驾驶人员的失误主要包括以下三个方面。

第一，驾驶方面存在疲劳驾驶；驾驶技术差；在雨雪天、大雾天、弯道处、路口等行车不慎，车速过快；违章超速行车或超车等失误。

第二，在行车路线方面存在行车路线选择不当的问题，违章从人口密集处通过；道路不熟，出现意外等失误。

第三，停靠与搭乘方面存在违章，或在人口密集处随意停靠；违章搭乘无关人员；在客车上携带危险化学品；违章客货混装等失误。

（4）维修运输设施人员的失误。维修运输设施人员的失误概括起来主要有：车辆维修保养不善，检查不仔细，让有缺陷、有隐患的车辆上路；电焊工违章在易燃易爆环境下开火修理运输危险化学品车辆，引发火灾或爆炸事故。

人的失误多数都与管理上的原因有着密切的关系。可以说，绝大多数的失误都是由于管理上的原因直接或间接造成的。因此，要想减少人的失误，从根本上来讲，还是要从法规、制度的建立健全，执法的严明，管理的完善，培训教育的重视等方面着手。

4.1.3　设备设施的缺陷

设备设施的缺陷可以划分为三类：危险化学品容器或危险化学品包装固定的缺陷；道路设施（包括铁路道路设施和公路道口设施）的缺陷；运输工具本身（主要包括制动、转向系统、发动机、行驶系统等）的缺陷。

设备设施的缺陷主要是由管理原因和人的失误造成的。主管部门监察监督不力，企业领导缺乏安全意识，造成不合格的危险化学品运输设备的产生；司机及车辆维护人员思想麻痹，没有认真检查，导致有缺陷的危险化学品运输工具上路营运。因此，若要减少因运输设备导致的危险化学品运输事故，首先就要加强监督管理，确保危险化学品运输车辆为合法车辆，承装危险化学品的容器为合格设备。其次加强危险化学品运输车辆的车况检查，制定严格的日常出车检查和定期全面检查制度。最后要对相关人员进行技能培训与安全意识培训，提高责任心，保证及早发现事故隐患。

4.1.4　环境方面的原因

环境方面的原因主要是天气、地形、路况、时间等客观上的不利因素，导致事故容易发生或事故后果容易扩大。由于这些不利因素的出现，致使正常情况下不会发生的事故的发生可能性大大提高。因此，在运输危险化学品时，应充分考虑到这些不利因素，预先做好思想上的准备、措施上的准备和设备上的准备。做好应对不

确定的、不利因素的预防措施,对已知的不利因素做好针对性的应对措施或消除措施。只有这样才能保证危险化学品的安全运输。

4.1.5 交通事故引发危险化学品事故

根据对危险化学品运输事故的统计分析,有相当一部分的事故都是由交通事故引发的。罐车或槽车运输液体危险化学品时,在行驶中液体随着车体的晃动而晃动,使车辆因为液体的惯性不易控制,更易发生交通事故。交通事故发生的原因可以从车辆、司机以及路况三个方面来分析。

一旦运输危险化学品的车辆发生交通事故,往往会引发危险化学品泄漏事故,甚至导致危险化学品起火、爆炸事故。因此,控制危险化学品运输事故,首先要从控制交通事故着手,加强对危险化学品运输单位资质的管理,加强对驾驶员的培训与管理,严格遵循危险化学品运输车辆的车况检查要求,慎重选择危险化学品运输路线。只要控制了交通事故的发生,必然会大大减少危险化学品公路运输事故的发生。

4.1.6 事故救援不当导致灾情扩大

在危险化学品运输事故中,有一些是由于应急救援措施不当,又导致灾情扩大的事故。一旦危险化学品发生泄漏,如果救援措施得当,就可以避免重大事故的发生;反之,如果在事故应急救援方面措施不当、力量不足,或没有予以足够的重视,就可能造成重大人员伤亡。

总之,控制危险化学品运输事故的发生,首先,要求政府部门进一步加强对危险化学品运输资质的管理,严格车辆的管理和检查,加强铁路道口的管理,加大对抢险人员关于危险化学品应急救援方面的培训力度;其次,企业要严格执行国家的危险化学安全管理法规和条例的有关规定,健全危险化学品运输的规章制度,运输危险化学品的单位、司机、押运人员等一定要具备相关资质,充分认识到运输危险化学品特有的危险性,从危险化学品的包装、装载,车辆检查,中途临时停靠,司机和押运人员的培训,对天气、道路状况的充分考虑等方面,制定有针对性的安全对策。没有危险化学品营运证的企业或个人不允许承运化学危险化学品;一经查出,严惩重罚。最后,企业和政府有关部门还应做好危险化学品事故的应急救援准备工作,包括对救援队伍的培训、救援组织的建立、救援设备的配置、事故应急预案的编制等,以形成完善的、全方位的危险化学品运输事故预防体系。

4.2 事故分级

4.2.1 事故分类

要了解事故的分级标准,首先要弄清事故的分类标准,因此,先来介绍一下事故的分类。对于事故划分的依据不同,得到的分类结果也不同。如依据造成事故的原因不同可将事故划分为自然事故和人为事故；若依据事故所造成的后果的不同可将事故划分为伤亡事故和非伤亡事故等多种不同的分类方法。目前，我国多根据事故发生场所的不同将事故划分为以下六种。

(1) 道路交通事故：所谓道路交通事故是指车辆驾驶人员、乘车人、行人以及其他在道路上进行与交通相关活动的人员，因违反《中华人民共和国道路交通管理条例》或其他道路交通管理法规、规章的行为、过失而造成的人身伤亡或者财产损失的事故。此类事故由公安部交通管理局归口管理。

(2) 火灾事故：是指凡由时间或空间上失去控制的燃烧所造成的灾害事故。此类事故由公安部消防局统一归口管理。

(3) 水上交通事故：是指发生在沿海水域和内河通航水域的事故。此类事故由交通部海事局统一归口管理。

(4) 铁路路外事故：是指铁路在行车中造成的旅客、行人的伤亡事故。此类事故由铁道部统一归口管理。

(5) 航空事故：是指所有的飞机飞行事故。此类事故由民航总局统一归口管理。

(6) 企业职工伤亡事故：是指所有与企业生产经营相关的事故。此类事故由国家安全生产监督局归口管理。

根据以上分类可以看出，危险化学品的运输事故一般属于道路交通事故和水上交通事故。

4.2.2　事故等级划分

不同的事故类型，可以划分为不同的事故等级，下面介绍一下道路交通事故、铁路货运事故以及水上交通事故的等级划分。

(1) 道路交通事故。1991 年 12 月 2 日，公安部在《关于修订道路交通事故等级划分标准的通知》（公通字［1991］113 号）中将道路交通事故分为以下四个等级。

① 轻微事故：是指一次造成轻伤 1～2 人，或者机动车事故财产损失不足 1000元，非机动车事故财产损失不足 200 元的事故。

② 一般事故：是指一次造成重伤 1～2 人，或轻伤 3 人以上，或者财产损失不足 3 万元的事故。

③ 重大事故：是指一次造成死亡 1～2 人，或者重伤 3 人以上 10 人以下，或者财产损失在 3 万元以上但不足 6 万元的事故。

④ 特大事故：是指一次造成死亡 3 人以上，或者重伤 11 人以上；或死亡 1人，同时重伤 8 人以上；或死亡 2 人，同时重伤 5 人以上；或者财产损失达 6 万元以上的事故。

(2) 铁路货运事故的种类和等级。货物在铁路运输过程中发生短少、灭失、变质、污染、损坏以及严重的办理差错，在铁路内部均属于货运事故。

铁路货运事故划分为三个等级。

① 重大事故（构成下列情况之一，以下同）。

a. 因货物染毒或危险货物发生事故，造成 3 人死亡或重伤与死亡人数合计 5 人以上的。

b. 无人员伤亡，货物损失及其他直接损失（以下同）款额达 30 万元以上的。

② 大事故。

a. 因货物染毒或危险货物发生事故，造成不足 3 死亡人或重伤人数达 2 人以上的。

b. 无人员伤亡，直接损失款额达 10 万元以上未满 30 万元的。

③ 一般事故。

a. 未构成重大、大事故的人员重伤事故。

b. 损失款额在 2000 元以上但未满 10 万元的。

（3）水上交通事故。2002 年 8 月 26 日，交通部发布的第 5 号令《水上交通事故统计办法》，法令中将水上交通事故按照人员伤亡和直接经济损失情况划分为以下五个等级：小事故、一般事故、大事故、重大事故和特大事故。

统计水上交通事故，应当按照《水上交通事故分级标准表》规定的具体分级标准进行，具体见表 4-1。但是对于特大水上交通事故的统计，须按照国务院有关规定执行。

表 4-1　水上交通事故分级

船舶类型	重大事故	大事故	一般事故	小事故
3000 总吨以上或主机功率 3000kW 以上的船舶	死亡 3 人以上；或直接经济损失 500 万元以上	死亡 1～2 人；或直接经济损失 500 万以下，300 万以上	人员有重伤；或直接经济损失 300 万以下，50 万元以上	没有达到一般事故等级以上的事故
500 总吨以上、3000 总吨以下或主机功率 1500kW 以上、3000kW 以下的船舶	死亡 3 人以上；或直接经济损失 300 万元以上	死亡 1～2 人；或直接经济损失 300 万以下，50 万以上	人员有重伤；或直接经济损失 50 万元以下，20 万元以上	没有达到一般事故等级以上的事故
500 总吨以下或主机功率 1500kW 以下的船舶	死亡 3 人以上；或直接经济损失 50 万元以上	死亡 1～2 人；或直接经济损失 50 万以下，20 万以上	人员有重伤；或直接经济损失 20 万以下，10 万以上	没有达到一般事故等级以上的事故

4.3　事故上报及调查分析

4.3.1　危险化学品事故的报告和上报程序

依据《安全生产法》和《危险化学品安全管理条例》等相关法律、法规以及《国务院关于特大安全事故行政责任追究的规定》（即国务院令第 302 号）、《企业职工伤亡事故报告和处理规定》和其他相关规定，危险化学品事故的报告和上报程序应该按照以下规定进行。

（1）在危险化学品经营单位发生危险化学品事故之后，事故现场的相关人员应当立即报告本单位负责人。

（2）在单位负责人接到事故报告后，要立即采取有效的措施，组织抢救，防止事故扩大，减少人员伤亡和财产损失，并根据国家有关规定迅速报告企业主管部门，同时，应及时向当地安全生产监督管理部门和公安、环境保护、质检等相关部门及上级工会报告。不得谎报、隐瞒不报或者拖延不报，不得故意破坏事故现场、销毁相关证据。

（3）在负有安全生产监督管理职责的部门和公安机关接到事故报告后，应当迅速按照国家有关规定上报事故情况。负有安全生产监督管理职责的部门及相关地方人民政府对事故情况不得谎报、拖延不报或者隐瞒不报。

（4）在相关地方人民政府和负有安全生产监督管理职责部门的负责人接到重大安全事故报告后，应当迅速赶到事故现场，组织事故的抢救工作。

（5）当剧毒化学品的经营（销售）、使用单位、存储企业，发现剧毒化学品丢失、被盗或者误售、误用时，应当立即向当地公安部门报告。

（6）当剧毒化学品在公路运输过程中发生丢失、被盗、流散、泄漏等情况时，承运人及押运人员应当立即向当地公安部门报告，并采取相应的警示措施。在公安部门接到报告后，必须立即向其他有关部门通报情况；有关部门要采取必要的安全措施。

（7）当（危险化学品）特大安全事故发生后，有关的县、市（地、州）和省、自治区、直辖市人民政府和政府相关部门应当依据国家规定的程序和时限立即上报，不得谎报、拖延不报或者隐瞒不报，并应当协助、配合事故的调查，不得以任何理由阻碍、干涉事故调查。

（8）当（危险化学品）特大安全事故发生后，省、自治区、直辖市人民政府应当依据国家有关规定迅速、如实的发布事故消息。

（9）安全生产监督管理部门及公安部门接到重大责任事故报告后，须立即派员进行事故的调查工作。

（10）安全生产监督管理部门有关重大伤亡事故情况的简报、声明以及事故统计分析资料，可以抄送同级公安机关。

4.3.2　事故调查

事故调查是了解整个事故发生原因、过程、人员伤亡及经济损失情况的极为重要的工作。通过事故调查可以基本掌握事故发生的事实，便于在此基础上进行正常的事故原因和责任分析，提出对事故责任者的恰当处理意见，提出对事故预防的合理防范措施。

（1）事故调查的程序如下。

经过抢救与事故现场保护处理后，就要开始对事故进行调查，调查程序如图4-1所示。事故调查的主要程序包括建立调查组，进行现场勘察、人员的调查询问、事故鉴定、模拟试验等，并收集各种人证、物证、事故事实材料（包括人员、设备、作业环境、管理过程、事故过程材料）。其中，调查结果是进行事故分析的基础材料。

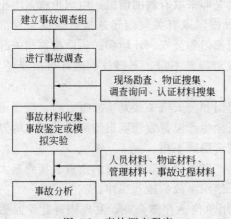

图 4-1 事故调查程序

（2）事故调查应遵循的基本原则如下。

事故调查处理要遵循实事求是、尊重科学的基本原则，及时、准确地调查出事故原因，查明事故性质和责任，总结事故经验，提出整改措施，并提出对出事故责任者的处理意见。

（3）现场勘察组的调查项目如下。

① 事故现场处理。在事故调查分析没有形成结论之前，应当注意保护事故现场，不得破坏事故相关物体、痕迹、状态等。若进入现场或进行模拟试验时需要移动现场某些物体，必须在现场做好标志，同时要应借助照相或摄像技术，将可能被清除或践踏的痕迹记录下来，以确保现场勘察调查能够获得完整的事故信息内容。

② 现场勘察及物证收集。要将损坏的物体、部件、碎片、残留物及致害物的位置等贴上标签，注明时间、地点和管理者；注意所有物件应保持原样，不得冲洗擦拭；某些对健康有害的物品，要采取不损坏原始证据的安全保护措施。

③ 事故现场摄影。

④ 事故图绘制。依据事故类别、规模以及调查工作的需要，绘制出事故调查分析所必须了解信息的示意图。

⑤ 证人材料搜集。迅速搜集证人的口述材料，然后仔细考证其真实性，听取单位领导和群众的意见。

⑥ 事故真实材料搜集。包括事故鉴别、与事故记录有关的材料和与事故发生有关的事实材料。

4.3.3 事故统计

事故统计是统计学在事故问题中的重要应用。所谓事故统计就是与对事故接触的数据资料的收集、整理、分析以及推断的科学方法。事故的发生及其发生的概率是随机现象，因此，除了一般的统计方法外，在进行事故统计时，还要经常应用数理统计的方法。事故统计的目的就是通过合理地收集与事故有关的数据、资料，并结合科学的统计方法，对大量重复出现的数字特征进行整理、加工、分析和推断，最终找出事故发生的规律，确定事故发生的原因，为制定相关法规、加强工作决策，采取预防措施，防止事故重复发生，提供重要指导作用。

（1）事故统计的基本任务。对每起事故进行统计调查，说明事故发生的原因以及实际情况；对一定时间内、一定范围内发生事故的情况进行测定；根据大量统计资料，以数理统计为手段，对一定时间内、一定范围内事故发生的情况、趋势以及事故参数分布进行分析、整理、归纳和推断。

（2）事故统计的步骤。

① 资料的搜集。资料的搜集又称为统计调查，是以统计分析为目的，对大量零星的原始资料进行技术分组。资料搜集是整个事故统计工作的前提和基础。

② 资料的整理。资料整理又称为统计汇总，是对所搜集的事故资料进行审核、汇总，并依据事故统计的目的和要求计算相关数值。汇总的关键问题是进行统计分组，就是依据一定的统计标志，对分组研究的对象进行相同性质组划分。例如，按事故类别、事故原因等分组，然后逐组进行统计计算。

（3）综合分析。综合分析是将汇总整理的相关数据及有资料，填入统计表或绘制统计图，将大量的零星资料系统化、条理化、科学化，这是统计工作的结果。

事故统计结果可以用统计指标、统计图、统计图表的形式表达，统计指标包括总量指标和相对指标。伤亡事故的总量指标是反映伤亡事故全面情况的绝对数值。例如，事故发生次数、死亡人数、重伤人数、轻伤人数和直接经济损失等。相对指标是指伤亡事故中两个相联系的总量指标之比，用以表示事故的比例关系。例如，千人死亡率、千人重伤率等。相对指标使一些不能直接比较的统计指标有了共同比较的基础。

4.3.4　事故分析

事故分析作为事故管理的重要组成部分，是建立在事故调查研究或科学实验基础上对事故进行科学的分析。事故分析的核心是事故所产生的问题或影响的大小，而不是用来描述事故本身的大小。事故分析有两层含义：一是对已发生的事故的分析；二是对类似条件下相似事故发生可能性的预测。借助事故分析，可以查明事故发生的原因，理清事故发生的经过和相关的人、物及管理的状况，以便提出防止类似事故发生的方法及途径。

（1）事故分析的方法如下。

事故分析有许多不同的方法，如事故的定时分析、事故的定性分析、事故的定量分析、事故的评价分析等。由于事故分析的目的不同，则可选用的分析方法也不同。目前，事故分析方法大致可以分为以下三大类。

① 综合分析法。该法是针对大量事故案例采取的一种方法。它总结事故发生、发展的规律，针对性地提出普遍适用的预防措施。综合分析技术又可以划分为统计分析法和按生产专业进行分析法两类。

② 个别案例技术分析法。该方法又可划分为基本技术原理分析法、基本计算事故分析法、责任分析法和中毒机理分析法四类。

③ 系统安全分析法。该方法使用逻辑图分析事故原因，避免了冗长的文字叙述，以较直观和形象化的方式进行分析，考虑问题全面、系统、透彻。这种方法既可做综合分析，也可做个别案例分析。

（2）事故分析的步骤如下。

① 查明事故发生的地点。

② 详细说明一般情况下事故发生地的某些特殊的情况。

③ 确定目标时，应该考虑到事故的发生频率和事故的严重程度。

④ 描述接触源或其他有害因素，也就是描述破坏和损伤的直接原因。

⑤ 检查事故基本的因果关系和引发事故的原因。

4.4 危险化学品物流事故应急救援

4.4.1 危险化学品事故应急救援

4.4.1.1 危险化学品物流事故应急救援的定义

危险化学品物流事故应急救援是指危险化学品由于运输原因造成或可能造成众多人员伤亡及其他较大社会危害时，为保证及时控制危险源事故事态发展、抢救受害人员、指导群众防护和组织撤离、清除危害造成的后果而组织的应急救援活动。

4.4.1.2 危险化学品事故应急救援的重要性

目前，危险化学品公路运输事故发生率一直居高不下，严重威胁到人民群众的生命、财产安全和环境安全，安全形势十分严峻。据统计，自 2000 年 4 月～2001 年 11 月间，我国共发生化学品泄漏、火灾、爆炸及中毒事故 364 起，死亡 114 人，受害人数为 200 人，中毒人数为 64 人。其中运输事故有 126 起（品种由高到低依次为油品、液化气、硫酸、氰化物、三氯化磷、煤气等），占到事故总数的 34.6%。

4.4.1.3 危险化学品事故应急救援的基本任务

（1）控制危险源。应急救援工作的首要任务是及时控制造成事故的危险源，只有及时控制住危险源，才能防止事故的继续扩展，才能及时、有效地进行救援。尤其是对发生在道路交叉口或人口聚集区附近的化学事故，可能会影响到较多的人员，因此应尽快调动工程抢险队和安全技术人员到现场及时堵源，控制事故的继续扩展。

（2）抢救受害人员。应急救援的重要任务是抢救受害人员。在应急救援行动中，及时、有序、高效地实施现场急救与安全转送伤员是降低伤亡率、减少事故损失的关键。

（3）指导群众防护，组织群众撤离。由于运输动态危害源事故的发生突然、扩散迅速、涉及范围广、危害性大，需要及时指导和组织群众采取各种有效措施进行自身防护。例如，迅速向上风方向撤离出危险区或可能受到危害的区域时，在撤离过程中应积极组织群众开展自救和互救工作。

（4）做好现场清消，消除危害后果。针对由于意外发生的运输动态危险源事故而逸出的有毒有害化学物质和可能对人及环境继续造成危害的化学物质，需要及时组织有关人员予以清除，消除其危害后果，防止对人员的继续危害和对环境的污染。

（5）查清事故原因，估算危害程度。运输动态危害源事故发生以后，需要及时进行事故调查，找到事故的发生原因和事故的性质，估算出事故的危害所涉及的范围和危险程度，查清人员伤亡情况，为安全生产监督管理部门和公安等部门开展事故详细调查处理提供可靠、有效的依据。

4.4.1.4　危险化学品运输事故应急救援的基本形式

危险化学品运输事故应急救援根据事故波及的范围及其危害程度，可选用单位自救和社会救援两种形式。

（1）单位自救。《危险化学品安全管理条例》第五十一条明确地规定了单位内部发生危险化学品事故时，单位负责人有组织救援并对救援负责的义务。《安全生产法》第六十九条也规定：危险化学品的经营单位应当建立应急救援组织或指定兼职的应急救援人员。单位内部一旦发生危险化学品事故，单位负责人必须立即依照本单位制定的应急救援预案组织救援，并立即报告当地对危险化学品安全监督管理职责负责的部门和公安、环境保护、质检部门。

（2）社会救援。《危险化学品安全管理条例》第五十二条明确规定了在发生社会事故时，当地人民政府和其他相关部门所负有的责任和义务，规定相关地方人民政府应当做好指挥、领导工作。负有危险化学品安全监督管理职责的部门和环境保护、卫生、公安等有关部门，应当根据当地应急救援预案组织实施救援，不得拖延。

4.4.1.5　危险化学品事故应急救援的组织与实施

（1）事故报警。事故报警的及时性与准确性是能否及时控制事故发展的关键环节。在发生危险化学品运输事故时，现场人员必须采取积极有效的抑制措施，尽量减少事故的蔓延，同时及时向有关部门报告和报警。

（2）出动应急救援队伍。各主管部门在接到事故报警后，应该迅速组织应急救援专职队，赶赴现场，在做好自身防护的前提下，快速实施救援，控制事故发展，将伤员救出危险区域，并组织群众撤离和疏散，消除潜在的危险化学品事故的各种隐患。

（3）隔离和疏散。在事故发生后，应依据危险化学品泄漏扩散的情况或火焰热辐射所涉及的范围，设立警戒区，并在通往事故现场的主要干道上实行交通管制。在建立警戒区域时要注意以下几项。

① 警戒区域的边界需要设警示标志，并有专人警戒。

② 除消防、应急处理人员和必须坚守岗位的人员外，其他人员禁止进入警戒区。

③ 溢出泄漏的化学品为易燃品时，区域内应严禁火种。

在建立警戒区域的同时，应迅速让警戒区及污染区内与事故应急处理无关的人员撤离，以减少不必要的人员伤亡。

（4）询情和侦检。

① 询问遇险人员的情况，确定容器储量、泄漏量、泄漏时间、部位、形式、

扩散范围，以及周边单位、居民、地形、电源、火源等情况，以及消防设施、到场人员处置意见。

② 使用检测仪器测定泄漏的物质、浓度及其扩散范围。

③ 确认设施险情及可能引发爆炸燃烧的各种危险源，保证消防设施运行情况。

（5）现场急救。在事故的现场，危险化学品可能对人体造成的伤害为：中毒、窒息、冻伤、化学灼伤、烧伤等。在进行急救时，无论患者还是救援人员都需要进行适当的防护。

（6）泄漏处理。危险化学品泄漏后，不但会造成对环境的污染，还会对人体造成伤害，如遇可燃物质，还有引发火灾爆炸的可能。所以，对泄漏事故应及时、正确处理，防止事故扩大。泄漏处理一般包括泄漏源控制和泄漏物处理现场两大部分。

① 泄漏源控制。可能时，通过控制泄漏源来消除危险化学品的溢出或泄漏事故。利用关闭有关阀门、减负荷运行等方法进行泄漏源的控制。在容器发生泄漏后，应采取措施修补和堵塞裂口，防止危险化学品的进一步泄漏，对整个应急处理是非常关键的。能否成功地进行堵漏主要取决于几个因素：接近泄漏点的危险程度、泄漏孔的尺寸、泄漏点处实际的或潜在的压力以及泄漏物质的特性。

② 泄漏物处理现场。泄漏物要及时进行覆盖、稀释、收容、处理，保证泄漏物得到安全可靠的处理，防止二次事故的发生。

③ 泄漏处理注意事项。

a. 进入现场人员必须配备必要的个人防护器具。

b. 若泄漏物是易燃易爆的，应严禁火种。

c. 应急处理时禁止单独行动，要有监护人，必要时用水枪、水炮掩护。

d. 化学品泄漏时，除受过特别训练的人员以外，其他任何人不得试图清除泄漏物。

（7）火灾控制。危险化学品易发生火灾、爆炸事故，但不同的化学品以及不同情况下发生火灾时，其扑救方法的差异很大，若处置不当，不但不能有效扑灭火灾，而且会使灾情进一步扩大。此外，由于化学品本身及其燃烧的产物大多具有较强的毒害性和腐蚀性，容易造成人员中毒、灼伤。因此，扑救危险化学品火灾是一项极为重要而又非常危险的工作。从事危险化学品运输的人员和消防救护人员平时要熟悉和掌握化学品的主要危险特性及其相应的灭火措施，并定期进行防火演习，增强紧急事态时的应变能力。一旦发生火灾时，每个职工都要清楚地知道自己的作用和职责，掌握有关消防设施、人员疏散程序以及危险化学品灭火的特殊要求等内容。

应急处理的过程并非是按部就班地遵照以上顺序进行的，而是视实际情况的不同尽可能同时进行。

4.4.2 国内外危险化学品事故的应急救援现状

4.4.2.1 国外危险化学品事故应急救援

世界各国历来都非常重视危险化学品事故的救护管理，工业化国家的相关法律法规建设比较完善，危险化学品物流企业及化工企业守法意识、责任意识也较强，他们起到了事故救援的主要作用；特别在欧洲北美等地，化学品生产、运输企业为了遵守相关法律法规，常主动履行"责任与关怀"义务，通过提供事故应急文档、设立 24 小时应急咨询电话、企业组建救援互助网络等形式，使危险化学品事故的预防和应急救援得到了有效保障。

（1）建立应急文档。危险化学品种类繁多，危险特性各异，这给危险化学品物流的安全管理带来了挑战。因此国外非常重视危险化学品的公开管理，运输车辆不但有安全标志、安全标签，还有应急文档和 24 小时咨询电话，发货人在交货时必须提供应急文档，从中可了解货物危险性及处置方案等。应急文档内容大同小异，主要包括：货物危险性、泄漏处置、消防措施、个体防护、伺机行动医疗应急等，例如欧洲的运输紧急卡（TEMCARD）及美国的货物运输规定中要求提供的应急文档。

（2）设立 24 小时应急咨询电话。在国外，为危险化学品物流运输提供 24 小时应急咨询服务电话，是危险化学品托运单位必须遵守的法律责任。当事故现场无法获得货物的应急文档或其他相关资料时，企业 24 小时应急服务咨询专线将发挥重大作用，它能提供危险化学品的理化特性、处置建议，甚至派专家直接到现场指导救援。为保证咨询服务质量，降低成本，企业普遍委托本国服务能力较强的机构代理，并向其提供安全说明书（MSDS）和专家联系人。如美国的 CHEMTREC、英国的 NCEC、加拿大的 CANUTEC 等。

（3）建立行业互助组织。除了警察、消防、民防有化学品救助队伍和装备外，国外化学品相关企业自发建立了危险化学品事故互助网络，免费为公众服务机构、社区公众等做好培训、演练和救援辅助工作，如德国化学运输事故互助网络（TUIS）、美国的运输事故应急委员会（TRANSCAER）、加拿大的运输事故救助计划（TEAP）、欧洲化工企业及其协会针对液氯、环氧乙烷、丙烯腈等危险性大的化工产品，联合建立的基于产品的救援互助网络等。

4.4.2.2　我国危险化学品事故应急救援现状

与国外危险化学品事故救援相比，我国在化学品危害公开、事故应急咨询、事故救援体系建设等方面还存在较大差距。

（1）化学品危害信息公开方面。危险化学品事故的应急救援依赖于对化学品理化知识及其危害特性、相关处置措施的掌握。我国危险化学品安全技术说明书和安全标签标准虽然颁布多年，但很多企业并未完成安全技术说明书和安全标签编制的登记工作，以至于在事故发生后应急救援组织在确定救援方案前，不得不花大量时间寻求危险货物理化特性及处置措施等数据，贻误了救援的最佳时机。

（2）危险化学品事故应急服务咨询专线方面。在国家安全生产监督管理总局化学品登记中心的努力下，我国已经有了第一条化学品事故咨询专线，并且专线的建设日趋完善。但现在还存在宣传力度不够、相关企业重视度不够，虽然有法规存在，但执行还不到位的情况。

1998年1月1日，按照国际惯例，率先开通了化学品应急事故咨询专线0532-83889090，该专线面向全国，提供化学品事故应急、现场处置等信息，2002年11月，国家安全生产安全监督管理总局明确规定0532-83889090为国家化学品事故应急咨询电话。

上面两点说明我国快捷高效的危险化学品运输事故信息网络还没有覆盖。

（3）企业互助方面。目前我国危险化学品化工企业拥有自己的专职救援队伍，尤其是中石油、中石化、中海油三大石油集团，都拥有数量较多的、装备精良的救援队伍，在危险化学品事故救援中扮演不可或缺的角色，地域临近企业普遍达成了有效协议。但我国化工协会在推动危险化学品企业应急互助救援网络建设方面起步较晚，还存在企业重视度不够，自律不强的现象。

（4）危险化学品事故应急救援组织方面。目前我国危险化学品事故救援归国家安全生产监督管理总局负责，救援队伍包括公安消防、总参防化部队、化工企业、环保、中毒抢救中心等，但这些队伍在指挥协调上仅限于各自领域，没有建立相互协调的工作机制。另外，我国事故救援基础设施、装备也存在不足，而且大部分依赖进口。在救援队伍职业化培训方面，我国的培训设施及实力也亟待加强。

上面两点说明我国还没有建立专业、强大的危险化学品运输事故救援队伍、没有投入功能齐全的危险化学品事故救援装备、没有形成协调统一的危险化学品运输事故应急机制。

4.4.3 危险化学品事故应急救援体系

危险化学品事故救援体系总体来说属于社会安全应急救援体系范畴。危险化学品物流事故以危险化学品仓储及运输事故居多，其中又以运输事故最为突出，因为危险化学品运输事故具有流动性、复杂多样性、不确定性以及发展迅速、影响大、破坏性大、难于控制等特点。因此，重点加强危险化学品运输事故的管理，建设完善的救援体系就显得尤为重要。

4.4.3.1 与国际上发达国家的差距

早在20世纪70年代，国外的一些经济发达国家就已经建立了完整的危险化学品事故应急援救系统，其基本内容主要包括事故报警、应急指挥部的建立、国家相应队伍和地区响应队伍的构成、泄漏污染清理等。

就目前来讲，虽然我国的危险化学品事故应急救援工作有了一定的基础，但是还没有形成明确、统一、系统的应急体系，这也与一些发达国家有较大差距，目前的危化品应急援助体系远远不能适应我国国民经济发展和安全生产工作的需要。主要存在以下三个突出问题。

一是地方政府、国务院有关部门和相关单位在危险化学品事故应急救援工作上的职责不明确，尤其缺乏法律、法规上的明确规定。

二是缺少国家层面上的协调组织，对造成重大社会危害的化学事故难以实施有效救援和实行统一指挥。

三是应急准备工作，特别是应急预案的制定和应急救援的设备、装置、物资、经费等未能落实。

4.4.3.2 我国化学品事故应急救援体系的建设框架

当前我国化学事故应急救援力量分散在多个部门，没有建立协调统一指挥的工作机制，难以协同作战。国家将以公安消防队伍为主体，整合现有的化学事故应急救援抢救中心、医疗卫生、环境保护、交通、铁路、民航等应急救援力量，建立国家、省、地级市、县和企业五级化学事故应急救援体系。

一个完整的重大危险化学品事故应急救援体系应由组织体系、运作机制、法制基础和应急保障系统四个部分构成。

（1）组织体系。应急体制建设中的管理机构是指维持应急日常管理的负责部门；功能部门包括与应急活动有关的各类组织机构，如公安、医疗等单位；应急指挥包括应急预案启动后，负责应急救援活动场外与场内指挥系统；而救援队伍则由专业和志愿人员组成。

（2）运作机制。应急救援活动一般划分为应急准备、初级反应、扩大应急和应急恢复4个阶段，应急机制与这些应急活动都密切相关。应急运作机制主要由统一指挥、分级响应、属地为主和公众动员4个基本机制组成。

统一指挥是应急活动的最基本原则。应急指挥一般可分为集中指挥与现场指挥，或场外指挥与场内指挥几种形式，但无论采用哪一种指挥系统都必须实行统一指挥的模式；尽管应急救援活动涉及单位的行政级别高低和隶属关系不同，但都必须在应急指挥部的统一组织协调下行动，有令则行，有禁则止，统一号令，步调一致。

分级响应是指在初级响应到扩大应急的过程中实行分级响应的机制。扩大或提高应急级别的主要依据是事故灾难的危害程度、影响范围和控制事态能力，而后者是"升级"的最基本条件。扩大应急救援主要是提高指挥级别、扩大应急范围等。

属地为主是强调"第一反应"的思想和以现场应急现场指挥为主的原则。

公众动员机制是应急机制的基础，也是整个应急体系的基础，我国在这方面还存在缺陷。

上述这些应急机制应充分地反映在应急预案当中。

（3）法制基础。法制建设是应急体系的基础和保障，也是开展各项应急活动的依据。与应急有关的法规可分为4个层次：一是由立法机关通过的法律，如紧急状态法、公民知情权法和紧急动员法等；二是由政府颁布的规章，如应急救援管理条例等；三是包括预案在内的以政府令形式颁布的政府法令、规定等；四是与应急救援活动直接有关的标准或管理办法。

（4）应急保障系统。列于应急保障系统第一位的是信息与通信系统，构筑集中管理的信息通信平台是应急体系的最重要基础建设。应急信息通信系统要保证所有预警、报警、警报、报告、指挥等活动的信息交流快速、顺畅、准确，以及信息资源共享；物资与装备不但要保证有足够的资源，而且还一定要实现快速、及时供应

到位；人力资源保障包括专业队伍和志愿人员以及其他有关人员的培训教育；应急财务保障应建立专项应急科目，如应急基金等，以保障应急管理运行和应急反应中各项活动的开支。

按照条块结合、以块为主和集中统一指挥的原则，在国家安全生产应急委员会领导下，国家安全生产应急救援指挥中心与各专业安全生产应急救援指挥分中心、各地安全生产应急救援指挥中心以及企业应急救援组织构成全国安全生产应急救援指挥体系。按照合理布局、资源共享的原则，重点装备一些区域骨干应急救援队伍，既是地方安全生产应急救援体系的骨干救援力量，又是专业安全生产应急救援体系的区域救援基地。区域救援基地接受国家专业安全生产应急救援指挥中心的指导（或领导）、指挥，并服从所在地地方安全生产应急救援指挥中心的指挥和协调，形成骨干应急救援队伍体系，提高整体战斗力。通过职责明确、反应灵敏、运转协调的工作机制和现代通信信息网络使国家安全生产应急救援指挥中心、专业安全生产应急救援体系和地方安全生产应急救援体系形成有机的整体。

第5章

危险化学品物流安全评价基础

5.1 安全评价概述

随着科学技术的不断发展，人们的生产和生活方式也随之发生着巨大的变化，人们在享受现代生产技术所创造的物质文明带来的便利及舒适的同时，也不得不承受现代生产所带来的安全问题。科学技术的进步，不断地加深着人们对安全生产规律和生产事故发生规律的认识，促使人们的安全生产意识不断提高。为了准确地识别和有效地控制有害因素，确保人们的安全和健康，减少事故损失，人们在不断总结事故灾难防治的成功经验和失败教训的基础上，产生了安全评价技术。

危险化学品物流安全的实现，主要依赖于三方面的工作，即危险源辨识、危险性评价和危险控制。其中危险性评价是以"社会允许的安全限度"为标准，承担危险检出工作，在三项基本工作中处于承上启下地位。所谓社会允许的安全限度是指在一定历史阶段、一定领域内所能接受的危险程度，并随着社会的发展，社会允许的安全限度呈动态递减的趋势，其确定依据是国家、行业的法律法规及社会道德规范。而安全评价是对系统进行"安全确认"的工作。系统具有安全性、危险性和中间性三种因素。为了确保系统安全，不但要认清危险性因素，更要认清那些中间性因素在系统生命期内恶化而成为了具有危险性的因素；因此安全评价不但以"社会允许的安全限度"来考察，且不能局限于此，而且要重视中间因素的潜在危险性因素的判断和评价。可见，安全评价的标准要高于社会允许的安全限度。

安全评价是危险化学品安全管理的核心和基础。《危险化学品安全管理条例》中第九、第十一以及第十七三个条款对化学品安全评价提出了强制要求。

第九条 设立剧毒化学品生产、储存企业和其他危险化学品生产、储存企业，应当分别向省、自治区、直辖市人民政府经济贸易管理部门和设区的市级人民政府负责危险化学品安全监督管理综合工作的部门提出申请，并提交下列文件：

①《危险化学品经营许可证申请表》；

② 安全评价报告；

③ 经营和储存场所建筑物消防安全验收文件的复印件；

④ 单位主要负责人和主管人员、安全生产管理人员和业务人员专业培训合格证书的复印件；

⑤ 经营和储存场所、设施产权或租赁证明文件复印件；

⑥ 安全管理制度和岗位安全操作规程。

第十一条 "危险化学品生产、储存企业改建、扩建的，必须依照本条例第九条的规定经审查批准"。

第十七条 生产、储存、使用剧毒化学品的单位，应当对本单位的生产、储存装置每年进行一次安全评价；生产、储存、使用其他危险化学品的单位，应当对本单位的生产、储存装置每两年进行一次安全评价。

安全评价报告应当对生产、储存装置存在的安全问题提出整改方案。安全评价中发现生产、储存装置存在现实危险的，应当立即停止使用，予以更换或者修复，并采取相应的安全措施。安全评价报告应当报所在地设区的市级人民政府负责危险化学品安全监督管理综合工作的部门备案。可见危险化学品物流各环节涉及的危险化学品生产、储存、运输、使用的单位，在其设立、建设、生产过程中，不仅必须进行预评价，而且还必须定期进行现状评价。

5.1.1 安全评价相关概念

（1）安全评价。也可称为风险评价或危险评价。安全评价是以实现系统安全为目的，运用系统工程的方法对系统存在的危险性进行综合的评价和预测，并依据其形成事故风险的大小，采取相应的安全措施，以确保系统安全的过程。安全评价既需要安全理论的支撑，还需要安全生产管理经验和生产技术知识的支持，只有将两者结合，才能更好地开展安全评价工作。安全评价不仅是现代安全生产的重要环节，而且在安全管理的现代化和科学化中也起到积极的推动作用。

安全评价通过对系统中存在的危险性的识别及危险度评价，客观地描述了系统的危险程度。从而指导人们采取相应措施预防，以降低系统的危险性。危险源的辨识、风险评价以及风险控制构成了安全系统工程的基本内容。危险源的辨识是风险评价和风险控制的基础，它们相互关联、相互渗透。安全评价的基本内容如图5-1所示。

（2）系统安全。指在系统生命期内应用系统安全工程和管理方法，识别系统中的危险源，定性或定量表征其危险性，并采取控制措施使其危险性最小化，从而使系统在规定的性能、时间和成本范围内达到最佳的可接受安全程度。

（3）系统安全工程。运用科学和工程技术手段辨识、消除或控制系统中的危险源，实现系统安全。主要包括：危险源辨识、危险性评价、危险源控制。

以系统安全工程为思想基础的安全评价有以下基本认识：

① 确定"社会允许的安全限度"是安全评价的前提；

② 与危险性评价不同，系统安全评价是对系统进行"安全确认"的工作；

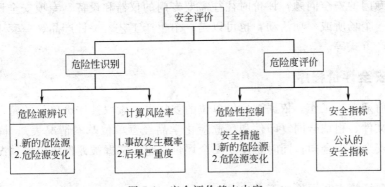

图 5-1 安全评价基本内容

③ 系统危险性包含系统发生各种事故的可能性和事故后果的严重性两层含义。

5.1.2 安全评价分类

按照工程、系统生命周期和安全评价目的细分为安全预评价、安全验收评价、安全现状评价和专项安全评价四类。这种分类方法也是目前国内认可度最为广泛的安全评价分类法。

（1）安全预评价。安全预评价是根据建设项目可行性研究报告的内容，并分析和预测该建设项目可能存在的危险有害因素的种类及程度，提出合理可行的安全对策及建议。实际上，安全预评价就是在项目建设前应用系统安全工程的原理和方法，对系统（工程或项目）的危险性、危害性进行的安全评价。

安全预评价报告是安全预评价的最终成果，安全预评价报告作为项目报批的文件，同时也是项目最终设计的重要依据文件。安全预评价报告将提供给设计单位、建设单位、业主、政府管理部门。设计单位将根据其内容来设计安全对策措施，建设单位将其作为施工过程的参考，生产经营单位（业主）将其视为作业安全管理的参考。

（2）安全验收评价。安全验收评价是指在建设项目竣工验收之前、试生产运行正常之后，通过对建设项目的设备、设施、装置实际运行状况和管理状况的安全评价，找到该建设项目投产后存在的危险、有害因素及导致事故发生的可能性和严重程度，提出保证建设项目正式运行后安全生产的安全对策措施。

（3）安全现状评价。安全现状评价是针对一个生产经营单位总体或局部生产经营活动的安全现状进行的安全评价，识别并分析其生产经营过程中存在的危险有害因素，评价危险有害因素引发事故的可能性和严重程度，提出合理可行的安全对策和措施。这种对生产装置、设施、设备、储存、运输及安全管理状况进行的综合全面的安全评价，不仅包括生产过程的安全设施，还包括生产经营单位整体的安全管理制度、方法和模式等安全管理体系的内容。

（4）专项安全评价。专项安全评价是依据政府有关管理部门、生产经营单位、建设单位或设施单位的某项（个）专门要求进行的安全评价。因此，专项安全评价

就要解决专门的安全问题,评价时往往需要专门的仪器和设备。专项安全评价针对的可以是一个场所或一项活动,也可以是一个生产工艺、一件产品、一套生产装置或一种生产方式等。

5.1.3 安全评价程序

(1)前期准备工作。依据被评价单位的委托书,索取被评价单位的营业执照及相关批准文件、租赁合同复印件和《危险化学品经营单位基本情况表》。同被评价单位签订安全评价合同;同时,建立安全评价小组,掌握被评价单位的情况,收集相关资料。

(2)现场检查和评价如下。

① 审查被评价单位提供的文件或合同复印件的真实性。

② 参照《危险化学品经营单位基本情况表》和现场实际辨识危险、有害因素,分析危险、有害因素的产生原因。

③ 依据经营单位实际情况,划分评价单元。评价单元通常可依下列因素划分:安全管理组织;安全管理制度;从业人员;仓库建筑;储存场所。

④ 针对危险、有害因素及现场情况,根据《危险化学品经营单位安全评价现场检查表》,对现场装置、设施、防护措施以及管理措施进行评价。

⑤ 提出建议补充的安全措施,包括管理方面(如制度、组织和人员)的对策措施、仓储场所、仓库建筑、装置、设施、消防与电器方面的对策措施。

(3)编制评价报告书。安全评价程序如图5-2所示。

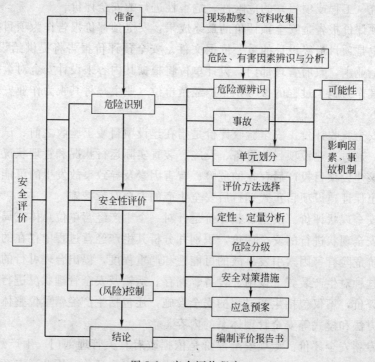

图5-2 安全评价程序

5.2 危险化学品安全评价基础

5.2.1 危险化学品安全评价概念

危险化学品安全评价是一种专项评价，就是针对于危险化学品（含危险化学品生产、储存和使用单位）总体或局部的安全管理与运行现状，根据国家危险化学品安全管理的法律法规，使用科学的评价与分析方法，来判别该危险化学品单位存在的重大危险源和存在的职业危险、有害因素，预测可能造成的危害程度，认定存在的事故隐患，并提出可行的技术和合理的管理对策，用以作为企业安全管理、安全监察的依据。

也可以说危险化学品安全评价就是对危险化学品生命周期内所涉及单位、环节的现状进行安全评价，分析评估由此产生的损失和伤害，提出合理可行的解决措施。

5.2.2 危险化学品安全评价的必要性

5.2.2.1 危险化学品安全评价目的

危险化学品安全评价的目的是寻求危化品生产、存储和使用企业的最低事故率、最少损失和最优的安全投资效益。危险化学品安全评价要达到的目的包括以下4个方面。

（1）系统地对计划、设计、制造、运行、储运和维修等全过程进行控制。

通过安全评价找出潜藏在生产过程中的危险因素，清楚地分析出引起系统灾害的工程技术状况，论证安全技术措施是否合理。在设计之前进行评价，可以避免选用不安全的工艺流程和危险的原材料，以及不适合的设备、装置，若必须采用时，可以提出降低或消除危险的有效方法。设计之后进行的评价，可以检查出设计中的缺陷和不足，及早采取改进和预防措施。在系统建成以后的运转阶段进行的系统安全评价，可以了解系统的现实危险性，为进一步采取降低危险性的措施提供重要依据。

（2）建立系统安全最优方案，为决策提供依据。

评价过程中对潜在危险进行定性和定量分析，并进行预测，分析系统中存在的危险源、分布的部位、数量、事故发生率以及事故严重度，提出应采取的安全对策措施等，决策者可根据评价结果从中选取最优方案并做出管理决策。

（3）为实现安全技术、安全管理标准化和科学化创造条件。

通过对设施、设备或者系统在生产过程中的安全性是否符合有关技术标准、规范规定进行评价，参照技术标准、规范找出存在问题和不足，实行系统的标准化、科学化管理。

（4）促进企业实现本质安全化。

运用安全评价对事故进行科学的分析，针对引起事故发生的各种原因和条件，

提出消除危险的最佳技术措施方案。首先要从设计上采取相应措施，保证即使发生误操作或设备故障时，系统存在的危险因素也不会引发事故，从根本上实现生产过程的本质安全化。

5.2.2.2 安全评价作用

（1）可以有效地减少事故和职业危害。

预测、预防事故和职业危害的发生，是现代安全管理中的重要任务。对系统进行安全评价，可以识别出系统中存在的薄弱环节以及可能造成事故和职业危害发生的条件；运用系统分析还可以找到发生事故和职业危害的真正原因，尤其是可以查找出未曾预料到的、被忽视的危险因素和职业危害；再运用定量分析，预测事故和职业危害发生的可能性及后果的严重性，可以采取相应的对策措施，有效地预防、控制事故和职业危害的发生。

（2）可以系统地进行安全管理。

现代工业具有规模大、连续化和自动化的特点，其生产过程也日趋复杂，而且各个环节和工序之间相互联系、相互作用、相互制约。安全评价则是借助系统分析和评价，全面地、系统地、有机地、预防性地解决生产系统中可能出现的安全问题，而不是孤立地、就事论事地去处理生产系统中的安全问题，实现系统安全管理。系统安全管理概括为以下五个方面：

① 发现潜在的事故隐患；

② 预测因失误或故障引起的危险；

③ 设计和调整安全措施的方案；

④ 实现最优化的安全措施；

⑤ 不断地采取改进的措施。

（3）可以用较少的投资达到最佳安全效果。

对系统的安全性采用定量分析、评价和优化技术，可以为安全管理和事故预测、预防提供科学的依据，根据分析可以选择出最佳方案，致使各个子系统之间达到最佳配合，从而用较少的投资得到最佳的安全效果，最大幅度地减少人员伤亡和设备损坏事故。

（4）可以促进各项安全标准的制定和可靠性数据的积累。

安全评价的重点是要对系统做出定性和定量评价，这就需要有各项安全数据和标准，例如，许可安全值、故障率、人机工程标准和安全设计标准等。所以，安全评价可以促进各项安全标准的制定和相关可靠性数据的搜集、积累，为建立可靠性数据库提供数据。

（5）可以迅速提高安全技术人员的业务水平。

运用系统安全评价的开发和应用，促使安全技术人员学会各种系统分析和评价方法，这样可以快速地提高安全技术人员、操作人员和管理人员的业务水平及系统分析能力，从而提高安全技术人员和安全管理人员的素质，更好地加强安全生产。

5.2.2.3 危险化学品安全评价的必要性

随着化学工业、石油化学工业的快速发展，大量的易燃、易爆、有毒、有害、有腐蚀性等危险化学品不断问世，这些物质作为工业生产的原料或产品出现在生产、加工处理、运输、储存、经营的过程中。化学品的固有危险会给人类的生存带来极大的威胁。例如，发生在 1976 年的意大利塞维索工厂环己烷泄漏事故，造成 30 多人死亡，20 余万人紧急疏散。1984 年印度博帕尔市郊农药厂发生甲基异氰酸盐泄漏的恶性中毒事故，有近 2500 人中毒死亡，20 余万人中毒受伤且其中大部分人双目失明致残，约 67 万人受残留毒气的影响。2009 年 3 月 21 日凌晨，一辆运载大量有害化学物氢氟酸的卡车在美国宾夕法尼亚州东部翻车并发生泄漏，附近大约 5000 名居民被紧急疏散。2009 年 4 月 13 日晚 11 时 20 分，一辆从秘鲁首都利马出发的长途客车在伊卡省南泛美公路上行驶时与一辆天然气运输卡车发生追尾事故，并引发大火。客车上有 20 人当场死亡，7 人被烧成重伤，另有 3 人受轻伤。1993 年 8 月中国深圳危险化学品仓库的爆炸火灾事故造成了 15 人死亡，100 多人受伤，经济损失 2 亿多元；1997 年 6 月的中国北京东方化工厂爆炸事故造成 8 人死亡，直接经济损失达 1 亿多元；2003 年 12 月 23 日，中国石油川东钻探公司在开县境内承钻的罗家 16 号井发生了高浓度硫化氢泄漏事故，导致 243 人中毒死亡、2000 多人中毒住院、65000 人被紧急疏散安置、直接经济损失高达 6000 多万元人民币的严重后果；2008 年 4 月 22 日，连霍高速公路河南段发生追尾交通事故，造成 1 人受伤，5 车损坏，其中有 3 辆载运的是危险化学品液氯，而运输使用的却是普通货车，并且非法在高速公路通行；2008 年 7 月 28 日上午 8 时 50 分，一辆宁 C ××××× 加长康明斯货车从上海运送 21 桶危险化学品二乙胺发往白银，在甘肃兰州货运集散中心中转时，发生泄漏事故，由于抢险及时，幸未造成人员伤亡，但经济损失较大。据公安部发布，2008 年仅 6 月份我国共发生涉及危险化学品运输车辆交通事故 58 起，死亡 24 人，受伤人数 67 人，人员伤亡严重。这些事故给人民生命财产造成巨大损失，同时引起了群体性、社会性恐慌，影响了社会稳定的大局。

这些灾难性的事故引起了世界各国的高度重视。因此，世界各国以及国际组织纷纷制定有关法律法规、标准和公约，旨在强化化学品的管理，其中不乏对危险化学品进行安全评价的规定。各企业应依据国家安全生产法律、法规和标准，对生产的过程、工艺、设备、管理以及人员进行安全评价，应满足以下几点。

（1）满足法律、法规要求的需要。

2002 年 6 月中华人民共和国第 70 号主席令颁布了《中华人民共和国安全生产法》，规定了生产经营单位的建设项目必须实施"三同时"，而且还规定了用于生产、储存危险物品的建设项目需要对安存装置进行每年一次的安全评价；生产、储存和使用其他危险化学品的单位，应当进行全条件论证和安全评价。2002 年 1 月 9 日中华人民共和国国务院令第 344 号发布了《危险化学品安全管理条例》，条例中规定了对危险化学品各环节管理和监督办法等的同时，又提出了生产、储存、使用剧毒化学品的单位，应当对本单位的生产以及储存装置进行每两年一次的安全评价

要求。

(2) 满足危险化学品安全管理的需要。

① 危险化学品具有严重的危险性。由于危险化学品具有有毒、易燃、易爆及氧化等危险特性，而且不断地有新的危险化学品面世，其作为工业生产的原料或产品，在生产、使用、储存、运输、经营以及废弃处置过程中，若人们对其特性认识不足，缺乏有效管理，操作失误，一旦发生事故，就会造成重大人身伤亡和经济损失，给社会造成极其恶劣的影响。

② 危险化学品涉及国民经济的各个领域。伴随着我国经济建设的不断发展，已经不仅仅是化工、石化行业生产、使用、储存危险化学品，而且包括轻工、机械、冶金等行业也都普遍存在着储存、使用、运输、经营危险化学品的问题，都需要对使用、储存的物质、设施以及工艺过程中的危险危害因素和应采取的安全防护技术措施有一个正确了解、认识，因此必须加强危险化学品的管理。

③ 危险化学品安全评价是安全管理的重要组成部分。通过对生产、储存危险化学品的新建、改建、扩建项目（工程）进行安全预评价并对在役装置的现状进行安全评价，可以使该单位的员工以及管理人员系统地从设计、生产、运行等过程中掌握物质（包括原料、中间产物、产品）、设备装置及工艺过程中存在的危险因素、主要危险源以及应采取的安全技术措施和管理问题，对设备、设施和系统在生产、储存、使用化学品中是否符合有关法律、法规、标准的规定进行有效评价。可以对潜在的事故进行定性分析和预测，同时便于了解和掌握所使用的国家、行业及地方安全法规、标准。所以，进行安全评价有利于危险化学品的新建、扩建、改建项目竣工的安全管理，同时也有利于危险化学品现役装置的安全管理，是加强这些相关单位安全管理的重要基础。

5.2.3 危险化学品安全评价相关法律法规

化学品尤其是危险化学品的安全管理工作关系到人民的生命安全、财产安全以及保护环境的大事，围绕着危险化学品的安全评价，国家先后颁布了一系列的法律、法规和标准，规范和指导危险化学品的安全管理工作。

《危险化学品安全管理条例》是评价的基本依据，危险化学品安全评价的主要依据还要有《安全生产法》、《安全现状评价导则》、《危险化学品生产企业安全评价导则》、《危险化学品经营单位安全评价导则》及《危险化学品生产企业安全生产许可证制度实施办法》等。

5.2.3.1 《危险化学品安全管理条例》

2002年1月9日，通过了《危险化学品安全管理条例》，并于2002年3月15日起施行。《危险化学品安全管理条例》对在中华人民共和国境内生产、储存、经营、运输、使用危险化学品和处置废弃危险化学品等方面，提出了明确的规定，为增强危险化学品的专项整治和管理提供了重要的依据。该项条例对全面加强危险化学品安全管理，促进危险化学品生产经营领域的安全生产，保障人民群众生命财产安全，保护环境，具有非常重要的意义。《危险化学品安全管理条例》共七章七十四条，该条例有以下几个突出的特点。

（1）明确了各部门的管理职责。

《危险化学品安全管理条例》的第五条规定危险化学品的生产、存储、经营、运输、使用和废弃处置由不同的部门实施监督管理。由于国家经贸委已撤销，在《危险化学品安全管理条例》中规定的由国家经济贸易主管部门负责的危险化学品安全监督管理的综合工作；危险化学品生产、储存企业的设立及其改建、扩建的审查；危险化学品的包装物、容器（包括用于运输工具的槽罐）专业生产企业的审查及定点；国内危险化学品的登记；危险化学品经营许可证的发放；危险化学品事故应急救援的组织及协调等职能现由国家安全生产监督管理总局负责。

公安部门主要负责发放剧毒化学品购买凭证和准购证，负责审查核发剧毒化学品公路运输通行证，对危险化学品道路运输安全实施监督，负责危险化学品的公共安全管理，并负责前述事项的监督检查工作。

铁路和民航部门负责对危险化学品铁路、航空运输和危险化学品铁路、民航运输单位及其运输工具的安全管理及监督检查。交通部门则负责危险化学品公路、水路运输单位及其运输工具的安全监管，对危险化学品水路运输安全实施监督，负责危险化学品公路和水路运输单位及驾驶人员、船员、装卸人员和押运人员资质的认定，并负责前述事项的监督检查。

质检部门负责发放危险化学品及其包装物、容器的生产许可证，负责监督危险化学品包装物、容器的产品质量，并负责前述事项的监督检查。

环境保护部门负责监督管理废弃危险化学品，负责调查重大危险化学品污染事故和生态破坏事件，负责登记有毒化学品，负责监测危险化学品事故的现场，并负责前述事项的监督检查。

卫生行政部门负责对危险化学品的毒性进行鉴定，并对危险化学品事故伤亡人员进行医疗救护工作。

工商行政管理部门要依据有关部门的批准、许可文件，审核颁发危险化学品生产、经营、储存、运输单位的营业执照，并监督管理危险化学品市场经营活动。

邮政部门负责邮寄危险化学品的监督检查。

（2）明确危险化学品的分类管辖范围。

危险化学品的分类管辖范围是根据爆炸品、压缩气体和液化气体、易燃液体、易燃固体、自燃物品和遇湿易燃物品、氧化剂和有机过氧化物、有毒品和腐蚀品等进行的分类。将危险化学品列入以国家标准公布的《危险货物品名表》（GB 12268—1990）；如剧毒化学品和未列入《危险货物品名表》的其他危险化学品，则由国务院经济贸易综合管理部门（国家安全生产监督管理部门）会同公安、卫生、质检、环境保护、交通部门确定并公布。目前，国家安全生产监督管理局已经公布的《危险化学品名录》是2002版，该名录的修订工作也正在进行当中。

监控化学品、属于药品的危险化学品和农药的安全管理，需遵照《危险化学品安全管理条例》的规定执行；国家另有规定的，要依照其规定执行。

不适用该条例的有：民用爆炸品、放射性物品、核能物质和城镇燃气的安全管理。

进口危险化学品的经营、储存、运输、使用及进口废弃危险化学品的处置，须依照《危险化学品安全管理条例》的规定执行。但是，危险化学品的进出口管理要依照国家有关规定执行。

（3）对危险化学品实施全过程的管理。

国家强调了对包括生产、经营、储存、运输、使用到废弃物处置的各个环节实施过程的全程管理。依据《危险化学品安全管理条例》第六条，对危险化学品从业单位实施监督管理的相关部门，在依法进行监督检查时，可以行使以下职权。

① 进入危险化学品作业场进行现场检查，调取相关资料，向相关人员了解情况，提出对危险化学品单位的整改措施和建议。

② 发现危险化学品事故隐患时，责令其立即排除或限期排除。

③ 对有依据认为不符合有关法律、法规、规章制度和国家标准要求的设备、设施、器材和运输工具，责令其立即停止使用。

④ 发现违法行为，应当场予以纠正或者责令限期改正。

危险化学品从业单位必须接受有关部门依法实施的监督检查，不得拒绝、阻挠。有关部门派出的工作人员在依法进行监督检查时，应当出示证件。

（4）条例明确了危险化学品生产、使用、经营过程中的管理要求和需要履行的手续。

① 生产、储存危险化学品的企业的新建、扩建、改建实行统一规划和审批制度。

② 加强重大危险源的监控与管理。

③ 生产危险化学品必须有安全技术说明书和安全标签。

④ 经批准设立的危险化学品生产企业，必须向质检部门申领《生产许可证》。

⑤ 要对生产、储存、使用剧毒化学品的单位和生产、储存、使用其他危险化学品的单位的装置进行安全评价。

⑥ 危险化学品的包装容器由审查合格的专业生产企业定点生产。

⑦ 危险化学品的经营销售实行经营许可制度。

⑧ 购买剧毒品要凭购买凭证、准购证。

⑨ 要对危险化学品的运输实行资质认证制度。

⑩ 剧毒化学品公路运输实行公路运输通行证。

⑪ 实行危险化学品的登记制度。

⑫ 从业单位必须制定危险化学品事故应急预案。

5.2.3.2 《中华人民共和国安全生产法》

2002 年 6 月 19 日，中华人民共和国主席第七十号令公布了《中华人民共和国安全生产法》，该法令自 2002 年 11 月 1 日起施行。

《中华人民共和国安全生产法》制定了"安全生产管理，坚持安全第一、预防为主的方针"；"建立、健全安全生产责任制度，完善安全生产条件，确保安全生产"；规定了"生产经营单位的主要负责人对本单位的安全生产工作全面负责"，并对安全生产进行监督管理；依法设立可以为安全生产提供技术服务的中介机构，保障生产经营单位的安全生产并进行安全评价；确定了从业人员的权利和义务；规定了事故的应急救援与调查处理方法、法律责任等有关内容。

这是我国颁布的第一部安全生产综合性法律。该法作为我国首部全面规范安全生产的专门法律，针对市场经济条件下安全生产工作中出现的一些新问题、新特点，确立了对各行业及各类生产经营单位普遍适用的七项基本法律制度。这是我国生产经营单位进行安全生产必须遵守的大法，也是进行安全评价的重要依据。其中与安全评价有关的规定如下。

（1）依法设立的为安全生产提供服务的中介机构，依照法律、行政法规和执业准则，接受生产经营单位的委托为其安全生产工作提供技术服务。

（2）矿山建设项目和用于生产、储存危险物品的建设项目，应当分别按照国家有关规定进行安全条件论证和安全评价。

（3）生产经营单位对重大危险源，应当登记建档，进行定期检测、评估、监控，并制订应急预案，告知从业人员和相关人员在紧急情况下应采取的应急措施。

生产经营单位应当按照国家有关规定，将本单位重大危险源及有关安全措施、应急措施报有关地方人民政府负责安全生产监督管理部门和有关部门备案。

（4）承担安全评价、认证、检测、检验的机构应当具备国家规定的资质条件，并对其做出的安全评价、认证、检测、检验的结果负责。

（5）承担安全评价、认证、检测、检验工作的机构，出具虚假证明，构成犯罪的，依照刑法有关规定追究刑事责任；尚不够刑事处罚的，没收违法所得，违法所得在 5000 元以上的，并处违法所得两倍以上五倍以下的罚款；没有违法所得或者违法所得不足 5000 元的，单处或者并处 5000 元以上 20000 元以下的罚款；对其直接负责的主管人员和其他直接责任人员处 5000 元以上 50000 元以下的罚款；给他人造成损害的，与生产经营单位承担连带赔偿责任。

5.2.4 危险化学品安全评价工作内容

安全评价就是利用系统安全工程原理和方法识别与评价系统、工程中存在的危险有害因素及其可能导致事故的危险性，并制定安全对策措施的过程，此过程主要包括 4 方面的内容，即危险有害因素识别与分析、危险性评价、确定可接受风险以及制定安全对策措施。通过对危险有害因素的识别与分析，能够找出可能存在的危险源，并分析它们可能导致的事故类型，以及目前所采取的安全对策措施的有效性和实用性。

（1）危险性评价。危险性评价则是采用定量或定性安全评价方法，预测危险源引发事故的可能性和严重程度，并对危险性进行分级。

（2）确定可接受风险。可接受风险的确定要依据识别出的危险有害因素和可能导致事故的危险性，并结合企业自身的条件，建立一个可接受风险的指标，确定何

种风险是可接受的；何种风险是不可接受的。

（3）制定安全对策措施。制定安全对策措施时，要根据风险的分级和所确定的不可接受风险以及企业的经济条件等因素，以达到有效地控制各类风险的目的。

（4）提出安全对策措施。提出消除或减少危险危害因素的技术以及管理对策措施和建议。

在实际的安全评价过程中，以上4方面的工作是不可截然分开、孤立进行的，而是要相互交叉、相互重叠于整个管理工作中。

现代科学技术和管理技术的发展，促使着安全生产领域的安全管理工作的重点的转变。现今，其工作重点已由以往主要研究、处理那些已经发生和必然发生的事件，转变为主要研究、处理那些还没有发生但极有可能发生的事件，并将这种事件发生的可能性具体化为量化指标，例如，计算出事故发生率，划分危险的等级，制定安全标准和对策措施，并对其进行综合比较评价，从中选择最佳的安全方案，预防事故的发生。

第6章

危险危害因素识别与分析

随着工业生产技术和设备的不断更新，以及生产环境和生产管理的不断改善，生产中的安全程度得到了很大的提高。危险化学品物流作为物流领域的特殊行业，其安全性早已为人们重视，但事故还是不断地发生，不安全因素仍然大量的存在，因而必须对其进行安全评价。在评价之前，要先进行危险危害因素分析，然后再确定危险化学品物流系统的危险程度。

危险危害因素分析是防止发生生产事故的第一步。危险因素指能造成人身伤亡或者造成物品突发性损坏的因素（强调社会性和突发作用）；危害指能影响人的身体健康、导致疾病或者对物造成慢性损害的因素（在一定时间内的累积作用）。将其区分为危险因素和危害因素是为区别客体对人体不利作用的特点和效果，有时可对两者不加区分，统称为危险危害因素。

6.1 安全评价依据

安全评价是一项政策性和技术性都很强的工作，必须依据我国现行的法律、法规和技术标准进行，以保障被评价项目的安全运行，及保障劳动者在劳动过程中的安全与健康。危险化学品物流的安全评价也应该以这些法律法规为基础。

安全标准是指社会公众允许的、可以接受的危险度。安全标准具有相对性、阶段性、行业性以及偏重性等特点。

安全标准的相对性指世界上没有绝对的安全，不能以事故为零作为安全的标准，通常用相对含糊的语言来描述危险严重程度的高低及危险可能性的大小。如危险严重程度用"可忽略的、轻度的、临界的、中度的、严重的和灾难的"等来描述；危险的可能性用"不可能、极少、有时、很可能、频繁"等来描述。对各个危险严重度与"社会允许的安全度"的相对关系，不同的人群、个体会有不同的认识，这也是安全标准相对性的一个体现。

安全标准的阶段性指社会发展的不同阶段，对"允许的安全限度"有不同的理

解。由于人类对安全生产和生活环境的要求在不断地提高，对事故及其恶果的承受能力在不断地降低，因此安全限度是随着社会进步而逐渐降低的，不同时代，不同政治、经济和技术状况都会得到不同的结论。

安全标准的行业性指危险、有害因素与特定的行业相联系的。不同的行业，事故发生的频率和严重程度不同，对社会的影响也不同，人们对其"允许的安全限度"也有不同的要求。如矿山等危险行业容易出事故，人们对其允许的安全限度就高，也表现出了理解；但普通行业，社会允许的安全限度就低，要求就严格，出一点事故人们就难以忍受。

安全标准的偏重性指在危险性的两个决定因素中，事故后果严重性的权重远远大于事故发生频率的权重。例如人们通常认为公路比航空安全，是因为公路交通事故经常发生但一次死亡人数比较少，人们经常遭遇但不以为然；航空空难事故偶尔发生但一般无人生还，人们就会产生深刻的印象。

由于上述特点，使安全标准难以量化，也难以被广泛地接受。安全标准历来是安全科学研究的重点，同时也是安全科学研究的难点。

6.1.1　国外安全标准的确定

国外安全标准确定是在风险、风险分析和风险评价的基础上开展研究的。

风险是事故后果和发生频率的综合表现。由于死亡风险表达比较直接，容易定义也易于与其他的风险相比较，因此人们习惯上把重大事故和死亡联系在一起，大多数的风险评价中通常都是以死亡的概率作为风险的度量。

与工业生产有关的风险分析的研究对象是重大危害，主要包括重大火灾、重大爆炸、有毒物质泄漏等。这些重大危害严重威胁到人员安全和大气、水、土壤、海洋等人类赖以生存的环境。在实际应用中，国内、国外都广泛地采用在工业企业周围设置防护带来保护周围的居民。

风险评价是对风险进行系统分析来识别危害性工业设施潜在的危害，定量地描述事故发生的可能性和后果，例如损失伤亡等，计算总的风险水平。评价风险的可接受性，对工业设施的设计和运行操作进行修改或者完善，从而科学有效地减少重大危害产生的影响。

确定安全标准的依据是各类风险造成的事故及其损失的后果。这里所说的后果就是事故频率和损失的严重程度的综合结果即风险，通常分为个人风险和社会风险。国外安全评价标准主要有事故统计指标和定量安全评价标准。它们都是通过统计某行业或者某种事故中人员伤亡或者财产损失的大小来确定危险程度，对"可以忽略"的危险可确认为达到安全要求。

(1) 事故统计指标的确定方法如下。

危险化学品事故与其他事故有许多共性，因而其他事故的统计指标体系中体现共性的指标，也同样适用于危险化学品事故统计指标体系。如事故起数、死亡人数、经济损失、死亡率、事故严重率等。但危险化学品事故及其他类事故也都有各自的特性，如煤矿事故的百万吨死亡率、道路交通事故的万车死亡率等。对于危险化学品物流管理，其统计指标体系除了包含对事故风险进行统计外，还应包括事故类型统计，如火灾、爆炸、中毒、窒息、灼伤等；以及包括事故发生环节的统计，这可从危险化学品生命周期来考虑，即生产、经营、储存、运输、使用和废弃处理六个环节。下面内容主要从事故风险出发来考虑事故统计指标的确定。

根据美国原子能委员会发表的拉斯姆逊报告，将由事故引起的社会危险（风险），定义如下：

$$危险（风险）\left\{\frac{损失程度}{单位时间}\right\}=频率\left\{\frac{事故次数}{时间}\right\}\times大小\left\{\frac{损失程度}{事故次数}\right\} \tag{6-1}$$

例如 2006 年我国共发生道路交通事故 378781 起，死亡 89455 人，即表示交通事故死亡的社会风险为 89455 人/年，相当于每 4～5 起交通事故就有一次死亡事故，死亡率达 23.62%。当年我国人口按 13 亿计算，则交通事故的个人死亡风险指标为：

$$\frac{89455\,死亡/年}{1.3\times10^9\,人}=6.88\times10^{-5}\,死亡/（人\cdot年） \tag{6-2}$$

可见我国道路交通事故死亡风险相当高。又如，1971 年美国发生约 1500 万次道路交通事故，其中每 300 次有 1 次是死亡事故。美国道路交通事故死亡的社会性危险指标可由下式近似计算：

$$15\times10^6\,\frac{事故}{年}\times\frac{一次死亡}{300\,次事故}=50000\,死亡/年 \tag{6-3}$$

若当时美国人口如按 2 亿人计算，则个人风险指标用下式表示：

$$\frac{50000\,死亡/年}{200000000\,人}=2.5\times10^{-4}\,死亡/（人\cdot年） \tag{6-4}$$

所谓 2.5×10^{-4} 死亡/（人·年），是以每个人一年死亡的概率，表示危险性。对于每个人来讲，有 0.025% 死亡的可能性。按照同样方法，可求出在美国由于汽车事故负伤的危险是 7.5×10^{-3} 负伤/（人·年），因为汽车事故负伤和财产损失的危险是 140 美元/（司机·年）。

经过统计，美国各类工作地点的死亡安全指标见表 6-1，而各种事故造成的危险见表 6-2。

表 6-1 美国各类工作地点死亡安全指标（每年以接触 2000 小时计算）

工业类型	FAFR 值[①]	安全指标/[死亡/（人·年）]	工业类型	FAFR 值[①]	安全指标/[死亡/（人·年）]
工业	7.0	1.4×10^{-4}	运输及公用事业	16	3.6×10^{-4}
商业	3.2	0.6×10^{-4}	农业	27	5.4×10^{-4}
制造业	4.5	0.9×10^{-4}	建筑业	28	5.6×10^{-4}
服务业	4.3	0.86×10^{-4}	采矿、采石业	31	6.2×10^{-4}
机关	5.7	1.14×10^{-4}			

① 劳动 1 亿小时的死亡率。

注：引自布劳宁报告的计算值。

表 6-2　各种事故造成的死亡数和危险性（全美国人口平均，1969 年）

事故种类	死亡数/人	个人危险性 /[死亡/(人·年)]	事故种类	死亡数/人	个人危险性 /[死亡/(人·年)]
汽车	55791	3×10^{-4}	落下物	1271	6×10^{-6}
坠落	17827	9×10^{-5}	触电	1148	6×10^{-6}
火灾	7452	4×10^{-5}	铁道	884	4×10^{-6}
溺死	6181	3×10^{-5}	雷击	160	5×10^{-7}
毒物	4516	2×10^{-5}	大旋风	91	4×10^{-7}
枪支武器	2309	1×10^{-5}	飓风	93	4×10^{-7}
机械(1968 年)	2054	1×10^{-5}	其他	8695	4×10^{-5}
水运	1743	9×10^{-6}	100 座原子能 发电站的事故	0	3×10^{-8}
飞机旅行	1778	9×10^{-6}			

注：引自拉斯姆逊报告的计算值。

通常，对于 10^{-3} 死亡/(人·年) 或者高于这个数字的事故危险，社会是不能允许的，10^{-6} 死亡/(人·年) 或者低于这个数字的危险又为社会所忽视。在这中间的危险，虽然可以允许，但在内容上是有差别的。具体见表 6-3。

表 6-3　风险值与社会允许程度关系

事故个人风险值 R /[死亡/(人·年)]	社会允许程度	备　注
100	不被允许	除死亡外只存在于极少的一部分运动项目或行业领域
$R\geqslant10^{-3}$	不被允许	
$10^{-4}\leqslant R<10^{-3}$	可以允许	不需要共同采取对策,但需要投资以排除产生原因,如交通规则及消防措施等
$10^{-5}\leqslant R<10^{-4}$	可以允许	感到有采取对策的必要,即使不方便也要克服
$R\leqslant10^{-5}$	允许	人们并不关心,对此虽然有察觉,但是认为不会发生在自己的身上

值得注意的是，有的危险即便在某种程度上比较高，但是如果对社会生活有利，也有社会允许的倾向。这种关系如图 6-1 所示，该图横坐标表示为受到危险集团中每个人的利益。

在拉斯姆逊的报告中，使用了事件树和事故树来分析原子能发电站的事故，并且与其他危险的事件比较，明确了原子能发电站的安全性。在此研究中，基于假设条件，可以清楚地表明，原子能发电站事故的危险性要比其他的危险事件小得多。但是，这里所采用的假设，在方法论及数值中，还存在一定的问题。拉斯姆逊报告还列举了有关化工厂的事故，也就是爆炸和氯气泄漏事故，如图 6-2 所示。

对化工过程的危险进行定量，既要考虑设计的安全性标准，也要考虑在大气污染、水质污浊等方面的环境规定数值。目前化工过程安全性的标准还不一致。英国的 ICI 公司从化学产业的 FAFR 值以 3.5 为基准，设计化工装置时危险性是其 1/10；英国国家原子能公司，设想可能造成工厂周围损失的事故，建议以 10^{-5} 件/(工厂·年) 作为社会可接受的危险性标准。

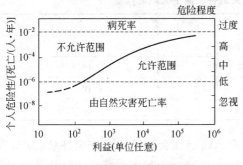

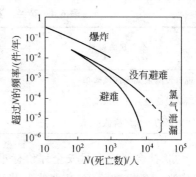

图 6-1 利益和危险的关系   图 6-2 爆炸和氯气泄漏的频率和损失

在明确各套装置现行危险程度的同时，还要努力取得社会的公认。在计算出事故频率和损失关系同时对各套装置还要确定一个危险性的下限指标。

（2）定量安全评价标准的确定如下。

① 制定定量安全评价标准的原则。

a. 重大危害对员工个人或者公众成员造成的风险不应显著高于人们在日常生活中接触到的其他风险；

b. 只要合理可行任何重大危害的风险都要努力降低；

c. 在有重大危害风险的地方具有危害性的开发项目不应对现有风险造成显著的增加；

d. 若一个事件可能造成较严重的后果，那么应努力降低此事件发生的频率，同时也就是要努力降低社会风险。

定量安全评价标准可分为个人风险标准和社会分线标准两类。

② 个人风险定量安全评价标准的确定。确定个人风险定量安全评价标准，最简单的方法是对个人风险定义一个标准值。若个人风险水平大于这个标准值，则认为这种风险是不可接受的；若小于这个标准值，则认为是可以接受的。

在制定个人风险标准时，要了解人们在日常生活中接触到风险的水平。如交通事故的风险、致命疾病的风险等。英国（HSE，1988 年）的交通事故的死亡风险是每年百万分之 100，即每年 10^{-4}，雷击死亡的风险是每年百万分之 0.1。即每年 10^{-7}。美国由于自然灾害造成的死亡风险水平大约为每年 5×10^{-6}。挪威大约为每年 2×10^{-6}。

Kletz（1982 年）提出工业设施对距离最近居民的最大死亡风险水平大约是每年 10^{-6}。这一风险水平在英国、美国和丹麦等国的一些公司内部风险分析中使用了许多年。Ramsey 提出大型管线对距离最近居民的最大死亡风险水平大约是每年 4×10^{-6}。Taylor（1989 年）等提出了个人死亡风险水平最大是每年 10^{-6}。

荷兰和英国政府要求对重大危害设施必须进行定量风险评价，个人风险标准见表 6-4。可以看出英国（HSE）为邻近重大危害性工业设施的土地利用规划所提出的个人风险上限是英国的交通事故死亡风险的 1/10，下限的风险大约是被雷击而导致死亡风险的 10 倍。

表 6-4　荷兰、英国重大危害设施个人风险标准

个人风险标准	荷兰	英国
	风险分布	个人风险
现有设施最大允许风险值	10^{-5}/年	10^{-4}/年
新建设施最大允许风险值	10^{-6}/年	10^{-5}/年
可忽略的最大风险值		10^{-6}/年

③ 社会风险定量安全评价标准的确定。确定社会风险定量安全评价标准，可以定义一条标准的 F/N 曲线，若社会风险水平在这个标准曲线以上，认为这种风险是不可接受的；若在这个标准曲线以下，则认为是可以接受的。

制定社会风险标准的方法，是利用某种特定危害现有的 F/N 曲线向下平移一定距离，作为社会风险标准的 F/N 曲线。即取现有 F/N 值的一部分作为标准，社会风险的标准应该是足够的低，以便在可预见的将来，所有符合标准的开发项目不会对全国现有的社会风险造成很大的增长。

荷兰（1979 年）提出的可接受社会风险标准：导致一个人死亡的社会风险水平每年 10^{-6} 为 F/N 曲线的起点，F/N 曲线与死亡人数的平方成反比下降。在灰色区域中可寻求安全的改进，尽可能地降低风险。这个灰色区域上限是死亡人数为 1000 人。

英国（HSE，1988 年）在邻近重大危害性工业设施土地利用的规划中，对社会风险的处理是将各种类型的开发项目换算成相应规模的住宅开发项目，再依据其个人风险水平和住宅项目的规模来判断风险大小，由此提出可接受的风险水平为：

① 为超过 25 人提供住宅的开发项目的个人风险水平应小于每年 10^{-5}；

② 为超过 75 人提供住宅的开发项目的个人风险水平应小于每年 10^{-6}；

③ 对于零售和休闲设施来说中等大小的项目应小于每年 10^{-5}，大型项目应小于每年 10^{-6}；

④ 若涉及福利设施（医院、护理中心等）则采用更严格的标准。

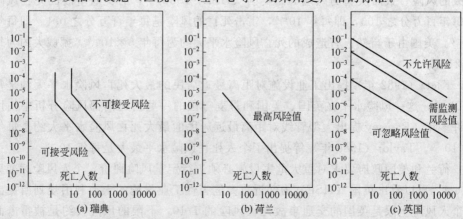

图 6-3　瑞典、荷兰、英国规定的社会风险值

如图 6-3 所示是瑞典、荷兰、英国规定的社会风险值。

以上制定的风险评价标准较容易使用，但是在实际应用的过程中，评价标准应当有一定的灵活性。目前，普遍接受的风险评价标准一般都可以分为上限、下限和上下限之间的灰色区域三个部分，如图 6-4 所示。灰色区域内的风险要根据开发项目和当地的具体情况，采用包括成本效益分析等手段进行详细分析，来确定合理可行的措施尽可能地降低风险。

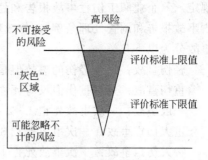

图 6-4 风险评价标准的构成

6.1.2 国内安全标准的确定

我国是以事故发生频率和事故后果严重度作为危险度指标和安全评价的标准。

事故发生频率表示事故发生的难易程度；事故后果严重度反映了事故造成损失的大小。对不同的行业和不同的企业，要以不同的危险度指标制定其安全管理目标，来衡量其达到的安全水平。

（1）事故发生频率指标 国家标准《企业职工伤亡事故分类标准》（UDC 658.382 GB 6441—86）规定按照千人死亡率、千人重伤率、伤害频率来计算事故频率。

① 千人死亡率——某时期内平均每千名职工中因工伤事故造成死亡的人数。

$$千人死亡率 = \frac{死亡人数}{平均职工数} \times 10^3 \qquad (6-5)$$

② 千人重伤率——某时期内平均每千名职工中因工伤事故造成死亡的人数。

$$千人重伤率 = \frac{重伤人数}{平均职工数} \times 10^3 \qquad (6-6)$$

③ 伤害频率——某时期内平均每千名职工中因工伤事故造成死亡的人数。

百万工时伤害率也是经常用到的指标：

$$百万工时伤害率 = \frac{伤害人数}{实际总工时数} \times 10^6 \qquad (6-7)$$

目前，我国仍用劳动部门规定的工伤事故频率（千人负伤率）作为统计指标。

$$工伤事故频率 = \frac{本时期内工伤事故人数}{本时期内在册职工人数} \times 10^3 \qquad (6-8)$$

（2）人员伤害严重度指标

国标 GB 6441—86 明确规定，以轻伤、重伤及死亡来定性地表示人员伤害的严重度；以同时伤亡人数、由于人员伤亡而损失的工作日数来定量地表示伤害的严重程度。

轻伤——休工日数为 105 日的事故伤害；

重伤——休工日数等于或大于 105 日的事故伤害；

2002 年 9 月，国家安全生产监督管理局组织对《特别重大事故调查程序暂行

规定》、《企业职工伤亡事故报告和处理规定》进行了修订，将两令合并修订为《伤亡事故报告和调查处理条例》，修改后的《伤亡事故报告和调查处理条例》将伤亡事故分为以下几类。

轻伤事故：只有轻伤的事故但是没有重伤和死亡的事故。

重伤事故：只有重伤但没有死亡的事故。

一般事故：一次事故死亡 1～2 人的事故。

重大伤亡事故：一次事故死亡 3～9 人的事故。

特大伤亡事故：一次事故死亡 10～29 人的事故。

特别重大伤亡事故：一次死亡 30 人以上或死亡 10 人以上且社会影响特别恶劣、性质特别严重的事故。

国标 GB 6441—86 还规定，可以按照伤害严重率、伤害平均严重率及按产品产量计算死亡率等指标来计算事故的严重度。

伤害频率——某一时期内，每百万工时的事故造成伤害的人数。伤害人数是指轻伤、重伤、死亡人数之和。

伤害严重率——某一时期内平均每百万工时由于事故造成的损失工作日数。

$$伤害严重率 = \frac{总损失工作日}{实际总工时} \times 10^6 \tag{6-9}$$

国家标准中明确规定了工伤事故损失工作日数的计算方法，其中规定永久性全失能伤害或者死亡的损失工作日为 6000 个工作日。

伤害平均严重率——受伤害的每人次平均损失工作日。

$$伤害平均严重率 = \frac{总损失工作日}{伤害人数} \tag{6-10}$$

国标 GB 6441—86 规定，适于以吨、立方米为单位计算产量的企业、部门，可以按照单位产品产量的死亡率来计算人员伤害严重度，如：

$$百万吨死亡率 = \frac{死亡人数}{实际产量(t)} \times 10^6 \tag{6-11}$$

$$万立方米木材死亡率 = \frac{死亡人数}{木材产量(m^3)} \times 10^4 \tag{6-12}$$

6.2 危险与危害因素的产生

从事故发生本质上来看，危险因素与危害因素虽然表现形式不同，但均可归结为能量的意外释放或者有害物质的泄漏、扩散。人类的生产和生活离不开能量，能量在受控条件下可以做有用功；可一旦失控，能量就会做破坏功。若意外释放的能量作用于人体，并且超过人体的承受能力，就会造成人员伤亡；若意外释放的能量作用于设备、设施、环境等，并且能量的作用超过其抵抗能力，就会造成设备、设施损失或环境破坏。

事故产生的机理，可认为是所有的事故因为系统接触到了超过其组织或结构抵抗力的能量，或系统与周围环境的正常能量交换受到了一定的干扰。

6.2.1 能量与有害物质

能量与有害物质是危险、危害因素产生的根源，也是最根本的危险、危害因素。一般情况下，系统具有的能量越大，存在的有害物质数量就越多，其潜在危险性和危害性就越大。另一方面，只要进行生产活动，就需要相应的能量和物质，因此一定条件下，一切产生、供给能量的能源和能量的载体，都可能由于能量的意外释放而成为危险危害因素。如锅炉、压力容器的压力能、高处作业的势能、带电导体上的电能、运动物体的动能、噪声的声能、激光的光能等。

有害物质在一定条件下能损伤人体的生理机能和正常的代谢，破坏设备和物品的效能，也是危险、危害因素。如环境中存在的有毒物质、腐蚀性物质、有害粉尘、窒息性气体等有害物质，当它们直接或间接地与人体、物体发生接触时，就会导致人员的伤亡、职业病、财产损失或环境破坏等。

6.2.2 失控

在生产实践中，能量与危险物质在受控的条件下，按人们的意志在系统中流动、转换，进行生产。如果发生失控（没有控制、屏蔽措施或者控制措施失效），就会发生能量与有害物质的意外释放和泄漏，造成人员伤亡和财产损失。所以失控也是一类危险、危害因素，主要体现在故障、缺陷、人的失误和管理缺陷、环境因素等方面，并且这几方面可以相互影响。伤亡事故调查分析的结果表明，能量或者危险物质失控都是由于人的不安全行为或者物的不安全状态造成的，是管理缺陷、控制不力、缺乏知识、对存在的危险估计错误或者其他个人因素等基本原因的反映。

根据能量意外释放理论提出的事故因果模型如图 6-5 所示。

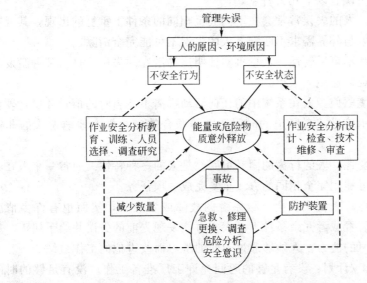

图 6-5　基于能量观点提出的事故因果模型

6.2.3 人的不安全因素

在各类事故的致因因素中，人的因素占有非常重要的位置，几乎所有的事故包括危险化学品事故都与人的不安全因素有关。因此，对人的不安全因素（或者存在于人自身的危险因素）进行辨识也是安全评价的重要内容。

人失误是人的不安全因素的外在表现。按照系统安全的观点，人是构成系统的一种元素，当人作为系统元素发挥功能时，便会发生失误。人失误是指人的行为结果偏离了规定的目标或者超出了可接受的界限，并产生了不良后果。人的不安全行为是操作者在生产过程中直接导致事故的失误，是人失误的特例。为此，分析人失误的原因是评价人不安全因素的基础。

人因失误的分析主要包括人失误的原因、特点、行为分类、人的不安全因素表现模式、人因失效模式的根本原因分析以及屏障分析、后果评定、失效等级评价等多方面。

6.2.3.1 人失误的原因

作为事故原因的人失误，可归结为以下三个原因：

(1) 超过人能力的过负荷；

(2) 与外界刺激要求不一致的反应；

(3) 由于不知道正确方法或者故意采取不恰当的行为。

在此基础上可将事故原因进一步归纳为人因失误和管理缺陷两方面，而过负荷、人机学方面的问题和决策错误是造成人失误的主要原因。

6.2.3.2 人失误的特点

人具有心理和生理两种因素，同时还受到环境等条件的约束，人的行为极其复杂，归纳起来人失误有以下几大特点。

(1) 重复性。人的失误常常会在不同甚至相同的条件下重复的出现，其根本原因之一是人的能力与外界需求不匹配，人的失误不可能完全消除。

(2) 潜在性和不可逆转性。大量事实证明这种潜在的失误一旦与某种激发条件相结合就会酿成难以避免的大祸。

(3) 情景环境驱使。人在系统中的任何活动都离不开当时的情景环境，硬件的失效、虚假的显示信号或者紧迫的时间压力等联合效应会极大地诱发人的非安全行为。

(4) 固有可变性。人的行为的固有可变性是人的一种特性。通常一个人在不借助外力情况下不可能用完全相同的方式重复完成一项任务。

(5) 可修复性。人的失误会导致系统的故障或者失效，然而也有许多情况说明，在良好反馈装置或者冗余条件下，人有可能发现先前的失误并给予纠正。

(6) 具有学习的能力。人能够通过不断的学习而改进他的工作效绩。

(7) 工作组织/计划：没有足够的时间允许工厂准备工作；没有足够的时间分配任务；对员工没有正确地分配职责。

（8）监督方法：工人不清楚职责/任务；没有充分的监督任务；太多并行任务；日程表上的重点过多。

（9）培训/资格：不充分的培训内容；不正确或者不恰当的培训方法。

（10）管理变化：没有及时地落实措施；没有考虑系统的相互作用；没有考虑员工；部门间的相互影响；没有形成或者改版与变化相关的文件。

（11）资源管理：太多任务以至于不能指派直接的领导者；不充足的管理资源；支持目标人力不足；没有足够的资金支持所需的变化。

（12）管理方法：目标或任务不能处理所有已知问题；方法不能及时地反映问题；不能完全地识别或者评价决定的后果。

6.2.3.3　人因失效模式根本原因分析

确定了人因失效模式后，就可以分析事件形成的根本原因。根本原因指造成一个失误、问题或不足的最基本的原因，如果其被纠正，则阻止了该失误再次发生。分析事件的根本原因有以下步骤。

（1）人因事件分类。在根本原因分析研究过程中，要考虑事件的所有方面。典型的事件分为三种类型：设备故障、人误/不恰当行为，或计划和组织的不足。在众多例子中，一个根本原因研究的起因是设备故障或人误/不恰当行为，然而，研究的范围不应仅仅限制在起始因素，要考虑事件的所有方面，才能有效识别并阻止相似事件再发生的纠错行为。

（2）根本原因调查的资料。在事件发生后，尽可能地收集物理损坏证据，以防止可能的改变，证据的腐蚀或者消失，并通过会见的方式，来收集所参与事件的员工对事件的观察情况。

在该步骤中也可以与事故树分析方法结合起来，逐步地分析出导致事故发生的最低层次。根据某些特定的故障状态作逐层次的深入分析，并分析各层次间各因素的相互联系和制约的关系。

（3）确定根本原因。对于设备失误和人误/不恰当行为，分析事件和因果因素图表是一种有效的方式。确定根本原因的步骤如下。

① 收集关于事件和原因因子图表的原因因子，分析这些促成因子，观察是否能消除它们中的任何一个，能否阻止事件的再次发生，并将它们作为根本选择原因的备选者。

② 比较这些备选的"根本原因"，得出其基本的原因。

③ 选择最基本的根本原因作为研究事件的根本原因。

6.2.3.4　屏障分析

屏障指用来保护设备和人员，及增强人-机系统的安全和性能的设施，屏障有实体和行政管理两种形式。屏障分析是要确定在事件发生过程中哪些屏障失效？为什么会出现失效？这样的分析通过经验反馈能为加强纵深防御提供有用的信息和建议。在一个事件中屏障通常是成串失效的，如果有一个屏障保持完整无缺，那么它就会防止事件发生或者减轻事件的后果。失效屏障通常被视为事件的原因因素，一个屏障出现失效说明屏障存在弱点。

屏障分析是人员表现评估的重要部分。当控制屏障丧失或者失效时，人为的失误可能实际上已经发生或者即将发生。

6.2.3.5 人因失效的后果评定

失效后果指失效模式对系统的使用、功能或状态所导致的结果，一般可分为局部的、高一层次的和最终影响三级。

（1）局部影响，也就是对当前所分析的约定层次组成的影响，其目的在于对可选择的预防措施及改进建议提供依据。在某些情况下，局部影响可能只限于失效模式自身。

（2）对上一级系统的影响。

（3）对整个系统的影响。

在某些情况下，系统的两个或者两个以上的组成部分同时失效时，可能会出现严重的后果，要给予分析、评价、记录。

6.2.3.6 失效等级评价

对于人因事件的后果进行分析，以确定事件的严重度等级。不同的部门、领域，事件的后果及其严重度区分也会有所差异，一般工业企业的人因事件后果用模糊的语言来描述可分为以下 4 类。

灾难性的：人员死亡或者系统严重损坏。

严重的：可能造成人员严重伤害、严重职业病或者主要系统损坏。

临界的：可能造成人员轻伤、职业病或者次要系统损坏。

可接受的：对人员或者系统不造成明显伤害，但是可能引起计划外的维修。

根据以上的分析程序，可得到引发事件的原因及失效屏障的具体情况，进而可以做出适当的改进措施和建议，从而消除事件的根本原因，或增添必要的保护屏障，以保证系统的安全运行，避免同类人因事件的发生。

6.2.3.7 人因失效的 FMECA 表

综合应用以上技术，可建立人因失效的故障类型和影响、危险度分析表，见表 6-5。

表 6-5 人因失效的故障类型和影响、危险度分析表

事件	时间	穿透屏障	失效模式	根本原因	负责人及相关人员	操作规程	设备或人员的征兆	失效影响			危害程度	安全措施	备注
								子系统	系统	人员			

6.3　危险化学品固有危险性辨识

化学品固有危险性和有害性主要包括：易燃、易爆、有毒、有害及腐蚀性等，是由其自身特有的物理、化学特性所决定的。这些化学品固有危险和有害性是一切危险化学品事故及危害的根本原因，只有正确地识别这些特性，充分地认识其危害，才有可能采取有效措施，防止损伤事故和环境危害发生。因此对化学品固有危险性的评价是危险化学品物流安全评价的基础。

国家经济贸易委员会令《危险化学品登记管理办法》规定：国家设立国家化学品登记注册中心，负责组织对新化学品进行危险性评估，对未分类的化学品统一进行危险性分类。对危险性不明的化学品，生产单位应在新化学品投产前1年，委托国家安全生产监督管理局认可的专业技术机构对其危险性进行鉴别和评估，并应持鉴别和评估报告办理登记手续。《化学品危险性鉴别与分类管理办法》规定，国家对化学品实行鉴别和统一的分类制度。任何单位和个人不得经营、销售未经鉴别和分类的危险性不明的化学品及新化学品。

我国实行化学品危险性鉴别机构资质认可制度。化学品危险性鉴别的认可机构是由国务院认证认可监督管理部门会同国家安全生产监督管理局确定并公布的。

在我国境内的任何单位均可以提出申请，经认可机构的认可，申请单位和其实验室具备相应条件，取得相应的《化学品危险性鉴别资质证书》，便可从事化学品危险性鉴别工作。

未经认可的单位出具的《鉴别报告》，不得以任何方式向社会公布。

申请单位向认可机构提出化学品危险性鉴别资质的申请时，应提交以下材料：《化学品危险性鉴别资质申请表》；相关证明材料；已完成的化学品危险性鉴别项目的工作总结报告，或者能代表申请化学品危险性鉴别项目技术水平的实验报告。

国家环境保护总局颁布的《新化学物质危害评估导则》（HJ/T 154—2002），明确规定了新化学物质危害性评估的数据要求、评估方法、分级标准及评估结论的编写等事项。

6.4　危险源辨识

危险源是一切危害的根源。危险源评价是指通过对系统的分析确定其各类危险源。危险源评价的主要内容主要是两类危险源评价和重大危险源评价。

系统中存在的、可能发生意外释放的能量或者危险物质称作第一类危险源；导致约束、限制能量措施失效或者破坏的各种不安全因素称作第二类危险源。两类危险源理论认为在事故的发生、发展过程中，两类危险源是相互依存、相辅相成的，两类危险源共同决定危险源的危险性。第一类危险源在发生事故时释放出的能量是导致人员伤害或者财物损坏的能量主体，决定事故后果的严重程度；第二类危险源出现的难易程度决定事故发生的可能性的大小。两类危险源评价也就是分析系统中

121

第一、二类危险源的存在形式及其相互作用关系。

重大危险源评价也就是判断系统中危险物质的性质及其存量是否达到重大危险源标准。从本质上说，是对第一类危险源的评价。

6.4.1 两类危险源辨识

6.4.1.1 第一类危险源

根据能量意外释放论，事故是能量或者危险物质的意外释放，作用于人体的过量的能量或者干扰人体与外界能量交换的危险物质是造成人员伤害的直接原因。于是，把系统中存在的、可能发生意外释放的能量或者危险物质称作第一类危险源。

通常能量被解释为物体做功的本领。做功的本领是无形的，只有在做功时才能显现出来。因此，实际工作中通常把生产能量根源或者拥有能量载体作为第一类危险源。

常见的第一类危险源主要有：（1）产生、供给能量的装置、设备；（2）使人体或者物体具有较高势能的装置、设备、场所；（3）能量载体；（4）一旦失控可能产生巨大能量的装置、设备或场所，如强烈放热反应的化工装置等；（5）一旦失控可能发生能量蓄积或者突然释放的装置、设备或场所，如各种压力容器等；（6）危险物质，如各种有毒、有害或可燃烧爆炸的物质等；（7）生产、加工、储存危险物质的装置、设备或场所；（8）人体一旦与之接触可能导致人体能量意外释放的物体。

第一类危险源具有的能量越多，发生事故后其后果越严重。相反，第一类危险源处于低能量状态时比较安全。同样，第一类危险源包含的危险物质的量越多，干扰人的新陈代谢也越严重，其危险性也越大。

6.4.1.2 第二类危险源

第二类危险源往往指一些围绕第一类危险源随机发生的现象，它们出现的情况决定了事故发生的可能性。第二类危险源出现得越频繁，发生事故的可能性也越大。在生产、生活中，为了有效利用能量，让能量按照人们的意图在系统中流动、转换和做功，必须采取一定的措施约束、限制能量，也就是必须控制危险源。约束、限制能量的屏蔽应该可靠地控制能量，以防止能量意外释放。实际上，绝对可靠的控制措施并不存在，在许多因素的复杂作用下约束、限制能量的控制措施可能会失效，能量屏蔽也可能被破坏而发生事故。导致约束、限制能量措施失效或破坏的各种不安全因素称为第二类危险源。

从系统安全的观点看，使能量或者危险物质的约束、限制措施失效、破坏的原因因素，也就是第二类危险源，主要包括人、物、环境三个方面。

（1）人的因素。在系统安全中涉及人的因素问题时，通常采用术语"人失误"。人失误可能直接破坏对第一类危险源的控制，而造成能量或危险物质的意外释放。如合错了开关使检修中的线路带电；误开阀门使有害气体泄放等。人失误也可能造成物的故障，进而导致事故。例如：超载起吊重物造成钢丝绳断裂、发生重物坠落事故等。

（2）物的因素。物的因素问题可概括为物的故障。故障指由于性能低下不能实现预定功能的现象，物的不安全状态也可视为是一种故障状态。物的故障可能直接使约束、限制能量或者危险物质的措施失效而发生事故。如电线绝缘损坏发生漏电；管路破裂使其中的有毒有害介质泄漏等。有时一种物的故障可能导致另一种物的故障，最终造成能量或者危险物质的意外释放。如压力容器的泄压装置故障，使容器内部介质压力上升，最终导致容器破裂。物的故障有时也会诱发人失误；人失误同样也会造成物的故障。

（3）环境因素。环境因素指系统运行的环境，主要包括温度、湿度、照明、粉尘、通风换气、噪声及振动等物理环境，也包括社会的软环境。不良的物理环境会引起物的故障或者人失误。如潮湿的环境会加速金属腐蚀而降低结构或容器的强度；工作场所强烈的噪声会影响人的情绪，分散人的注意力而发生人失误。企业的管理制度、人际关系或者社会环境影响人的心理，也可能引起人失误。

6.4.1.3 两类危险源评价

对危险源的安全评价主要包括对第一类危险源危险性的评价和对第二类危险源危险性的评价两方面。

（1）第一类危险源评价。评价第一类危险源的危险性时，主要考虑以下几方个面。

① 能量或危险物质的量。第一类危险源具有的能量越高，发生事故其后果也越严重；反之，拥有的能量越低，对人或者物的危害就越小。第一类危险源处于低能量状态时比较安全。同样，第一类危险源具有的危险物质的量越大，干扰人新陈代谢功能也越严重，其危险性也越大。

第一类危险源导致事故的后果严重程度，主要取决于事故发生时意外释放的能量或危险物质的多少，通常第一类危险源拥有的能量或者危险物质越多，事故发生时可能意外释放的能量也越多。因此第一类危险源拥有的能量或者危险物质的量是危险性评价中的最主要指标。当然，有时也会有例外的情况发生，有些第一类危险源拥有的能量或者危险物质只能部分地意外释放。

② 能量或危险物质意外释放的强度。能量或危险物质意外释放的强度指事故发生时单位时间内释放的能量。在意外释放的能量或危险物质的总量相同的情况下，释放的强度越大，对人员或物体的作用就越强烈，造成的后果也越严重。

③ 能量的种类和危险物质的危险性质。不同种类的能量造成人员的伤害、财物破坏的机理不同，其后果也不相同。

危险物质的危险性主要取决于自身的物理及化学性质。燃烧爆炸性物质的物理或化学性质决定其导致火灾、爆炸事故的难易程度及事故后果的严重程度。工业毒物的危险性则主要取决于自身的毒性大小，在引起急性中毒的场合，常常采用半数致死剂量评价其自身的毒性。

④ 意外释放的能量或危险物质的影响范围。事故发生时意外释放的能量或者危险物质的影响范围越大，则可能遭受其作用的人或者物就越多，事故造成的损失

也越大。如有毒有害气体泄漏时可能会影响到下风侧的很大范围。

评价第一类危险源的危险性的方法主要有后果分析和划分危险等级两种。后果分析通过详细的分析、计算意外释放能量、危险物质造成的人员伤害和财物损失，定量地评价危险源的危险性。后果分析对数学模型准确度要求较高，需要的数据较多，计算也较复杂，一般仅用于危险性特别大的重大危险源的危险性评价。而划分危险等级的方法简单易行，得到了广泛应用。划分危险等级是一种相对的评价方法，它主要通过比较危险源的危险性，人为地划分出一些危险等级来区分不同的危险源的危险性，为采取危险源控制措施或者进行更详细的危险性评价提供依据。通常危险等级越高，危险性就越高。

（2）第二类危险源评价。采取了危险源控制措施后的安全评价，可查明危险源控制措施的效果是否达到了预定的要求。若采取了控制措施后危险性仍然很高，则需进一步研究对策，以采取更有效的措施降低危险性。

评价危险源控制情况，主要考虑以下几个方面：

① 防止人失误的能力。必须能防止在装配、安装、检修或者操作过程中发生可能导致严重后果的人失误，如单向阀门应不易安反，三线电源插头不能插错等。

② 对失误后果的控制能力。一旦人失误引起事故时，应能控制或限制对象部件或元件的运行，以及与其他部件或者元件的相互作用。如若按 A 钮启动之前按 B 钮可能会引起事故，则应实行联锁，使之先按 B 按钮也没有危险。

③ 防止故障传递能力。要防止一个部件或元件的故障引起其他部件或元件的故障，从而避免事故发生。如电动机电路短路时保险丝熔断，防止烧毁电动机。

④ 失误或故障导致事故的难易。发生一次失误或者故障则直接导致事故的设计、设备或者工艺过程是不安全的。

要保证至少有两次相互独立的失误同时发生才能引起事故。对于那些一旦发生事故则将带来严重后果的设备、工艺必须保证同时发生两起以上的失误或者故障才能引起事故。

⑤ 承受能量释放的能力。运行过程中偶尔可能产生高于正常水平的能量释放，要承受这种高能量释放，通常在压力罐上装有减压阀，可以把罐内压力降低到安全压力，如果减压阀发生故障，则超过正常值的压力将强加于管路，为使管路能承受高压，就必须增加管路的强度或在管路上增设减压阀。

⑥ 防止能量蓄积的能力。能量蓄积的结果将会导致意外的能量释放。因此，要有防止能量蓄积的措施。如安全阀、破裂膜及可熔连接等。

6.4.2 重大危险源辨识

6.4.2.1 重大危险源特征

（1）重大危险源构成要素。构成重大危险源的基本要素是存在化学危险物品和具有足够大的数量。驻留数量的大小是用来区分重大危险源与一般危险源的临界量（或阈限量）。某一种化学危险物品大于或等于法定临界量便视为重大危险源。

（2）重大危险源单元。单元指化学危险物品驻留、存储的设备、设施及场所。我国将重大危险单元分为三种形式：①储存易燃易爆、有毒有害化学危险化学品的储罐区；②储存易燃易爆、有毒有害物品的仓库区；③生产加工和使用易燃易爆、有毒有害的危险物品的生产场所。

对于危险化学品物流各环节，如生产、储存场所、运输车辆、适用场所（如实验室、科研院所等），若危险化学品驻留量超过法定临界量，均可视为重大危险源单元。

（3）发生事故的灾害形式。化学危险物品在重大危险源单元中发生事故的灾害形式主要有：①爆炸；②火灾燃烧；③可能导致急性中毒毒物泄漏以及可能导致环境急剧恶化。

6.4.2.2 重大危险源评价

《危险化学品重大危险源辨识》（GB 18218—2009）规定了辨识和评价重大危险源的依据及方法。标准可适用于危险物质的生产、使用、储存和经营等各企业或者组织，同样也适用于危险化学品物流安全评价。

（1）术语和定义如下。

① 危险化学品：具有易燃、易爆、有毒、有害等特性，会对人员、设施、环境造成伤害或损害的化学品。

② 单元：指一个（套）生产装置、设施或者场所，或同属一个工厂的且边缘距离小于 500 米的几个（套）生产装置、设施或者场所。

③ 临界量：指对于某种或某类危险物质规定的数量，若单元中的物质数量等于或超过该数量，则该单元视为重大危险源。

④ 危险化学品重大危险源：长期地或临时地生产、加工、使用或储存危险化学品，且危险化学品的数量等于或超过临界量的单元。

（2）危险化学品重大危险源辨识。

① 辨识依据如下：

a. 危险化学品重大危险源的辨识依据是危险化学品的危险特性及其数量，具体见表 6-6（部分，具体的危险化学品名称及其临界量表格请参见 GB 18218—2009）。

b. 危险化学品临界量的确定方法如下：

ⓐ 在表 6-6 范围内的危险化学品，其临界量按表 6-6 确定；

ⓑ 未在表 6-6 范围内的危险化学品，依据其危险特性，按 GB 18218—2009 中的表 2（本书略掉）确定临界量，如果一种危险品具有多种危险性，按其中最低的临界量确定。

② 重大危险源的辨识指标。

单元内存在危险化学品的数量等于或超过表 6-6（及 GB 18218—2009 中的表2）规定的临界量，即被定为重大危险源；存在危险化学品的数量根据处理危险化学品种类的多少区分为以下两种情况。

表6-6　危险化学品名称及其临界量（部分）

序号	类别	危险化学品名称和说明	临界量/t
1	爆炸品	叠氮化钡	0.5
2		叠氮化铅	0.5
3		雷酸汞	0.5
4		三硝基苯甲醚	5
5		三硝基甲苯	5
6		硝化甘油	1
7		硝化纤维素	10
8		硝酸铵（含可燃物＞0.2%）	5
9	易燃气体	丁三烯	5
10		二甲醚	50
11		甲烷,天然气	50

　　a. 单元内存在的危险化学品为单一品种，则危险化学品的数量为单元内危险物质的总量，若等于或超过相应的临界量，则被定为重大危险源。

　　b. 单元内存在的危险化学品为多品种时，则按照下式计算，若满足下面公式，则被定为重大危险源：

$$\frac{q_1}{Q_1}+\frac{q_2}{Q_2}+\cdots+\frac{q_n}{Q_n}\geqslant 1 \tag{6-13}$$

式中　q_1，q_2，$\cdots$，q_n——每种危险化学品的实际存在量，t；

　　　　Q_1，Q_2，$\cdots$，Q_n——与各种危险化学品相对应的生产场所或储存区的临界量，t。

第7章

危险化学品物流安全评价技术

7.1 安全评价的原理与模型

7.1.1 安全评价原理

在进行安全评价的时候，人们需要辨识工程或系统的危险、危害性及其程度，预测发生事故及职业危害的可能性，掌握其发生、发展的条件和规律，以便采取有效的对策措施来防止事故发生，减少职业危害，实现安全生产。在进行安全评价时，虽评价的领域、对象、方法和手段种类繁多，而且被评价系统的特性、属性和特征条件千变万化，各不相同，但安全评价思维方式却是类似的。由此，可归纳出安全评价四个基本原理，即相关原理、类推原理、惯性原理及量变到质变原理。

7.1.1.1 相关原理

一个系统的属性、特性与事故、职业危害存在着因果的相关性，这是系统因果评价方法的理论基础。

（1）系统的结构。系统的结构可用下列公式表达：

$$E = \max f(X, R, C) \tag{7-1}$$

式中 E——最优结合效果；

$\qquad X$——系统组成的要素集，即组成系统的所有元素；

$\qquad R$——系统组成要素的相关关系，即系统各元素之间的所有相关关系；

$\qquad C$——系统组成的要素及其相关关系在各个阶层上可能的分布形式；

$\qquad f$——X、R、C的结合效果函数。

通过对系统的要素集（X）、关系集（R）和层次分布形式（C）的分析，可以阐明系统整体的性质。欲使系统目标达到最佳的程度，只有使上述三者达到最优组合，才能产生最优的结合效果 E。

对系统进行安全评价，就是要寻找 X、R 和 C 的最合理的结合形式，即具有

最优结合效果 E 的系统结构形式，在相应的系统目标集和环境约束因素集的条件下，给出最安全的系统结合方式。例如，一个系统一般是由若干个生产装置、物料、人员（X 集）集合组成的，其工艺过程是在人、机、物料和作业环境相结合的过程（人控制的物理、化学过程）中进行的（R 集），生产设备的可靠性、人的行为的安全性及安全管理的有效性等因素层次上存在各种分布关系（C 集）。安全评价的目的是为了寻求系统要达到最佳生产（运行）状态时的最安全的有机结合方式。

（2）因果关系。事物的原因和结果之间存在着密切的函数关系。通过研究、分析各个项目（工程）或系统之间的依存关系及影响程度，可以探求其变化的特征和规律，预测其未来的发展变化的趋势。

事故和导致事故发生的各种原因（危险因素）之间存在着相关的关系，表现为依存关系和因果关系。事故的发生是许多因素的综合作用的结果，分析各因素的特征、变化规律、影响事故发生和事故后果的程度以及由原因到结果的途径，揭示其内在联系和相关程度，才可以在评价中得出正确的分析结论，采取恰当的对策。例如，可燃气体泄漏爆炸事故是可燃气体泄漏、泄漏的可燃气体与空气混合达到爆炸极限以及存在可燃气体源三个因素共同作用的结果；而这三个因素又是设计失误、设备故障及安全装置失效、操作失误、环境不良和管理不当等一系列因素造成的；爆炸后果的严重程度又和可燃气体的性质（燃点、闪点、扩散性、燃烧速度、燃烧热值等）、可燃性气体的爆炸量、空间密闭程度及空间内设备的布置等有着密切的关系，在评价中需分析这些因素的因果关系和相互影响程度，并定量地加以评述。

事故的因果关系是：事故的发生有其原因因素，而事故往往不是由单一原因因素造成的，而是由若干个原因因素结合在一起。当符合事故发生的充分与必要条件的时候，事故就必然会立即爆发，多一个原因因素不需要，而少一个原因因素事故就不会发生，并且每一个原因因素又由若干个二次原因因素构成，依此类推，还有若干个三次原因因素、四次原因因素等。

如果消除一次原因因素、二次原因因素、三次原因因素……n 次原因因素，破坏发生事故的充分与必要条件，那么事故就不会产生，这就是采取技术、管理、教育等方面的安全对策的理论依据。

在项目（工程）或系统中，要找出事故发展过程中的相互关系，借鉴同类情况的数据、典型案例等，建立起接近真实情况的数学模型，就会使评价取得较好的效果，而数据模型越接近真实情况，效果越好，评价也就越准确。

7.1.1.2　类推原理

"类推"亦称"类比推理"。类比推理是人们经常使用的逻辑思维方法，常用来推出一种新知识。从某种程度上说，类推也可理解为预测。在人们认识世界和改造世界的活动中，类比推理有非常重要的作用，在安全评价中同样也有着重要作用和特殊的意义。

类比推理是根据两个或两类对象之间存在的某相同或相似的属性，从一个已知对象的某个属性来推出另一个对象具有此种属性的一种推理方法。

类比推理的基本模式如下。

若 A、B 表示两个不同对象，A 有属性 P_1、P_2、…、P_m、P_n，B 有属性 P_1、P_2、…、P_m，且 $n>m$，那么对象 B 亦具有属性 P_n。对象 A 与 B 的类比推理可表示为：

A 有属性 P_1、P_2、…、P_m、P_n；

B 有属性 P_1、P_2、…、P_m；

所以，B 也有属性 P（$n>m$）。

类比推理的结论不是必然的，所以，在应用时要注意提高其结论的可靠性，其方法有：

① 要尽量多地举出两个或两类对象所共有或共缺的属性；

② 两个类比对象共有或共缺的属性越本质，推出的结论越可靠；

③ 两个类比对象共有或共缺的属性与类推的属性之间如果具有本质的和必然的联系，推出结论的可靠性越高。

类比推理常常被人们用来比较同类装置或类似装置的职业安全卫生情况，然后采取相应的对策防患于未然，实现安全生产。

类比推理不仅可以由一种现象推算出另一种现象，还可以依据已经掌握的实际统计资料，采用科学的统计推算方法来推算，得到基本符合实际所需要的资料，以弥补调查统计资料的不足，供分析研究使用。

类推评价法的种类和应用领域取决于被评价对象或事件与先导对象或事件之间联系的性质。如果这种联系可用数字表示，则称为定量类推；如果这种联系只能定性处理，则称为定性类推。

7.1.1.3 惯性原理

任何事物在其发展的过程中，从其过去到现在以及延伸至将来，都具有一定的延续性，这种延续性被称为惯性。利用惯性可以研究事物或评价一个项目（工程）或系统的未来发展趋势。如从一个单位过去的安全生产状况或事故统计资料中找出安全生产及事故发展变化的趋势，就可以推测其未来的安全状态。

运用惯性原理进行评价时应注意以下两点。

（1）惯性的大小。惯性越大，影响越大；反之，则影响越小。一个生产经营的单位，如果疏于管理、违章作业、违章指挥及违反劳动纪律的现象严重，则事故就多；若任其发展则愈演愈烈，而且有加速的态势，惯性也会越来越大。对此，必须立即采取相应对策，破坏这种格局，同时立即中止或改变这种不良惯性，才能防止事故的发生。

（2）互相联系与影响。一个项目（工程）或系统的惯性是这个系统内的各个内部因素之间互相联系、互相影响及互相作用并按照一定的规律发展变化的一种状态趋势。因此，只有当系统稳定，并受外部环境和内部因素的影响产生的变化较小

时，其内在联系和基本特征才可以延续下去，该系统所表现的惯性发展结果才基本符合实际。但是，绝对稳定的系统是没有的，由于事物发展的惯性在外力作用下可使其加速或减速甚至改变方向，这样就需要对一个系统的评价进行修正，即在系统主要方面不变，而其他方面有所偏离的时候，应根据其偏离程度对所出现的偏离现象进行修正。

7.1.1.4　量变到质变原理

任何一个事物在发展和变化的过程中都存在着从量变到质变的规律。同样，在一个项目或系统中，许多与安全有关的因素也都存在着从量变到质变的规律。在评价一个项目或系统安全时，也都离不开从量变到质变的原理。

在许多定量评价方法中，有关等级的划分，一般都应用了从量变到质变的原理。如在《道化学公司火灾、爆炸危险指数评价法》（第 7 版）中，有关按 F&EI（火灾、爆炸指数）划分的危险等级，从 1 至 ≥159，经过了 ≤60、61~96、97~127、128~158、≥159 的量变到质变的不同变化层次，也就是分别为"最轻"级、"较轻"级、"中等"级、"很大"级、"非常大"级；而在评价结论中，"很大"级、"非常大"级则是"不能接受的"，而"中等"级及其以下的级别是"可以接受的"。

故在进行安全评价时，应考虑各种危险、有害因素对人体的危害。对采用的评价方法进行等级划分时，均需应用从量变到质变的原理。

上述评价原理是人们经过长期研究和实践总结出来的。在实际的评价工作中，人们结合应用这些基本原理来指导安全评价，并且创造出各种评价方法，进一步地在各个领域中加以运用。

7.1.2　安全评价模型

7.1.2.1　安全评价模型简介

在研究实际系统时，为了方便试验、分析、评价和预测，总是先设法对所需要研究的系统结构形态或者运动状态进行描述、模拟和抽象。它是对系统或过程的一种简化，虽然不再包括原系统或者过程的全部特征，但是能描述原系统或过程输入、中间过程和输出的本质性的特征，并且与原系统或过程所处的环境条件相似。

安全评价模型一般分为以下三种类型。

（1）形象模型。形象模型是系统实体的放大或缩小，如作战计划用的沙盘、土木工程用的建筑模型等。

（2）模拟模型。模拟模型是在一组可控的条件下，通过改变特定的参数来观察模型的响应，预测系统在真实环境条件下的性能和运动规律。如飞机模型在风洞中模拟飞行过程；利用计算机模拟自动系统的工作过程等。

（3）数学模型。数学模型也称符号模型，是实际系统结构关系的一种简化，利用数学表达式来描述实际系统的结构及其变量间的相互关系。如当化工装置利用ICI蒙德法进行单元评价时，其火灾、爆炸、毒性指标可由下式来描述：

$$D = B\left(1 + \frac{M}{100}\right)\left(1 + \frac{P}{100}\right)\left(1 + \frac{S+Q+L}{100} + \frac{T}{400}\right) \tag{7-2}$$

式中　D——DOW/ICI 全体指标；

　　　B——物质系数；

　　　M——特殊物质危险性；

　　　P——一般工艺危险性；

　　　S——特殊工艺危险性；

　　　Q——量危险性；

　　　L——配置危险性；

　　　T——毒性危险性。

计算机仿真主要应用的就是数学模型，数学模型是人们进行科学研究必不可少的。

7.1.2.2　安全评价模型的特点

评价模型不是直接研究现实世界的某一现象或者过程的本身，而是设计出一个与该现象或者过程相类似的模型，再通过模型间接地研究该现象和过程。

对于庞大而复杂的系统，如社会系统或军事技术系统，要做实验是很难或根本不可能的，而评价模型可取而代之。评价模型是现实系统的抽象或者模仿，是由那些与分析的问题有关的部分或因素构成的，它表明了这些有关部分或因素之间的关系。评价模型的优点在于：

（1）使现实系统被简化，容易理解；

（2）可操作性强，一些参数的改变比在实际中容易；

（3）敏感度大，可以显示出哪些因素对系统影响更大，而且可以通过不断改进，寻求更符合现实特性的模型，以此指导建立现实系统，并且使之达到最佳的状态；

（4）通过模拟试验满足系统要求，消耗资源少。

评价模型是现实系统的一个抽象表示形式，若太复杂甚至和实际情况一样，也就失去利用评价模型的意义；而太简单又不能反映事物的真实本质。一般总是做一个比实际对象更为简单的模型，同时又希望在实际中用它来预测及解释一些现象时有足够的精确度，这就要求一定程度的假设和约束条件限制。用字母、数字及其他符号来体现变量以及它们之间的关系，是最一般、抽象的模型，如果不赋予其一定的物理意义，人们一点也想象不出原来所代表的现实是什么。符号模型往往采用数学表达形式，系统工程和运筹学等方面是非常重要的。由于数学模型中的参数和变量容易改变，因此容易操作。

7.2　安全评价方法研究

本节主要介绍一些国内外常用的安全评价方法，重点从方法、目的、所需资料、评价程序、优缺点及适用范围等方面加以讨论。

7.2.1　安全评价方法的分类

安全评价方法有很多种分类标准，常用的有按评价结果的量化程度分类法、按

131

评价的推理过程分类法、按评价的目的分类法及按评价的系统性质分类法等多种，下面对这几种分类方法分别的进行介绍。

7.2.1.1　按评价结果的量化程度分类法

按评价结果的量化程度分，安全评价方法可分为定性安全评价方法和定量安全评价方法两种。

（1）定性安全评价方法。定性安全评价方法就是对于事物质的方面进行分析和研究，主要把握事物的整体意义和相互关系，是借助于对事物的经验知识及其发展变化规律的了解，通过直观判断对生产系统的工艺、环境、设施、设备、人员及管理等方面的状况进行科学的定性分析、判断的一类方法。评价的结果是一些定性的指标，如是否达到了某项安全指标、事故类别及导致事故发生的因素等。依据评价的结果，可以从技术、管理上对危险和危害因素提出对策措施加以控制，达到使系统处于安全状态的目的。常用的定性安全评价主要方法有：安全检查表分析法（Safety Checklist Analysis，SCA）、作业条件危险性评价法（LEC）、预先危险性分析（Preliminary Hazard Analysis，PHA）、故障类型及影响分析（Failure Mode Effects Analysis，FMEA）、危险和可操作性研究（Hazard and Operability Study，HAZOP）、安全检查法（Safety Review，SR）、专家评议法、故障假设分析法（What…If，WI）等。

定性安全评价方法的主要特点是容易理解，便于掌握，评价过程简单。由于安全评价对象通常难以量化，所以定性安全评价是安全评价的基本方法。目前定性安全评价方法在国内外企业安全管理工作中被广泛使用。但是定性安全评价方法通常依靠经验判断，并带有一定的局限性。

定性安全评价方法又可细分成静态评价方法和动态评价方法。如安全检查表法、作业危险和危害分析法属于静态评价方法；预先危险分析、故障类型和影响分析、危险和可操作性研究等属于动态评价方法。

（2）定量安全评价方法。定量安全评价方法是对事物量的方面的分析与研究，将安全评价的项目和内容以数量指标表述，比较评价对象与评价标准的数值差距，从而确定评价对象达到的安全水平。定量安全评价方法是运用大量的实验结果和广泛的事故资料统计分析获得的指标或规律，对生产系统的工艺、环境、设施、设备、人员和管理等方面的状况，按照有关标准，应用科学的方法构造数学模型，进行定量评价。评价的结果是一些定量的指标，如事故发生的概率、定量的危险性、事故的伤害范围、事故致因因素的关联度或重要度等。定量安全评价方法主要有以下两种：

① 以可靠性和安全性为基础，先查明系统中存在的隐患并求出其损失率、有害因素的种类及其危害程度，然后与国家规定的有关标准进行比较、量化。常用的方法有：故障树分析法（Fault Tree Analysis，FTA）、事件树分析法（Event Tree Analysis，ETA）、层次分析法、模糊数学综合评价法、作业条件危险性分析法（LEC）等。

② 以物质系数为基础，运用综合评价的危险度分级方法。常用的方法有：美国道化学公司的"火灾、爆炸危险指数评价法"（DowHazarld Index，Dow）、英国ICI公司蒙德部的"火灾、爆炸、毒性指数法"（Mond Index，ICI）、日本劳动省的化工企业六阶段法等。

按照定量结果的类别不同，定量安全评价方法还可分为概率风险评价法、伤害范围评价法及危险指数评价法（Hazard Index，HI）。

值得注意的是，有些评价方法对于定性和定量的分类非常模糊，属于一种半定量方法，如格雷厄姆和金妮评价方法（LEC）就属于一种半定量性质的定性评价方法，在应用时应注意区分。

7.2.1.2 按评价的推理过程分类法

按安全评价的逻辑推理过程，安全评价方法可分为归纳推理评价法和演绎推理评价法两种。归纳推理评价法主要是从事故原因推论结果的评价方法，也就是从最基本的危险危害因素开始，逐渐地分析导致事故发生的直接因素，最终分析出可能导致的事故。演绎推理评价法则是从结果推论原因的评价方法，也就是从事故开始，推论导致事故发生的直接因素，再分析与直接因素相关的间接因素，最终分析和查找出导致事故发生最基本的危险、危害因素。

7.2.1.3 按评价的目的分类法

按安全评价要达到的目的，安全评价方法可分为事故致因因素安全评价方法、危险性分级安全评价方法和事故后果安全评价方法三类。事故致因因素安全评价方法主要是采用逻辑推理的方法，由事故推论最基本的危险、危害因素或者由最基本的危险、危害因素推论事故的评价法，主要适用于识别系统的危险、危害因素和分析事故。该类方法一般属于定性安全评价法。危险性分级安全评价方法是通过定性或者定量分析给出系统危险性等级的安全评价方法，主要适用于系统的危险性分级。该类方法既可以是定性安全评价法，也可以是定量安全评价法。事故后果安全评价方法可直接给出定量的事故后果，给出的事故后果可以是系统事故发生的概率、事故的伤害范围、事故的损失或者定量的系统危险性等。

7.2.1.4 按评价的系统性质分类法

按评价系统的性质不同，安全评价方法可以分为设备（设施或工艺）故障率评价法、物质系数评价法、系统危险性评价法、人员失误率评价法等。

安全评价不仅涉及自然科学，也涉及管理学、逻辑学、心理学等社会科学的相关知识，而且安全评价指标及其权值的选取又与生产技术水平、安全管理水平、生产者和管理者的素质及社会和文化背景等因素密切相关，为此每种评价方法都有一定的适用范围和限度。

7.2.2 选择安全评价方法应注意的问题

在选择安全评价方法时应该根据安全评价的特点、具体条件和评价目标，针对

被评价系统的实际情况，经过认真的分析、比较，选择最合适的安全评价方法。在必要时，还要根据评价目标的要求，选择一种以上的安全评价方法来进行安全评价，各种方法互相补充、分析、综合，相互验证，以提高评价结果的可靠性。在选择安全评价方法时应特别注意以下几方面。

（1）充分考虑被评价系统的特点。

① 根据评价对象的规模、组成部分、复杂程度、工艺过程、工艺类型、原材料和产品、作业条件等情况，来选择评价方法。

② 根据系统的规模和复杂程度选择评价方法。随着规模、复杂程度的增大，有些评价方法的工作量、工作时间和费用也都相应地增大，甚至超过允许的范围。在这种情况下，应该先用简捷的方法进行筛选，然后再确定需要评价的详细程度，选择适当的评价方法。对规模小或者复杂程度低的对象，如机械工厂的清洗间、喷漆室、小型油库等属火灾爆炸危险场所，可以采用日本劳动省劳动基准局定量评价法（日本化工企业六阶段法的一部分）及单元危险性快速排序法等比较简捷的评价方法。

③ 根据评价对象的工艺类型、工艺特征选择评价方法。评价方法主要适用于某些工艺过程和评价对象，如道化学、蒙德的评价方法等主要适用于化工类工艺过程的安全评价，而故障类型和影响分析法主要适用于机械、电气系统的安全评价。

（2）考虑评价对象的危险性。通常对危险性较大的系统采用系统定性、定量安全评价方法，工作量较大，如故障树、危险指数评价法、TNT当量法等；反之，采用经验的定性安全评价方法或者直接引用分级标准进行评价，如安全检查表、直观经验法或者直接引用高处坠落危险性分级标准等。

评价对象若同时存在几类主要危险、有害因素，通常需要用几种评价方法分别对评价对象进行评价。对于规模大、情况复杂且危险性高的评价对象，通常先用简单、定性的评价方法进行评价，如检查表法、预先危险性分析法、故障类型和影响分析等。然后再对重点部位用较严格的定量法进行评价，如事件树、事故树、火灾爆炸指数法等。

（3）考虑评价的具体目标和要求的最终结果。在安全评价中，由于评价的目标不同，要求的最终评价结果也是不同的，如查找引起事故的基本危险有害因素、由危险有害因素分析可能发生的事故、评价系统的事故发生可能性、评价系统的事故危险性及评价某危险有害因素对发生事故的影响程度等，因此要根据被评价的目标选择适用的安全评价方法。

（4）考虑对评价资料的占有情况。若被评价系统的技术资料、数据齐全，则可进行定性、定量评价并选择合适的定性、定量评价方法；反之，若是一个正在设计的系统，缺乏足够的数据资料或者工艺参数不全，则只能选择比较简单的、需要数据比较少的安全评价方法。

一些评价方法，尤其是定量评价方法，应用时需要有必要的统计数据作依据；若缺少了这些数据，就限制了定量评价方法的应用。

（5）考虑安全评价人员的情况。安全评价人员的知识、经验和习惯等，对安全评价方法的选择是非常重要的。安全评价需要全体员工参与，使他们能识别出与自己作业相关的危险有害因素，并找出事故隐患。这时应采用较为简单的安全评价方法，有利于员工掌握和使用，同时还要能提供危险性分级，因此作业条件危险性分析方法或者类似评价方法适合采用。

（6）合理选择道化学法和蒙德法。

① 评价单元的主要物质是有毒物质，且对毒物危害要求有具体的评价指标时，应该考虑选用蒙德法；

② 评价要求对火灾或者爆炸之后的影响范围、最大可能财产损失、最大可能工作日损失及停产损失等有具体的反应时，可以考虑选用道化学法；

③ 要求对单元的火灾、爆炸及毒性等危险因素指标有更全面的反映时，应采用蒙德法；

④ 在进行项目预评价时，由于整个项目还处于初步的设计阶段，很多参数尚处于待定状态，此时采用道化学法更合适。

当一个企业需要进行安全评价时，必须请专业的安全评价机构进行安全评价。参加安全评价的人员应都是专业的安全评价人员，他们都应有丰富的安全评价工作经验，并掌握一定的安全评价方法，甚至有专用的安全评价软件，这样才能确保使用定性或定量的安全评价方法对被评价系统进行深入的分析和系统的安全评价。

第8章

危险化学品物流安全评价常用方法

8.1 定性安全评价法

8.1.1 安全检查表分析法（SCA）

（1）安全检查表分析法概述。安全检查表是进行安全检查，发现和查明各种危险和隐患，监督各项安全规章制度的实施，及时发现并制止违章行为的一个有力工具。由于这种检查表可以事先编制并组织实施，自 20 世纪 30 年代开始应用以来已发展成为预测和预防事故的重要手段。

安全检查表分析法（SCA）是为了系统地找出系统中的不安全因素，运用事先列出的问答提纲，根据相关的标准、规范，对系统及其部件进行安全设计、安全检查和事故预测的方法。此方法是事先把检查对象分割成若干子系统，以提问或者打分的形式，检查项目列表。视具体的情况可采用不同的类型、格式的安全检查表，以便进行有效的分析。该方法可以用于工程和系统的各个阶段，而主要用于对熟知的工艺设计进行分析，也可以用于新工艺过程的早期开发阶段，有经验的人员要将设计文件与相应的安全检查表相比较。

（2）安全检查表分析法步骤。安全检查表分析方法主要包括三个步骤，也就是建立合适的安全检查表、完成分析及编制分析结果文件。

① 建立安全检查表。为了编制一张标准的检查表，评价人员要确定检查表的设计标准或者操作规范，然后依据存在的缺陷和差别编制一系列带问题的检查表。编制检查表所需的资料主要包括有关标准、规范及规定，国内外事故案例，系统安全分析事例以及研究成果等资料。还应按照设备类型和操作情况提供出一系列的安全检查项目。

SCA 法是基于经验方法，安全检查表应由熟悉装置的操作和标准、熟悉相关的政策和规定、有经验的和具备专业知识的人员协同编制。而所拟定的安全检查表，应当是通过回答表中所列问题，就能发现系统设计和操作的各个方面与有关标准不符的地方的安全检查表。安全检查表一旦准备好，即便缺乏经验的工程师也能够独立使用，或者可作为其他危险分析的一部分。在建立某一特定工艺过程的详细安全检查表时，要与通用安全检查表对照，来保证其完整性。安全检查表的编制程序如下。

    a. 确定人员：建立编制小组。

    b. 熟悉系统。

    c. 收集资料：编制安全检查表依据。

    d. 判别危险源：将系统划分为子系统或单元，逐个分析潜在的危险因素。

    e. 列出安全检查表。

② 完成分析。对已经运行的系统，分析组应当视察所分析的工艺区域。在视察过程中，分析人员将工艺设备和操作过程与安全检查表进行比较。依据对现场视察、对系统文件的阅读、与操作人员的座谈及个人的理解回答安全检查表所列的项目。当所观察的系统特性或者操作特性与安全检查表上希望的特性不同时，分析人员应当记下差异。在对新工艺过程的安全检查表分析时，施工之前通常是由分析小组在分析会议上完成的，主要是对工艺图纸进行审查，来完成安全检查表及讨论差异。

③ 编制分析结果文件。在危险分析组完成分析后，应当总结或者视察会议过程中所记录的差异。分析报告应包含用于分析的安全检查表复印件。任何有关提高过程安全性的建议与恰当的解释都要写入分析报告中。

（3）安全检查表分析法的适用范围。SCA 法因简单、经济、有效而被经常使用。SCA 法是以经验为主的方法。在使用其进行安全评价时，成功与否很大程度取决于检查表编制人员的专业知识和经验水平，若检查表不完整，评价人员就很难对危险性状况做出有效的分析。

安全检查表的适用范围：SCA 法可用于安全生产管理和对熟知的工艺设计、物料、设备或者操作规程的分析，也可以用在新工艺的早期开发阶段来识别和消除在类似系统多年的操作中所发现的危险。但是由于 SCA 法只能作定性分析，不能预测事故后果以及对危险性进行分级，因此很少用于安全预评价，在事故调查时一般也不用。

（4）应用实例。某厂的"放射性射线探伤作业安全检查表"见表 8-1，是由企业有关人员根据实际情况所编制的，既有针对性，又有科学性，在长期使用中收到了良好的效果。

8.1.2　作业条件危险性评价法（LEC）

作业条件的危险性评价法是对人员在具有潜在危险性的环境中作业时的危险和危害进行评价的带有半定量性质的定性评价方法。常用方法是格雷厄姆-金妮评价法，在格雷厄姆-金妮评价方法的基础上，结合风险管理的要求，提出了 MES 评价法；结合职工劳动过程中的风险，提出了职工安全程度评价方法。

表 8-1　放射性射线探伤作业安全检查表

序号	主要检查条目与内容	检查周期	检查结果		备注
			是(√)(正常,做到)	否(×)(不正常,未做到)	
1	探伤设备是否安全可靠	1次/班			
2	源导管是否尽量保持平直,不打卷	1次/班			
3	源导管弯曲半径是否大于500mm	每次使用			
4	源导管爬坡时与水平面角度是否不超过30°	每次使用			
5	源导管长度是否小于驱动缆长度	每次使用			
6	摇源时是否均匀用力	每次使用			
7	是否在确认源头返回后才关闭快门、锁上安全锁、拿下钥匙	每次使用			
8	摇源时是否妥善摆放	1次/周			
9	安全钥匙是否有专人保管	1次/周			
10	操作工是否随身携带报警器	1次/周			
11	用射线机探伤是否在屏蔽门关严后才进行操作	班中检查			
12	在现场探伤是否经过批准并有专人监护	班中检查			
13	放射源脱落后是否立即进行安全警戒,严防他人误认	班中检查			

检查人:　　检查时间:　　年　　月　　日
审核人:　　审核时间:　　年　　月　　日

　　注:在运用安全检查表时,主要检查条目与内容是否符合安全要求。处于正常安全状态,在做到条目中的相应内容时,在检查结果栏内打"√";反之则打"×"。

8.1.2.1　格雷厄姆-金妮评价方法

　　格雷厄姆-金尼评价方法是由美国格雷厄姆(K.J.GTaharn)和金尼(G.F.Kinney)提出的,它是用生产作业条件危险分数评价生产作业条件危险性。该方法认为影响作业条件危险性的因素主要包括事故发生的可能性(L)、人员暴露于危险环境的频繁程度(E)和一旦发生事故可能造成的后果(C),并用这三个因素分值的乘积表示作业条件的危险性(D)。

$$D = LEC \tag{8-1}$$

　　D值越大,作业条件的危险性也就越大。

　　(1)赋分标准如下。

　　① 事故发生的可能性(L)。事故发生的可能性(L)定性地表达了事故的发生概率。必然发生的事故概率为1,规定对应的分值为10;绝对不发生的事故的概率为0,然而生产作业中不存在绝对不发生的事故的情况,所以规定实际上不可能发生事故的情况对应的分值为0.1;以此为基础规定其他情况相对应的分值,见表8-2。

表 8-2 事故发生可能性分值 L

分数值	事故发生的可能性	分数值	事故发生的可能性
10	完全可能预料	0.5	很不可能,可以设想
6	相当可能	0.2	极不可能
3	可能,但不经常	0.1	实际不可能
1	可能性小,完全意外		

② 人员暴露于危险环境的频繁程度 (E)。人员暴露在危险环境中的时间越多,受到伤害的可能性也就越大,相应的危险性也就越大。规定人员连续出现在危险环境的分值为10,最小的分值为0.5,分值0表示人员根本不暴露于危险环境中的情况没有实际的意义。具体打分的标准见表8-3。

表 8-3 暴露于危险环境的频繁程度分值 E

分数值	暴露于危险环境的频繁程度	分数值	暴露于危险环境的频繁程度
10	连续暴露	2	每月一次暴露
6	每天工作时间暴露	1	每年几次暴露
3	每周一次暴露	0.5	非常罕见地暴露

③ 发生事故可能造成的后果 (C)。由于事故造成人员的伤害程度范围较大,规定把需要治疗的轻伤对应的分值为1,许多人同时死亡对应的分值为100,其他情况评分标准见表8-4,并且可以依据事故后果严重程度应用插分法取值、赋分。

表 8-4 事故造成的结果分值 C

分数值	发生事故产生的后果	分数值	发生事故产生的后果
100	大灾难,许多人死亡	7	严重,重伤
40	灾难,数人死亡	3	重大,致残
15	非常严重,一人死亡	1	引人注目,需要救护

(2) 危险性等级划分标准 (D)。根据经验危险性分值在20以下视为低危险性,它比日常骑车上班的危险性略低;在70～160之间,有显著的危险性,应采取措施整改;在160～320之间,有高度危险性,必须立即整改;大于320时,有异常危险性,要立即停止作业,彻底整改。按照危险性分值划分危险性等级的标准,见表8-5。

表 8-5 危险性等级划分标准

危险性分值(D)	危险程度	危险性分值(D)	危险程度
＞320	极其危险,不能继续作业	20～70	一般危险,需要注意
160～320	高度危险,要立即整改	＜20	稍有危险,可以接受
70～160	显著危险,需要整改		

(3) 应用举例。工人每天都在操作一台没有安全防护装置的机械,有时会不注意把手挤伤,过去曾发生过造成一只手致残的事故,但是不会使受害者死亡。为了评价这种生产作业条件的危险性,首先要确定各评价项目的分数值:

事故发生可能性属于"相当可能发生"，其分数值 $L=6$；

工人每天都在这样的条件下操作，暴露情况分数值 $E=6$；

后果严重度属于"致残"，相应的分数值 $C=3$。

于是，这种生产作业条件的危险性分值为：

$$D=6\times6\times3=108 \tag{8-2}$$

对照表 8-5，它属于显著危险，需要改善。

8.1.2.2 MES 评价方法

国家安全生产监督管理局安全科学技术研究中心提出的 MES 与格雷厄姆-金尼法类似，同样是以多因素分值的乘积作为危险分级，但 MES 方法认为暴露于危险环境的情况可以包含在控制因素里面。

其原理是风险程度 R 可以用特定的危害性事件发生的可能性 L 的大小和后果的严重度 S 的乘积表示，即：

$$R=LS \tag{8-3}$$

而人身伤害或财产损失事故发生的可能性 L 主要取决于人体暴露于危险环境的频繁程度，即控制措施的状态 M 和人体暴露的时间 E，因此有：

$$R=LS=MES \tag{8-4}$$

事故发生的可能性分值标准与格雷厄姆-金妮评价方法相同，可参见表 8-2；控制措施的状态 M 和人体暴露的时间 E 可参见表 8-6 和表 8-7；事故可能后果的严重度分数可参见表 8-8；人身伤害事故风险或单纯财产损失事故风险分级可参见表 8-9 和表 8-10。

表 8-6　控制措施的状态 M

分数值	控制措施的状态
5	无控制措施
3	有减轻后果的应急措施,包括警报系统
1	有预防措施(如机器防护装置等),必须保障有效

表 8-7　人体暴露的时间 E

分数值	暴露于危险环境的频繁程度(时间)
10	连续暴露
6	每天工作时间内暴露
3	每周一次或偶然暴露
2	每月一次暴露
1	每年几次暴露
0.5	更少的暴露

表 8-8　事故的可能后果

分数值	事故的可能后果			
	伤害	职业相关病症	设备、财产损失/元	环境影响
10	有多人死亡		>1亿	有重大环境影响的不可控排放
8	有一人死亡	职业病(多人)	1000万～1亿	有中等环境影响的不可控排放
4	永久失能	职业病(1人)	100万～1000万	有轻微环境影响的不可控排放
2	需医院治疗,缺工	职业性多发病	10万～100万	有局部环境影响的可控排放
1	轻微,仅需治疗	职业因素引起的身体不适	<3万	无环境影响

表 8-9　人身伤害事故风险程度

$R=MES$	风险程度(等级)	$R=MES$	风险程度(等级)
>180	一级	20～48	四级
90～150	二级	<18	五级
50～80	三级		

表 8-10　单纯财产损失事故风险程度

$R=MES$	风险程度(等级)	$R=MES$	风险程度(等级)
30～50	一级	4～6	四级
20～24	二级	≥3	五级
8～12	三级		

8.1.2.3　职工安全程度评价方法

职工安全程度评价法主要研究劳动场所危险程度和职工本人安全素质对职工安全度的影响,并且建立职工安全程度评价模型,是为突出人的安全而提出一种实用的评价方法。在进行职工安全度评价时,要综合考虑劳动场所危险程度和职工的安全素质两方面因素,因为危险程度高的岗位,职工不一定受到事故伤害;而职工安全素质高的岗位也不一定不发生事故。

（1）基本概念如下。

① 职工安全度。职工劳动场所的安全程度,是对职工在劳动过程中存在职业危害风险抵御能力的综合评价。

② 职业风险。也称为职业危害风险,指在未来一定时期内职工能承受的职业危害。职业风险越高,职工可能受到的危害也越重,职工安全度就越低,也就是职业风险与职工安全度成反比;在相同职业风险条件下,职工抗风险能力越强,职工的安全健康就越有保障,安全度就越高,即职工抗风险能力与职工安全度成正比。

（2）评价模型。根据上面关于职业风险、职工抗风险能力和职工安全度间的关系分析可建立如下职工安全度评价模型:

$$A = \alpha \frac{K}{F} \tag{8-5}$$

式中　A——职工安全度;

K——职工抗风险能力值;

F——职业风险值。

① 职业风险值 F。可以依据作业条件危险性评价方法来计算 F 值:

$$F = \sum_{i=1}^{n} L_i E_i C_i \qquad (8\text{-}6)$$

式中 L_i——第 i 种危险因素发生事故的可能性指标值;

E_i——职工在第 i 种危险因素下暴露的时间指标值;

C_i——第 i 种危险因素发生事故伤害严重度指标值;

i——危险因素序数;

n——危险因素总数。

上面 L_i、E_i、C_i 的取值与前面格雷厄姆-金妮评价法基本相同,具体可参照表 8-11～表 8-13;职业风险值 F 的分级标准可参见表 8-14。

表 8-11 L_i 取值标准

L_i	事故发生的可能性
10	完全可以预料,发生概率 $P \geq 0.9$
7	很有可能,发生概率 $0.9 > P \geq 0.5$
3	可能,但不经常,发生概率 $0.5 > P \geq 0.2$
1	可能性小,完全意外,发生概率 $0.2 > P \geq 0.1$
0.1	可能性很小,可以设想,发生概率 $0.1 > P \geq 0$

表 8-12 E_i 取值标准

E_i	在危险因素下暴露的时间
10	昼夜 24h 暴露(如"三合一"厂房)
6	每天工作时间(8h)暴露
3	每天平均 1h 暴露(每周几小时)
1	每天平均 1h 暴露(每月几小时)
0.5	每天平均 1h 暴露(每年几小时)

表 8-13 C_i 取值标准

C_i	伤 害 后 果
15	死亡
7	严重,重伤
3	重大,致残
1	引人注目,需要救护

表 8-14 职业风险分级标准

F	危 险 程 度
>320	极其危险,不能继续作业
$160 \sim 320$	高度危险,要立即整改
$70 \sim 160$	显著危险,需要整改
$20 \sim 70$	一般危险,需要注意
<20	稍有危险,可以接受

② 职工抗风险能力值 K。职工能否抵御职业风险，不仅仅取决于职工能否预防事故发生，还取决于发生事故时能否避免伤害或减轻伤害程度：

$$K = yJ \tag{8-7}$$

式中　y——职工预防事故能力值；

　　　J——职工降低事故伤害严重的能力。

a. 职工预防事故能力值 y。职工预防事故能力值 y 是由职工安全素质决定的，而安全素质由以下两个因素决定。ⓐ文化素质：通常文化素质越高，安全素质也越高，因事故受到的伤害就少。ⓑ业务素质：业务素质对安全素质起着决定的作用。

所以可将职工受教育时间作为评价职工预防事故能力的参数，y 值的计算如下式。

$$y = \frac{t}{T} \tag{8-8}$$

式中　t——职工受教育程度，即受教育年限，年；

　　　T——以 9 年义务教育为参考值，即 $T=9$。

b. 职工降低事故严重度的能力值 J 可以根据劳动现场设施完备情况、个体防护用品的完好程度、使用状况以及现场自救互救能力等，分别取 1、1.5、2。事故发生之后，不能降低伤害程度的，J 取 1；伤害程度减半的，J 取 2；介于两者之间的，J 取 1.5。

③ 评价模型。综合上面格式，公式(8-5)可表示为公式(8-9)。

$$A = \alpha \frac{\frac{t}{9}J}{\sum\limits_{i=1}^{n} L_i E_i C_i} \tag{8-9}$$

根据作业条件危险性评价方法，160～320 是高度危险级别，要立即整改。考虑到职业风险等级小于 150 分值在我国是可以接受的，所以可取 $\alpha=150$，代入公式(8-9)有：

$$A = \frac{50tJ}{3\sum\limits_{i=1}^{n} L_i E_i C_i} \tag{8-10}$$

(3) 职工安全度评价。$A \geqslant 1$ 表示职工处于安全状态；$A < 1$ 表示职工处于不安全状态，需要采取措施提高安全度。

(4) 职工安全度调整。$A < 1$ 就需要调整，调整途径可从以下几个方面来考虑：

① 彻底消除某种危险因素，使 n 减少；

② 降低某种因素引发事故的可能性，使 L_i 减少；

③ 减少职工在某种危险因素下的暴露时间，使 E_i 减少；

④ 降低某种危害因素引发事故的后果严重度，使 C_i 减少；

⑤ 提高职工的文化素质 t，提高预防事故能力值 y；

⑥ 提高职工降低事故伤害严重的能力 J。

(5) 职工安全度的测评和调整步骤如下。

① 职工安全度的测评：

a. 测评劳动场所职业风险值标值 F；

b. 确定职工受教育程度 t 值；

c. 确定职工降低事故严重度的能力值 J；

d. 计算职工安全度 A 值。

② 职工安全度评价。$A \geqslant 1$ 或者 $A < 1$：$A \geqslant 1$ 表示职工处于安全状态；$A < 1$ 表示职工处于不安全状态，需进行调整，提高安全度。

③ 职工安全度调整。

8.1.3　预先危害分析（PHA）

（1）预先危险分析法概述。预先危险分析法（Preliminary Hazard Analysis，PHA）又称为初步危险分析，是为实现系统安全而进行的危害分析的初始工作，经常用在对潜在危险了解较少和无法凭经验觉察其危险因素的工艺项目的初步设计或者工艺装置的研究和开发中，或者用在危险物质和项目装置的主要工艺区域的初期开发阶段。对物料、装置、工艺过程及能量等失控时可能出现的危险性类别、出现条件以及可能导致的后果，作宏观的概略分析，其目的是识别系统中存在的潜在危险，以确定其危险等级，防止危险发展成事故。当分析一个庞大的现有装置或者对环境无法使用更为系统的方法时，PHA 技术是非常有用的。例如英国 ICI 公司在工艺装置的概念设计阶段、工厂选址阶段及项目发展过程的初期，就是用这种方法来分析可能存在的危险性。

（2）预先危险分析法步骤。PHA 法主要包括三个步骤：分析准备、完成分析及编制分析结果文件（报告）。

① 分析准备。PHA 分析通过经验判断、技术诊断或者其他方法调查确定危险源（也就是危险因素存在于哪个子系统中）。对所需分析的系统的生产目的、装置和设备、物料、工艺过程、操作条件及周围环境等进行充分详细的调查了解。分析组需要收集装置或系统的有用资料，以及其他可靠的资料。危险分析组应尽可能地从不同的渠道汲取相关经验，主要包括相似设备的危险性分析、相似设备的操作经验等。

为了让 PHA 达到预期的目的，分析人员还必须写出工艺过程的概念设计说明书。因此，分析人员必须知道过程所包含的主要化学物品、反应、工艺参数及主要设备的类型。此外，明确装置需要完成的基本操作和操作目标，也有助于确定设备的危险类型和操作环境。

② 完成分析。PHA 识别可能发现一些危险和事故情况，为此 PHA 还应对设计标准进行分析并找到能消除或者减少这些危险的其他途径，要做出这样的评判需要一定的经验。

最后，分析组为了衡量危险性的大小及其对系统的破坏性，依据事故的原因和后果，可将各类危险后果严重性分为四个等级，见表 8-15。然后分析组将提出消除或减少危险的建议。

表 8-15 危险后果严重性等级

级别	危险程度	可能导致的后果
Ⅰ	安全的	不会造成人员伤亡以及系统损坏
Ⅱ	临界的	处于事故的边缘状态,暂时还不至于造成人员伤亡、系统损坏或者降低系统性能,但是应予以排除或采取控制措施
Ⅲ	危险的	会造成人员伤亡和系统损坏,应立即采取防范对策措施
Ⅳ	灾难性的	造成人员重大伤亡及系统严重破坏的灾难性事故,必须果断排除并进行重点防范

③ 编制分析结果文件。为了方便起见,PHA 的分析结果以表格的形式记录。其内容主要包括识别出的危险、危险产生的原因、主要后果、危险等级及改正或预防措施。表 8-16 是 PHA 的分析结果记录的表格式样。PHA 分析结果表通常作为 PHA 的最终产品提交给装置设计人员。

表 8-16 PHA 分析结果记录表格

区域:_____   会议日期:_____

图号:_____   分析人员:_____

危险	产生原因	主要后果	危险等级	改正或预防措施

(3) 预先危险分析法的优缺点及适用范围。预先危险性分析是一种宏观概略定性分析方法。在项目发展初期使用 PHA 有以下优点。

① 它能够识别可能的危险,用较少的费用或时间就能进行改正。

② 它能够帮助项目开发组分析和设计操作指南。

③ 此方法简单易行,经济有效。

固有系统中采取新的操作方法或者接触新的危险物质、工具和设备时,采用 PHA 比较合适,它能从一开始就消除、减少或控制主要的危险。只希望进行粗略的危险和潜在事故情况分析时,也可以用 PHA 对已建成的装置进行分析。

(4) 应用实例。分析将 H_2S 从储气罐送入工艺设备的危险性。在设计阶段,分析人员只知道在工艺过程中要用到 H_2S,并且 H_2S 有毒且易燃,对其他一无所知。主要分析步骤如下。

分析人员将 H_2S 可能释放出来作为一个危险情况,对可能引起 H_2S 释放的原因列出了如下几种。

① 储罐受压泄漏或者破裂。

② 工艺过程中没有消耗掉所有的 H_2S。

③ H_2S 的工艺输送管线泄漏或者破裂。

④ H_2S 在储罐与工艺设备的连接过程中发生泄漏。

分析人员确定了这些导致 H_2S 泄漏的原因可能产生的后果。对此例来说只有发生大量泄漏才会导致死亡事故。下一步通过对每种可能导致 H_2S 释放的原因提出改正或者避免措施，以便为设计提供依据。如分析人员可建议设计人员：

① 储存另外的低毒但是能产生需要的 H_2S 的物质的工艺；

② 开发能收集和处理过程中过量的 H_2S 的系统；

③ 由熟练的操作人员进行储罐的连接；

④ 储罐封闭在水洗系统中，水洗系统由 H_2S 检测器启动；

⑤ 储罐的位置可位于易于输送的地方，但远离其他设备；

⑥ 订立培训计划，在开车前对所有的工人进行 H_2S 释放紧急处置操作规程的培训。

H_2S 系统 PHA 部分分析结果见表 8-17。

表 8-17　H_2S 系统 PHA 部分分析结果

区域：H_2S 工艺　　会议日期：月/日/年

图纸号：无　　　　分析人员：×××

危险	原因	主要后果	危险等级	改正或避免措施
有毒物质释放	H_2S 储罐破裂	若大量释放将有致命危险	Ⅳ	(a)安装报警系统；(b)保持最小储存量；(c)建立储罐检查规程
	H_2S 在工艺过程中未完全反应	若大量释放将有致命危害	Ⅲ	(a)设计收集和处理过量的 H_2S 系统；(b)设计控制系统检测过量的 H_2S 并将工艺过程关闭；(c)建立规程，保证过量的 H_2S 处理系统在装置开车前启动

8.1.4　故障类型和影响分析（FMEA）

（1）概述。故障类型和影响分析（FMEA）方法的特点是从元件、器件的故障开始，逐次分析其影响以及应采取的对策。其基本的内容是为了找出构成系统的每个元件可能发生的故障类型及其对人员、操作和整个系统的影响。也可以说，故障类型及影响分析从元件的角度出发，回答了"如果……怎么样?"的问题。

FMEA 通常按照预定的分析表逐项进行，表 8-18 故障类型及影响分析表示例。表 8-18 中的危险严重度及故障发生概率分别在表 8-19、表 8-20 的原则中加以确定。

表 8-18　故障类型及影响分析表

元、器件名称	功能	故障及误动作的类型	故障的影响				危险的严重度	故障发生概率	检测方法（故障识别）	采取措施
			子系统	全系统	功能	人员				

表 8-19　危险严重度分类

严重度分类	影响程度	可能造成的危险及损失
IV	致命的	可能造成人员死亡或系统损失
III	严重的	可能造成人员严重伤害、严重职业病,主要系统损坏
II	临界的	可能造成人员轻伤、职业病或次要系统损坏
I	可忽略的	不会造成人员轻伤、职业病,系统也不会受损

表 8-20　故障发生概率

分类	发生概率的描述	概率＝平均故障间隔时间/全部动作时间	分类	发生概率的描述	概率＝平均故障间隔时间/全部动作时间
A	非常容易发生	1×10^{-1}	D	不大发生	1×10^{-4}
B	容易发生	1×10^{-2}	E	几乎不发生	1×10^{-5}
C	适度发生	1×10^{-3}	F	非常不易发生	1×10^{-6}

(2) 分析步骤如下。

① 将系统分成若干子系统,以便处理。

② 审查系统和各个子系统的工作原理图、示意图及草图,查明它们之间及元件组合件之间的关系。这项工作可以通过编制和使用方块图来完成。

③ 编制每个待分析子系统的全部零件表,将每个零件的特有功能同时列入,并确定操作和环境对系统的作用。

④ 分析工程图和工作原理图,查找元件发生的主要故障机理。

⑤ 查明每个元件的故障类型对子系统的故障影响。当一个元件有一个以上的故障类型时,必须分析每一类型故障的影响并且分别列出。依故障影响的大小来确定危险严重度。

⑥ 列出故障概率。

⑦ 列出排除或者控制危险的措施。若故障会引起受伤或者死亡,要说明提供的安全装置。

元件分解到一个什么程度也是一个要注意的问题,要根据危险分析的目的加以确定。通常认为分析的对象有确定的故障率并能够得到它时即可,不必再详细地分解。如生产中的电动机,它的故障率是可得到的,没有必要再对它的零件进行分析。若这部机器的故障率很高,则可进一步分析各种零件的故障类型、影响及故障率,以确定哪个零件需要改进。

(3) 适用范围。1957 年,FMEA 用于飞机发动机的危险分析。随后美国国家航空和航天管理局、陆军在签订合同时都要求实施 FMEA。而现在 FMEA 在原子能工业、电气工业、仪表工业都有广泛的应用,在化学工业应用也有了明显的效果,如美国杜邦公司就将其作为化工装置三阶段安全评价中的一个环节。

FMEA 还常常与故障树配合使用，以确定故障树的顶上事件。

（4）应用举例。空气压缩机储罐故障类型和影响分析。

空气压缩机储罐属于压力容器，其主要功能是储存空气压缩机产生的压缩空气。这里只考察储罐的罐体和安全阀两个部件，分析结果见表 8-21。

表 8-21　储气罐的故障类型及影响分析表

元（部）件名称	功能	故障类型	故障的影响				危险严重度	故障发生频率	检测方法（故障的识别）	采取措施
			子系统	系统	功能	人员				
储气罐罐体	储存气体	轻微泄漏	能耗增加				Ⅰ	10^{-3}	漏水噪声，空压机频频启动增压	巡检、保养
		严重泄漏	供气压力下降	受到影响		可能伤人	Ⅱ	10^{-4}	漏气噪声，压力下降	巡检、停车
		破裂	供气压力迅速下降	无法正常运行		可能致人严重伤害	Ⅲ（Ⅳ）	10^{-6}	破裂声响，压力突降	巡检、保养
安全阀	避免储气罐超压	漏气	能耗增加						漏气噪声，空气机频频启动增压	巡检、保养
		误开启	供气压力下降	受到影响			Ⅱ	10^{-3}		
		不开启	供气压力上升可能发生爆炸	正常运行可能破裂			Ⅲ（Ⅳ）	10^{-6}	漏气噪声，压力下降压力升高	巡检、检修巡检、停车

8.1.5　危险性与可操作性研究（HAZOP）

危险性与可操作性研究（Hazardand Operation Study，HAZOP）是运用系统审查方法来分析新设计企业或者在役企业的生产工艺和工程意图，以评价因装置、设备的个别部分的错误操作或机械故障而引起的潜在风险，以及这些危险对整个企业安全的影响。可以这样认为，危险与可操作性研究是故障类型和影响分析的改版，它适合于对危险化学品生产企业的系统安全分析。

危险性与可操作性研究需要由一组人而不是一人实行，这一点有别于其他系统安全分析方法。通常，分析小组成员应包括相关各领域的专家，采用头脑风暴法来进行创造性的工作。

（1）基本概念和术语。开展危险性和可操作性研究时，应全面地审查工艺过程。并对各个部分进行系统的提问，发现可能偏离设计意图的情况，分析产生的原因及其后果，针对其产生原因采取恰当的控制措施。

在危险性和可操作性研究中，通常采用的术语如下。

① 意图。希望工艺的某一部分完成的功能，可用多种方式表达，在很多情况下用流程图描述。

② 偏离。背离设计意图的情况，在分析中运用引导词系统地审查工艺参数以发现偏离。

③ 原因。引起偏离的原因，可能是物的故障、人失误、意外的工艺状态或外界破坏等。

④ 后果。偏离设计意图所造成的后果。

⑤ 引导词。在辨识危险源的过程中引导、启发人的思维，对设计意图定性或者定量的简单词语。危险性与可操作性研究的引导词见表8-22。

表 8-22　危险性与可操作性研究的引导词

引导词	意　义	注　释
没有或不	对意图的完全否定	意图的任何部分没有达到,也没有其他事情发生
较多较少	量的增加或减少	原有量土增值,如流速、温度,或是对原有活动,如"加热"和"反应"的增减
也,又部分	量的增加量的减少	与某些附加活动一起,全部设计或操作意图达到只是一些意图达到,一些未达到
反向不同于,非	意图的逻辑反面完全替代	适用于活动,例如流动或化学反应的反向。也可用于物质,如"中毒"代"解毒"原意图一部分没有达到完全另外的事情发生

⑥ 工艺参数。有关工艺的物理或化学特性，它主要包括一般项目，如反应、混合、浓度、pH 等，及特殊项目，如温度、压力、相态、流量等。

(2) 分析程序如下。

① 准备工作如下。

a. 确定分析的目的、对象和范围。首先必须要明确进行危险性与可操作性研究的目的，确定研究的系统或者装置。明确问题的边界及研究的深入程度等。

b. 成立研究小组。开展危险性和可操作性研究需要利用集体的经验及智慧。小组成员以 5～7 人为佳，小组成员要包括有关的各领域专家、对象系统的设计者等。

c. 获得必要的资料。危险性和可操作性研究资料主要包括各种设计图纸、流程图、工厂平面图、等比例图和装配图，及操作指令、设备控制顺序图、逻辑图和计算机程序，有时也需要工厂或者设备的操作规程和说明书等。

d. 制定研究计划。首先要估计研究工作所需要的时间，依据经验估计每个工艺部分或者操作步骤的分析花费时间，再估计全部研究需花费的时间。然后再安排会议和每次会议研究的内容。

② 开展审查。以会议的形式对工艺的每个部分或者每个操作步骤进行审查。会议组织者以各种形式的提问来启发大家，让大家对可能出现的偏离、偏离的原因、后果以及应采取的措施发表意见。

8.2 定量安全评价法

定量方法是指对事物量的方面的分析与研究，其主要研究的是事物的量变过程。并且通过研究事物所具有的度，也就是事物保持自己质的限度和范围，把握事物相对稳定的本质特征。

定量安全评价方法，以理论和经验分析为基础，将安全评价的项目和内容以数量指标表述，来比较评价对象与评价标准的数值差距，进而确定评价对象达到的安全水平。

常用的定量安全评价方法主要有指数评价法和风险评价法两种。

危险指数评价是从安全的角度出发，对评价对象进行系统分析，以确定其工艺及操作的初步评价危险指数，根据系统安全措施的情况确定补偿评价危险指数。两个危险指数反映了系统的固有危险性和安全保护下的危险性，与标准指数比较得出系统固有安全水平和采取安全保护措施之后的安全水平。

风险评价法是以风险管理理论为基础而提出的。风险评价法是通过确定事故发生的概率和事故后果的严重度两个指标，并与可接受的安全标准相比较来判断出系统的安全水平。

8.2.1 道化学火灾爆炸指数评价法（Dow HI，Dow）

8.2.1.1 道化学评价法概述

1964 年，美国道化学公司首创了火灾、爆炸危险指数评价法。该评价法是以以往事故的统计资料、物质的潜在能量及现行安全防灾措施的状况为依据，以单元重要危险物质在标准状态下发生火灾、爆炸或者释放出危险性潜在能量的可能性大小为基础，并考虑工艺过程的危险性，计算单元火灾、爆炸指数（F&EI），确定危险等级。另外还加上对特定物质、一般工艺以及特定工艺的危险修正系数，进而求出火灾、爆炸指数。它是定量地对工艺过程、生产装置以及所含物料的潜在火灾、爆炸和反应性危险情况通过逐步推算进行客观的评价，再依据指数的大小将其分为几个等级，按照等级的要求及火灾、爆炸危险的分组采取相应的安全措施的一种方法。该评价方法科学合理，切合实际，而且提供了评价火灾、爆炸总体危险的关键数据，可与"化学暴露指数指南"及其他工艺数据联合使用，形成一个风险分析软件包，从而更好地剖析生产单元的潜在危险。目前，它已被世界化学工业及石油化学工业公认为最主要的危险指数评价法。道化学公司火灾、爆炸指数评价方法要点如图 8-1 所示。

8.2.1.2 道化学评价法有关内容

（1）道化学公司第 7 版"火灾、爆炸危险指数评价法"计算程序。如图 8-2 所示。

（2）分析、计算、评价所需填写的表格。分析、计算、评价需要填写火灾、爆

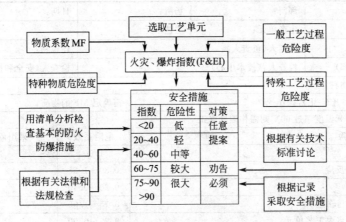

图 8-1　道化学公司火灾、爆炸指数评价法要点

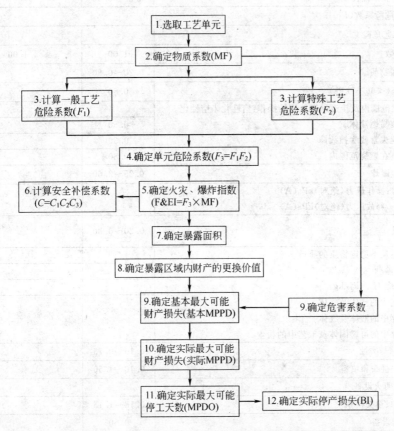

图 8-2　道化学公司第 7 版"火灾、爆炸危险指数评价法"计算程序图

炸指数计算表（表 8-23）、安全措施补偿系数表（表 8-24）、工艺单元危险分析汇总表（表 8-25）以及生产单元危险分析汇总表（表 8-26）。

表 8-23　火灾、爆炸指数计算表

地区/国家：	部门：	场所：	日期：
位置：	生产单元：	工艺单元：	
评价人：	审定人(负责人)：		建筑物：
检查人:(管理部)	检查人:(技术中心)		检查人(安全和损失预防)：

工艺设备中的物料：

操作状态:设计-开车-正常操作-停车　　　　　需确定 MF 的物质：

物质系数:若单元温度超过 60℃ 则需作温度修正

1. 一般工艺危险	危险系数	采用危险系数[①]
基本系数	1.00	1.00
A. 放热化学反应	0.30～1.25	
B. 吸收反应	0.20～0.40	
C. 物料处理与输送	0.25～1.06	
D. 密闭式或室内工艺单元	0.25～0.90	
E. 通道	0.20～0.35	
F. 排放和泄漏控制	0.25～0.50	
一般工艺危险系数(F_1)		
2. 特殊工艺危险		
基本系数	1.00	1.00
A. 毒性物质	0.20～0.80	
B. 负压(＜66.67kPa)	0.50	
C. 易燃范围内及接近易燃范围的操作:惰性化未惰性化		
(1)罐装易燃液体	0.50	
(2)过程失常或吹扫故障	0.30	
(3)一直在燃烧范围内	0.80	
D. 粉尘爆炸	0.25～2.00	
E. 压力:操作压力(绝对)kPa(A) 　　　释放压力(绝对)kPa(A)		
F. 低温	0.20～0.30	
G. 易燃及不稳定物质的质量 物质质量/kg 物质燃烧 H_c/(kJ/kg) (1)工艺中的液体及气体 (2)储存中的液体及气体 (3)储存中的可燃固体及工艺中的粉尘		
H. 腐蚀与磨蚀	0.10～0.75	
I. 泄漏-接头和填料	0.10～1.50	
J. 使用明火设备		
K. 热油、热交换系统	0.15～1.15	
L. 转动设备	0.50	
特殊工艺危险系数(F_2)		
工艺单元危险系数 $F_3=(F_1 \times F_2)$		
火灾、爆炸指数 F&EI=$(F_3 \times MF)$		

① 无危险时系数用 0。

表 8-24　安全措施补偿系数表

类　别	项　目	补偿系数范围	采用补偿系数[①]
工艺控制安全补偿系统	a. 应急电源	0.98	
	b. 冷却装置	0.97～－0.99	
	c. 抑爆装置	0.84～0.98	
	d. 紧急切断装置	0.96～0.99	
	e. 计算机控制	0.93～0.99	
	f. 惰性气体保护	0.94～0.96	
	g. 操作规程/程序	0.91～0.99	
	h. 化学活泼性物质检查	0.91～0.98	
	i. 其他工艺危险分析	0.91～0.98	
工艺控制安全补偿系统 C_1[②]			
物质隔离安全补偿系统	a. 遥控阀	0.96～0.98	
	b. 卸料/排空装置	0.96～0.98	
	c. 排放系统	0.91～0.97	
	d. 联锁装置	0.98	
物质隔离安全补偿系统 C_2[②]			
防火设施安全补偿系数	a. 泄漏检测装置	0.94～0.98	
	b. 结构钢	0.95～0.98	
	c. 消防水供应系统	0.94～0.97	
	d. 特殊灭火系统	0.91	
	e. 洒水灭火系统	0.74～0.97	
	f. 水幕	0.97～0.98	
	g. 泡沫灭火装置	0.92～0.97	
	h. 手提式灭火器材/喷水枪	0.93～0.98	
	i. 电缆防护	0.94～0.98	
防火设施安全补偿系数 C_3[②]			

① 无安全补偿系数时填入 1.00。

② 为所采用的各项补偿系数之积。

注：安全措施补偿系数＝$C_1C_2C_3$。

（3）相关参数计算。由于项目预评价时工程还处于可行性研究阶段，有关设备、物质的价值等不能准确地确定，要进行这方面的精确计算较为困难，所以预评价经常是确定火灾、爆炸危险等级，暴露区域半径，暴露区域面积，暴露区域内的财产损失、工作日损失以及停产损失等，并且提出相应的评价结论及降低危险程度的安全措施。

表 8-25　工艺单元危险分析汇总表

序号	内　　容	工艺单元
1	火灾、爆炸指数(F&EI)	
2	暴露半径	m
3	暴露面积	m²
4	暴露区内财产价值	
5	危害系数	
6	基本最大可能财产损失——(基本 MPPD)(暴露区内财产价值×危害系数)	
7	安全措施补偿系数 C——($C_1C_2C_3$)	
8	实际最大可能财产损失——(实际 MPPD)(基本最大可能财产损失×安全措施补偿系数)	
9	最大可能停工天数——(MPDQ)	天
10	停产损失——(BI)	

表 8-26　生产单元危险分析汇总表

地区/国家		部门			场所	
位置		生产单元			操作类型	
评价人		生产单元总替换价值			日期	
工艺单元主要物质	物质系数	火灾爆炸指数 F&EI	影响区内财产价值/百万美元	基本 MP-PD①/百万美元	实际 MP-PD①/百万美元	停工天数MPDO②/天	停产损失 BI③/百万美元

① 最大可能财产损失。

② 最大可能停工天数。

③ 停产损失。

8.2.1.3　道化学评价法评价程序

（1）选择工艺单元。确定评价单元是进行危险指数评价的第一步。单元是装置的一个独立部分，与其他部分保持一定的距离，或者用防火墙、防爆墙、防护堤等与其他部分隔开。通常，在不增加危险性潜能的情况下，可以把危险性潜能类似的几个单元归为一个较大的单元。

（2）确定物质系数。物质系数 MF 是表述物质在由燃烧或者其他化学反应引起的火灾、爆炸过程中释放能量大小的内在特性，也是最基础的数值。物质系数是由美国消防协会规定的物质的燃烧性（NF）和化学活性（NR）所决定的。

通常，NF 和 NR 是针对正常环境温度而言的。物质发生燃烧和反应的危险性随着温度的上升而急剧增大，如温度达到闪点之上的可燃性液体引起火灾的危险性就比正常环境温度下的易燃性液体要大得多。物质发生反应的速度也随着温度的上升而急剧增大，故当物质的温度超过 60℃时，物质的系数就需要修正。

一些文献提供了大量化学物质的物质系数，它们能用于大多数场合。而对其中未列出的物质，其 NP 和 NR 可根据 NFPA 325M 或 NFPA 49（NFPA 为美国消防协会）加以确定，并且根据温度进行修正。

（3）确定火灾、爆炸危险指数。火灾、爆炸危险指数（F&EI）计算公式如下：

$$F\&EI = F_3 \times MF \tag{8-11}$$

式中　F_3——工艺单元危险系数，$F_3 = F_1 F_2$（F_3 值的正常范围为 1～8，若大于 8，也按照最大值 8 计）；

　　　MF——物质系数；

　　　F_1——一般工艺危险系数；

　　　F_2——特殊工艺危险系数。

求出 F&EI 之后。按照表 8-27 确定其火灾、爆炸危险等级。

表 8-27　火灾、爆炸危险等级

F&EI	1～60	61～96	97～127	128～158	＞159
危险程度	最低	较低	中等	高	非常高
危险等级	Ⅰ	Ⅱ	Ⅲ	Ⅳ	Ⅴ

（4）确定暴露区域面积。暴露区域半径公式为：

$$R = 0.84 \times 0.3048 \times F\&EI \tag{8-12}$$

该暴露半径说明了单元危险区域的平面分布，它是一个以工艺设备关键部位为中心，以暴露半径为半径的圆。若被评价工艺单元是一个小设备，就以该设备的中心为圆心，以暴露半径为半径画圆。若设备较大，则应该从设备表面向外量取暴露半径。暴露半径决定了暴露区域的大小。

暴露区域面积公式为：

$$S = \pi R^2 \tag{8-13}$$

实际暴露区域面积＝暴露区域面积＋评价单元面积。

暴露区域表示其内的设备将会暴露在本单元发生的火灾或者爆炸环境中，所以必须采取相应的措施。在实际情况下，暴露区域的中心往往是泄漏点，经常发生泄漏的点是排气口、膨胀节及装卸料连接处等部位，它们均可以作为暴露区域的圆心，应重点加强防范。

（5）确定暴露区域财产更换价值。暴露区域内的财产价值可以由该区域内含有的财产的更换价值来确定。

$$更换价值 ＝ 原来成本 \times 0.82 \times 增长系数 \tag{8-14}$$

式中　0.82——考虑了场地、道路、地下管线及地基等在事故发生时不会遭到损失或者无需更换的系数；

　　增长系数——由工程预算专家确定。

更换价值可按照以下的几种方法来计算：

① 采用暴露区域内设备的更换价值；

155

② 采用现行的工程成本来估算暴露区域内所有财产的更换价值（除地基和其他一些不会遭受损失的项目外）；

③ 从整个装置的更换价值推算出每平方米的设备费，再乘上暴露区域的面积，就为更换价值。对老厂最适用，但其精确度差。

在计算暴露区域内财产的更换价值时，需计算在存物料及设备的价值。储罐的物料量可按照其容量的 80% 来计算；塔器、泵、反应器等计算在存量或者与之相连的物料储罐物料量，也可用 15min 内的物流量或者其有效容积计算。

物料的价值要根据制造成本、可销售产品的销售价以及废料的损失等来确定，应将暴露区内的所有物料包括在内。

在计算时，不应重复计算两个暴露区域相交叠的部分。

（6）确定危害系数。危害系数是由物质系数 MF 曲线和单元危险系数 F_3 曲线的交点确定。它表示单元中的物料或者反应能量释放所引起的火灾及爆炸事故的综合效应。

（7）计算基本最大可能财产损失（基本 MPPD）。基本最大可能财产损失是假定没有采用任何一种安全措施来降低的损失，其计算公式如下：

$$基本 MPPD＝暴露区域内财产价值×危害系数$$
$$＝更换价值×危害系数 \tag{8-15}$$

（8）计算安全补偿系数。安全补偿系数公式如下：

$$C＝C_1C_2C_3 \tag{8-16}$$

式中　C——安全措施总补偿系数；

　　　C_1——工艺控制补偿系数；

　　　C_2——物质隔离补偿系数；

　　　C_3——防火措施补偿系数。

补偿系数的取值分别按道化学公司（第 7 版）所确定的原则选取。当无任何安全措施时，上述补偿系数定为 1.0。

（9）计算实际最大可能财产损失（实际 MPPD）。表示在采取适当的防护措施后事故造成的财产损失。计算公式如下：

$$实际最大可能财产损失＝基本最大可能财产损失×安全措施补偿系数 \tag{8-17}$$

（10）计算可能工作日损失（MPDO）。MPDO 是评价停产损失（BI）的重要步骤，根据物料储量和产品需求的不同状况，停产损失通常等于或超过财产损失。

最大可能工作日损失（MPDO）可根据实际最大可能财产损失值，从道化学公司（第 7 版）给定的图中查取。

（11）计算停产损失（BI）。停产损失（按美元计）计算公式如下：

$$BI＝\frac{MPDO}{30}×VPM×0.70 \tag{8-18}$$

式中　VPM——每个月的产值。

8.2.1.4　道化学评价法的优缺点及适用范围

道化学公司火灾、爆炸危险指数评价法能定量地对工艺过程、生产装置及所含物料的实际潜在火灾、爆炸和反应性危险逐步推算并进行客观的评价，能提供评价火灾、爆炸总体危险性的关键数据，还能很好地剖析生产单元的潜在危险。但该方法大量使用图表，涉及大量参数的选取，且参数取值宽，因人而异，因而影响了评价的准确性。

道化学公司火灾、爆炸危险指数评价法适用于生产、储存和处理具有易燃、易爆、有化学活性或有毒物质的工艺过程及其他有关工艺系统。

8.2.2 蒙德火灾爆炸毒性指数评价法 (Mond Index，ICI)

8.2.2.1 ICI蒙德法概述

1974年英国帝国化学公司 (ICI) 蒙德部在对现有装置和设计建设中装置的危险性进行研究中，既肯定了道化学公司的火灾、爆炸危险指数评价法，又在其定量评价基础上对道化学公司的第3版评价方法作了改进和扩充，增加了毒性的概念和计算，并且发展了一些补偿系数，提出了"蒙德火灾、爆炸、毒性指标评价法"。

ICI蒙德部认为道化学公司的评价方法在工程设计的初期阶段，作为总体研究的一部分，对装置潜在危险性的评价是非常有意义的。但在通过试验验证了用该方法评价新设计项目的潜在危险性时，还有必要在如下几方面做重要的改进和补充。

(1) 改进内容如下。

① 引进毒性的概念，并将道化学公司的"火灾、爆炸指数"扩展到了包括物质毒性在内的"火灾、爆炸、毒性指标"的初期评价，使表示装置潜在危险性的初期评价更加切合实际。

② 发展某些补偿系数（小于1），进行装置现实危险性水平再评价，也就是采取安全对策措施加以补偿后进行最终评价，进而使评价较为恰当，也使预测定量化更加具有实用意义。

(2) 扩充内容如下。

① 包括了对具有爆炸性的化学物质的使用管理；

② 可对较广范围的工程以及设备进行研究；

③ 通过对事故案例研究，分析了对危险度有相当影响的几种特殊的工艺类型的危险性；

④ 采用了毒性的观点；

⑤ 为了设计良好的装置管理系统、安全仪表控制系统发展出了某些补偿系数，对于各种处于安全水平之下的装置，应进行单元设备现实的危险度评价。

8.2.2.2 ICI蒙德法评价程序

ICI蒙德火灾、爆炸毒性指标评价法的评价程序如图8-3所示。

ICI蒙德法首先将评价系统划分为单元，选择有代表性的单元进行评价。评价过程可分两个阶段进行，第一阶段是初期危险度评价，而第二阶段是最终危险度评价。

8.2.2.3 初期危险度评价

初期危险度评价不考虑任何安全措施，评价单元潜在危险性的大小。评价的项

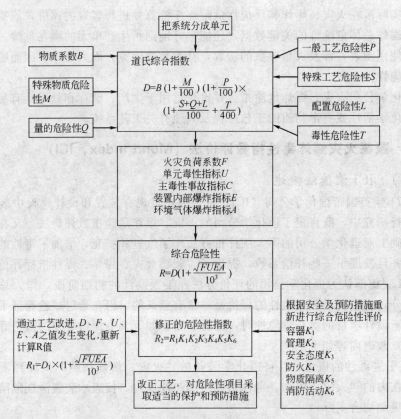

图 8-3   ICI 蒙德法评价程序

目主要包括：确定物质系数 B、配置危险性 L、特殊物质危险性 M、一般工艺危险性 P、量的危险性 Q、特殊工艺危险性 S、毒性危险性 T。在每个项目中又包括一些需要考虑的要素，见表 8-28。将各项危险系数汇总入表，然后计算出各项的合计，最后得到下列初期评价结果。

表 8-28   初期危险度评价项目几个项目要考虑的要素

场所：   装置：

单元：   物质：

反应：

指标项	指标内容	建议系数	使用系数
物质系数	燃烧热 ΔH_c(kJ/kg)		
	物质系数 $B(B=\Delta H_c \times 1.8/100)$		
特殊物质危险性	①氧化性物质	0～20	
	②与水反应生成可燃气体	0～30	
	③混合及扩散特性	−60～60	
	④自然发热性	30～250	
	⑤自然聚合性	25～75	

指标项	指标内容		建议系数	使用系数
特殊物质危险性	⑥着火敏感性		−75～150	
	⑦爆炸的分解性		125	
	⑧气体的爆炸性		150	
	⑨凝缩层爆炸性		200～1500	
	⑩其他性质		0～150	
特殊物质危险性合计 $M=$				
一般工艺危险性	①仅适用于物理变化		10～50	
	②单一连续反应		0～50	
	③单一间断反应		10～60	
	④同一装置内的重复运动		0～75	
	⑤物质移动		0～75	
	⑥可能输送的容器		10～100	
一般工艺危险性合计 $P=$				
特殊工艺危险性	①低压（<103kPa 绝对压力）		0～100	
	②高压		0～150	
	③低温	a.（碳钢−10～10℃）	15	
		b.（碳钢<−10℃）	30～100	
		c. 其他物质	0～100	
	④高温	a. 引火性	0～40	
		b. 构造物质	0～25	
	⑤腐蚀与侵蚀		0～150	
	⑥接头与垫圈泄漏		0～60	
	⑦震动负荷、循环等		0～50	
	⑧难控制的工程或反应		20～300	
	⑨在燃烧范围或其附近条件下操作		0～150	
特殊工艺危险性合计 $S=$				
量的危险性	物质合计/m³			
	密度/(kg/m³)			
	量系数		1～1000	
量的危险性合计 $Q=$				
配置危险性	单元详细配置			
	高度 H/m			
	通常作业区域/m²			
	①构造设计		0～200	

指标项	指标内容	建议系数	使用系数
配置危险性	②多米诺效应	0~250	
	③地下	0~150	
	④地面排水沟	0~100	
	⑤其他	0~250	
配置危险性合计 L＝			
毒性危险性	①TLV 值	0~300	
	②物质类型	25~200	
	③短期暴露危险性	-100~150	
	④皮肤吸收	0~300	
	⑤物理性因素	0~50	
毒性危险性合计 T＝			

（1）道氏综合指数 D。用 D 值来表示火灾、爆炸潜在危险性的大小，D 值的计算公式如下：

$$D=B\left(1+\frac{M}{100}\right)\times\left(1+\frac{P}{100}\right)\times\left(1+\frac{S+Q+L}{100}+\frac{T}{400}\right) \tag{8-19}$$

根据计算结果，将道氏综合指数 D 划分为 9 个等级，见表 8-29。

表 8-29　道氏综合指数 D 等级划分

D 的范围	等级	D 的范围	等级	D 的范围	等级
0~20	缓和的	60~75	稍重的	115~150	非常极端的
20~40	轻度的	75~90	重的	150~200	潜在灾难性的
40~60	中等的	90~115	极端的	＞200	高度灾难性的

（2）火灾负荷系数 F。F 称为火灾负荷系数，用来表示火灾的潜在危险性，是单位面积内的燃烧热值。根据其值的大小可预测发生火灾时火灾的持续时间。当发生火灾时，单元内全部可燃物料燃烧是罕见的，通常认为有 10％的物料燃烧是比较接近实际的。火灾负荷系数 F 的计算公式如下：

$$F=\frac{BK}{N}\times20500 \tag{8-20}$$

式中　K——单元中可燃物料的总量，t；

N——单元的通常作业区域，m^2。

根据计算结果，将火灾负荷系数 F 分为 8 个等级，见表 8-30。

（3）装置内部爆炸指标 E。装置内部爆炸的危险性与装置内物料的危险性和工艺条件有关，指标 E 计算公式为：

$$E=1+\frac{M+P+S}{100} \tag{8-21}$$

表 8-30　火灾负荷等级

火灾负荷系数 $F/(\text{Btu}/\text{ft}^2)$①	等级	预计火灾持续时间/h	备注
$0\sim5\times10^4$	轻	$1/4\sim1/2$	
$5\times10^4\sim1\times10^5$	低	$1/2\sim1$	
$1\times10^5\sim2\times10^5$	中等	$1\sim2$	住宅
$2\times10^5\sim4\times10^5$	高	$2\sim4$	工厂
$4\times10^5\sim1\times10^6$	非常高	$4\sim10$	工厂
$1\times10^6\sim2\times10^6$	强的	$10\sim20$	对使用建筑物最大
$2\times10^6\sim5\times10^6$	极端的	$20\sim50$	橡胶仓库
$5\times10^6\sim1\times10^7$	非常极端的	$50\sim100$	

① $1\text{Btu}/\text{ft}^2=11.356\text{kJ}/\text{m}^2$。

根据计算结果，将装置内部爆炸危险性分成 5 个等级，见表 8-31。

表 8-31　装置内部爆炸危险性等级

装置内部爆炸指标 E	等级	装置内部爆炸指标 E	等级
$0\sim1$	轻微	$4\sim6$	高
$1\sim2.5$	低	>6	非常高
$2.5\sim4$	中等		

（4）环境气体爆炸指标 A。环境气体爆炸指标 A 的计算公式如下：

$$A=B\left(1+\frac{m}{100}\right)\text{QHE}\,\frac{t}{100}\left(1+\frac{p}{1000}\right) \tag{8-22}$$

式中　m——物质的混合与扩散特性系数；

　　　H——单元高度；

　　　t——工程温度（绝对温度），K。

将计算结果按照表 8-32 分为 5 个等级。

表 8-32　环境气体爆炸指标等级

环境爆炸指标 A	等级	环境爆炸指标 A	等级
$0\sim10$	轻微	$100\sim500$	高
$10\sim30$	低	>500	非常高
$30\sim100$	中等		

（5）单元毒性指标 U。单元毒性指标 U 计算公式如下：

$$U=\frac{TE}{100} \tag{8-23}$$

将计算结果按照表 8-33 分为 5 个等级。

（6）主毒性事故指标 C。主毒性事故指标 C 计算公式如下：

$$C=Q\times U \tag{8-24}$$

将计算结果按照表 8-34 分为 5 个等级。

表 8-33　单元毒性指标等级

单元毒性指标 U	等级	单元毒性指标 U	等级
0～1	轻微	5～10	高
1～3	低	>10	非常高
3～5	中等		

表 8-34　主毒性事故指标等级

主毒性事故指标 C	等级	主毒性事故指标 C	等级
0～20	轻微	200～500	高
20～50	低	>500	非常高
50～200	中等		

（7）综合危险性评分 R。综合危险性评分是以道氏综合指数 D 为主，并且考虑了火灾负荷系数 F、单元毒性指标 U、装置内部爆炸指标 E 及环境气体爆炸指标 A 的强烈影响而提出的，其计算式公式如下：

$$R=D\left(1+\frac{\sqrt{FUEA}}{1000}\right) \tag{8-25}$$

式中，F、U、E、A 的最小值为1。

将计算结果按照表 8-35 分为 8 个等级。

表 8-35　综合危险性评分等级

综合危险性评分 R	等级	综合危险性评分 R	等级
0～20	轻微	1100～2500	高
20～100	低	2500～12500	非常高
100～500	中等	12500～65000	极端
500～1100	高（Ⅰ类）	>65000	非常极端

可以接受的危险度很难有一个统一的标准，通常与所使用的物质类型和工厂周围的环境有关。在通常情况下，总危险性评分 R 值在 100 以下是能接受的，而 R 值在 100～1100 之间则视为可以有条件地接受，对于 R 值在 1100 以上的单元，必须考虑采取安全对策措施，并且进一步地做安全对策措施的补偿计算。

8.2.2.4　最终危险度评价

初期危险度评价主要是对单元潜在危险的程度进行了解。评价单元潜在的危险性一般都比较高，因此需要采取安全措施，以降低危险性，使之达到人们可以接受的水平。蒙德法将实际生产过程中采取的安全措施划分为两个方面：一方面是降低事故发生的频率，也就是预防事故的发生；另一方面是减小事故的规模，也就是事故发生后，将其影响控制在最小的限度。降低事故频率的安全措施主要包括容器（K_1）、管理（K_2）、安全态度（K_3）三类；减小事故规模的安全措施主要包括防火（K_4）、物质隔离（K_5）、消防活动（K_6）三类。这六类安全措施中每类又包括数项安全措施，每项安全措施根据其在降低危险的过程中所起的作用给一个小于1的补偿系数。各类安全措施总的补偿系数等于该类安全措施各项系数取值之积。各类安全措施具体内容见表8-36。

表 8-36　安全措施补偿系数

①容器危险性	补偿系数		补偿系数
a. 压力容器		b. 安全训练	
b. 非压力立式储罐		c. 维修及安全程序	
c. 输送配管		安全态度积的合计 $K_3=$	
a) 设计应变		④防火	
b) 接头与垫圈		a. 检测结构的防火	
d. 附加的容器及防护堤		b. 防火墙、障壁等	
e. 泄漏检测与响应		c. 装置火灾的预防	
f. 排放物质的废弃		防火系数积的合计 $K_4=$	
容器系数相乘积的合计 $K_1=$		⑤物质隔离	
②工艺管理		a. 阀门系统	
a. 警报系统		b. 通风	
b. 紧急动力供给		物质隔离系数积的合计 $K_5=$	
c. 工程冷却系统		⑥灭火活动	
d. 惰性气体系统		a. 火灾警报	
e. 危险性研究活动		b. 手动灭火器	
f. 安全停止系统		c. 防火用水	
g. 计算机管理		d. 洒水器及水枪系统	
h. 爆炸及不正常反应的预防		e. 泡沫及惰性化设备	
i. 操作指南		f. 消防队	
j. 装置监督		g. 灭火启动的地域合作	
工艺管理积的合计 $K_2=$		h. 排烟换气装置	
③安全态度		灭火活动系数积的合计 $K_6=$	
a. 管理者参加			

将各项补偿系数汇总入表，计算出各项补偿系数之积，便得到各类安全措施的补偿系数。根据补偿系数，可求出补偿后的评价结果，其表示在实际生产过程中的危险程度。

补偿后评价结果的计算公式如下。

（1）补偿火灾负荷系数 F_2：

$$F_2 = FK_1K_4K_5 \tag{8-26}$$

（2）补偿装置内部爆炸指标 E_2：

$$E_2 = EK_2K_3 \tag{8-27}$$

（3）补偿环境气体爆炸指标 A_2：

$$A_2 = AK_1K_5K_6 \tag{8-28}$$

（4）补偿综合危险性评分 R_2：

$$R_2 = RK_1K_2K_3K_4K_5K_6 \tag{8-29}$$

补偿后的评价结果，若评价单元的危险性降低到可以接受的程度，则评价工作可以继续下去；否则，就要更改设计，或者增加补充安全措施，然后再重新进行评价计算，直至符合安全的要求为止。

8.2.2.5　ICI 蒙德法的优缺点及适用范围

ICI 蒙德法突出了毒性对评价单元的影响，在考虑火灾、爆炸毒性危险方面的影响范围和安全补偿措施方面都比道化学法更加全面；在安全补偿措施方面主要强调了工程管理和安全态度，突出了企业管理的重要性，因而可对较广的范围进行全面、有效的评价；大量地使用图表，使之简洁明了。但是使用此法进行评价时参数取值宽，应因人而异，这在一定程度上影响了评价结果的准确性，而且只能对系统整体进行宏观评价。

ICI 蒙德火灾、爆炸毒性指标法适用于生产、储存和处理涉及易燃、易爆、有化学活性、有毒性物质的工艺过程以及其他有关工艺的系统。

8.2.3　日本化工企业六阶段评价法

8.2.3.1　六阶段评价法概述

日本劳动省颁布的化工企业六阶段安全评价法，综合地应用了安全检查表、定量危险性评价、事故信息评价、故障树分析及事件树分析等方法。分成了六个阶段，采取逐步深入、定性与定量相结合及层层筛选的方式识别、分析和评价危险，并且采取措施修改设计，来消除危险。

8.2.3.2　六阶段评价法步骤

六阶段评价法评价程序如图 8-4 所示。

（1）第一阶段——资料准备。六阶段安全评价所需要的资料主要有：建厂条件、原料和产品的物化性质以及有关法规标准；反应过程；流程机械表；制造工程概要；流程图；配管、仪表系统图；安全设备种类以及设置地点；人员配置图；运转要点；安全教育训练计划等相关资料。

（2）第二阶段——定性评价。应用安全检查表主要针对厂址选择，工厂内部布置，建筑设计，工艺流程和设备布置，原材料、中间体、产品的输送储存系统及消防设施等方面进行检查，若发现问题应及时改进设计。

（3）第三阶段——定量评价。将装置划分成若干个单元，对各单元的物质、容

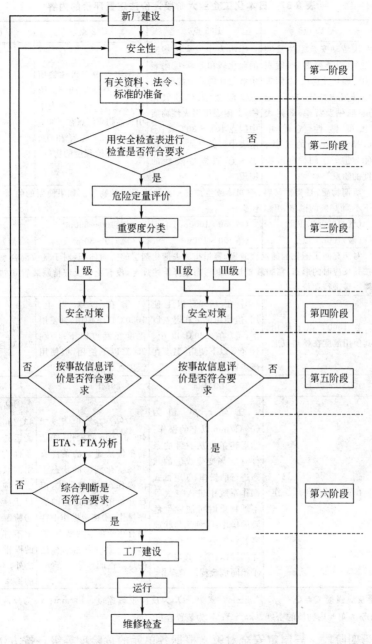

图 8-4　日本化工企业六阶段安全评价程序图

量、温度、压力和操作 5 项内容进行评价，每项又可分成 A、B、C、D 四个分段，其对应的分值分别为 10 点、5 点、2 点和 0 点，其评价内容见表 8-37。对单元的各项按表中规定的方法赋分，最后由 5 项分值之和求出各单元的危险度点数，进而评定各单元的危险度等级。16 点以上为 Ⅰ 级，属于高度危险；11～15 点为 Ⅱ 级，属于中度危险；1～10 点为 Ⅲ 级，属于低度危险。

表 8-37 日本化工企业六阶段评价法定量评价的内容

分段项目	A(10 点)	B(5 点)	C(2 点)	D(0 点)
1. 物质	①劳动安全卫生法实施令(以下简称令)附表中的爆炸性物质;②附表中的发火性物质——金属锂、钠及黄磷;③附表中可燃性气体中0.2MPa 以上的乙炔;④与①～③同样危险程度的物质	①附表中发火性物质的硫化磷和赤磷;②附表中氧化性物质的氯酸盐、过氯酸盐、无机过氧化物;③附表中引火性物质中闪点小于一30℃者;④附表中可燃气体;⑤具有①～④同样危险性的物质	①附表中发火性物质中的赛璐珞类、电石、磷化钙、镁、铝粉;②附表中引火性物质闪点在一30～30℃者;③具有和①、②同样危险程度的物质	
	所谓物质,是指原材料、中间体或生成物中危险度最大的物质。如果使用的物质为爆炸下限之下不满 10%的微量,可以不考虑			
2. 容量	(气)1000m³ 以上 (液)100m³ 以上	(气)500 1000m³ (液)50～100m³	(气)100～500m³ (液)10～50m³	(气)<100m³ (液)<10m³
	对于充满了催化剂的反应装置,容量指除去催化剂层的空间体积,对于气液混合系的反应装置,按其反应时的形态,精制装置按精制形态选择上述规定,没有化学反应精制装置和储藏装置的,需降一级进行评价			
3. 温度	在 1000℃ 以上使用,其使用温度在燃点以上	①在 1000℃ 以上使用,但使用温度在燃点以下;②在 250℃ 以上、1000℃ 以下使用,温度在燃点以上	①在 250℃ 以上、1000℃ 以下使用,其使用温度在燃点以下;②在250℃ 以下使用,但使用温度在燃点以上	使用温度不到250℃且未达燃点
4. 压力	100MPa 以上	20～100MPa	1～20MPa	<1MPa
5. 操作	在爆炸范围附近操作	①$Q_r/c_p\rho V$ 值为400℃/min 以上的操作;②运转条件从通常的条件有 25%变化成①的状态进行的操作;③单批式操作系统中进入空气等不纯物质时可能发生危险的操作;④使用粉状或雾状物能够发生粉尘爆炸的操作;⑤具有与①～④相同危险程度的操作	①$Q_r/c_p\rho V$ 值为 4～400℃/min 的操作;②运转条件从通常的条件有25%变化到①的状态上的操作;③为单批式,但已开始用机械进行的程序操作;④精制操作中伴随有化学反应的操作;⑤具有与①～④相同程度的危险性的操作	①$Q_r/c_p\rho V$ 值不到4℃/min 的操作;②运转条件从通常条件有 25%变化到①的状态上的操作;③反应器中有 70%以上是水的操作;④精制或储存操作中不伴有化学反应的操作;⑤除①～④之外,不属于 A、B、C的操作

注:化学反应强度 $Q = Q_r/c_p\rho V$,℃/min,式中, Q_r 为反应发热速度,kJ/mol; c_p 为反应物质比热容,kJ/(kg·K); ρ 为单元内物质的密度,kg/m³; V 为装置容积,m³。

(4)第四阶段——制定安全对策。根据各单元的危险度等级,按方法中推荐的各评价等级采取的措施和要求,采取相应的技术、设备和组织管理等方面的安全对策措施。

(5)第五阶段——用过去类似设备和装置的事故资料进行复查评价。根据设计内容,参考过去同样的设备和装置的事故情报进行再评价,若有应改进的地方,再按照第四阶段的要求进一步地采取措施。对于危险度为Ⅱ级、Ⅲ级的装置,在以上评价终了后,便可在完善设计的基础上进行中间工厂或者装置的建设。对于危险度为Ⅰ级的装置，最好用FTA、ETA进行再评价。若通过评价后发现有需要改进的地方，则要对设计内容进行修正，然后才能建厂。

（6）第六阶段——再评价。利用故障树（FTA）、事件树（ETA）进行再评价。

六阶段评价法的优缺点及适用范围：日本化工企业六阶段安全评价法综合运用了检查表法、定量评价法、类比法、FTA、ETA反复评价，其准确性高，但工作量比较大。它是一种周到的评价方法，除化工厂之外，还可以用于其他相关行业的安全评价。

8.2.4 定量风险评价法（QRA）

在识别危险情况方面，定性和半定性的评价是很有价值的。但这些方法不能对工艺较为复杂、危险及有害因素较多的生产流程所存在的风险进行准确的评价，也不能为安全决策提供精确的信息。在这种情况下，就必须执行完全定量风险评价（Quantity Risk Analysis，QRA）。

风险与危险是两个不同的概念如下。

危险（Danger）是指在生产活动过程中，人员或者财产遭受损失的可能性超出了可接受范围的一种状态。危险包含了各种隐患，也包含尚未为人所认识的以及虽为人们所认识但是尚未为人所控制的各种潜在危机，并且危险还包含了安全与不安全一对矛盾斗争过程中某些瞬间突变所表现出来的事故结果。

风险（Risk）一词在不同的场合，其含义是不同的。如在保险业务上，风险指保了险的人和物遭受损害的可能性；而在经济领域中，风险则不仅包含损失的可能性，还包含获益的希望。

就安全而言，风险是描述系统危险程度的客观量，也称为危险性。在这个意义上说，风险评价和危险评价是相通的，故可以把风险评价的方法引用到安全评价中。

风险有概率和后果的二重性。定量风险评价是通过对事故发生的概率及事故后果的严重程度两方面的评价来确定系统中存在的风险大小。风险分析人员将频率/概率、风险的后果与可接受准则相比较，做出可接受或者不可接受的判断，提出了合理降低风险的安全对策措施，必要时还应对这些安全措施进行效益分析。

8.2.4.1 定量风险评价方法

在对系统进行定量风险评价时，首先要对系统的功能及其子系统功能进行定义，从而建立起安全要求的框架。该过程可归纳如下。

（1）危险分析。包括标出和列出危险，引起危险的事故顺序的定义，危险概率的计算，用表8-38所示的短语分类方法来确定危险概率等级。

（2）风险评价。包括定义引起危险和导致事故的事件顺序，确定事故的严重程度，用表8-39所示的短语分类方法来确定危险程度等级，结合危险概率与严重程度来计算风险。

表 8-38　危险概率等级

说明	定　义	说明	定　义
难以置信	假定危险不出现	偶然	可能出现几次
不太可能	假定危险可能在异常情况下出现	很可能	可能经常出现
远期的	危险可能合理地在预期的情况下出现	频繁	可能频繁出现

表 8-39　危险程度等级

说明	对人的结果	维修结果	说明	对人的结果	维修结果
灾难	多个灾祸或多个严重伤害		边缘	小的伤害	系统严重损伤
紧急	单个灾难或严重伤害	主要系统失效	无关紧要	可能有单个小的伤害	系统损伤

（3）对每一个危险确定可接受的风险。可接受风险的级别要得到行业管理部门授权，尤其是新系统的可接受的风险不应高于已存在的常规系统。

（4）计算要降低的风险。即：

$$\Delta R = 计算风险 - 可接受风险 \tag{8-30}$$

8.2.4.2　风险级别和可接受风险的确定

（1）风险级别的确定。定量风险评价的关键是确定实际的风险级别和可接受风险。表 8-40 为建议的风险分类矩阵，可在确定风险级别时参考。

表 8-40　风险分类矩阵

危险概率等级		风险分类			
定量	定性				
$y \times 10^{-2}$/年	频繁	无法容忍			
$y \times 10^{-3}$/年	很可能				
$y \times 10^{-4}$/年	偶然				
$y \times 10^{-5}$/年	远期	不合需要		可以容忍	
$y \times 10^{-6}$/年	不太可能				可以忽略
$y \times 10^{-7}$/年	难以置信				
x、y 系数可根据需要调整		灾难	紧急	边缘	无关紧要
		$x \times 10^{-1}$	$x \times 10^{-2}$	$x \times 10^{-3}$	$x \times 10^{-4}$
		危险严重程度等级			

（2）可接受风险的确定。可接受风险与系统的安全度等级有关。

安全度等级是系统在指定的状态下，完全执行要求安全功能的概率。安全度等级可用于简化和理论系统结构中各个部分的安全要求，并使其定量化。IEC（国际电气标准化组织）制定的 IEC 61508 标准定义了四个安全度等级以及相应于每个等级的两个定量安全要求，主要包括对系统连续操作的目标故障率要求和对系统按照要求切换到安全功能的目标故障率要求。

通常，当要求对财产和物品有一般保护时，对选用一级安全度；当要求对财产和物品有较好保护时，则选用二级安全度；当对有可能有人员伤害的状态要求保护时，选用三级安全度；当对可能出现灾难性伤害或事故的状态进行保护时，则选用四级安全度。

对于危险化学品生产企业，建议依据企业的危险和有害因素、生产工艺、生产装置及所处的社会环境等情况，按三级以上的安全度等级进行管理。以达到三级以上的安全等级作为可接受的风险。

8.3 事故分析评价法

前面学习的定性及定量评价方法都是由原因推断出事故而进行的安全评价，属于归纳推理，研究的目的是找出危险源，提出有效的控制措施，避免事故发生。

事故分析评价方法是指通过演绎、推理，在时间顺序上和空间关系上来确定事故发生的规律，以找到防止事故的措施和方法，属演绎推理。

对于已发生的事故经验应百倍珍惜：一方面，事故造成人员伤害和财产损失，人类为此付出了不愿重演的血的代价；而另一方面，事故这种偶然事件中都蕴涵必然的规律性。所以应该对其分析、研究，发现和认识其中的必然规律，通过分析其隐患、征兆、表象、关联等来认识事故，避免事故发生。所以说事故是安全管理工作者的宝贵财富。

事故分析法中主要有事件树分析法和事故树分析法。

8.3.1 事件树分析法（ETA）

事件树分析（ETA）是一种按照事故发展的时间顺序由初始事件开始推论出可能的后果，从而进行系统安全评价的一种方法。

8.3.1.1 事件树分析的相关概念

（1）初始事件：是系统或设备的故障、认为事故或工艺参数的偏离等可能导致事故的事件，它是事件树分析的重要一环，是事件树分析的对象和起点。

（2）安全功能：在初始事件发生时，可能消除或减轻其影响以维持系统安全的系统措施，如报警、操作者的行为等。

（3）事故连锁：由初始事件开始发展，最终导致事故发生的途径。

8.3.1.2 事件树分析的内涵

事件树分析的具体过程是从一个初始事件开始，交替考虑安全功能成功与失败的两种可能性，然后再以这两种可能性作为新的初始事件，如此继续分析下去，直至找到最后的结果。

从逻辑上看，ETA是一种归纳推理的方法。通过编制的事件树，研究系统中的危险源如何相继出现而最终导致事故造成系统障碍，就可了解事故发展的动态过程。因此，事件树分析法的关键是编制出事故按时间发展的事件树。

8.3.1.3 事件树分析过程

（1）确定初始事件：是进行事件树分析，编制事件树的起点。

确定方法：①根据系统设计、危险性评价、系统运行经验或事故经验确定；②根据系统重大事故的原因分析事故树，从其中间事件或初始事件中选择。

（2）安全功能：明确消除初始事件的安全措施。

明确系统有哪些安全功能，确认其是否有效。

（3）编制事件树：由初始事件开始，结合安全功能如何响应进行分析，展开事故序列，最终确定初始事件引起的事故。事件树的编制步骤如下。

① 写出初始事件和安全功能。划出一个区域，将初始事件写在左侧，安全功能写在上边格内。这一过程如图 8-5 所示。

初始事件（A）	安全措施 1（B）	安全措施 2（C）	安全措施 3（D）	事故序列描述
初始事件 A				

图 8-5　编制事件树的第一步

② 判定安全功能。只考虑成功和失败两种可能，判定每种可能发生对事故有什么影响。一般把成功的一支画在上边，把安全功能失败的一支画在下边；如果该安全功能对事故的发生没什么影响，则不需要分支，可直接进行下一项安全功能分析。这一过程如图 8-6 所示。

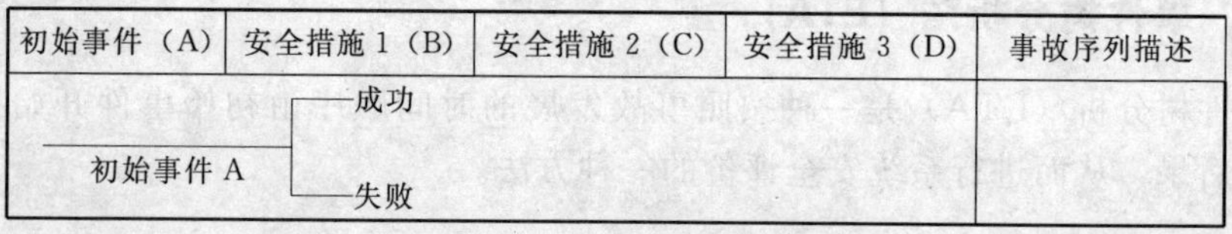

初始事件（A）	安全措施 1（B）	安全措施 2（C）	安全措施 3（D）	事故序列描述
初始事件 A	成功 失败			

图 8-6　第一项安全措施的展开

③ 发展事件树。初始事件发生后，展开的每一个分支都会发生新的事件，则必须依次根据每一项安全功能对新事件进行分析，具体过程同上，直至最终确定导致的事故。这一过程如图 8-7 所示。

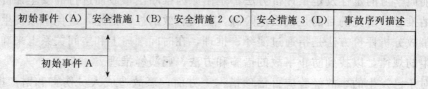

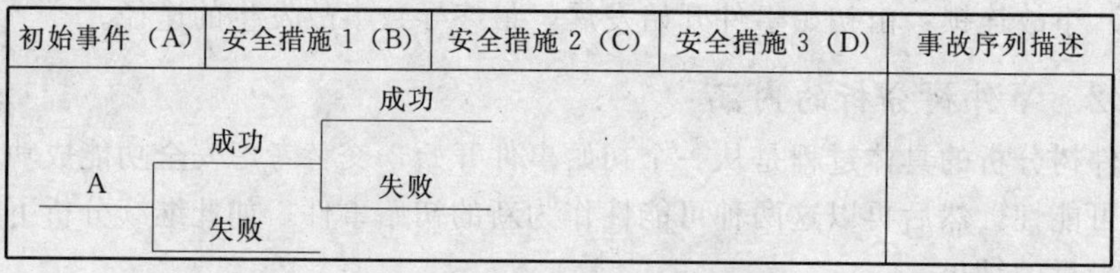

初始事件（A）	安全措施 1（B）	安全措施 2（C）	安全措施 3（D）	事故序列描述
A	成功 失败	成功 失败		

图 8-7　第二项安全措施展开

至此，事件树编制完成。

④ 对事件树结果说明。说明具体导致了哪些结果，包括安全的和不安全的结果。这一过程如图 8-8 所示。

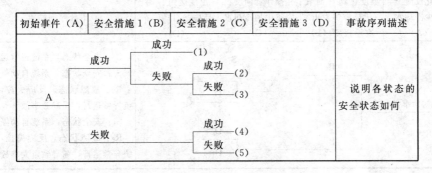

图 8-8　编制的事件树

（4）事件树分析。主要包括定性分析和定量分析。

① 定性分析如下。

a. 找出事故连锁。事件树的各分支代表初始事件发生后可能的发展途径。其中最终导致事故的途径为事故连锁。

b. 找出预防事故的途径。事件树中最终到达安全状态的途径指导人们如何采取措施预防事故。从中可看出，如果能确保安全功能发挥作用，就可以预防事故的发生。

② 定量分析如下。

定量分析的内容是由各事件的发生概率计算系统故障或事故的发生概率。一般情况下，当个事件之间相互独立时，即各事件间不相关（无偶合），其定量分析较简单；当各事件不独立，即各事件间存在相关性（有偶合）时，定量分析将非常复杂。这里仅讨论前一种情况。

a. 各发展途径的概率。自初始事件开始的相应途径上各事件发生概率的乘积。

b. 事故发生概率。导致事故的各发展途径概率之和。

8.3.1.4　事件树应用实例

下面以反应釜缺少冷却水为初始事件，来说明事件树分析方法的应用。

例如：氧化反应釜缺少冷却水事件为初始事件 A，试用事件树分析法分析会导致什么结果发生。相关安全功能如下：

B——当温度达到 t_1 时高温报警，提醒操作者采取相应措施；

C——操作者增加供水量；

D——当温度达到 t_2 时自动停车，系统停止氧化反应。

解：此例中初始事件已给出，安全功能也已明确，因而主要工作就是编制事故树并进行分析。

设 B 成功（高温报警）的分支为 B_1，失败时的分支为 B_2；C 成功（增加冷却

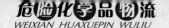

水）为 C_1，失败时的分支为 C_2；D_1、D_3 为 D 成功的分支，表示系统停车，D 失败，即没停车的分支为 D_2、D_4，则编制事故树如图 8-9 所示。

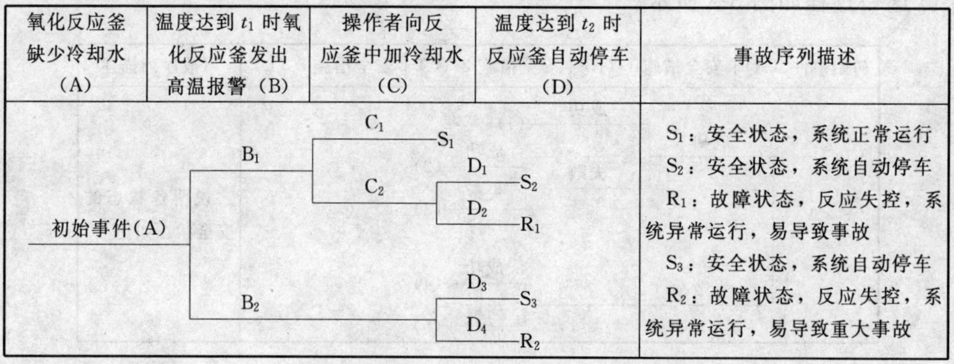

氧化反应釜缺少冷却水（A）
温度达到 t_1 时氧化反应釜发出高温报警（B）
操作者向反应釜中加冷却水（C）
温度达到 t_2 时反应釜自动停车（D）
事故序列描述
初始事件(A)
B_1
B_2
C_1
C_2
D_1
D_2
D_3
D_4
S_1
S_2
R_1
S_3
R_2
S_1：安全状态，系统正常运行
S_2：安全状态，系统自动停车
R_1：故障状态，反应失控，系统异常运行，易导致事故
S_3：安全状态，系统自动停车
R_2：故障状态，反应失控，系统异常运行，易导致重大事故

图 8-9 “反应釜缺少冷却水”事件树分析

通过上面分析，即可找出初始事件导致的事故。从图 8-9 中可见，直接导致系统发生故障或者事故的事件是 D_2、D_4，其余事件并没有导致系统发生事故。

下面对事故树进行分析。

(1) 定性分析如下。

① 事故连锁。

R_1：$A\text{-}B_1\text{-}C_2\text{-}D_2$；

R_2：$A\text{-}B_2\text{-}D_4$。

② 事故预防的途径。

S_1：$A\text{-}B_1\text{-}C_1$；

S_2：$A\text{-}B_1\text{-}C_2\text{-}D_1$；

S_3：$A\text{-}B_2\text{-}D_3$。

(2) 定量分析如下。

① 各发展途径的概率：

$$P[S_1]=P[A]\times P[B_1]\times P[C_1]$$
$$P[S_2]=P[A]\times P[B_1]\times P[C_2]\times P[D_1]$$
$$P[S_3]=P[A]\times P[B_2]\times P[D_3]$$
$$P[R_1]=P[A]\times P[B_2]\times P[C_2]\times P[D_2]$$
$$P[R_2]=P[A]\times P[B_2]\times P[D_4]$$

② 事故发生概率：

$$\begin{aligned}P_A&=P[R_1]+P[R_2]\\&=P[A]\times P[B_2]\times P[C_2]\times P[D_2]+P[A]\times P[B_2]\times P[D_4]\end{aligned}$$

8.3.1.5 事件树分析法的优缺点

优点：事件树分析法是一种图解形式，层次清楚；可将事故发展的动态过程全部揭示出来，并能够分析事故的严重程度；可对影响严重的事件导致事故发生的概率进行较精确的分析。

缺点：事件树成长较快，分析也比较粗略，不够精细。

适用范围：一般应用于系统故障分析、设备失效、工艺异常、人员失误等。

8.3.2 事故树分析法（FTA）

事故树也称故障树，在日本叫"FTA 安全工学"，是表述因果关系的有方向的"树"。事故树分析（FTA）指从特定的事故开始，利用逻辑门构成的树图考察可能引起该事件发生的各种原因事件及其相互关系的一种系统安全分析方法。它是从结果推论出原因，是一种图形演绎方法，围绕着不希望发生的失效事件做层层深入分析，直至找出全部愿意为止。

8.3.2.1 事故树中的符号

事故树中有事件符号和逻辑门符号两类符号（图 8-10）。

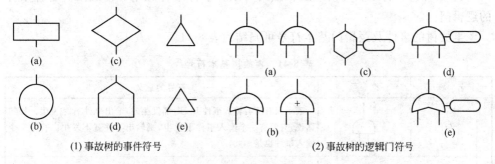

(1) 事故树的事件符号　(2) 事故树的逻辑门符号

图 8-10　事故树相关符号

（1）事件间的关系。事件间的关系：在事故树中，事件间的关系是因果关系或者逻辑关系，用逻辑门来表示。逻辑关系通常有逻辑与门、逻辑或门、控制门及条件门（条件与门和条件或门）等。

（2）事件种类及符号如下。

① 输入事件与输出事件：以逻辑门为中心，上一层事件是下一层事件产生的结果，为输出事件；下一层事件是上一层事件的原因，为输入事件。

② 顶事件：作为被分析对象的特定事故事件被画在事故树的顶端，是不希望发生的事件，是故障的表现形式。

③ 基本事件：导致事件发生的最初始的原因事件位于事故树下部的各分支的终端，无需再分解的事件。

④ 中间事件：处于顶事件与基本事件中间的事件，它们是造成顶事件的主要原因，也是基本事件产生的结果，是可以被继续分解的事件。

事故树的各种事件具体的内容写在事件符号之内。常用的事件符号有以下 5种，具体见图 8-10 (1)。

a. 矩形符号：需要进一步被分析的事故事件，如顶事件和中间事件。

b. 圆形符号：属于基本事件的事故事件，只有输出无输入。

c. 菱形符号：一种省略符号，表示目前不能分析或者不必要分析的事件。

d. 房形符号：属于基本事件的正常事件，一些对输出事件的出现必不可少的事件。

e. 转移符号：与同一事故树中的其他部分内容相同。

（3）逻辑门及其符号。常见的事故树的逻辑门有以下几种，符号见图 8-10（2）。

① 逻辑与门：指全部输入事件都出现时输出事件出现，只要有一个输入事件不出现则输出事件就不出现的逻辑关系。

② 逻辑或门：指只要有一个或一个以上输入事件出现则输出事件就出现，只有全部输入事件都不出现则输出事件才不会出现的逻辑关系。

③ 控制门：这是一个逻辑上的修正，当满足输入事件的发生时输出事件才出现；若不满足输入事件发生条件时，则不产生输出。

④ 条件门：将逻辑与门或逻辑或门与条件事件结合起来，构成附有各种条件的逻辑门。

事故树的事件及逻辑门基本符号可归结为表 8-41。

表 8-41　事故树基本符号

名　称		符　号	符号的意义
逻辑门符号	与门	A · B₁ B₂	表示只有所有输入事件 B_1、B_2 都发生时，输出事件 A 才发生。换句话说，只要有一个输入事件不发生，则输出事件就不发生。有若干个输入事件也是如此
	或门	A + B₁ B₂	表示输入事件 B_1、B_2 中任一事件发生时，输出事件 A 发生。换句话说，只有全部输入事件都不发生，输出事件才不发生。有若干输入事件也是如此
	条件与门	A · a B₁ B₂	条件与门表示输入事件 B_1、B_2 不仅同时发生，而且还必须满足条件 a，才会有输出事件 A 发生，否则就不发生。a 是指输出事件 A 发生的条件，而不是事件
	条件或门	A a B₁ B₂	条件或门表示输入事件 B_1、B_2 至少有一个发生，在满足条件 a 的情况下，输出事件 A 才发生
	限制门	A a B	限制门表示当输入事件满足某种给定条件时，直接引出输出事件，否则输出事件不发生，给定的条件写在椭圆形内
	转出符号	△	表示这个部分树由此转出，并在三角形内标出对应的数字，以表示向何处转移
	转入符号	△	转入符号连接的地方是相应转出符号连接的部分树转入的地方。三角形内标出从何处转入，转出转入符号内的数字一一对应

8.3.2.2 事故树的编制

编制事故树时，首先确定顶事件，找出直接导致顶事件发生的各种可能因素或因素的组合，也就是中间事件；在顶事件与中间事件间根据逻辑关系相应绘制逻辑门，然后依此方法对每个中间事件进行分析，直至找出基本事件为止。编制事故树时，通常将各事件用英文字母表示，以便于列数学表达式进行分析。例如锅炉结构事故树的编制编制如图8-11所示。一次水垢和二次水垢均能引起锅炉结垢，因此一次水垢和二次水垢与锅炉结垢事件间是逻辑或的关系；对于一次水垢事件，炉内处理不当、入炉水超标和生水直接入炉都会引起一次水垢，因此这三个事件和一次水垢间也是逻辑或关系；交换剂失效和给水水质检测不严同时发生才会引起入炉水质超标事件，因此这三个事件间为逻辑与关系；未定时化验和化验项目值错误均会引起给水水质检测不严，为逻辑或关系；炉内处理不当、生水直接入炉、交换剂失效、未定时化验和化验项目值错误不必再被分解，可认为是基本事件。同理对于二次水垢事件也可按此方法进行分析，分析完后，就建立起了锅炉结垢事件的事件树。

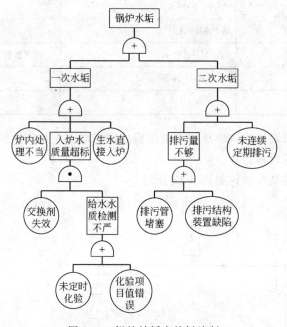

图 8-11　锅炉结垢事故树编制

8.3.2.3 事故树的数学表达

布尔代数运算法则：在事故树分析中常常用逻辑运算符号（逻辑与"·"、逻辑或"＋"）将各个事件连接起来，此连接式称为布尔代数表达式。事故树的数学模型通常用布尔代数表达式来表达。在求最小割集时，要用布尔代数运算法则来化简代数式。这些法则见表8-42所示。

进行事故树的定性分析和定量分析，需建立事故树的数学模型，并写出其数学表达式。布尔代数是事故树的数学基础。把顶上事件用布尔代数表现，并自上而下

表 8-42　布尔代数表达式

名　　称	运 算 法 则	备　注
结合律	$A+(B+C)=(A+B)=C$	
	$A(BC)=(AB)C$	
分配律	$A(B+C)=AB+AC$	
	$A+(BC)=(A+B)(A+C)$	
交换律	$AB=BA$	
	$A+B=B+A$	
互补律	$AA'=0$	A'是反A
	$A+A'=1$	
等幂律	$AA=A$	
	$A+A=A$	
吸收律	$A(A+B)=A$	
	$A+AB=A$	
德·摩根律（对偶法则）	$(AB)'=A'+B'$	将事故树变成成功树时使用
	$(A+B)'=A'B'$	
对合律	$(A')'=A$	

展开就可得到布尔表达式。事故树中的逻辑或门对应于布尔代数的逻辑和运算，逻辑与门则对应于逻辑积运算。

　　例如，编制的某事故树如图 8-12 所示。

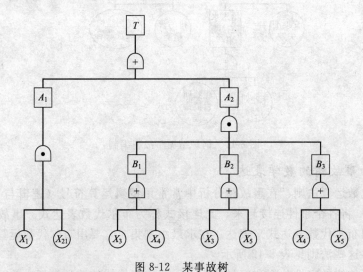

图 8-12　某事故树

该事故树的结构函数表达式为：

$$T = A_1 + A_2$$
$$= A_1 + B_1 B_2 B_3$$
$$= X_1 X_{21} + (X_3 + X_4)(X_3 + X_5)(X_4 + X_5)$$
$$= X_1 X_2 + X_2 X_3 X_4 + X_3 X_4 X_4 + X_3 X_4 X_5 + X_4 X_4 X_5 + X_4 X_5 X_5 +$$
$$X_3 X_3 X_5 + X_3 X_5 X_5 + X_3 X_4 X_5 \tag{8-31}$$

应用布尔代数运算法则中例如等幂法则和吸收法则对公式(8-31)进行化简整理，可得：
$$T = X_1 X_2 + X_3 X_4 + X_4 X_5 + X_3 X_5 \tag{8-32}$$

公式(8-32) 就是上面事故树的数学表达式。

8.3.2.4 事故树定性分析

事故树定性分析主要包括三方面的工作，也就是编制事故树，找出顶事件发生的全部基本事件；求出基本事件的最小割集合和最小径集合；确定各个基本事件对顶事件发生的重要度，为采取危险源控制措施提供了依据。

(1) 最小割集合和最小径集合如下。

① 最小割集合。事故树分析中，把能使顶事件发生的基本事件集合称为割集合；能引起顶事件发生的最小的割集合称为最小割集合；最小割集合表明了那些基本事件组合在一起发生可以使顶事件发生，为人们指明了事故发生的模式。最小割集合表明危险性大小，最小割集合越多，表明越危险。

② 小径集合。事故树分析中，把某些基本事件都不发生就能保证顶事件不发生的基本事件集合称为径集合。若径集合中包含的基本事件不发生对保证顶事件不发生不但充分且必要，则该径集合称为最小径集合。最小径集合表明了哪些基本事件组合在一起不发生就可以使顶事件不发生，它指明了应该如何采取措施防止事故的发生。最小径集合表明安全性，事故树中最小径集合越多，表明越安全。

③ 小割集合求法。利用事故树的布尔表达式可以很方便地找出简单事故树的最小割集合。根据布尔代数运算法则，把布尔表达式变换成基本事件逻辑和的形式，则逻辑积项包含的基本事件构成了割集合；进一步应用幂等法则和吸收法则整理，得到最小割集合。最小割集合是几个逻辑积的逻辑和（几个交集的并集合）。

例如，对于如图 8-12 所示的事故树，其布尔表达式展开后化简为公式(8-32)，最终得到最小割集合为：(X_1, X_2)、(X_3, X_4)、(X_4, X_5)、(X_3, X_5)。它表明这些最小割集合有任何一个集合的事件组合发生，顶事件 T 就会发生。

④ 最小径集合求法。依据布尔代数的对偶法则把事故树中事故事件用其对立的非事故事件代替，用逻辑与门代替逻辑或门、逻辑或门代替逻辑与门，便得到了与原来事故树对偶的成功树。求出成功树的最小割集合（几个逻辑积的逻辑和），应用对偶法则，便得到了原事故树的最小径集合（几个逻辑和的逻辑积）。其中反事件用原事件上面加一横或一撇表示，如 $\overline{T}$ 或 T'。

例如，如图 8-12 所示的事故树其对偶的成功树如图 8-13 所示。
该成功树的最小割集合为：

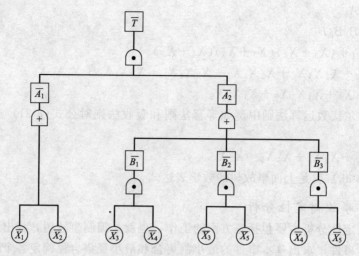

图 8-13 与事故树对偶的成功树

$$\overline{T}=\overline{A}_1\overline{A}_2$$

$$=(\overline{X}_1+\overline{X}_2)(\overline{X}_3\overline{X}_4+\overline{X}_3\overline{X}_5+\overline{X}_4\overline{X}_5)$$

$$=\overline{X}_1\overline{X}_3\overline{X}_4+\overline{X}_1\overline{X}_3\overline{X}_5+\overline{X}_1\overline{X}_4\overline{X}_5+\overline{X}_2\overline{X}_3\overline{X}_4+\overline{X}_2\overline{X}_3\overline{X}_5+\overline{X}_2\overline{X}_4\overline{X}_5 \qquad (8\text{-}33)$$

公式(8-33)已不能再化简,所以可得成功树的最小割集合为$(\overline{X}_1,\overline{X}_3,\overline{X}_4)$、$(\overline{X}_1,\overline{X}_3,\overline{X}_5)$、$(\overline{X}_1,\overline{X}_4,\overline{X}_5)$、$(\overline{X}_2,\overline{X}_3,\overline{X}_4)$、$(\overline{X}_2,\overline{X}_3,\overline{X}_5)$、$(\overline{X}_2,\overline{X}_4,\overline{X}_5)$,进而应用对偶法则对公式(8-33)进行变换,可得:

$$\overline{\overline{T}}=T$$

$$=(\overline{X}_1\overline{X}_3\overline{X}_4+\overline{X}_1\overline{X}_3\overline{X}_5+\overline{X}_1\overline{X}_4\overline{X}_5+\overline{X}_2\overline{X}_3\overline{X}_4+\overline{X}_2\overline{X}_3\overline{X}_5+\overline{X}_2\overline{X}_4\overline{X}_5)'$$

$$=(X_1+X_3+X_4)(X_1+X_3+X_5)(X_1+X_4+X_5)(X_2+X_3+X_4)$$

$$(X_2+X_3+X_5)(X_2+X_4+X_5) \qquad (8\text{-}34)$$

则根据公式(8-34)可得原成功树的最小径集合为(X_1,X_3,X_4)、(X_1,X_3,X_5)、(X_1,X_4,X_5)、(X_2,X_3,X_4)、(X_2,X_3,X_5)、(X_2,X_4,X_5)。它表明只有这些事件的组合都不发生时,顶事件T才不会发生。

又如某事故树如图 8-14 所示。

该事故树的数学表达式如下式所示。

$$T=G_1+G_2$$

$$=X_4G_3+X_1G_4$$

$$=X_4(X_3+G_5)+X_1(X_3+G_5)$$

$$=X_4(X_3+X_2X_5)+X_1(X_3+X_5) \qquad (8\text{-}35)$$

$$=X_3X_4+X_2X_4X_5+X_1X_3+X_1X_5$$

则该事故树的最小割集合为(X_3,X_4)、(X_2,X_4,X_5)、(X_1,X_3)、(X_1,X_5),表示这些事件组合只要有一个组合事件发生,顶事件T就会发生。

将原事故树化为成功树,如图 8-15 所示。

将成功树按布尔代数展开,并应用等幂法则和吸收法则进一步整理,可得该成

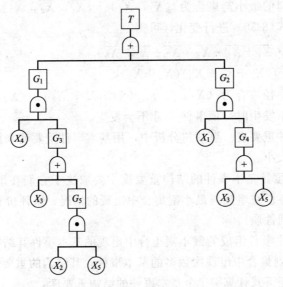

图 8-14　某事故树

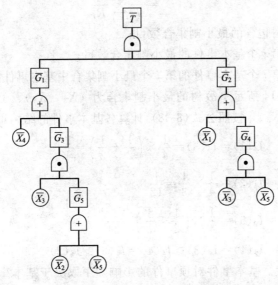

图 8-15　某事故树对应的成功树

功树的数学表达式为：

$$\overline{T}=\overline{G_1}\ \overline{G_2}$$

$$=(\overline{X_4}+\overline{G_3})(\overline{X_1}+\overline{G_4})$$

$$=[\overline{X_4}+\overline{X_3}(\overline{X_2}+\overline{X_5})](\overline{X_1}+\overline{X_3}\ \overline{X_5})$$

$$=\overline{X_1}\ \overline{X_4}+\overline{X_3}\ \overline{X_4}\ \overline{X_5}+\overline{X_1}\ \overline{X_2}\ \overline{X_3}+\overline{X_2}\ \overline{X_3}\ \overline{X_3}\ \overline{X_5}+$$

$$\overline{X_1}\ \overline{X_3}\ \overline{X_5}+\overline{X_3}\ \overline{X_5}\ \overline{X_3}\ \overline{X_5}$$

$$=\overline{X_1}\ \overline{X_4}+\overline{X_1}\ \overline{X_2}\ \overline{X_3}+\overline{X_3}\ \overline{X_5}$$

$$(8\text{-}36)$$

于是该成功树的最小割集合为 $(\overline{X_1}，\overline{X_4})$、$(\overline{X_1}，\overline{X_2}，\overline{X_3})$、$(\overline{X_3}，\overline{X_5})$。应用对偶法则对公式(8-36)进行变化，可得

$$\overline{\overline{T}} = T = (\overline{X_1} \cdot \overline{X_4} + \overline{X_1} \cdot \overline{X_2} \cdot \overline{X_3} + \overline{X_3} \cdot \overline{X_5})'$$

$$= (X_1 + X_4)(X_1 + X_2 + X_3)(X_3 + X_5) \tag{8-37}$$

则原事故树的最小径集合为 $(X_1，X_4)$、$(X_1，X_2，X_3)$、$(X_3，X_5)$，表示只有这些事件组合都不发生时，顶事件 T 才不会发生。

(2) 基本事件重要度。事故树分析中，用基本事件重要度来衡量某一基本事件对顶事件影响的大小。

① 结构重要度。基本事件的结构重要度主要取决于它们在事故树结构中的位置。可根据基本事件在事故树最小割集合中出现的情况，来评价其结构重要度。结构重要度具有下列性质：

a. 由较少基本事件组成的最小割集合中出现的基本事件其结构的重要度较大。

b. 不同最小割集合中出现次数多的基本事件，其结构的重要度大。

于是，可按照下式计算第 i 个基本事件的结构重要度：

$$I_\phi(i) = \frac{1}{k} \sum_{j=1}^{m} \frac{1}{R_j} \tag{8-38}$$

式中　k——事故树包含的最小割集合数目；

m——包含第 i 个基本事件的最小割集合数目；

R_j——包含第 i 个基本事件的第 j 个最小割集合中基本事件的数目。

例如，如图 8-14 所示事故树的最小割集合为 $(X_3，X_4)$、$(X_1，X_3)$、$(X_1，X_5)$、$(X_2，X_4，X_5)$，按照公式(8-38)计算各基本事件的结构重要度如下：

$$I_\phi(1) = I_\phi(3) = \frac{1}{4} \times \left(\frac{1}{2} + \frac{1}{2} \right) = \frac{1}{4} \tag{8-39}$$

$$I_\phi(2) = \frac{1}{4} \times \frac{1}{3} = \frac{1}{12} \tag{8-40}$$

$$I_\phi(4) = I_\phi(5) = \frac{1}{4} \times \left(\frac{1}{2} + \frac{1}{3} \right) = \frac{5}{24} \tag{8-41}$$

所以，　　　　$I_\phi(1) = I_\phi(3) > I_\phi(4) = I_\phi(5) > I_\phi(2) \tag{8-42}$

② 概率重要度。基本事件对顶事件的影响除了取决于基本事件在事故树结构中的位置之外，还与基本事件发生的概率有关。概率重要度的定义为：

$$I_g(i) = \frac{\partial p(q)}{\partial q_i} \tag{8-43}$$

式中　$p(q)$——事故树的概率函数；

q_i——第 i 个基本事件的发生概率。

要求出基本事件的概率重要度，必须先求出基本事件的发生概率。基本事件的发生概率计算法分为以下几种情况，可采取不同的方法来计算。

a. 如果事故树中不含有重复的或相同的基本事件，各基本事件又都是相互独立的，顶事件发生概率可根据事故树的结构，用下列公式求得。

用"与门"连接的顶事件的发生概率为：

$$P(T) = \prod_{i=1}^{n} q_i \tag{8-44}$$

用"或门"连接的顶事件的发生概率为：

$$P(T) = 1 - \prod_{i=1}^{n} (1-q_i) \tag{8-45}$$

b. 当事故树中含有重复出现的基本事件时，或基本事件可能在几个最小割集中重复出现时，最小割集之间是相交的，这时的计算方法非常复杂，这里不做论述。

例如，已知各基本事件的发生概率 $q_1 = q_2 = q_3 = 0.1$，事故树如图 8-16 所示。

则顶事件的发生概率为：

$$\begin{aligned}P(T) &= q_1[1-(1-q_2)(1-q_3)]\\&= 0.1[1-(1-0.1)(1-0.1)]\\&= 0.019\end{aligned} \tag{8-46}$$

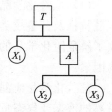

图 8-16　某事故树

各事件的概率重要度为：

$$I_g(1) = \frac{\partial p(T)}{\partial q_1} = 1-(1-q_2)(1-q_3) = 0.19 \tag{8-47}$$

$$I_g(2) = \frac{\partial p(T)}{\partial q_2} = q_1(1-q_3) = 0.09 \tag{8-48}$$

$$I_g(3) = \frac{\partial p(T)}{\partial q_3} = q_1(1-q_2) = 0.09 \tag{8-49}$$

8.3.3　事故后果模拟分析

8.3.3.1　事故后果模拟概述

安全管理的原则是"预防为主"。开展危险化学品的泄漏引起火灾、爆炸和中毒等重大事故的分析模拟技术的研究，对于事故预防是十分重要的。通过计算机模拟事故的发生过程和后果，找出事故发生机制，从而为安全管理、事故调查分析、工程设计、应急计划、厂房选址等提供依据。欧共体与美国等已开发了一系列商品化的重大事故分析模拟软件，用于事故调查分析或故事预防，并取得了良好的效果。

我国对重大事故分析模拟的系统研究起步较晚，对重大事故发生机制和影响因素缺乏深入研究。据统计，近年来重大事故结案率低于 50%，其根本原因就是重大事故的调查分析工作十分复杂，缺乏科学的分析手段，因而使许多事故发生后需要很长时间分析、查找事故原因。因此在发生危险化学品火灾、爆炸或中毒事故时，为了避免引起较大的人员伤亡和财产损失，应对受影响区域的人员进行疏散。根据危险化学品影响区域的危害程度不同，分别采用不同的疏散方法，把受影响区域的人员有组织、有计划地迅速撤离到安全地区。若疏散范围太小，则位于危害地

区的没有疏散的人员将会受到伤害；若疏散范围太大，则付出的代价又太高。因而如何根据危险化学品的泄漏情况和事故情景，确定合理可信的影响区域，是危险化学品事故疏散决策中需要解决的一个重要问题。

事故后果模拟分析，就是在理论推导和实验分析的基础上，建立起事故后果模拟数学模型，并运用计算机系统预现事故的后果和影响范围。目前，研究的主要是对火灾、爆炸及毒物泄漏等重大事故的后果模拟。

（1）危险化学品泄漏事故分类。危险化学品事故的影响范围是由其泄漏机理、扩散特征及其事故类型确定的，因而要准确地预测危险化学品事故的危害范围，必须了解危险化学品的事故类型、泄漏机理和大气扩散机理，还要掌握影响大气扩散的因素。

危险化学品泄漏后产生的事故可以分为火灾、爆炸和中毒三大类。火灾事故是易燃的液态或气态危险化学品泄漏后被点火源点燃而引起的。根据燃烧方式的不同，可以将火灾分为池火、喷射火、火球和闪火等类型。当易燃或可燃的危险化学品泄漏到空气中，在扩散过程中与空气混合形成蒸气云。如果遇到火源，浓度处于爆炸范围以内的蒸气云就会燃烧；如果燃烧非常迅速且剧烈，就可能导致爆炸。危险化学品泄漏后产生的爆炸事故，一般可分为蒸气云爆炸、沸腾液体扩散蒸气云爆炸和其他爆炸等。若泄漏的危险化学品是有毒物质，且此有毒物质进入人体而导致人体某些生理功能或组织、器官受到损坏，这种事故就是中毒事故。危险化学品泄漏各类事故如图 8-17 所示。

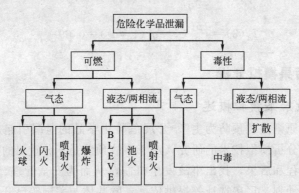

图 8-17　危险化学品泄漏事故类型

（2）危险化学品泄漏事故模型分类。危险化学品泄漏引起事故的数学模型按所处的阶段可分为泄漏模型和扩散模型，如图 8-18 所示。

① 泄漏模型。为了预测危险化学品事故的影响范围，模型首先需要表达预测泄漏速率或泄漏量。如图 8-19 所示，根据危险化学品泄漏时的物理状态的不同，可分为液体泄漏、气体泄漏和两相流泄漏。不同的泄漏方式需要用不同的模型来模拟。通过泄漏模型，可以估算危险化学品的泄漏速率、泄漏时间或泄漏量。

② 扩散模型。若泄漏的是气态物质，则泄漏后的危险化学品直接在空间扩散；若泄漏的是液态物质，则液态物质将首先蒸发成气态物质，然后在下风向扩散。液

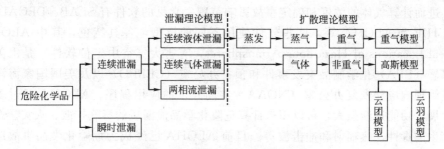

图 8-18　危险化学品泄漏事故模型

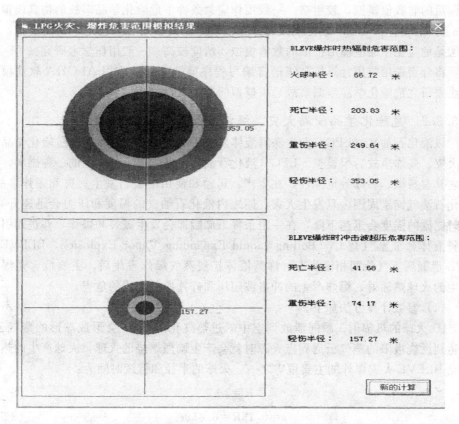

图 8-19　LPG 火灾、爆炸危害范围模拟结果图

体蒸发可分为闪蒸、热量蒸发、质量蒸发三种。

泄漏后的气体或者泄漏液体蒸发形成的气体在空间扩散。气体的扩散情况与气体的性质有关。根据气体的密度和空气密度之间的大小关系，气体扩散可分为重气扩散和非重气扩散。重气扩散用重气模型来模拟，非重气扩散用高斯模型来模拟。高斯模型又可以分为云羽模型和云团模型两种，其中高斯云团模型用来模拟瞬时泄漏扩散，高斯云羽模型用来模拟连续泄漏扩散。

（3）事故后果模拟工具。近年来，运用不同的数学模型，应用计算机高级语言编制了许多的气体扩散软件。这些软件可以用来模拟危险化学品在空间的扩散过

程，进而计算气体的浓度和确定事故影响范围。常见的软件有 SLAB、DEGADIS、ARCHIE 和 ALOHA 等。这些软件使用不同的模型，各具特色，其中 ALOHA（Areal Locations of Hazardous Atmospheres，有害大气空中定位软件）是由美国环保署（EPA）化学制品突发事件和预备办公室（CEPPO）以及美国国家海洋和大气管理响应和恢复办公室（NOAA）共同开发的应用程序。ALOHA 经过多年的发展，功能逐渐强大，可以用来计算危险化学品泄漏后的毒气扩散、火灾、爆炸等产生的毒性、热辐射和冲击波等。目前 ALOHA 已经成为危险化学品事故应急救援、规划、培训及学术研究的重要工具。ALOHA 事故模拟一般是危险化学品泄漏后的非数值模拟，较粗略，一般用作应急条件下危险化学品事故的仿真模拟工具；另外，利用 Matlab 软件模拟有毒有害气体泄漏事故后果也是不错的选择，此方法是危险化学品泄漏后扩散的数值模拟，精度较高，一般用作学术研究。

将分别选用应用计算机高级语言编写程序模拟方法和应用 ALOHA 软件模拟方法来研究危险化学品泄漏事故后果模拟问题。

8.3.3.2　危险化学品泄漏火灾、爆炸事故后果模拟

以液化石油气（LPG）发生沸腾液体发展为蒸气爆炸为例来研究危险化学品泄漏火灾、爆炸事故后果模拟。LPG（液化石油气）是应用十分广泛的一种燃料，由于它具有易燃、易爆等危险性，在生产、运输和使用中极易发生火灾和爆炸事故。液化石油气储罐周围一旦发生火灾，储罐内液化石油气的温度和压力会迅速升高，同时储罐的强度会迅速下降，在一定条件下储罐即会发生破裂和爆炸，并进而引起沸腾液体膨胀蒸气爆炸（Boiling Liquid Expanding Vapor Explosion，BLEVE）。LPG 泄漏属于气液两相流状态，沸腾液体扩展蒸气爆炸发生后，主要危害是爆炸产生的火球热辐射、爆炸产生的冲击波超压和碎片抛射造成的危害。

（1）参数计算方法如下。

① 火球的热辐射。瞬间泄放到空中的过热气化的 LPG 会形成球形的蒸气云，当达到燃烧极限的蒸气云遇到点火源时就会产生剧烈燃烧的火球，火球产生的热辐射是 BLEVE 火灾爆炸的主要危害之一。火球的半径和持续时间为：

$$R = 3m^{\frac{1}{3}} \tag{8-50}$$

$$t = 0.15R = 0.45m^{\frac{1}{3}} \tag{8-51}$$

式中　R——火球半径，m；

　　　t——火球持续时间；

　　　m——蒸气云液化石油气的质量，kg。

由传热学理论，火球的热辐射可由下式计算：

$$Q = E\tau_a \nu_F \tag{8-52}$$

式中　Q——热辐射，kW/m²；

　　　τ_a——空气的穿透率；

　　　E——火球表明的发射强度，kW/m²；

　　　ν_F——视角系数，由下式确定。

$$\nu_F = \frac{R^2}{L^2} \qquad (8-53)$$

式中 L——火球中心到目标的距离，m。

$$L = \sqrt{(\gamma R)^2 + S^2} \qquad (8-54)$$

式中 γR——火球中心到地面的垂直距离，m；

S——储罐中心到目标的距离，m。

火球表面的发射强度 E 目前有两种模型来确定。

a. 固体火焰模型。认为火球是一个固体球体，所有的热辐射来自于球的表面。根据这个假设，火球的发射强度为常数，不随火球的质量而变化，其数值由试验确定，E 的范围在 $320\sim370kW/m^2$，多数碳氢化合物造成的 BLEVE，取 $E=350kW/m^2$。

b. 点源模型。认为火球中每个点均对外产生热辐射，其来自于燃烧放出的热量，并假设发射强度为常数，其大小等于火球燃烧放出热量的一部分。

$$E = \frac{MH_c f}{4\pi R^2 t} \qquad (8-55)$$

式中 E——火球的发射强度，kW/m^2；

M——火球中可燃气体的质量，kg；

H_c——可燃气体的燃烧热，kJ/kg；

f——系数，它是储罐压力的函数。

$$f = 0.27 p^{0.32} \qquad (8-56)$$

式中 p——储罐的压力，MPa。

火球模型分为近地面火球模型和抬升火球模型。近地面火球模型是假设火球中心距火球比较远时中心在地面水平，此模型适合于快速 BLEVE。此时，当地面目标距 $L \approx S$ 时，则式(8-53) 可写为：

$$\nu_F = \frac{R^2}{S^2} \qquad (8-57)$$

在干燥晴朗的天气条件下，取 $\tau_a = 1$，由以上各式可得到热辐射与距离的关系：

$$S = \left(\frac{E}{Q}\right)^{\frac{1}{2}} R \qquad (8-58)$$

发射强度 E 的两种模型结果相近，固体火焰模型模拟效果略好，因此对于火球引起的热辐射，发射强度 $E=350kW/m^2$。热辐射的危害范围与造成的伤害或损失见表 8-43。

② 爆炸冲击波超压。LPG 泄漏燃烧爆炸所导致的主要危害形式除了火球的热辐射以外就是爆炸超压的破坏作用。BLEVE 产生的很强的爆炸超压和高速流动的空气对爆炸源周围的人员和设备、建筑物等物体有很大的伤害和破坏作用。冲击波的计算可以近似采用 TNT 当量法，即将爆炸的能量换算为 TNT 当量，然后将等量的 TNT 炸药爆炸的冲击波即近似认为是液化石油气爆炸的冲击波。由于 LPG

表 8-43 热辐射造成的伤害损失

热辐射 Q /(kW/m^2)	对设备的损坏	对人体的伤害
37.5	操作设备全损坏	1%死亡/10s,100%死亡/min
25	无焰燃烧,木材燃烧的最小能量	重大烧伤/10s,100%死亡/min
12.5	有焰燃烧,木材燃烧的最小能量	1度烧伤/10s,1%死亡/min
4.0		20s 以上感觉疼痛,未必气泡
1.6		长期辐射无不舒服感

爆炸速度没有 TNT 炸药爆炸速度快,因此按 TNT 当量计算的冲击波要高于液化石油气爆炸时实际产生的冲击波,即安全系数高,所以工程上经常采用此法。TNT 当量可由下式计算:

$$W_{TNT} = \frac{\eta W Q}{Q_{TNT}} \tag{8-59}$$

式中　W——蒸气云中可燃气体质量,kg;

　　W_{TNT}——可燃气体的 TNT 当量,kg;

　　Q——可燃气体的燃烧热,kJ/kg;

　　Q_{TNT}——TNT 的爆炸热,4230kJ/kg;

　　η——可燃气体蒸气云的当量系数,表示实际参与爆炸的燃料量占泄漏燃料量的百分比。对于蒸气云爆炸参数为 0.02~0.15,一般取 0.04,对于液体扩展蒸气云爆炸参数值可能远远大于 0.04,按文献经验可取为 0.3。

　　于是,BLEVE 爆炸冲击波超压 Δp 可由下式计算:

$$\Delta p = p_a \frac{808[1+(Z/4.5)^2]}{\sqrt{1+(Z/0.048)^2}\sqrt{1+(Z/0.32)^2}\sqrt{1+(Z/1.35)^2}} \tag{8-60}$$

式中　Z——爆炸特征距离,m,可按下式计算。

$$Z = (p/p_a)^{1/3}(T_a/T)^{1/3}R/W_{TNT}^{1/3} \tag{8-61}$$

式中　p——储罐内压力,Pa;

　　p_a——环境大气压力,Pa;

　　T——储罐内温度,K;

　　T_a——环境大气温度,K;

　　R——目标到爆炸中心的距离,m。

　　根据爆炸超压公式,结合超压伤害准则即可计算出冲击波超压导致的各种建筑物破坏距离、人员各等级的伤害距离以及设备破坏距离等,从而对爆炸危险及危害做出模拟评价。部分超压破坏伤害准则见表 8-44。

　　③ 碎片抛射。碎片抛射造成的危害具有较大的不确定性,计算比较复杂。据有关实验研究发现碎片落在火球半径 5 倍的范围以内。由于碎片抛射问题的不确定因素较多(如碎片的质量、飞出时的速度等),这里不对碎片抛射的危害范围进行模拟。

表 8-44 超压破坏伤害准则

Δp 超压值/kPa	破坏伤害等级	Δp 超压值/kPa	破坏伤害等级
3.5～7.5	玻璃窗破碎	70～80	建筑物几乎完全损坏
7.0～10	人被撞倒	35～100	人员耳膜破裂
20～30	油储罐破裂	200～500	人员肺伤害
30～50	钢架结构严重破坏	700～1500	人员致死

（2）事故后果模拟。在计算机模拟系统中，根据上面关于 LPG 火灾爆炸 BLEVE 模型参数计算，应用计算机高级语言编制出事故后果模拟软件来计算模拟事故后果，为事故的预防及事故发生后的疏散与应急救援提供依据。

根据文献实例，对某化工厂罐区 LPG 沸腾液体扩展蒸气爆炸危害的事故进行模拟。软件采用自顶向下的面向对象编程方法，充分发挥人机交互操作的优势。

罐区的基本参数为：2 个 LPG 柱形储罐，存储 LPG（丙烷、丁烷）量共为 11t，存储压力为 0.4MPa，LPG 的燃烧热为 46500kJ/kg；输入 LPG 泄漏量、环境温度、储罐内压力和储罐内温度等参数之后，即可开始计算。模拟结果如图 8-19。

（3）模拟结果分析如下。

① 当液化石油气储罐发生沸腾液体扩展蒸气云爆炸时，火球半径为 66.72 米，火球持续时间大约为 10 秒。由爆炸冲击波造成的死亡半径为 41.68 米；重伤半径及轻伤半径分别为 74.17 米和 157.27 米；由热辐射产生的死亡半径为 203.83 米（如图 8-19 中心红色区域）；重伤半径及轻伤半径分别为 249.64 米和 353.05 米（分别为如图 8-19 所示的中间黄色区域、外层绿色区域）。因此，救灾人员离火球中心最小的工作距离不小于 353 米。

② BLEVE 发生之后主要的危害是爆炸产生的火球热辐射危害，同时爆炸产生冲击波超压也有一定的危害，但与火球热辐射危害相比，处于次要地位，因为起作用距离较小。

③ 在罐区应严禁烟火，一旦发生火灾，要防止高温环境下 LPG 储罐因罐内 LPG 过热而迅速气化导致罐内超压、破裂所引起的灾害，及时采取水喷淋或泡沫冷却周围储罐外壁，降低罐内温度。

8.3.3.3 危险化学品泄漏扩散事故后果模拟

危险化学品泄漏的扩散模型依泄漏形式的不同而不同。泄漏形式有连续泄漏和瞬时泄漏。

（1）连续泄漏事故的扩散模型。当盛装有毒、有害物质的容器开裂口较小时，泄漏持续相对较长的时间，可看作是连续泄漏，在此条件下有毒、有害的物质呈射流状从裂口射出，并不断地与周围空气掺混，有毒物质的浓度就会不断降低。

① 泄漏源强。按照泄漏源物质种类可分为气体泄漏源强和气液两相泄漏源强。

a. 气体泄漏源强 Q：

$$Q = YC_d A \sqrt{p_0 \rho \gamma \left(\frac{2}{\gamma+1}\right)^{\frac{\gamma+1}{\gamma-1}}} \text{（kg/s）} \tag{8-62}$$

式中　Y——气体膨胀因子。

$$Y=\sqrt{\left(\frac{2}{\gamma-1}\right)\left(\frac{\gamma+1}{2}\right)^{\frac{\gamma+1}{\gamma-1}}\left(\frac{P_0}{P}\right)^{\frac{2}{\gamma}}\left[1-\left(\frac{P_0}{P}\right)^{\frac{\gamma-1}{\gamma}}\right]} \tag{8-63}$$

式中　C_d——气体泄漏系数；

　　　ρ——泄漏液体密度，kg/m^3；

　　　p_0——环境压力，Pa；

　　　γ——气体的热容比。

b. 气液两相泄漏源强 Q：

$$Q=0.65A(450p)^{\frac{1}{2}}\ (kg/s) \tag{8-64}$$

式中　A——裂口面积，m^2；

　　　p——设备内物质压力，Pa。

② 泄漏浓度。根据不同风速和风向的影响及泄漏范围的差异，来计算化学品泄漏后扩散浓度。其中泄漏源强（Q）是根据上面的计算所得到的。这里把风速分为以下三段。

a. 中等风速的泄漏浓度。当风速中等（$0.5m/s < u < 1m/s$）时，在泄漏源的下风向就形成长轴一端在泄漏源处的近似橄榄形危险区域，并且越靠近泄漏源有毒物质浓度也越高。

以泄漏源为坐标原点，下风向为 x 轴的二维空间一点 (x,y) 处的浓度为：

$$C(x,y)=\frac{Q}{4\pi u\delta_x\delta_y\delta_z}\exp\left(-\frac{y^2}{2\delta_y^2}\right)\left\{1-\left[1-\exp\left(-\frac{x^2}{2\delta_x^2}\right)\right]^{\frac{1}{2}}\right\} \tag{8-65}$$

式中　$C(x,y)$——空间点 (x,y) 处的浓度，kg/m^3；

　　　Q——泄漏源强，kg/s；

　　　u——风速，m/s；

　　　x——源点顺风方向的距离，m；

　　　δ_x——下风向扩散系数；

　　　δ_y——侧风向扩散系数。

在简化的情况下，假设扩散参数只由大气的稳定度来确定。因为危险化学品在大气中扩散参数是大气稳定度、风速及表面粗糙度的函数，由于风速和表面粗糙度影响局部的紊流，其影响的模式十分的复杂，以至于不能在实践中应用。

大气稳定度指大气层稳定程度，主要影响气团扩散过程中的大小和形状。

通常使用 Pasquill、Richardson 及 Turner 三种方法确定大气稳定度级别。其中 Pasquill 法最简单易行，见表 8-45。

我国国标 GB 3890—83 推荐使用 P-G 扩散曲线的方法来确定扩散系数。P-G 扩散曲线方法是在 Pasquill 和 Gifford 扩散参数估算的基础上，将其修改为表示扩散参数的曲线，将其表示为幂函数是一种常用的方法：

$$\begin{cases}\delta_x=ax^b\\\delta_y=cx^d\end{cases} \tag{8-66}$$

式中 x——下风距离；

a，b，c，d——取决于大气稳定度和地面粗糙度的系数，可按表 8-46 取值。

表 8-45   Pasquill 大气稳定度分级

地面上 10m 处的风速 /(m/s)	白天日照强度			阴云密布的 白天或夜晚	夜晚的云量	
	强	中	弱		薄云遮天或低云>3/8	<3/8
<2	A	A~B	B		—	—
2~3	A~B	B	C		E	F
3~5	B	B~C		D		E
5~6	C	C~D	D		D	
>6		C				D

表 8-46   扩散系数

稳定系数	扩散系数			
	a	b	c	d
A	0.527	0.865	0.28	0.90
B	0.371	0.866	0.23	0.85
C	0.209	0.897	0.22	0.80
D	0.123	0.905	0.20	0.76
E	0.098	0.092	0.15	0.73
F	0.065	0.902	0.12	0.67

对于连续泄漏，可以忽略；而对于瞬时泄漏，可以假定 $\delta_y = \delta_x$。

b. 大风速的泄漏浓度。当风速较大（$u>1\text{m/s}$）时，则以泄漏源为原点，风向方向为 x 轴的空间坐标系中一点（x，y）处的浓度为：

$$C(x,y) = \frac{Q}{\pi u \delta_x \delta_y} \exp\left(-\frac{y^2}{2\delta_y^2}\right) \tag{8-67}$$

式中 $C(x,y)$——空间点（x，y）处的浓度，kg/m^3；

Q——泄漏源强，kg/s；

u——风速，期/s；

δ_x——下风向扩散系数；

δ_y——侧风向扩散系数。

c. 小风速的泄漏浓度。当风速较小（$u<0.5\text{m/s}$）时，以泄漏源为中心形成围绕泄漏源的圆形危险区域，泄漏源处有毒物质浓度为最高。而以泄漏源为坐标原点，下风向为 x 轴的二维空间一点（x，y）处的浓度为：

$$C(r) = \frac{2Q}{(2\pi)^{\frac{3}{2}}} \times \frac{b}{b^2 r^2 + a^2 H^2} \exp\left[\frac{b^2 r^2 + a^2 H^2}{2a^2 b^2 (m\Delta)^2}\right] \tag{8-68}$$

式中 $C(r)$——距泄漏源 r（m）处的浓度，ks/m^3；

Q——泄漏源强；

a，b——扩散系数；

$m\Delta$——静风持续时间，$\Delta=3600$s，$m=1$，2，3，…。

（2）瞬时泄漏事故后果模拟。当连续泄漏的有毒物质较少时，泄漏的有毒物质很快就会被空气所稀释，当危险区域很小时，可被忽略。当泄漏一段时间之后裂口被堵住，连续泄漏也就变赢了瞬时泄漏，若泄的物质较少，危险区域很小，也可以忽略。

当有毒、有害物质瞬时泄漏时，泄漏的有毒、有害物质会围绕泄漏源形成气团，随着时间推移，气团一面向四周扩散，一面随风漂移。首先需要求出每一时刻气团的等浓度线，然后再求出各时刻等浓度线的包络线，对应毒负荷临界值等浓度线的包络线围成的区域就是危险区域。

以泄漏源为坐标原点，下风向为 x 轴的二维空间一点 (x, y) 处的浓度为：

$$C(x,y)=\frac{2Q_0}{(2\pi)^{\frac{3}{2}}\delta_x\delta_y\delta_z}\exp\left(-\frac{y^2}{2\delta_y^2}\right)\exp\left[-\frac{(x-ut)^2}{2\delta_x^2}\right] \tag{8-69}$$

式中　Q_0——泄漏量，kg；

　　　x——源点顺风方向的距离。

（3）化学品泄漏扩散后果模拟。以工业生产中常用的氯气钢瓶泄漏过程为例，用 ALOHA 模拟风速风向对扩散区域的影响。

假定某次事故发生在一处开阔地，建筑为单层平房；时间为 5 月的某天中午，大气稳定度为 B，气温 20℃，太阳辐射为中等，泄漏量不变。ALOHA 要模拟事故危害区域，首先要把事故情景参数输入到计算机。本例的输入过程如下。

① 地理位置。点击 SiteData→Location，点击 Add，输入"SP"，选择"Not in US"，输入海拔高度，点击单位 m；输入纬度值，点击 N；经度值，点击 E，点 OK；单击 SP，点 Select。

② 建筑类型。建筑为单层平房，且周围无遮盖物。选择"Single storied building"和"Unsheltered surroundings"。

③ 日期时间。点击"Set a constant time"，输入年月日时"。

④ 介质选择。点击"Setup"→"Chemical"，点击"Pure Chemicals"，选择"CHLORINE"。

⑤ 大气条件。点击"Atmospheric"→"User Input"，输入风速值，单位选择"meters/sec"，风向输入"S"，测量高度为 3，单位为"meters"，地表状态为"Open country"，云层覆盖率为 25%，输入"3"。输入气温 25，单位选择"℃"。逆温层设置为"No inversion"，湿度为 50%。

⑥ 泄漏项设置。点击"Source"→"Tank"，选择横卧，输入钢瓶直径 0.8m，长度 1.65m，选择"Tank contains liquid"，选择"Chemical stored at ambient temperature"。输入钢瓶中液氯质量 250 kilograms。选择泄漏口为"Circular opening"，直径约 1.5centimeters，选择泄漏通过 Short pipe/valve，液氯钢瓶阀门位置选项为"50% of the way to the top of the tank"。

⑦ 计算选项。因为氯气在扩散过程中，其密度比空气大，因此选择重气体扩

散模式。

⑧ 显示选项。点击"Metric units"，选择公制单位，即国际单位制。

当风速为 2.5m/s、风向为南风时，使用 ALOHA 分析得到泄漏扩散区域如图 8-20 所示，在大气稳定度、气温和泄漏地点等条件不变时，风速为 3.5m/s，当风向南风时，使用 ALOHA 模拟得到泄漏扩散区域如图 8-21 所示。

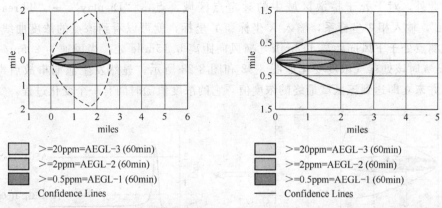

图 8-20 风速为 2.5m/s 时的扩散区域   图 8-21 风速为 3.5m/s 时的扩散区域

危险化学品事故危害对人身的伤害程度可以分三个级别：即致命伤害、严重伤害、轻度伤害。每种危害的极限值是不一样的。在图 8-20 及图 8-21 中，AEGL（Acute Exposure Guideline Level）指人体处于有害气体中的敏感暴露指导线，它主要是根据人体在不同毒气中的可能后果来划分等级的。AEGL-3 为致命伤害水平，中心红色区域为致命伤害区；AEGL-2 为重伤水平，中间橙色区域为重伤区；AEGL-1 为致伤水平，外层黄色区域为致伤区。另外软件在考虑到日照、风向、风速等条件影响下，导致危害区域发生漂移，因此 ALOHA 也用虚线显示了该范围。在具体应用中，需要在"Show confidence lines"中选择"Only for longest threat zone"。

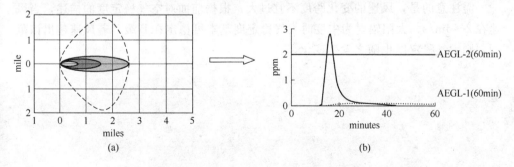

图 8-22 风速为 2.5m/s 时定点浓度变化

从图 8-22 中可知，在其他条件不变的情况下，从致死区、重伤区和致伤区面积来看，风速越大，各区域面积也越大；从下风方向受影响的距离来看，风速越大，受影响距离则越远（风速为 3.5m/s 时的最远受影响距离为 3mile；风速为 2.5m/s 时的最远受影响的距离为 2.5mile）；从自信区域面积来看，风速越大，下

191

风向距离明显增大，而横风向距离减小显著（风速为 3.5m/s 时的最远受影响距离为 1mile；风速为 2.5m/s 时的最远受影响的距离为 2mile）。

根据影响区域的危害程度，从内向外可以把影响区域依次划分为紧急避难区、协助疏散区、引导疏散区和自主疏散区。划分疏散区以后就可以确定疏散方案，指挥人员撤离事故现场。

此外，对于处于扩散区域中的某定点区域，点击"Display"→"Threat at point"，输入相对坐标系，输入 X 坐标和 Y 坐标，就可以看到该点的浓度曲线图。若观测点处于下风向距离 1.2mile，横风向距离 0.15mile 处，当风速为 2.5m/s 和 3.5m/s 时该处毒气浓度变化如图 8-22 和图 8-23 所示。显然发生泄漏事故后毒气浓度并未立即达到该区域最终的浓度值，它的浓度值随时间有一个变化过程。

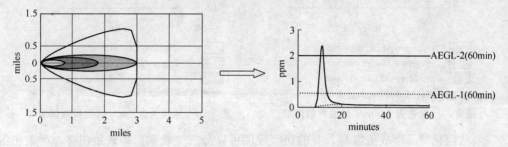

图 8-23　风速为 3.5m/s 时定点浓度变化

从图 8-23 还可知，当风速不同时，该点在扩散区域中所处的位置明显有所不同，这是由该点浓度变化决定的。再看浓度变化曲线，其中红色曲线为该点室外浓度变化曲线，蓝色曲线为室内浓度变化曲线，这里主要是观察室外浓度曲线。当风速为 2.5m/s 时，有害气体到达该点时间较晚，毒气浓度上升稍缓慢，最大浓度值较大，浓度减小速度也较缓慢；当风速为 3.5m/s 时，有害气体到达该点时间较早，毒气浓度上升迅速，最大浓度值偏小，浓度减小速度较快。

需注意的是，风速的变化跨度不宜过大，根据前面对空气稳定度的描述，当风速在 2～5m/s、太阳辐射为中度时大气稳定度基本可稳定在 B 级，若风速超出该范围，则大气稳定度也随之发生变化。

第9章
危险化学品物流综合评价方法

9.1 危险化学品物流系统的不确定性分析

9.1.1 系统不确定性概念

可以从控制理论中的相关论述来了解系统不确定性的概念。经典的控制系统是以反馈作为基础的，其设计需要已知被控制对象的精确模型，主要包括模型的结构和其中所含的参数，但是这在工程实际中是很难办到的。由于被控对象或是被研究对象的复杂性，通常要用低阶的线性定常集中参数模型来代替实际的高阶的非线性时变分布参数系统。这样，系统模型中就会含有不确定性的因素。除了数学模型不精确之外，在控制系统的运行过程中还会出现环境的变化、元件老化等问题，为此在设计控制器过程中所要必须面对的问题是如何设计具有鲁棒性的控制器，也就是在一定范围的参数不确定性以及一定程度的未建模动态存在时，闭环控制系统仍可保持稳定并且具有一定的动态性能品质。

对于评价及决策系统来说，其本身就可看成是一个控制系统。被评价的系统对象就可以看成是控制系统中的控制对象，而评价系统就可以看成控制系统的控制器。对系统进行理论评价，不可回避的一个问题是系统建模，与控制系统一样，会不可避免地引入系统模型的不确定性。

为了便于研究，通常将系统的不确定性刻画成一定的数学模型，常见的不确定性模型主要有以下几种。

（1）随机模型。这种模型的不确定性可以用某种随机分布来描述（如高斯正态分布），可以参考有关随机控制的著作对这种不确定性的讨论。

（2）统计模型。这种模型与上一种相近，主要区别在于统计模型是建立在抽样试验的基础上。由于实验次数和样本长度受限，并且实验过程会受到随机干扰影响，所以只能得到不确定因素的估计值及其统计特性。这种模型通常是根据实验数

据用回归方法得到的,也成为回归模型,而使用控制是这种不确定系统的主要控制方法。

(3) 模糊不确定性模型。此种模型可以用来描述由自然语言而产生的不确定性。描述这种不确定性的一般是定义某个集合,假设不确定因素以某种隶属度属于该集合。模糊控制理论已经成为相对对立而广受重视的控制理论分支。

(4) 未知有界不确定性模型。此种模型对不确定性的描述是相当宽松的,并且不需要对不确定性因素的随机特性做任何假设,只认为它是属于某个已知的集合即可。这种不确定性模型是鲁棒控制理论研究的对象。可采用如结构奇异值、H_∞ 控制理论等方法来研究。

图 9-1　系统不确定性模型

系统不确定性模型分类可以用图 9-1 标识。

9.1.2　危险化学品物流系统的不确定性

在对企业进行安全综合评价时,需要对反映企业的安全管理、安全状况及操作因素等进行分项判定,和样板企业或者标准水平进行比较,来确定其安全水平。

然而,企业安全管理情况是一个模糊系统。危险化学品物流系统的不确定性主要表现在运输的危险化学品本身的危险性、对环境的影响性、运输事故及其扩散等,还表现在由于需求的不确定性和信息的不确定性而引发的危险化学品物流量的不确定性。这就使危险化学品物流系统安全评价遇到很多困难:如何统一把握各项目的评价深度;如何解决评价项目之间互容或者互斥的问题;如何确定评价项目的重要度;以及如何处理那些具有潜在作用,尚不清楚其作用的项目。

这些困难影响了危险化学品物流系统安全评价的精确度,也使安全评价难以达到"对系统的认识,以达到系统安全"的目标,本章所提出的安全评价方法就是为了克服这些困难而提出的。

9.2　危险化学品物流层次分析综合评价法

9.2.1　层次分析法的基本理论

(1) 问题的产生。社会生活中有许多评价问题的对象属性,其结构也较为复杂,难以完全采用定量的方法来进行评价,或者难以将问题简单地归结为单一层次结构进行优化分析与评价。在这种情况下,就需要建立多要素、多层次的评价系统,并要采用定性与定量相结合的方法或者通过定性信息定量化的途径,使复杂的问题清晰化、明朗化。

在这样的情况下,美国运筹学家、匹兹堡大学教授 T. L. Saaty 在 20 世纪 70 年代提出了著名的层次分析法(Analytic Hierarchy Process, AHP)。这是一种有效处理决策问题的实用方法，也是一种定性和定量相结合的系统化、层次化的分析方法。此方法提出之后，运用此方法，T. L. Saaty 教授于 1971 年为美国国防部研究"应急计划"，1972 年又为美国科学基金研究会研究电力在工业部门的分配等问题，1973 年为苏丹政府研究苏丹的运输问题，并于 1977 年在第一届国际数学建模会议上发表了"无结构决策问题的建模——层次分析法"，使得 AHP 方法得到了广泛的应用。1988 年，我国召开第一届 AHP 学术会议，推动了该方法在我国能源系统的分析、城市规划、经济管理及科研成果评价等领域的广泛应用。

（2）层次分析法的基本原理。人们过去在研究自然和社会现象时，主要采用机理分析和统计分析两种方法，前者用经典的数学工具分析现象的因果关系，而后者以随机数学为工具，通过大量的观测数据寻求统计规律。近年来发展的系统分析又是一种新的方法，而层次分析法就是系统分析的数学工具之一。

层次分析法基本思想是一种先分解后综合的系统思想，整理和综合人们的主观判断，使定性分析与定量分析有机结合，实现定量化决策。用层次分析法做系统分析时，首先要把问题层次化。根据问题的性质以及要达到的总目标，将问题分解为不同的组成因素，并按因素间的相互关联影响及隶属关系将因素按不同的层次聚集组合，建立一个多层次的递阶分析结构模型，最终把系统分析归结为最低层（也就是供决策的方案措施等）相对于最高层（总目标）的相对重要性权值确定或相对优劣次序的排序问题。层次分析法的基本原理如图 9-2 所示。

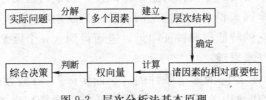

图 9-2　层次分析法基本原理

下面结合简单例子说明层次分析法的决策原理。首先介绍两两比较矩阵，也称正互反矩阵。

设有 n 个物体，其重量分别为 w_1，w_2，…，w_n，第 i 个物体和第 j 个物体的重量之比记为 $\alpha_{ij}=w_1/w_2$，从而可以形成一个 $n\times n$ 阶矩阵，此矩阵称为两两比较矩阵。

$$A=\begin{bmatrix} \alpha_{11} & \alpha_{12} & \cdots & \alpha_{1n} \\ \alpha_{21} & \alpha_{22} & \cdots & \alpha_{2n} \\ \vdots & M & & \vdots \\ \alpha_{n1} & \alpha_{n2} & \cdots & \alpha_{nn} \end{bmatrix}=\begin{bmatrix} \dfrac{w_1}{w_1} & \dfrac{w_1}{w_2} & \cdots & \dfrac{w_1}{w_2} \\ \dfrac{w_2}{w_1} & \dfrac{w_2}{w_2} & \cdots & \dfrac{w_2}{w_n} \\ \vdots & \vdots & & \vdots \\ \dfrac{w_n}{w_1} & \dfrac{w_n}{w_2} & \cdots & \dfrac{w_n}{w_1} \end{bmatrix} \qquad (9\text{-}1)$$

以上两两比较矩阵具有下列性质。

① 每一个元素都大于 0，即 $\alpha_{ij}>0$（i，$j=1$，2，…，z）。

② 主对角线上的元素都为 1，即 $\alpha_{ii}=1$ $(i=1,2,\cdots,n)$。

③ 以主对角线为对称轴，互相对称的元素互为倒数，即 $\alpha_{ij}=1/\alpha_{ji}$ $(i,j=1,2,\cdots,n)$。

④ 任何三个物体 i、j、k，其中两两重量之比满足：$\alpha_{ij}=\alpha_{ik}\alpha_{kj}$，$(i、j、k=1,2,\cdots,n)$。

【例】 设有三个物体 A、B、C，其重量分别为 $w_1=3kg$，$w_2=4kg$，$w_3=5kg$，求三个物体的两两比较矩阵。

解：根据定义，三个物体的两两比较矩阵如下。

$$A=\begin{bmatrix} \dfrac{w_1}{w_1} & \dfrac{w_1}{w_2} & \cdots & \dfrac{w_1}{w_n} \\ \dfrac{w_2}{w_1} & \dfrac{w_2}{w_2} & \cdots & \dfrac{w_2}{w_n} \\ \vdots & \vdots & \vdots & \vdots \\ \dfrac{w_n}{w_1} & \dfrac{w_n}{w_2} & \cdots & \dfrac{w_n}{w_n} \end{bmatrix} = \begin{bmatrix} 1 & \dfrac{3}{4} & \cdots & \dfrac{3}{5} \\ \dfrac{4}{3} & 1 & \cdots & \dfrac{4}{5} \\ \vdots & \vdots & \vdots & \vdots \\ \dfrac{5}{3} & \dfrac{5}{4} & \cdots & 1 \end{bmatrix} \tag{9-2}$$

对于上述这个两两比较矩阵，不难验证满足 4 个性质。同时，如果一个两两比较矩阵对于任何 i、j、$k\in\{1,2,\cdots,n\}$，都满足 $\alpha_{ij}=\alpha_{ik}\alpha_{kj}$，则称这个两两比较矩阵是一致的，可以看出对于物体重量的两两比较矩阵，一致性一定成立。

如果将上个例子中的 n 个物体的重量换成 n 个因素的重要性，将物体重量两两比较矩阵换成这 n 个因素相对重要性两两比较的判断矩阵，这样就能够利用该矩阵和线性代数知识求它的特征根和特征向量，进而得到这 n 个因素的重要性排序。这就是层次分析法的基本原理。

对于满足式(9-1)矩阵的四个条件的"判断矩阵"，在线性代数中称为"正互反矩阵"。依据线性代数中关于正互反矩阵特征向量和特征根的 Perron-Frobenius 定理，正互反矩阵存在唯一最大正特征根及相应的特征向量。并且这种矩阵 A 中元素 α_{ij} 的微小变化，特征向量 W 也只有微小的变化。这样用判断矩阵的特征根作为重要性指标不仅合理，而且也具有良好的稳定性。

(3) 使用层次分析法的注意事项如下。

① 如果所选的要素不合理，其含义混淆不清，或者要素间的关系不正确，则会降低 AHP 法计算结果的质量，甚至会导致 AHP 法决策失败。

② 分解简化问题时，应注意把握主要的因素。同时，在递阶层次结构中各层次要素间要有可传递性、属性一致性和功能依存性，以防止人为地增加某些层次要素，不漏不多。

③ 注意相比较元素之间的强度关系，若要素相差太悬殊则不能在同一层次进行比较。

④ 考虑到人对事物的判断能力，每一层次中各要素所支配的要素最好不超过9个。

⑤ 要对问题的影响因素有充分的理解，必要的时候可咨询相关的专家。

9.2.2 层次分析法的基本步骤

在运用层次分析法进行实际问题的评价或者决策时，可按下面四个步骤进行。

（1）建立层次结构模型。首先分析、评价系统各基本要素之间的关系，将有关因素按属性自上而下分解成若干层次：同一层各因素从属于上一层因素，或者对上一层因素有影响，同时又支配着下一层因素或者受到下一层因素的影响。一般的决策系统大体可以分为三个层次，如图 9-3 所示。

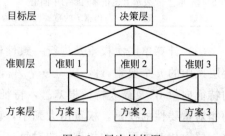

图 9-3 层次结构图

① 最高层（目标层）：这个层次中一般只有一个要素，它是分析问题的预定目标或者期望实现的理想结果，是系统评价的最高准则。

② 中间层（准则层）：这一层次主要包含了为实现目标所涉及的中间环节，它可由若干个层次组成，包括所需要考虑的准则及子准则等。

③ 最低层（方案层）：这一层次包括了为实现目标可以供选择的各种措施和决策方案，这一层是方案的具体化。

层次结构中，上下两层因素之间的连线表示这两个因素之间有联系，否则则表示没有联系。若任何一层中的每一个元素都与下一层中的所有因素都有联系，这种层次结构称为完全层次结构，否则为不完全层次结构。图 9-3 所示的即为一个完全层次结构。

递阶层次结构的中间层的层次数也可以是多级的，问题复杂程度越高，层次数也就越多。考虑到人对事物的判断能力，每一层次中各要素所支配的要素最好不超过 9 个。有时一个复杂的问题只用递阶层次结构难以表示，这时就需要用更复杂的形式，如循环、反馈等形式。同时，在递阶层次结构中，各层次要素间应有可传递性、属性一致性和功能依存性，以防止人为地增加某些层次要素。

（2）构造两两比较判断矩阵。确定了比较准则以及备选方案之后，需要比较若干个因素对同一个上层目标的影响，进而确定它们在目标中的比重。层次结构反映了因素之间的关系，但是准则层中的各准则在目标衡量中的比重并不一定是相同的，在不同决策者的心目中，它们各占有一定比例。为了减少这种人为因素的差异，Saaty 等人用实验方法比较了在各种不同标度下人们判断结果的正确性，试验表明，采用 1～9 标度最符合人们比较判断时的心理习惯。判断矩阵标度及其具体含义见表 9-1。

根据上述判断，就能够构造出如表 9-1 所示的各要素重要性的对比表，对比表可以直接转化成两两判断矩阵。在层次结构中，除了方案层因素以外，方案层以上的其他各层中的每一个因素，也都要建立一个判断矩阵。

表 9-1　判断矩阵标度及其具体含义对照表

标　度	含　义
1	表示两个因素相比,具有相同重要性
3	表示两个因素相比,前者比后者稍重要
5	表示两个因素相比,前者比后者明显重要
7	表示两个因素相比,前者比后者强烈重要
9	表示两个因素相比,前者比后者极端重要
2,4,6,8	表示上述相邻判断的中间值
倒数	若因素 i 与因素 j 的重要性之比为 a_{ij},那么因素 j 与因素 i 重要性之比为 $a_{ji}=1/a_{ij}$

（3）计算单层次权重及进行一致性检验。对于非底层层次中的一个要素,对下一层次中的 n 个要素 A_1, A_2, …, A_n,建立两两比较判断矩阵 A,并求出矩阵 A 的特征向量 W 及最大特征根 λ_{max},特征向量 W 的 n 个分量就是 A_1, A_2, …, A_n 的相对重要性的权重,权重由大到小,就给出了这一层次的相对重要性的排序以及这一层次相对重要性的权重,即对每一个成对比较矩阵计算最大特征根 λ_{max} 及对应的特征向量。

$$W_\rho=\begin{bmatrix} W_1 \\ W_2 \\ \vdots \\ W_n \end{bmatrix} \tag{9-3}$$

两两判断矩阵的特征根和特征向量求解办法比较多。根据计算所得的矩阵特征根和特征向量,要对矩阵进行一致性进行检验。由于因素重要性的两两比较只可能是一个估计值,在多个因素之间很难做到完全一致,这样就会影响到最终决策的正确性。

在实践应用中,两两比较判断矩阵的一致性检验尤为重要。如有 A、B、C 三个因素,假定 A 比 B 重要 3 倍,B 比 C 重要 3 倍,那么 A 一定比 C 重要 9 倍。但由于在实践中,因素重要性的两两比较只是一个估计值,在多因素之间很难做到完全的一致,可能会出现"A 比 B 重要 3 倍,B 比 C 重要 3 倍,而 A 比 C 重要 5 倍"的情况,这时就出现矛盾。一致性检验就要检验一个构造的判断矩阵满足一致性的程度。

比较矩阵的一致性检验可按照下列方法进行:设 n 个物体重量的两两比较矩阵的特征根 $\lambda=n$,可证明任何两两比较矩阵,当矩阵完全一致时,最大特征根 $\lambda_{max}=n$,而不完全一致的判断矩阵有 $\lambda_{max}>n$。通常情况下,矩阵的阶数越大,不一致性也就越大。为了消除矩阵阶数的影响,定义如下的一致性的检验指标:

$$CI=\frac{\lambda_{max}-n}{n-1} \tag{9-4}$$

当矩阵完全一致时,CI=0;不一致性越严重,CI 值就越大。

为了度量不同阶判断矩阵是否具有满意的一致性,引入判断矩阵的平均随机一致性指标 RI 值。对于 1～9 阶判断矩阵,RI 值见表 9-2。

表 9-2　1～9 阶判断矩阵 RI 值一览表

n	1	2	3	4	5	6	7	8	9
RI	0	0	0.58	0.90	1.12	1.24	1.32	1.41	1.45

在 CI、RI 已知的情况下，可以用一致性指标 CI 和平均随机一致性指标 RI 做一致性检验$\left(CR=\dfrac{CI}{RI}\right)$。若 CR<0.10 时，则认为判断矩阵具有满意的一致性，则将上层初始权向量 $W_\rho=(w_1,w_2,\cdots,w_n)^T$ 归一化之后作为单排序权向量；若 $CR=\dfrac{CI}{RI}>0.10$，则需要重新构造成对比较矩阵。

（4）总排序及一致性检验。上述过程中求出的是同一层次中的元素对于上一层次中的某个因素相对重要性的排序权值，称为层次单排序。若模型由多层次构成，计算同一层次所有因素对于总目标相对重要性的排序则称为总排序。这一过程是由最高层到最低层逐层进行的。设上一层次 A 包含 m 个因素 A_1，A_2，$\cdots$，A_m，总排序的权重值分别为 a_1，a_2，$\cdots$，a_m；而下一层次 B 包含七个因素 B_1，B_2，$\cdots$，B_k，它们对 A_j 的层次单排序的权重值分别为 b_{1i}，b_{2i}，，$\cdots$，b_{ki}（当 B_i 与 A_j 无联系时，$b_{ii}=0$）；此时 B 层 i 元素在总排序中的权重值可由上一层次总排序的权重值与本层次的层次单排序的权重值复合而成，结果为：

$$w_i=\sum_{j=1}^{m}b_{ij}a_j\qquad i=1,\cdots,n \tag{9-5}$$

各个方案相对于目标层的总排序以及一致性检验可用表 9-3 的相关公式计算。

表 9-3　目标层的总排序及一致性检验相关公式

层　　次	A_1	A_1	$\cdots$	A_{1m}	B 层总是排序权重（权向量、列向量）
	a_1	a_2	$\cdots$	a_m	
B_1	b_{11}	b_{12}	$\cdots$	b_{1m}	$W_1=\sum_{j=1}^{m}a_jb_{1j}$
B_2	b_{21}	b_{22}	$\cdots$	b_{2m}	$W_2=\sum_{j=1}^{m}a_jb_{2j}$
$\vdots$	$\vdots$	$\vdots$	$\vdots$	$\vdots$	$\vdots$
B_n	b_{n1}	b_{n2}	$\cdots$	b_{mn}	$W_n=\sum_{j=1}^{m}a_jb_{nj}$
得出最大特根 λ_{max}	和法、根法、幂法				
一致性检验 CI	$CI=\dfrac{\lambda_{max}-n}{n-1}$				
CI	一致性检验比率　$CR=\dfrac{CI}{RI}=\sum_{j=1}^{m}a_jCI_3 \Big/ \sum_{j=1}^{m}a_jRI_j$				检验 CR<0·1 否？

注：C_1 的总排序权重：$0.3\times0.5+0.2\times0.2=0.19$。
C_2 的总排序权重：$0.3\times0.5+0.2\times0.6+0.5\times0.6=0.57$。
C_3 的总排序权重：$0.2\times0.2+0.5\times0.4=0.24$。

虽然各层次均已经过层次单排序的一致性检验，但当综合考察时，各层次的非

一致性仍有可能积累起来，并引起最终分析结果较严重的不一致性。为此对层次总排序也要进行一致性检验。

设 C 层中与 B_j 相关的因素成对比较判断矩阵在单排序中经一致性检验，求出单排序一致性指标为 CI_j（$j=1$，…，m；m 为 C 层中与 B_j 相关因素的数目），相应的平均随机一致指标为 RI_j、CI_j、RI_j 在层次单排序中已求出，则 B 层总排序随机一致性比例为：

$$CR = \frac{\sum\limits_{j=1}^{m} CI(j)a_j}{\sum\limits_{j=1}^{m} RI(j)a_j} \tag{9-6}$$

当 $CR < 0.10$ 时，则认为层次总排序结果通过一致性检验，具有较满意的一致性，并接受该分析结果，按组合权向量 $W_\rho = (w_1, w_2, \cdots, w_n)^T$ 的表示结果进行决策，即：$W^* = \max\{w: |w_i \in (w_1, w_2, \cdots, w_n)^T\}$。

如果未能通过检验，则需要重新考虑模型或者重新构造那些一致性比率 CR 较大的成对比较矩阵。

9.3　危险化学品物流模糊综合评价法

模糊数学是一种定量处理模糊信息的一种工具，它用数学的方法抽象地描述模糊现象，揭示了模糊现象的本质和规律。模糊数学理论在安全评价中的应用很好地解决了一些其他方法所不能解决的问题，它可以把生产和生活中存在的大量具有模糊概念的定性问题用定量的方式来表达出来。

模糊综合评价方法是根据评判标准，将评价对象中各个单因素模糊化。同时根据模糊综合评价理论，来确定各个单因素相对于参考因素的重要程度，并将其模糊化。通过模糊变换，来得到综合评价结果。

9.3.1　模糊综合评价方法

（1）单因素模糊综合评价。设某个子目标的因素集为：

$$U = \{u_1, u_2, \cdots, u_m\} \tag{9-7}$$

评语集为：

$$V = \{v_1, v_2, \cdots, v_n\} \tag{9-8}$$

评语集通常用很好、好、一般、差、很差等常用语来描述。

对应指标的权重集为：

$$A = \{a_1, a_2, \cdots, a_m\} \tag{9-9}$$

其中用权重 a_i（$i=1$，2，…，m）表示指标 u_i（$i=1$，2，…，m）在该指标集中的重要程度，权重集一般由专家给出。在因素集中，各因素的重要程度是不一样的。为了反映各因素的重要程度，对各个因素 U_i（$i=1$，2，…，m）应赋予相应的权重 a_i（$i=1$，2，…，m）。通常各权重 a_i（$i=1$，2，…，m）应满足归一性

和非负性条件:

$$\sum_{i=1}^{m} a_i = 1 \quad a_i \geqslant 0 \tag{9-10}$$

对于不能定量描述的影响因素,应根据现场实际情况,由经验丰富的专家和工程技术人员确定其权重,其模糊矩阵为:

$$\underset{\sim}{R} = \begin{bmatrix} r_{11} & r_{12} & \cdots & r_{1n} \\ r_{21} & r_{22} & \cdots & r_{2n} \\ \vdots & \vdots & \vdots & \vdots \\ r_{m1} & r_{m2} & \cdots & r_{mn} \end{bmatrix} \tag{9-11}$$

其中 r_{ij} 表示指标 u_i 评为 v_j 的权重集,r_{ij} 可以由测评者在评语标尺上打模糊分来确定。$R = (r_{i1}, r_{i2}, \cdots, r_{in})$ 表示指标 u_i 的评价集。由以上可得该子目标的综合评价为:

$$\underset{\sim}{B} = \underset{\sim}{A} \circ \underset{\sim}{R} = (a_1, a_2, \cdots, a_m) \circ \begin{bmatrix} r_{11} & r_{12} & \cdots & r_{1n} \\ r_{21} & r_{22} & \cdots & r_{2n} \\ \vdots & \vdots & \vdots & \vdots \\ r_{m1} & r_{m2} & \cdots & r_{mn} \end{bmatrix} = (b_1, b_2, \cdots, b_n) \tag{9-12}$$

(2) 多级模糊综合评价。对于多层次系统的综合评价方法:先按最低层次的各个因素进行综合评价,再按上一层次的各因素进行综合评价,依次向更上一层评价,一直评到最高层次得出总的综合评价结果。

多级综合评价数学模型的一般描述如下。

设因素集为:

$$U = \{u_1, u_2, \cdots, u_m\} \tag{9-13}$$

对其中的 u_i $(i=1, 2, \cdots, m)$ 再细划分为:

$$U_i = \{u_{i1}, u_{i2}, \cdots, u_{im}\} \tag{9-14}$$

对其中的 u_{ij} $(i=1, 2, \cdots, m; j=1, 2, \cdots, n)$ 再进行细划分为:

$$U_{ij} = \{u_{ij1}, u_{ij2}, \cdots, u_{ijm}\} \tag{9-15}$$

这样划分下去,实际上是对影响因素先分大类,然后在一类中的因素再分小类,这样就反映了影响因素的层次性。而在评价时,应从最后一次划分最底层的因素开始,一级一级地往上评,直到评到最高层。

下面给出二级模糊综合评价的模型示意,更多级的评价过程依此类推。

$$\underset{\sim}{B} = \underset{\sim}{A} \circ \underset{\sim}{R} = \underset{\sim}{A} \circ \begin{bmatrix} \underset{\sim}{A_1} & \circ & \underset{\sim}{R_1} \\ \underset{\sim}{A_2} & \circ & \underset{\sim}{R_2} \\ & M & \\ \underset{\sim}{A_m} & \circ & \underset{\sim}{R_m} \end{bmatrix} = (b_1, b_2, \cdots, b_p) \tag{9-16}$$

(3) 合成模型。依据权重集 A 与单因素模糊评价矩阵 R 合成,进行模糊综合评价求取评价模糊子集 B,一般有如下五种模型。

① 模型Ⅰ：$M(\Lambda, V)$，Λ，V 分别取最小和最大。

根据 $B = AoR$ 可写为：

$$B = (a_1, a_2, \cdots, a_n) \circ \begin{bmatrix} r_{11} & r_{12} & \cdots & r_{1m} \\ r_{21} & r_{22} & \cdots & r_{2m} \\ \vdots & \vdots & \vdots & \vdots \\ r_{n1} & r_{n2} & \cdots & r_{nm} \end{bmatrix} \tag{9-17}$$

$\underset{\sim}{B}$ 中第 j 个元素 b_j 可由下式计算：

$$b_j = \bigvee_{i=1}^{n} (a_i \wedge r_{ij}) \quad j = 1, 2, \cdots, m \tag{9-18}$$

这种求 B 的方法主要是通过取小及取大两种运算，因此，这该种模型也为 $M(\Lambda, V)$ 模型。这种方法当因素比较多时，对每一个因素的加权值必然会很小，会导致评价结果不理想。

以这个模型为主因素决定的综合评判，其评判结果只取决于在总评价中起主要作用的那个因素，其余的因素均不影响结果。

② 模型Ⅱ：$M(\cdot, V)$。该模型采用两种运算：一种是普通乘法运算，用 $\cdot$ 表示；另一种是取大运算，用 V 表示。利用此模型计算 b_j 为：

$$b_j = \bigvee_{i=1}^{n} a_i \cdot r_{ij} \quad j = 1, 2, \cdots, m \tag{9-19}$$

其中乘运算 $a_i \cdot r_{ij}$ 不会丢失信息，而取大运算 V 则会丢失有用信息。该模型优点是较好地反映出单因素评价结果的重要程度。

③ 模型Ⅲ：$M(\Lambda, \oplus)$。该模型除了采用取小 Λ 运算外，还采用环和运算，也称有界运算，它表示上限为 1 的求和运算，即：

$$x \oplus y = \min(1, x + y) \tag{9-20}$$

利用该模型，则有：

$$b_j = \sum_{i=1}^{n} (a_i \wedge r_{ij}) \quad j = 1, 2, \cdots, m \tag{9-21}$$

其中 $\sum_{i=1}^{n}$ 为 n 个数 $\oplus$ 运算下的求和，即 $i=1$。

$$b_j = \min \left[1, \sum_{i=1}^{n} (a_i \wedge r_{ij}) \right] \quad j = 1, 2, \cdots, m \tag{9-22}$$

$$b_j = \min \left[1, \sum_{i=1}^{n} (a_i \wedge r_{ij}) \right] \quad j = 1, 2, \cdots, m \tag{9-23}$$

④ 模型Ⅳ：$M(\cdot, \oplus)$。利用该模型计算 b_j 为：

$$b_j = \sum_{i=1}^{n} (a_i \cdot r_{ij}) \quad j = 1, 2, \cdots, m \tag{9-24}$$

或 $$b_j = \min \left[1, \sum_{i=1}^{n} (a_i \cdot r_{ij}) \right] \quad j = 1, 2, \cdots, m \tag{9-25}$$

⑤ 模型Ⅴ：$M(\cdot, +)$。利用该模型计算 b_j 为：

$$b_j = \sum_{i=1}^{n} (a_i \cdot r_{ij}) \quad j = 1, 2, \cdots, m \tag{9-26}$$

其中 $\sum_{i=1}^{n} a_i = 1$ 。

该模型考虑了所有因素的影响，而且还保留了单因素评价的全部信息，运算中 a_i 和 r_{ij} （$i=1, 2, \cdots, n$；$j=1, 2, \cdots, m$）无上限限制，但是必须对 a_i 归一化。

9.3.2 模糊综合评价步骤

（1）确定评价对象的因素论域。p 个评价指标，$u=\{u_1, u_2, \cdots, u_p\}$。

（2）确定评语等级论域。$v=\{v_1, v_2, \cdots, v_p\}$，即等级集合。每一个等级可对应一个模糊子集。

（3）建立模糊关系矩阵 R。在构造了等级模糊子集后，要逐个对被评事物从每个因素 u_i（$i=1, 2, \cdots, p$）上进行量化，即确定从单因素来看被评事物对等级模糊子集的隶属度（$R \mid u_i$），进而得到模糊关系矩阵：

$$R = \begin{bmatrix} R \mid u_1 \\ R \mid u_2 \\ \vdots \\ R \mid u_p \end{bmatrix} = \begin{bmatrix} r_{11} & r_{12} & \cdots & r_{1m} \\ r_{21} & r_{22} & \cdots & r_{2m} \\ \vdots & \vdots & \vdots & \vdots \\ r_{p1} & r_{p2} & \cdots & r_{pm} \end{bmatrix}_{p,m} \tag{9-27}$$

矩阵 R 中第 i 行第 j 列元素 r_{ij}，表示某个被评事物从因素 u_i 来看对 v_j 等级模糊子集的隶属度。一个被评事物在某个因素 u_i 方面的表现，是通过模糊向量 $(R \mid u_i) = (r_{i1}, r_{i2}, \cdots, r_{im})$ 来表现的，而在其他评价方法中多是由一个指标实际值来表现的，因此，从这个角度讲模糊综合评价要求更多的信息。

（4）确定评价因素的权向量。在模糊综合评价中，确定评价因素的权向量：$A=(a_1, a_2, \cdots, a_p)$。权向量 A 中的元素 a_i 本质上是因素 u_i 对模糊子集 {对被评价事物重要的因素} 的隶属度。从而确定权系数，并且在合成之前归一化。即 $\sum_{i=1}^{p} a_i = 1$ ，$a_i \geqslant 0$，$i=1, 2, \cdots, n$。

（5）合成模糊综合评价结果向量。利用合适的算子将 A 与各被评事物的 R 进行合成，得到各被评事物的模糊综合评价结果向量 B，即：

$$A \circ R = (a_1, a_2, \cdots, a_p) \begin{bmatrix} r_{11} & r_{12} & \cdots & r_{1m} \\ r_{21} & r_{22} & \cdots & r_{2m} \\ \vdots & \vdots & \vdots & \vdots \\ r_{p1} & r_{p2} & \cdots & r_{pm} \end{bmatrix} = (b_1, b_2, \cdots, b_m) = B \tag{9-28}$$

其中 b_1 是由 A 与 R 的第 j 列运算得到的，它表示被评事物从整体上看对 v_j 等级模糊子集的隶属程度。

（6）对模糊综合评价结果向量进行分析。实际中最常用的方法是最大隶属度原则，但在某些情况下使用会有些很勉强，损失信息很多，甚至得出不合理的评价结

果。提出使用加权平均求隶属等级的方法，对于多个被评事物并可以依据其等级位置进行排序。

9.3.3 模糊综合评价方法的特点

与常规的评价方法相比，模糊综合评价有它自身的一些特点。掌握这些特点，有利于人们在实际应用中根据研究目的和对象，来适当地选择方法。模糊综合评判的主要特点如下：

（1）评判结果仍是一个模糊向量，而不是一个点值。这是由模糊综合评价本身的性质所决定的，因为模糊综合评价的对象是具有中介过渡性或者亦此亦彼的事物，所以它的评价结果也就不该是断然的，而只能用各个等级的隶属度来表示。由此才能得到被评价事物某方面属性模糊状况的客观描述。也就是描述了被评对象隶属于各个评语等级的程度，体现了该对象的模糊特性。

（2）模糊综合评价可多层次处理，评价过程是可循环的。前一过程综合评价结果，可作为后一过程综合评价的投入数据。如单级模糊综合评价可表示为：

$$输入 \Rightarrow \underset{\sim}{R} \overset{A}{\Rightarrow} 输出B \tag{9-29}$$

而两级模糊综合评价过程可表示为图 9-4。

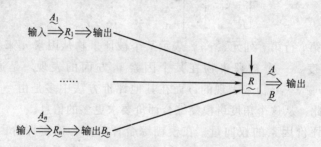

图 9-4　两级模糊综合评价过程

这样，对于一个较为复杂的主观指标量值可进行多层次的模糊综合评价。多层次评价是模糊综合评价的一个主要特点。

（3）从指标的无量纲处理看，指标的可综合性问题是在模糊综合评价过程中自然解决的，而不需要专门的指标无量处理，在模糊综合评价中，由 $B = AoR$ 得到一组综合评价解，所综合的是 R 阵元素。而 R 阵元素代表了从某个评价指标着眼被评价对象隶属于某个等级的程度，本身是一个没有量纲的相对数，不需专门的指标无量纲处理。因子分析和主分量分析，出于综合评价和数学方法性质的需要，在过程的一开始就得着手将指标标准化。

（4）从评价的权处理看，模糊综合评价中的权系数向量 A，不是模糊综合评价过程中伴随生成的，而是人为估价权，这里权系数向量 A 是一个模糊向量，它是评价因素 u_i 对被评价事物的隶属关系，也就是单因素 u_i 在综合评价中所起作用大小的度量。

（5）从评价指标的相关影响看，在模糊综合评价的合成中，对评价指标间的相关性影响是没有能力消除的，因而可能产生评价指标间信息的重复问题。

（6）从评价结果对样本的唯一性看，模糊综合评价结果对被评对象通常具有唯一性。

模糊综合评价一般都是对被评对象逐个进行，每个被评对象都可以确定一个 R 阵，最终也可以得到一个 B 向量，所以模糊综合评价结果对同一被评对象而言，只要评价指标权数相同，合成算子相同，是具有唯一性的。不论被评对象处于什么样的被评对象集合中，评价结果都不会改变。如甲企业放在某十个企业中评价，与放在另外十个企业中评价结果是相同的。

（7）从评价的等级论域设立看，在模糊综合评价中，总是有一个评语等级论域，各等级含义的明确是十分重要的。无论是主观指标评判中的等级判断，还是客观指标中隶属函数公式的选择，都需要了解各等级的内涵。

9.3.4 模糊综合评价方法的优缺点

（1）模糊综合评价法的优点。从模糊综合评价的特点可以看出，其具有其他综合评价方法所不具备的优点，其主要表现如下。

① 模糊综合评价结果是以向量的形式出现的，提供的评价信息比其他的方法丰富。

首先，模糊综合评价结果本身是一个向量，而不是一个单点值，且这个向量是一个模糊子集，能较为准确地反映事物本身的模糊状况，所以 B 本身在信息的质和量上都具有一定的优越性。

其次，模糊综合评价结果 B 进一步加工又可以提供一系列的参考综合信息。如前所述，按照某判断原则可以确定被评对象的对应等级，计算出模糊向量对应的单值，还可以计算隶属度的对比数等。

② 模糊综合评价从层次性角度分析复杂事物，一方面，符合复杂事物的状况，有利于最大限度地客观描述被评价对象；另一方面，有利于尽可能准确地确定权数。在从指标本身重要程度出发确定权数时，常常把整个评价指标体系的权数看成一个整体，也就是要求 $\sum\limits_{i=1}^{n} a_i = 1$，这样在事物复杂、所包含指标较多时，必然使每个指标的权数很小，指标间的重要程度差异不易体现出来。若分开层次，每个层次内指标较少，而且重要程度差异也比较容易确定。为而，越是内容复杂、结构层次多的事物，采用多层次模糊综合评价，效果就越理想。

③ 模糊综合评价方法适用性较强。模糊综合评价既可用于主观指标的综合评价，也可用于客观指标的综合评价，由于现实世界中亦此亦彼的中介过渡现象大量存在，所以模糊综合评价的应用范围比较广，尤其是在主观指标的综合评价中，模糊综合评价可发挥模糊方法的独特作用，评价的效果要优于其他的方法。

④ 模糊综合评价中的权数属于估价权数，因而是可调整的，根据评价者的着重点不同，可改变评价指标的权数。这种定权方法适应性比较强。另外还可同时用几种不同的权数分配对同一被评对象进行综合评价，来进行比较研究。不过需要注

意的是，权数的调整往往容易破坏同一被评对象不同评价结果间的可比性，不同被评的对象用不同权数进行综合评价，彼此是不可比的。

（2）模糊综合评价的不足。在社会、经济及科技三位一体的复杂大系统中，存在着大量的主观指标现象随着新技术革命、新产业革命的发展，预测的范围也愈来愈大，预测的复杂性出也相应提高，风险性、模糊性和不确定性因素日益增多，对于这些现象的预测和决策，均存在着主观认识上的差异，需要采用模糊方法，模糊综合评价法简单、方便，也有一定的实用价值和十分广阔的应用前景，但是同时也存在着不足。

① 每个评价因素 u_i 的权数 a_i 的确定存在着较强的主观性，难以充分地反映客观情况。

② 利用专家测评各因素的权数，缺少对原始数据信息的充分利用。

③ 评测专家所给出的对指标的评价 r_{ij} 是一个确定的模糊数，和模糊区间相比，不便于专家充分地表达意见；同时对专家的要求也更苛刻，当专家难以用一个点值模糊地来表达其意见时，势必会影响评价结果的准确性。

④ 在 b_1，b_2，…，b_n 中，当第二大者与最大者很接近时，模糊综合评价法也没有考虑到第二大者的影响，因而会出现信息丢失的现象。

⑤ 评语 V_t 的产生是由各指标对应于 V_t 项的隶属度 r_{kt}（$k=1$，2，…，n）综合形成的，但是 V_t 的产生与对应于其他项的隶属度 r_{tj}（$t=1$，2，…，n：$j=1$，2，…m，但 $j \neq t$）的大小无关，这在实际上是不合理的。应综合考虑各指标在所有评语上的得分，所形成的评语才能够全面合理地反映方案的优劣程度。

9.4 危险化学品物流神经网络评价法

9.4.1 神经网络基础

人工神经网络是由许许多多并行运算的简单单元组成，这些单元类似于生物神经系统的神经元；人工神经网络是一个非线性动力学系统，其特色在于信息的分布存储和并行协同处理。虽然单个神经元的结构和功能较为简单，但是大量神经元构成的网络系统所能实现的功能则是相当强大的，它既具备集体运算和自适应的能力，还具有很强的容错性以及联想、综合和对现有实际情况进行推广的能力。

各国学者从不同的角度对生物神经系统进行了不同层次的描述和模拟，建立起了各种各样的神经网络模型。具有代表性的有感知器（Perception）、线性网络（Linear Network）、BP 网络（Back Propagation NN）、RBF 网络、Hopfield 模型、自组织网络（Self Organization NN）以及回归网络（Regression Network）等。

9.4.1.1 神经网络的原理

人工神经网络是复杂的非线性动力学系统，它是由大量简单的神经元广泛地相互连接而形成的复杂网络结构。它反映了人脑功能的许许多多的基本特性，但仅仅是对人脑某些机能的抽象、简化及模拟。研究人工神经网络的目的是探索人脑加工、储存和处理信息的机制，从而开发出具有人脑智能的仿真机器，以实现采用一般方法难以实现的功能。

人工神经网络具有一般非线性系统的共性，但其个性特征也十分显著，例如神经网络具有高维性，神经元之间具有广泛的连续性、自适应性及自组织性等。神经网络的基本结构如图9-5所示。神经元用圆圈表示，每个神经元之间通过相互连接形成一个网络拓扑，这个网络拓扑的形式即为神经网络的互联模式。不同的神经网络模型对神经网络的结构和互连模式都有一定的要求和限制，如多层次、全互联等。神经网络以外的部分（虚线框之外的部分）统称为神经网络的环境。神经网络从其所处的环境中获取信息，对信息进行加工处理之后作用于所处的环境中。

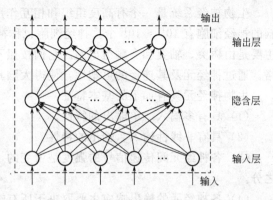

图 9-5　神经网络结构图

各个神经元之间的连接不只是一个单纯的传递信号的通道，而是在每对神经元之间的连接上有一个加权系数，这个加权系数起着生物神经系统中神经元的突触强度的作用，它可以加强或减弱上一个神经元的输出对下一个神经元的刺激，这个加权系数即为权值（或连接强度、突触强度）。

在神经网络中，修改权值的规则称为学习算法，在网络结构中，神经元之间的连接强度不是常量，而是根据经验或在学习过程中改变。

在人工神经网络中发生的动力学过程有快过程和慢过程两种。

快过程是指人工神经网络的计算过程，是人工神经网络活跃状态的模式变换过程。人工神经网络在外界输入的影响下进入一定的状态，由于神经元之间相互联系以及神经元本身的动力学性质，这种外界刺激的兴奋模式会迅速地演变而进入平衡状态。这样，具有特定结构的人工神经网络就可以定义一类模式变换，计算过程就是通过这一类模式变换而实现的。快过程是短期记忆的基础，从输入状态到它的临近的某平衡状态的映射是多对一的对应关系。

慢过程是人工神经网络的学习过程，人工神经网络只有通过学习才能够逐步具备快过程的变换能力。在慢过程中，神经元之间的连接强度将根据环境信息发生缓慢地变化，将环境信息逐步储存于人工神经网络中。这种由于连接强度的变化而形成的记忆是长久的。慢过程的目标是形成一个具有一定结构的自组织系统，这个自组织系统与环境交互作用，把环境的规律反映到自身结构上来，也就是通过与外界环境的相互作用，从外界获取知识。

9.4.1.2　生物神经元模型

人工神经网络研究的出发点是以生物神经元学说为基础。生物神经元学说认

为，神经细胞（即神经元）是神经系统中独立的营养和功能单元。生物神经系统主要包括中枢神经系统和大脑，均是由各类神经元组成。其独立性指每一个神经元均有自己的核和自己的分界线或者原生质膜。

生物神经系统是一个有高度组织和相互作用数量巨大的细胞组织群体。人类大脑的神经细胞有 $10^{11} \sim 10^{13}$ 个。神经细胞也称神经元，是神经系统的基本单元，它主要是由树突、轴突和突触组成的。它们按照不同的结合方式构成了复杂的神经网络。通过神经元及其连接的可塑性，使得大脑具有学习、记忆及认知等各种智能。

生物神经元具有如下的基本特征。

（1）具有多输入、单输出的特性。

（2）具有非线性输入、输出的特性。

（3）各神经元间传递信号的强度是可变的，输入的信号有兴奋作用和抑制作用之分。

（4）各神经元的输出响应主要取决于所有输入信号的加权效果，当等效的输入超过某一阈值时，该神经元被激活；否则，则处于抑制状态。

生物神经元的结构大致描述如图 9-6 所示。

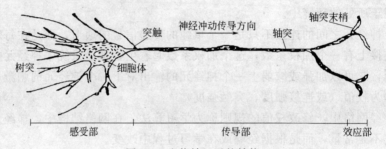

图 9-6　生物神经元的结构

神经元主要由细胞体和延伸部分组成。延伸部分按功能也分为两种：一种称为树突，占延伸部分的大多数，用来接受来自其他神经元的信息；另一种称为轴突，主要用来传递和输出信息。神经元对信息的接受和传递都是通过突触来进行的。单个神经元可以从别的细胞接受多达上千个的突触输入。这些输入可达到神经元的树突、胞体及突触等不同的部位，但由于其分布各不相同，对神经元影响的程度也各不同。

多个神经元以突触连接形成一个神经网络。生物神经网络的功能绝不是单个神经元生理和信息处理功能的简单叠加，而是一个有层次的、多单元的动态信息处理系统。它们有独特的运行方式和控制机制，以接受生物内外环境的输入信息，加以综合的分析处理，调节控制机体对环境做出适当的反应。

9.4.1.3　人工神经元模型

人工神经元是对生物神经元的简化和模拟，它是人工神经网络的基本处理单元，一般是一个多输入/单输出的非线性元件。神经元的输出除了受输入信号的影响之外，同时还受到神经元内部其他因素的影响，因此，在神经元的模型中还常常需要加上一个额外的输入信号——阈值。人工神经网络的信息处理是由神经元之间的相互作用实现的，知识与信息的存储表现为网络元件互连分布式的物理联系。各神经元连接权系数的动态演化过程决定了人工神经网络的学习和识别。

（1）神经元要素。神经元是神经网络的基本处理单元。通常作为神经元模型应具备三个基本的要素。

① 有一组突触或连接，常用 w_{ij} 表示神经元 i 和神经元 j 之间的连接强度，或者称其为权值。与人脑神经元不同，人工神经元权值的取值可以在负值与正值之间。

② 有反映生物神经元时空整合功能的输入信号累加器。

③ 有一个激励函数用于限制神经元的输出。激励函数可将输出信号压缩（限制）在一个允许的范围内，称其为有限值，一般神经元输出的扩充范围在 [0，1] 或 [-1，1] 闭区间。

（2）阈值型人工神经元模型。一个典型的阈值神经元模型如图9-7所示。

图9-7中 x_j（$j=1$，2，$\cdots$，n）为神经元 i 的输入信号，w_{ij} 为突触强度和连接权。u_i 是输入信号线性组合之后的输出，也是神经元 i 的净输入。θ_i 为神经元的阈值或者称偏差，用 b_i 表示，v_i 为经偏差

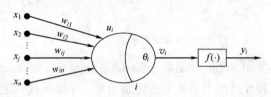

图9-7　阈值型人工神经元模型

调整之后的值，也可称为神经元的局部感应区，则 $u_i = \sum\limits_j w_{ij} x_j$；$v_i = u_i + b_i$；$f$（·）为激励函数；$y$ 为神经元 i 的输出，可表示为：

$$y_i = f\left(\sum\limits_j w_{ij} x_j + b_i \right) \tag{9-30}$$

激励函数 f（·）可取不同的函数，但是常用的基本激励函数有以下三种。

① 阈值函数（Threshold Function）如下。

$$f(v) = \begin{cases} 1, 若\ v \geqslant 0 \\ 0, 若\ v < 0 \end{cases} \tag{9-31}$$

该函数也称为阶跃函数，用 $u(t)$ 表示，如图9-8所示。若激励函数采用阶跃函数，则如图9-6所示的人工神经元模型则为著名的 MP（McCulloch-Pitts）模型。此时神经元的输出用1或0反映神经元的兴奋或抑制。

此外，符号函数 Sgn（t）也常作为神经元的激励函数，如图9-8所示。

$$Sgn(v_i) = \begin{cases} 1, 若\ v_i \geqslant 0 \\ -1, 若\ v_i < 0 \end{cases} \tag{9-32}$$

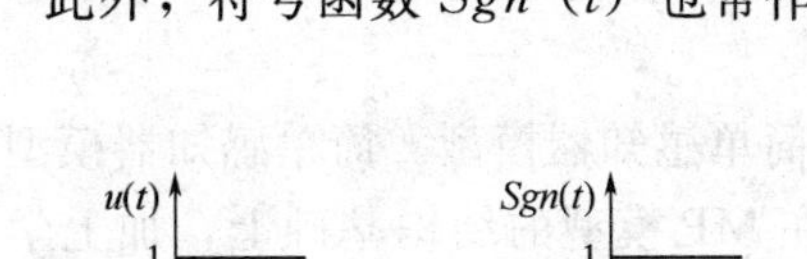

② 分段线性函数（Piecewise-Linear Function）如下。

$$f(v) = \begin{cases} 1, v \geqslant +1 \\ v, 1 > v > -1 \\ -1, v \leqslant -1 \end{cases} \tag{9-33}$$

图9-8　阈值函数

该函数在 [−1，＋1] 线性区内的放大系数是一致的，如图 9-9 所示，这种形式的激励函数可被看做是非线性放大器的近似，以下情况是分段线性函数的特殊形式。

a. 如果在执行中保持线性区域而使其不进行饱和状态，就会产生线性组合器。

b. 如果线性区域的放大倍数无限大，分段线性函数就会简化为阈值函数。

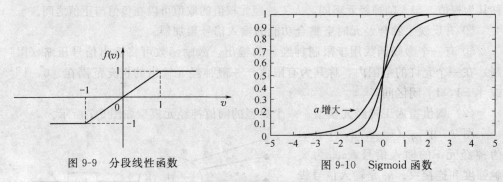

图 9-9　分段线性函数　　　　图 9-10　Sigmoid 函数

③ Sigmoid 函数（Sigmoid Function）。Sigmoid 函数也称为 S 形函数。它是人工神经网络中最重要的激励函数。S 形函数的定义如下：

$$f(v) = \frac{1}{1+e^{-av}} \tag{9-34}$$

式中　a——Sigmoid 函数的斜率参数，通过改变参数 a，会得到不同斜率的 Sigmoid 函数，如图 9-10 所示。

当斜率参数接近到无穷大时，此时函数便转化为简单的阈值函数，单 Sigmoid 函数对应 0～1 的一个连续区域，而阈值函数则对应的只是 1 或 1 两点，除此之外，Sigmoid 函数是可微的，而阈值函数是不可微的。

Sigmoid 函数也可用双曲正切函数表示，而所得到的负值具有分析价值。

$$f(v) = \tanh(v) \tag{9-35}$$

（3）简单感知器模型。感知器是一种早期的神经网络模型，由美国学者 F. Rosenblatt 于 1957 年提出。感知器中第一次引入了学习的概念，使人脑所具备的学习功能在基于符号处理的数学中得到了一定程度的模拟，所以引起了广泛的关注。神经元的感知器模型实质上是一种单层感知器模型。

① 简单感知器模型。简单感知器模型实际上是在 MP 模型的结构基础上，加上学习功能使其权值可调的产物。它通过采用监督学习来逐步增强模式划分的能力，达到所谓学习的目的，特别适于模式分类问题。其结构如图 9-11 所示。

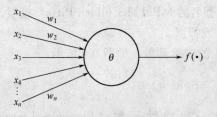

图 9-11　感知器处理单元

感知器处理单元对 n 个输入进行加权和操作 v 即：

$$v_i = f\left[\sum_{i=0}^{n} w_i x_i - \theta\right] \tag{9-36}$$

式中　w_i——第 i 个输入到处理单元的连接权值；

　　　θ——阈值；

　　　f——阶跃函数。

感知器在形式上与 MP 模型差不多，它们之间的区别在于神经元间连接权的变化。感知器的连接权定义为可变的，这样感知器就被赋予了学习的特性。利用简单感知器可以实现逻辑代数中的一些运算（表 9-4）。

表 9-4　逻辑代数

x_1	x_2	$y = x_1 \wedge x_2$	$y = x_1 \vee x_2$	$\overline{x_1}$
0	0	0	0	1
0	1	0	1	1
1	0	0	1	0
1	1	1	1	0

$$Y = f(w_1 x_1 + w_2 x_2 - \theta) \tag{9-37}$$

a. "与"运算，当取 $w_1 = w_2 = 1$，$\theta = 1.5$ 时，上式完成逻辑"与"的运算。

b. "或"运算，当取 $w_1 = w_2 = 1$，$\theta = 0.5$ 时，上式完成逻辑"或"的运算。

c. "非"运算，当取 $w_1 = -1$，$w_2 = 0$，$\theta = -1$ 时，上式完成逻辑"非"的运算。

与许多代数方程一样，上式中不等式具有一定的几何意义。对于一个两输入的简单感知器，每个输入取值为 0 和 1，如上面得出的逻辑运算，所有输入样本有 4 个，记为 (x_1, x_2)：$(0, 0)$，$(0, 1)$，$(1, 0)$，$(1, 1)$，构成了样本输入空间。例如，在二维平面上，对于"或"的运算，各个样本的分布如图 9-12 所示。直线 $1 * x_1 + 1 * x_2 - 0.5 = 0$ 将二维平面分为两部分，上部为激发区（$y = 1$，用★表示），下部为抑制区（$y = 0$，用☆表示）。

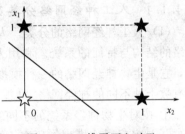

图 9-12　二维平面上对于"或"的运算

② 简单感知器的学习规则。简单感知器引入的学习规则称为误差学习算法。该算法是神经网络学习中的一个重要算法，并已被广泛应用。

误差型学习规则如下。

a. 选择一组初始权值 w_i (0)。

b. 计算某一输入模式对应的实际输出与期望输出的误差 δ。

c. 如果 δ 小于给定值，结束，否则继续。

d. 更新权值（阈值可视为输入恒为 1 的一个权值）：

$$\Delta w_i(t+1)=w_i(t+1)-w_i(t)$$
$$=\eta[d-y(t)]x_i \qquad (9\text{-}38)$$

式中　η——在区间（0，1）上的一个常数，称为学习步长，它的取值与训练速度
　　　　　和 w 收敛的稳定性有关；

　　d，y——神经元的期望输出和实际输出；

　　　x_i——神经元的第 i 个输入。

　　e. 返回 b，重复，直到对所有训练样本模式，网络输出均能满足要求。

　　对于学习步长 V 的取值一般是在（0，1）上的一个常数，但是为了改进收敛速度，也可以采用变步长的方法，这里介绍一种算法（如下式）：

$$\eta = \frac{1}{2}\left[\left|\sum_{i=1}^{2} w_i(t)x_i(t) - \theta(t)\right| + \alpha\right] \qquad (9\text{-}39)$$

式中　α——一个正的常量，这里取值为 0.1。

　　所以，对应于输入（0，0），修正权值（$\theta=w_0$，$x_0=-1$）：

$$\Delta w_0(1)=\eta(d-y)x_0 \qquad (9\text{-}40)$$
$$=0.1\times(1-0)\times(-1)=-0.1$$
$$W_0(1)=0.1+\Delta w_0(1)=0.1-0.1=0 \qquad (9\text{-}41)$$

依次进行。

　　同样的方法，对其他输入样本都进行学习。整个学习过程就是某一超平面在样本空间中几何位置调整的过程。

　　感知器对线性不可分问题的局限性决定了它只有较差的归纳性，而且通常需要较长的离线学习才能达到收效。

9.4.1.4　人工神经网络分类及训练

　　(1) 人工神经网络的分类。人工神经网络是以工程技术手段来模拟人脑神经元网络的结构与特征的系统。利用人工神经元可以构成各种不同拓扑结构的神经网络，它是生物神经网络的一种模拟和近似。就神经网络的主要连接形式而言，目前已有数十种不同的神经网络模型。

　　① 按对生物神经系统的不同组织层次和抽象层次的模拟划分。

　　a. 神经元层次模型：研究主要集中在单个神经元的动态特性和自适应特性，以探索神经元对输入信息选择的响应和某些基本的存储功能机理。

　　b. 组合式模型：主要由数种相互补充、相互协作的神经元组成，用于完成某些特定的任务。

　　c. 网络层次模型：由许多相同神经元相互连接而成的网络，从整体上研究网络的集体特性。

　　d. 神经系统模型：通常由多个不同性质的神经网络构成，模拟生物神经系统的更复杂或更抽象的性质。

　　e. 智能型模型：最抽象的层次，多以语言的形式模拟人脑信息处理的运行、过程、算法及策略。这些模型主要试图模拟如感知、思维、问题求解等基本过程。

② 按网络的结构与学习方式划分。

a. 按网络的性能可分为：连续型与离散型网络；确定型与随机型网络。

b. 按网络的结构可分为：前馈网络；反馈网络。

c. 按学习方式可分为：有教师指导的网络；无教师指导的网络。

d. 按连续突触的性质可分为：一阶线性关联网络；高阶线性关联网络。

③ 按网络结构和学习算法相结合划分。

a. 单层前向网络：指拥有的计算节点（神经元）是"单层"的。这里表示原节点个数的"输入层"视为一层神经元，该"输入层"不具有执行计算的功能。

b. 多层前向网络：多层前向网络与单层前向网络的主要区别在于多层前向网络含有一个或更多的隐含层，其中计算机节点被相应地称为隐含神经元或隐含元，如图9-13 所示，由 10 个神经元输入层、4 个神经元隐含层和 2 个神经元的输出层组成。

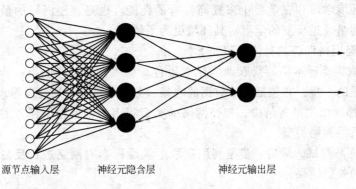

源节点输入层　　　　　神经元隐含层　　　　　神经元输出层

图 9-13　多层前向网络

c. 反馈网络：指在网络中至少含有一个反馈回路的神经网络。反馈网络包含一个单层神经元，其中每个神经元将自身的输出信号反馈给其他所有神经元的输入，如图 9-14 所示（Hopfield 网络）。

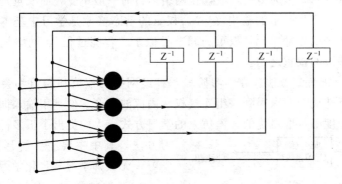

图 9-14　反馈网络

d. 随机神经网络：对神经网络引入随机机制，认为神经元是按概率的原理进行工作的，这就是说，每个神经元的兴奋或是抑制具有随机性，其概率主要取决于神经元的输入。

e. 竞争神经网络：其输出神经元相互竞争以确定胜者，胜者指出哪一种原型模式最能代表输入模式。

（2）神经网络的训练。一个神经网络仅仅具有拓扑结构，还不能具有任何智能特性，必须还有一套完整的学习、工作规则与之配合才具有自适应、自组织和自学习的能力，而神经网络的学习方法是体现人工神经网络智能特性的最主要标志，可以任意逼近一个紧集上的任意函数这一特点是神经网络广泛应用的理论基础。但是，在实际应用中，目前尚未找到较好的网络构造方法，确定网络的结构和权值参数，来描述给定的映射或逼近一个未知的映射，只能通过学习来得到满足要求的网络模型。

神经网络的学习通常也称为训练，是通过神经网络所在的环境的刺激作用来调整神经网络的自由参数，使神经网络以一种新的方式对外部环境做出反应的一个过程。能从环境学习和在学习中来提高自身的性能，也是神经网络的最有意义的性质。神经网络通过反复的学习对其环境更为了解。

① 神经网络训练的具体步骤如下。

a. 获取训练样本集。获取训练样本集合是训练神经网络的第一步，也是十分重要和关键的一步。它包括训练数据的收集、分析、选择和预处理等。

b. 选择网络类型与结构。神经网络的类型很多，需要根据任务的性质和要求来选择合适的网络类型。

c. 训练与测试。最后一步是利用获取的训练样本对网络进行反复训练，直至得到合适的映射结果。

② 学习机理。人工神经网络的学习规则就是网络连接权的调整规则。神经网络是由许多相互连接的处理单元组成的。对于每一个处理单元都有许多输入量（x_i），而对于每一个输入量都相应地有一个相关联的权重（w_i）。处理单元将经过权重的输入量 xw_i 相加（权重和），计算出唯一的输出量（y_i）。这个输出量就是权重和的函数（f）。f 为传递函数，在网络运行时一般不变，而权重是变量，可动态地进行调整，产生一定的输出（y_i）。权重的动态修改是学习中基本的过程。对于大量组合起来的处理单元，权重的调整类似于"智能过程"，网络最重要的信息存就在于调整过的权重之中。

③ 学习（训练）方法。在学习阶段，神经网络的权值和阈值都会根据一定的学习规则进行迭代，要求得到一组连接权和阈值的组合，使基于输入训练模式集合的一个特定测度函数取最优值。模仿人的学习方式，人们提出了很多神经网络的学习方法，其中主要有三种形式：有教师学习、无教师学习及强化学习。

a. 有教师学习。有教师学习也称为监督学习，是在有"教师"指导和考察的情况下进行学习的方式，如图 9-15 所示。

在这种学习方式下，"教师"给出了

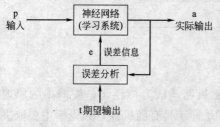

图 9-15　有教师学习

与所有输入模式 p 对应的输出模式的"正确答案"，也就是期望输出 t（目标），主要用于学习过程的输入输出模式的集合称为训练样本集；神经网络学习系统依据一定的学习规则进行学习，每一次学习过程完成之后，"教师"都要考虑学习的结果，也就是实际输出 a 与期望输出 t 的差别，以此决定网络是否需要再次学习，并且根据误差信号调整学习进程，使网络实际输出和期望输出的误差随着学习的反复进行而逐渐见效，直到要求的性能指标达到为止。

b. 无教师学习。无教师学习也称为无监督学习，指不存在"教师"的指导和考察，靠神经网络本身完成，如图 9-16 所示。

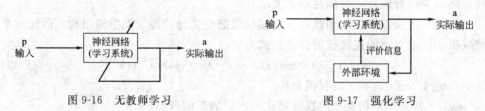

图 9-16　无教师学习　　　　　图 9-17　强化学习

由于没有现成的信息作为响应的校正，学习主要是根据输入的信息、特有的网络结构和学习规则来调节自身的参数与结构（这也是一种自学习、自组织过程），进而使网络的输出反应输入的某种固有特性。

c. 强化学习。强化学习也称为再励学习，是介于上述两种学习方式之间，如图 9-17 所示外部环境对学习后的输出结果只给出评价信息（奖或惩），而不给出正确的答案。神经网络学习系统通过强化那些受奖励的行为来不断改善自身的性能。

④ 学习算法。学习算法指针对学习问题的明确规则集合。人工神经网络是神经网络思维和学习的物质基础，神经网络的学习过程是通过不断地调整网络的连接权值实现的，根据学习算法所采用的学习规则，可分为 Hebb 型学习、误差修正型学习、竞争型学习及随机型学习。

a. Hebb 型学习。Hebb 型学习的出发点是 Hebb 学习规则，也就是如果神经网络中某一神经元同另一个直接与它连接的神经元同时处于兴奋状态时，那么这两个神经元之间的连接就将得到加强。Hebb 学习方式可用如下公式表示：

$$w_{ij}(t+1)=w_{ij}(t)+\eta[x_i(t)+x_j(t)] \tag{9-42}$$

式中　　$w_{ij}(t)$——时刻 t 的权值；

$w_{ij}(t+1)$——对时刻 t 的权值修正一次后的新的权值；

η——学习率因子；

$x_i(t)$——时刻 t 第 i 个神经元的状态；

$x_j(t)$——时刻 t 第 j 个神经元的状态。

Hebb 学习规则在人工神经网络学习中有较大的影响，已成为许多神经网络学习的基础。但目前许多神经生物学的研究表明，Hebb 规则并未准确地反映生物学习过程中突出变化的基本规律。而只是简单地将突触在学习中的联想特性形式化，对神经元重复同一刺激就可产生性质相同、程度增强的反应。而目前的神经生理学

研究结果证明，不但没有得到 Hebb 突出特性的直接证据，相反一些研究表明，同一刺激模式的重复和神经元的兴奋并不存在必然的联系。如有时同一刺激模式对生物机体的重复作用，有可能造成机体的习惯化或者敏感化，习惯化将减弱机体对刺激的反应，这与 Hebb 规则的含义正好相反。这说明 Hebb 规则不能作为生物神经元突出变化和生物机体学习的普遍规律。为此，以 Hebb 学习规则为基础的人工神经元网络模型也不可避免地存在一些局限性。

b. 误差修正学习。误差修正学习是一种有"导师"的学习过程，其基本的思想是利用神经网络的期望输出与实际输出之间的偏差作为连接权值调整的参考，并且最终减少这种偏差，以满足误差要求。

最基本的误差修正规则规定：连接权值的变化与神经元期望输出和实际输出之差成正比。该规则的连接权的计算公式为：

$$w_{ij}(t+1) = w_{ij}(t) + \eta[d_j(t) - y_j(t)]y_i(t) \tag{9-43}$$

式中　$w_{ij}(t)$——时刻 t 的权值；

$\qquad w_{ij}(t+1)$——对时刻 t 的权值修正一次后的新的权值；

$\qquad\qquad \eta$——学习率因子；

$\qquad d_j(t)$——时刻 t 神经元 j 的期望输出；

$\qquad y_j(t)$——与神经元 j 直接连接的另一个神经元 i 在时刻 t 的实际输出；

$d_j(t) - y_j(t)$——时刻 t 神经元 j 的输出误差。

误差修正学习的学习过程如下：

ⓐ 选择一组初始权值 $w_{ij}(0)$；

ⓑ 计算出某一输入模式对应的实际输出与期望输出的误差；

ⓒ 按上述修正规则更新权值；

ⓓ 返回第二步，直到对所有训练模式的网络输出均能满足要求为止。

上述简单形式的误差修正规则只能解决线性可分模式的分类问题，而不能直接用于多层网络。为了克服这种缺陷，出现了 LMS（Least Mean Square）算法，也称为 Widrow-Hoff 规则或 δ 规则。该规则表示为：

$$w_{ij}(t+1) = w_{ij}(t) + \eta y_j(t) \sum_{i=1}^{n}[d_i(t) - y_i(t)]^2 \tag{9-44}$$

式中　n——输出神经元的数目。

LMS 算法的出发点是使网络的输出均方差最小化，可用于神经元输入输出函数为可微函数的感知机型网络学习。将该算法推广到由非线性可微神经元组成的多层前馈神经网络中，就形成了误差反传（EBP）学习算法。

c. 竞争型学习。竞争型学习指网络中某一组神经元相互竞争对外界刺激模式响应的权力，竞争中获胜的神经元，其连接权会向着对这一刺激模式更为有利的方向发展，并抑制竞争失败神经元对刺激模式的响应。

竞争型学习的最简单形式是任一时刻都只允许有一个神经元被激活，其学习过程如下：

ⓐ 将一个输入模式传给输入层 LA；

ⓑ 将 LA 层神经元的激活值传到下一层 LB；

ⓒ LB 层神经元对 LA 层神经元传来的刺激模式进行竞争，也就是每一个神经元将一个正信号送给自己（自兴奋反馈），同时将一个负信号传给该层其他的神经元（横向邻域抑制）；

ⓓ 最后 LB 层中输出值最大的神经元被激活，其他的神经元不被激活，而被激活的神经元就是竞争获胜者。LA 层神经元到竞争获胜神经元的连接权将发生变化，竞争失败神经元的连接权则不发生变化。

竞争型学习是一种典型的"无导师"学习，学习时只需给定一个输入模式集作为训练集，网络就会自行组织输入模式，并将其分为不同的类型。

d. 随机型学习。随机型学习的基本思想是结合随机过程、概率及能量函数等概念来调整网络的变量，从而使网络的目标函数达到最大或最小。网络的变量可以是连接权，也可以是神经元的状态。在随机型学习过程中，网络变量是随机变化的，根据这种变化来确定网络的能量函数。能量函数可定义为网络输出的均方误差，随机型学习实际上就是寻找使网络输出均方误差最小的连接权的过程。

随机型学习中网络变量的变化一般遵循以下规则：

ⓐ 若网络变量的变化能使能量函数有更低的值，那么就接受这种变化；

ⓑ 若网络变量变化后能量函数没有更低的值，那么就依据一个预先选取的概率分布接受变化。

随机型学习不仅接受能量函数减少的变化，还能以某种概率分布接受使能量函数增大的变化。对后一种变化，实际上就是给网络变量引入了噪声，使网络有可能跳出能量函数的局部极小点，而向全局极小点的方向发展。

9.4.2 人工神经网络模型

在神经网络各分类中，前馈型网络和反馈型网络是两种典型的结构模型。

前馈型神经网络又称前向网络（Feed Forward NN）。如图 9-18 所示，神经元分层排列，有输入层、隐层（亦称中间层，可有若干层）和输出层，每一层的神经元只接受前一层神经元的输入。

从学习的观点来看，前馈网络是一种强有力的学习系统，其结构简单而易于编程；从系统的观点看，前馈网络是一种静态非线性映射，通过简单非线性处理单元的复合映射，可获得复杂的非

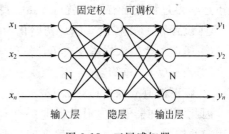

图 9-18　三层感知器

线性处理能力。但从计算的观点看，缺乏丰富的动力学行为。大部分前馈网络都是学习网络，它们的分类能力和模式识别能力一般都强于反馈网络，典型的前馈网络有感知器网络、BP 网络等。

9.4.2.1 感知器网络模型

(1) 多层感知器模型。在输入和输出层间加上一层或多层的神经元（隐层神经元），称为多层感知器，如图 9-18 所示。这实质上已成为一种神经网络，属于多层前向网络。这里需指出的是：多层感知器只允许调节一层的连接权。这是因为按感知器的概念，无法给出一个有效的多层感知器学习算法。

上述三层感知器中，有两层连接权，输入层与隐层单元间的权值是随机设置的固定值，不被调节；输出层与隐层间的连接权是可调节的。

对于上面述及的异或问题，用一个简单的三层感知器就可得到解决。

$$\begin{cases} x_1^{(1)} = f[1x_1^{(0)} + 1x_2^{(0)} - 0.5] \\ x_2^{(1)} = f[(-1)x_1^{(0)} + (-1)x_2^{(0)} - (-1.5)] \\ y = f[1x_1^{(1)} + 1x_2^{(1)} - 1.5] \end{cases} \tag{9-45}$$

实际上，该三层感知器的输入层和隐层的连接，就是在模式空间中用两个超平面去划分样本，即用两条直线：

$$\begin{cases} x_1 + x_2 = 0 \\ x_1 + x_2 = 1.5 \end{cases} \tag{9-46}$$

可以证明，只要隐层和隐层单元数足够多，多层感知器网络就可实现任何模式分类。但是，多层网络的权值如何确定，即网络如何进行学习，在感知器上没有得到解决：当年 Minsky 等人就是因为对于非线性空间的多层感知器学习算法未能得到解决，使其对神经网络的研究得出悲观的结论。

(2) 感知器收敛定理。对于一个 n 个输入的感知器，如果样本输入函数是线性可分的，那么对任意给定的一个输入样本 x，要么属于某一区域（记为 F^+），要么不属于这一区域（记为 F^-）。F^+、F^- 两类样本构成了整个线性可分样本空间。

定理 1：如果样本输入函数是线性可分的，那么下面的感知器学习算法经过有限次迭代后，可收敛到正确的权值或权向量。

假设样本空间 F 是单位长度样本输入向量的集合，若存在一个单位权向量 w^* 和一个较小的正数 $\delta > 0$，使得 $w^* x \geqslant \delta$ 对所有的样本输入 x 都成立，则权向量 w 按下述学习过程仅需有限步就可收敛。感知器的一种学习算法可表述为：

① 设置 $k=1$，权值 $w(k)$ 初始化为任意非零向量；

② 任选一个输入样本 $x_i \in F$，使得 $x(k) = x_i$，$i = 1, 2, \cdots, n$；

③ 若 $w(k), x(k) \geqslant 0$，返回②；

④ 修正权值 $w(k+1) = w(k) + x(k)$，$k \leftarrow k+1$，返回②。

因此，感知器学习迭代次数是一个有限数，经过有限次迭代，学习算法可收敛到正确的权向量 w^*。对于上述证明，要说明的是，正数 δ 越小，迭代次数越多；其次，若样本输入函数不是线性可分的，则学习过程将出现振荡，得不到正确的结果。

定理 2：假定隐含层单元可以根据需要自由设置，那么用双隐层的感知器可以实现任意的二值逻辑函数。

9.4.2.2 反向传播网络模型

误差反向传播的 BP 算法简称 BP 算法，其基本思想是最小二乘算法。它采用梯度搜索技术，以期使网络的实际输出值与期望输出值的误差均方值为最小。BP 神经网络是典型的前向网络，主要由输入层、隐含层和输出层组成。前向网络是指，只存在不同层神经元之间的权值连接，而不存在同一层神经元之间的连接，而且神经元只是在相邻层之间连接，不出现隔层连接的情况。如图 9-19 所示为 BP 神经网络结构示意图。

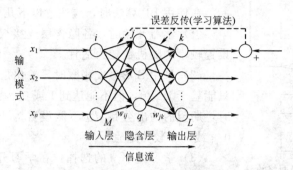

图 9-19 BP 神经网络结构示意图

BP 算法的学习过程由正向传播和反向传播组成。在正向传播过程中，输入信息从输入层经隐含层逐层处理，并传向输出层，每层神经元（节点）的状态只影响下一层神经元的状态。如果在输出层不能得到期望的输出，则转入反向传播，将误差信号沿原来的连接通路返回，通过修改各层神经元的权值，使误差信号最小。

现已证明：一个具有 S 形激活函数的单隐含层前向网络，只要隐含层有充分多的神经元，它就能够以任意的精度逼近任意一个已知函数，从而表明 BP 神经网络可以作为一个通用的函数逼近器。事实上，基于 BP 神经网络的安全评价模型，就是利用 BP 神经网络的这种能力，从而完成非线性影射。

BP 分类算法的具体过程如下：

（1）根据网络要求对输入进行预处理；

（2）采用 BP 网络对已预处理的输入进行学习与训练；

（3）用训练好的 BP 网络对待分类样本进行模式分类。

其中，学习与训练过程是整个分类过程的重点，它由两部分组成，即网络输入信号正向传播和误差信号反向传播。在正向传播中，输入信息从输入层经隐含层逐层计算传向输出层，在输出层的各神经元输出对应输入模式的网络响应；如果输出层得不到期望输出，则误差转入反向传播，按减小期望输出与实际输出的误差原则，从输出层到中间各层，最后回到输入层，层层修正各个连接权值。随着这种误差逆传播训练不断进行，网络对输入模式响应的正确率也不断提高，如此循环直到误差信号达到允许的范围之内或训练次数达到预先设计的次数为止。

BP 神经网络算法的学习训练过程如下：

（1）初始化网络，对网络参数及各权系数进行赋值，其中权系数应取随机数；

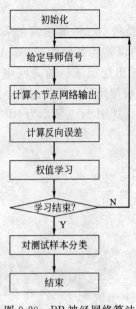

图 9-20 BP 神经网络算法
的学习训练过程

（2）输入训练样本，计算各层节点的网络输出值，并与真实值相比较，得出网络的输出误差；

（3）依据误差反向传播规则，调整隐层之间以及隐层与输入层之间的权系数；

（4）重复步骤（2）和（3），直至预测误差满足条件或训练次数达到规定次数。

整个训练学习的过程见图 9-20。

在使用 BP 算法时，应注意以下几个问题。

（1）学习开始时，各隐含层连接权系数的初值应以设置较小的随机数较为适宜。

（2）采用 S 形激发函数时，输出层各神经元的输出只能趋于 1 或 0，但不能达到 1 或 0。在设置各训练样本时，期望的输出分量 d_{pk} 不能设置为 1 或 0，以设置为 0.9 或 0.1 较为适宜。

（3）学习速率 η 的选择：在学习开始阶段，η 选较大的值可以加快学习速度。学习接近优化区时，η 值必须相当小，否则权系数将产生振荡而不收敛。平滑因子 α 的选值在 0.9 左右。

9.4.3　BP 神经网络的设计

BP 神经网络设计包括 BP 网络设计和训练两部分内容。

9.4.3.1　BP 网络设计

BP 网络设计即设计 BP 网络对问题进行求解，所设计的网络的性能将直接影响网络评价结果的可靠性。内容包括：网络的层数、每层的神经元数目、初始权值的选取、学习速率选取、所期望的误差的选取。

（1）网络的层数。理论已经证明：具有输入层、偏差和至少一个 S 形隐含层加上一个线性输出层的神经网络可以逼近任意的有理函数。增加网络的层数可以提高网络的性能，减少结果的误差，提高精度，但是这样会使网络的结构趋于复杂，增加网络的训练时间。可以考虑增加隐含层的神经元数而非增加网络的层数来提高网络的性能。

对于任意一个需要求解的问题，必然有一个输入层和一个输出层，隐含层的数目应该根据问题的复杂程度来分析确定。隐含层的合理选取是网络取得良好性能的关键因素之一。

合理的隐含层数目应该根据实际情况的复杂程度与非线性程度相适应，给系统赋予一个自适应算法，根据某一特定问题进行不同隐含层数的网络训练，合理的隐含层数应该使网络收敛而且系统的全局误差最小。

（2）每层的神经元数目。每层选择适当的神经元数，特别是隐含层神经元数的确定非常重要，它是网络功能得以实现的关键。如果神经元数目太少，网络将难以处理复杂的问题；如果神经元数目太多，网络训练的时间将急剧增大，而且太多的神经元还会使网络训练过度，将训练组中没有意义的信息也记忆在网络中，难以建立正确的评价模型。合理的神经元数主要根据不同需要解决的问题进行反复比较来确定。

评价网络性能的好坏主要有两个指标：精度和训练时间。而训练时间包含两个方面的因素：循环次数和每次循环所消耗的时间。

（3）初始权值的选取。初始权值的选取同样对网络学习能否达到全局最小、能否收敛以及训练时间的长短有着很大的关系。从激活函数的特性分析，初始权值应该取（-1，1）之间的随机数，从而保证神经元的权值都能够在它们的 S 形激活函数变化最大的地方进行调节。最佳初始权值选择的数量级是 $\sqrt{S_1}$，式中，S_1 是第一层神经元数；r 为输入矢量的数目。这样可以在较少的迭代次数后得到满意的训练结果。

（4）学习速率选取。学习速率决定了每一次循环训练中所产生的权值变化量。如果学习速率太大，将导致系统不稳定；而如果学习速率太小又会造成训练时间太长，虽易寻求到误差最小值，但收敛速度缓慢。在评价系统中，一般选取学习速率为 0.01～0.8。

（5）所期望的误差的选取。在设计网络的训练过程中，应通过对比训练寻求最优的期望误差。最优是相对于隐含层的节点数来确定的，因为较小的期望误差值要通过增加隐含层的节点数及训练时间来获得。

9.4.3.2 BP 神经网络的训练

训练步骤如图 9-20 所示。其计算机实现过程如图 9-21 所示。

9.4.4 神经网络评价法

9.4.4.1 神经网络在危险化学品物流安全评价中的适用性

（1）传统分析方法的缺陷。危险化学品物流系统中的许多问题都是非线性问题，各个变量之间的关系十分复杂，很难使用确切的数学表达式来进行描述。在传统的研究中，常常采用的是线性的、局部的和确定性的分析方法对研究对象进行分析，其存在的问题主要表现为以下几个方面。

① 在传统的分析方法中，由于研究手段的局

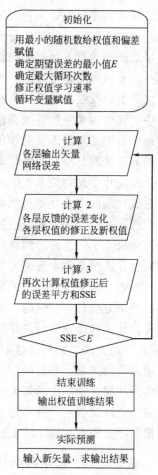

图 9-21　BP 神经网络训练的
　　　　计算机实现

限，往往将非线性问题转化为线性问题进行研究。但是由于简化后的线性系统的拓扑结构与原非线性系统存在较大不一致性，因此这种简化可能会使得出的结果与实际情况产生较大的偏差。

② 危险化学品物流事故系统的拓扑结构可能具有多态性，在系统控制参数的变化作用下，系统的运动很可能会从一种动力学结构向另一种动力学结构转化。而传统的分析方法得到的往往只是系统的局部特性，无法站在全局角度来考察问题。

③ 传统的分析方法，不容易揭示出事故系统危险因素之间存在着的不确定性。采用传统的数值模拟方法所得出的结果与现实系统的真实状态相差甚远，而且有可能完全相反。传统的分析方法对危险化学品物流事故系统的运行过程和特点的认识是不够全面的。

（2）神经网络对安全评价的适用性。首先，危险化学品物流系统安全评价模型是一种非线性动力学方程。危险化学品物流事故系统最大的特点就在于动态性、随机性和模糊性，表现为相当明显的非线性动力学过程。无论是采用传统的分析方法还是采用基于模糊、灰色理论的综合方法，都没有能够很好地解决系统内部各因素之间的关系问题。传统的分析方法基本上都是以线性等固定关系设定了事故因素与后果之间的映射关系；模糊综合评价法则在隶属函数构造的问题上事先设定了映射关系，虽然函数是分段的、不连续的，但是同样存在线性关系。很显然，这些情况无法真实地反映事故系统具有的动态、随机和模糊的特点。同时，在传统的评价方法中，评价因素中的各指标在评价过程中的权重往往已经事先确定，而系统在运行过程中由于受多种因素的作用，且有的因素常常事先无法预见，则权重事先已被确定的方法显然与事实相悖，即传统的评价方法在变权问题上没有提供完善的解决方案。危险化学品物流系统事故发生具有的随机性、模糊性和不确定性的特点，决定了系统状态的变化并不按照某一特定的规律或函数变化，整个事故系统是非线性动力学过程，这与人工神经网络的典型特性-非线性动力学特性相适应。这种特性上的偶合决定了人工神经网络在安全评价中具有可行性和较强的适应性。非线性动力学安全评价模型完全有能力解决传统的安全评价方法所无法完善解决的问题。

再者，人工神经网络的非线性映射能力使其适于解决非线性动力学问题。人工神经网络方法具有很强的非线性动态处理问题的能力，在建模时可以不关心数据之间符合什么规律或满足怎样的关系。神经网络方法在处理问题的过程中采用了类似"黑箱"的方法，它是通过不断的学习和记忆而不是通过假设找出输入变量与输出变量之间的关系。在对问题进行求解时，将数据输入已经训练完成的网络，根据网络学到并储存于其中的知识进行演绎和推理，从而得到问题的解决方案。在对神经网络的训练过程中，网络对各因素的权重进行智能化的调整，从而实现了各因素权重根据历史和现在确定将来的状态或趋势的动态，很好地解决了变权问题。

9.4.4.2　危险化学品物流的神经网络安全评价

（1）神经网络用于危险辨识和评价的思路如图 9-22 所示。

（2）运用神经网络进行安全评价的步骤如下。

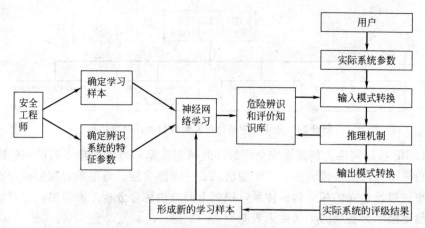

图 9-22　神经网络用于危险辨识和评价的思路

① 确定被评价系统的特征参数和状态参数。在运用神经网络进行危险辨识时，首先必须要认真考查被评价系统的内部构成和外部环境，确定能正确反映被评价对象安全状态的主要特征参数及在这些参数值下系统的状态。

② 确定学习样本。选取多组对应系统不同状态的特征参数值作为学习的样本，供系统学习。这些样本尽可能较全面地涵盖各种安全状态。其中对系统特征参数应进行（$-\infty$，∞）区间的预处理，并对系统状态参数应进行 [0，1] 区间的预处理。

③ 神经网络学习。神经网络的学习过程就是根据样本确定网络的连接权值的过程。选择适当的网络权值的初值、收敛因子及隐节点数等参数，运用学习样本进行神经网络的计算。将网络的计算输出与样本的期望输出进行比较，若不相符，则按照一定方法改变权值，如此反复，直到权值改变很小为止。

④ 安全评价知识库。通过网络学习来确认的网络结构即为具有推理机制的被评价系统的安全评价知识库。

⑤ 对实际系统进行安全评价。也就是运用安全评价知识库判断实际系统的安全状态。将实际系统的特征值转换后输入到已具有推理功能的神经网络中，并运用知识库处理后得到计算的输出值。对此值做模式转换之后，就为实际系统的评价结果。

实际系统的安全评价结果，也可以作为新的学习样本输入神经网络，使知识库更加的充实。

（3）危险化学品物流 BP 神经网络安全评价。危险化学品物流系统具有普通物流系统所具有的所有功能和环节要素，其事故主要集中于危险化学品的仓储和运输环节。而安全事故的发生可归结为四个方面的原因：物的因素——危险化学品自身的危险特性、环境因素——仓储、运输等操作环境的影响、人的因素——从业人员素质（文化和专业素质）及行为等、管理因素——安全管理方面因素。整个危险化学品物流系统神经网络安全评价模型由两个层次 5 个神经网络组成，如图 9-23所示。

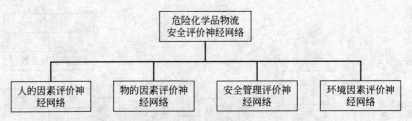

图 9-23 危险化学品物流安全评价神经网络结构

以 BP 神经网络为例建立安全评价神经网络模型，可考虑建立三层神经网络安全评价模型，即一个输入层、一个输出层、一个隐含层。每层单元数的确定需根据系统事件以及建立的相关指标体系，根据上面方法综合分析才能得出，这里略去过程，给出结果。各层的单元数见表 9-5。

表 9-5　危险化学品物流安全评价 BP 网络结构参数

参　　数	危险化学品物流安全评价神经网络	人的因素安全评价神经网络	物的因素安全评价神经网络	安全管理安全评价神经网络	环境因素安全评价神经网络
输入层单元数	4	6	12	8	5
隐含层层数	1	1	1	1	1
隐含层单元数	7	10	14	12	9
输出层单元数	1	1	1	1	1

BP 网络结构建好后，需要对输入样本数据初始化处理，这包括定量指标的归一化处理和定性指标的归一化处理。

定量指标分为四种类型：越大越好型、越小越好型和具有最佳值型、区域型。正是指标量纲和性质的不同，造成了各个指标的评价标准不同，这就要求通过某一效用函数进行无量纲化映射到一个有限的区间，即进行归一化处理。由于在神经网络训练过程中，采用的传递函数（S 形函数）要求其信息的输入数据在 [0，1] 的闭区间内，所以为了将数据转化为闭区 [0，1] 上的无量纲指标属性值，首先要在各自的值域上确定它们的最大值 $x_{\max}$ 和最小值 $x_{\min}$。定量指标一般可根据采集的原始数据的特性来选取。

对于定性指标可以按照模糊语言隶属度进行归一化处理，结果见表 9-6。

接下来应该开始神经网络的训练，即输入样本确定网络权值，然后输入新数据对系统进行安全评价。具体评价过程及结果需要大量样本，过程较烦琐，限于篇幅这里不作赘述。评价过程如图 9-24 所示。

（4）神经网络应用于安全评价的优点。由上面分析可见，神经网络用于安全评价，具有以下优点。

① 有较强的容错性，个别信息出错或者丢失不会改变整体计算效果。对安全评价项目的选定及其指标值的确定有较强的宽容度，并解决了评价深度难以统一的问题。

表 9-6 定性指标模糊归一化处理结果

评价语言	健康状况、掌握程度	好	较好	一般	较差	差
	安全意识	高	较高	中等	较低	低
	合理性	合理	较合理	一般	较不合理	不合理
	爆炸极限范围	不可燃	小	较小	较大	大
	毒害程度	无	轻度	中度	高度	极度
	腐蚀程度	无腐蚀	弱腐蚀	中等	较强腐蚀	强腐蚀
	符合性	符合	基本符合			不符合
隶属度		1.0	0.9	0.8	0.7	0.5

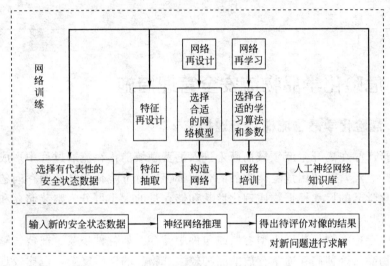

图 9-24 安全评价神经网络求解过程

② 有良好的并行处理信息的功能。用于安全评价,可将各评价项目统筹考虑,不仅实现了综合评价,也很好地解决了项目间互容、互斥的问题。

③ 有较强的自学习功能。用于安全评价,可根据学习样本的不同,对不同类型重大危险系统进行评价,使安全评价的实用性更强。

④ 自学习调整连接权值,安全评价项目的重要度在自学习过程中自动确定。对于那些其安全作用尚不很清楚的项目,也在自学习中不断地清楚。

为了充分发挥神经元网络的优点,对用于自学习的样本,应该进行必要的鉴定,使其能真实地反映客观实际,保证自学习过程的收敛和对实际问题推断的准确。

第10章

危险化学品物流系统安全对策措施

10.1 危险化学品物流安全管理措施

10.1.1 危险化学品物流储存管理措施

储存指产品在离开生产领域而尚未进入消费领域前，在流通过程中形成的一种停留。生产、经营和使用危险化学品的企业都存在着危险化学品的储存问题。

危险化学品的尺寸根据物质理化性状和储存量的大小可分为整装储存和散装储存两类。

整装储存指将物品装于小型容器或包件中储存。如各种袋装、桶装、箱装或者钢瓶装的物品。这种储存通常存放的品种较多，物品的性质复杂，也比较难管理。

散装储存是物品不带外包装的净货储存。其量比较大，设备、技术条件也比较复杂，如有机液体危险化学品——汽油、甲苯、二甲苯、甲醇等，一旦发生事故则难以施救。

无论整装储存还是散装储存都潜在着很大的危险。所以，必须用科学的态度从严管理，不可马虎从事。

10.1.1.1 储存单位的审批

《危险化学品安全管理条例》在第二章中对危险化学品的生产、储存和使用中的各个环节的安全管理做了规定，并且明确了对危险化学品储存实行审批制度。

（1）危险化学品储存规划的原则和要求。《危险化学品安全管理条例》第七条规定：国家对危险化学品的储存实行统一规划、合理布局和严格控制，并且对危险化学品的储存实行审批制度；未经审批，任何单位和个人都不得储存危险化学品。

规划的原则和要求如下。

① 设区的市级人民政府，在编制总体规划时应根据当地经济发展的实际需要进行合理安排。关键是危险化学品储存企业的数量和储存危险化学品登记的规划安

排。应考虑到：本地区的经济发展定位；危险化学品的生产和消费的发展品类的数量预测；设施地点位置的规划；专业危险化学品的储存应相对集中。

② 按照确保安全的原则，规划适当区域，专门用于危险化学品的储存。

③ 地点的选择。除运输工具加油站、加气站之外，危险化学品的生产装置和储存数量构成重大危险源的储存设施，与公共场所、非生产区域的距离应符合国家标准或国家有关规定。

（2）危险化学品储存的审批条件如下。

① 符合国家标准的生产工艺、设备或储存方式、设施。主要包括：建筑物、储存地点及建筑结构的设置、储存场所通风或湿度调节、储存场所的电气安装、储存方式、安全设施及报警装置等。

② 工厂、仓库的周边防护距离应符合国家标准或者国家有关规定。

③ 符合生产或储存需要的管理人员和技术人员。

④ 有健全的安全管理制度。

⑤ 符合法律、法规规定和国家标准要求的其他条件。

（3）申请和审批程序如下。

① 申请。《危险化学品安全管理条例》第九条、第十一条规定，设立剧毒化学品储存企业和其他危险化学品储存企业，及危险化学品生产、储存企业改建、扩建应分别向省、自治区、直辖市人民政府经济贸易管理部门和设区的市级人民政府负责危险化学品安全监督管理综合工作的部门提出申请，并应提交下列文件：

a. 可行性研究报告；

b. 原料、中间产品、最终产品或储存的危险化学品的自燃点、爆炸极限及毒性等理化性能指标；

c. 包装、储存、运输的技术要求；

d. 安全评价报告；

e. 事故应急救援措施；

f. 符合《危险化学品安全管理条例》第八条规定条件的证明文件。

② 审批程序。省、自治区、直辖市人民政府经济贸易管理部门或设区的市级人民政府负责危险化学品安全监督管理综合工作的部门在收到申请和提交的文件后，应做以下工作：

a. 组织有关专家进行审查，并提出审查意见；

b. 将有关专家审查结果报本级人民政府做出批准或不予批准的决定；

c. 根据本级人民政府经济贸易管理部门或设区的市级人民政府负责危险化学品安全监督管理综合工作的部门颁发批准书；不予批准的，应书面通知申请人；

d. 申请人应凭批准书向工商行政管理部门办理登记注册手续。

10.1.1.2　储存的安全要求

（1）储存危险化学品的基本要求如下。

① 储存要求。

　　a. 危险化学品必须储存在经省、自治区、直辖市人民政府经济贸易管理部门或设区的市级人民政府负责危险化学品安全监督管理综合工作的部门审查批准的危险化学品仓库中。未经批准的，不得随意设置危险化学品储存仓库，储存危险化学品必须按照国家法律、法规和其他有关的规定。

　　b. 《危险化学品安全管理条例》第二十二条要求：危险化学品必须储存在专用仓库、专用场地或专用仓库内，储存方式、方法与储存数量必须符合国家标准，并由专人管理。剧毒化学品及储存数量构成重大危险源的其他危险化学品要在专用仓库内单独存放，并实行双人收发、双人保管制度。储存单位应当将储存剧毒化学品及构成重大危险源的其他危险化学品的数量、地点及管理人员的情况，报当地公安部门和负责危险化学品安全监督管理综合工作的部门进行备案。

　　c. 《危险化学品安全管理条例》第二十三条规定：危险化学品专用仓库，应符合国家标准对安全、消防的要求，设置明显的标志。危险化学品专用仓库的储存设备和安全设施应定期检测。同一区域应按照最高等级危险物品的性能储存两种或两种以上不同级别的危险化学品。

　　d. 《危险化学品安全管理条例》第四十八条规定：危险化学品储存企业及使用剧毒化学品和数量构成重大危险源的其他危险化学品的单位，要向国务院经济贸易综合管理部门负责危险化学品登记的机构办理危险化学品登记。

　　e. 《常用化学危险化学品储存通则》（GB 15603—1995）规定：储存危险化学品的仓库须配备有专业知识的技术人员，其仓库及场所应设有专人管理，管理人员必须配备可靠的个人安全防护用品。

　　f. 危险化学品露天堆放，要符合防火、防爆的安全要求，爆炸物品、一级易燃物品、遇湿燃烧物品、剧毒物品不得进行露天堆放。

　　g. 储存方式：按照规定，根据危险化学品品种特性，实施隔离储存、隔开储存及分离储存。并根据危险化学品性能分区、分类、分库储存。

　　h. 各类危险化学品不应与禁忌物料混合储存，灭火方法不同的危险化学品不可同库储存。

　　i. 储存危险化学品的建筑物、区域内严禁吸烟及使用明火。

　　危险化学品事故应急救援预案应报设区的市级人民政府负责危险化学品安全监督管理综合工作的部门进行备案。

　　② 储存安排和储存限量。

　　a. 危险化学品储存安排取决于危险化学品的分类、分项、容器类型、储存方式及消防的要求。

　　b. 储存量及储存的安排见表10-1。

　　c. 遇火、遇热、遇潮能引起燃烧、爆炸或者发生化学反应，产生有毒气体的危险化学品不应在露天或潮湿、积水的建筑物中储存。

　　d. 受光照射易发生化学反应而引起燃烧、爆炸、分解、化合或者能产生有毒气体的危险化学品应储存在一级建筑物中，其包装要采取避光措施。

　　e. 爆炸物品不能和其他类物品同储，必须单独隔离并限量储存。

表 10-1　储存量及储存安排表

项　目	露天储存	隔离储存	隔开储存	分离储存
平均单位面积储存量/(t/m²)	1.0~1.5	0.5	0.7	0.7
单一储存区最大储量/t	2000~2400	200~300	200~300	400~600
垛距限制/m	2	0.3~0.5	0.3~0.5	0.3~0.5
通道宽度/m	4~6	1~2	1~2	0.3~0.5
墙距宽度/m	2	0.3~0.5	0.3~0.5	7~10
与禁忌品距离/m	10	不得同库储存	不得同库储存	

　　f. 压缩气体和液化气体应与爆炸物品、氧化剂、自燃物品、腐蚀性物品隔离储存。易燃气体不应与助燃气体、剧毒气体同储；氧气不应和油脂混合储存，盛装液化气体的容器，属压力容器的，必须有压力表、安全阀及紧急切断装置，并定期的检查，不得超装。

　　g. 易燃液体、遇湿易燃物品、易燃固体不可与氧化剂混合储存、具有还原性的氧化剂要单独的存放。

　　h. 有毒物品要储存在阴凉、通风、干燥场所，不应露天存放，不应接近酸类物质。

　　i. 腐蚀性物品，包装必须严密，不许泄漏，严禁与液化气体及其他物品共存。

　　③ 危险化学品养护。

　　a. 危险化学品入库时，应严格地检验商品质量、数量、包装情况。

　　b. 危险化学品入库之后应根据商品特性采取适当的养护措施，在储存期内，定期检查，做到一日两检，并要做好检查记录。若发现其品质变化、包装破损、渗漏、稳定剂短缺等应及时处理。

　　c. 库房温度、湿度应严格得控制，并经常检查，若发现变化应及时调整。

　　④ 危险化学品出入库管理。

　　a. 储存危险化学品的仓库，应建立严格的出入库管理制度。

　　《危险化学品安全管理条例》第二十二规定：危险化学品出入库，必须进行核查登记。库存危险化学品应定期进行检查。

　　《危险化学品安全管理条例》第十九条规定：剧毒品的生产、储存、使用单位，要对剧毒化学品的产量、流向、储存量及用途如实记录，并采取必要的保安措施，以防止剧毒化学品被盗、丢失或者误售、误用；若发现剧毒化学品被盗、丢失或者误售、误用，必须立即向当地公安部门报告。

　　b. 危险化学品出入库前应按合同进行检查验收、登记，验收主要包括商品数量、包装、危险标志等内容。

　　c. 进入危险化学品储存区域的人员、机动车辆和作业车辆，必须要采取防火措施。

　　d. 装卸、搬运危险化学品时应按有关规定进行，做到轻装、轻卸。严禁摔、碰、撞击、拖拉和倾倒。

e. 装卸对人体有毒害及腐蚀性的物品时，操作人员应该根据危险条件，穿戴相应的防护用品。

装卸毒害品的人员要具有操作毒害品的一般知识。操作时要轻拿轻放，不得碰撞、倒置，以防止包装破损，商品外溢。作业人员要佩戴手套和相应的防毒口罩或面具，穿防护服。作业中不得饮食、用手擦嘴、脸、眼睛。每次作业完毕后，应及时用肥皂洗净面部、手部，并用清水漱口，防护用具要及时清洗，并集中存放。

f. 在装卸易燃易爆物料时，装卸人员应穿工作服，戴手套及口罩等必需的防护用具，操作要轻搬轻放，以防止摩擦和撞击。装卸易燃液体时应穿防静电工作服。禁止穿带铁钉的鞋。桶装各种氧化剂不得在水泥地面滚动。

g. 各类危险化学品分装、改装、开箱检查等要在库房外进行。

h. 不得用同一车辆运输互为禁忌的物料。

i. 在操作各类危险化学品时，企业应该在经营店面和仓库针对各类危险化学品的性质，准备相应的急救药品和制定相应的急救预案。

⑤ 消防措施如下。

a. 根据危险化学品的特性和仓库条件，必须配置相应的消防设备、设施和灭火药剂，并配备经过培训的兼职或者专职消防人员。

危险化学品仓库要根据经营规模的大小设置、配备足够的消防设施和器材，要有消防水池、消防管网和消防栓等消防水源设施。大型危险物品仓库要设有专职消防队，并配有消防车。消防器材应当设置在明显和便于取用的地点，周围不准放物品和杂物。仓库的消防设施、器材应当由专人管理，负责检查、保养、更新和添置，确保完好有效。对于各种消防设施、器材严禁圈占、埋压及挪用。

b. 储存危险化学品的建筑物内要根据仓库条件安装自动监测和火灾报警系统。

c. 储存危险化学品的建筑物内，若条件允许，应安装灭火喷淋系统。

d. 危险化学品储存企业要设有安全保卫组织。危险化学品仓库应有专职或义务消防、警卫队伍。无论专职还是义务消防、警卫队伍都要制定灭火预案并经常进行消防演练。

⑥ 人员培训如下。

a. 仓库工作人员要进行培训，经考核合格之后持证上岗。

b. 对危险化学品的装卸人员要进行必要的教育，使其按照有关规定进行操作。

c. 仓库的消防人员除了具有一般消防知识外，还要进行小危险化学品库工作的专门培训，使其熟悉各区域储存的危险化学品种类、储存地点、特性、事故的处理程序及方法。

（2）废弃物处置方法如下。

① 《危险化学品安全管理条例》第二十四条规定：处置废弃危险化学品，应依照《固体废物环境污染防治法》和国家有关规定执行。

② 《危险化学品安全管理条例》第二十五条规定：危险化学品的生产、储存、使用单位转产、停产及解散的，应当采取有效措施，处置危险化学品的生产或储存设备、库存产品及生产原料，不得留有事故隐患。处置方案应报所在地设区的市级

人民政府负责危险化学品安全监督管理综合工作的部门和同级环境保护部门及公安部门备案。

③《常用化学危险化学品储存通则》（GB 15603—1995）对危险化学品废弃物处理明确了三条规定：

a. 禁止在危险化学品储藏区域内堆积可燃废弃物品；

b. 泄漏或渗漏危险化学品的包装容器应迅速移至安全区域；

c. 按危险化学品特性，用化学的或物理的方法处理废弃物品，不得任意抛弃，污染环境。

（3）危险化学品储存发生火灾的原因分析。分析研究危险化学品储存发生火灾的主要原因，对加强危险化学品的安全储存管理是十分重要的。

总结经验和案例，危险化学品储存发生火灾的主要原因有以下几种情况：

① 着火源控制不严。着火源是使可燃物燃烧的一切热源，包括明火焰、炽热体、火星、火花及化学能等。在危险化学品的储存过程中的着火源主要有两个方面：一方面是外来火种，如烟囱飞火、汽车排气管的火星、库房周围的明火作业、吸烟的烟头等，另一方面是内部设备不良、操作不当引起的电火花、撞击火化和太阳能等。

② 性质相互抵触的物品混存。出现危险化学品的禁忌物料混存，通常是由于经办人员缺乏知识或是有些危险化学品出厂时缺少鉴定；也有的企业因储存场地缺少而任意临时混存，从而造成性质抵触的危险化学品因为包装容器渗漏等原因发生化学反应引起火灾。

③ 产品变质。有些危险化学品长期不用，废置在仓库中，不及时处理，通常因变质而引起事故。

④ 养护管理不善。仓库建筑条件差，不适应所存物品的要求，若不采取隔热措施，使物品受热；因保管不善，此刻漏雨进水使物品受潮；盛装的容器破漏，而使物品接触空气或易燃物品蒸气扩散和积聚等都会引起着火或爆炸。

⑤ 包装损坏或者不符合要求。危险化学品容器包装损坏，或出厂的包装不符合安全要求，都会引起事故。

⑥ 违反操作规程。搬运危险化学品没有轻装轻卸；或堆垛过高不稳，发生倒塌；或在库内改装打包等违反安全操作规程造成事故。

⑦ 建筑物不符合存放要求。危险化学品库房的建筑设施不符合要求，造成库内温度过高，通风不良，湿度过大，阳光直射，有的缺少保温设施，使物品达不到安全储存的要求而发生火灾。

⑧ 雷击。危险化学品仓库往往都设在城镇郊外空旷地带，独立的建筑物或者是露天的储罐、堆垛区等十分容易遭雷击。

⑨ 着火扑救不当。因不熟悉危险化学品的性能和灭火方法，着火时使用不当的灭火器材而使火灾扩大，造成危险。

10.1.1.3 储存装置的安全评价

《危险化学品安全管理条例》第十六条、第十七条和第十八条提出了储存危险

化学品的安全措施、设备、防护、通信及报警装置要求。明确了实行储存危险化学品装置的安全评价规定。

生产、储存、使用危险化学品，应当依据危险化学品的种类、特性，在车间、库房等作业场所设置相应的监测、通风、防火、灭火、卸压、防爆、防潮、防毒、消毒、防静电、防腐、防渗漏、防护围堤或隔离操作等安全设施、设备，并按国家标准和国家有关规定进行维护、保养，保证其符合安全运行要求。

危险化学品的生产、储存、使用单位，应该在生产、储存和使用场所设置通信、报警装置，保证在任何情况下都处于正常适用状态。

生产、储存和使用剧毒化学品的单位，应当对本单位的生产、储存装置每年进行一次安全评价；生产、储存和使用其他危险化学品的单位，应当对本单位的生产以及储存装置每两年进行一次安全评价。

安全评价报告应对生产、储存装置存在的安全问题提出整改方案。在安全评价中发现生产、储存装置存在现实危险的，应当立即停止使用，更换或修复，并采取相应的安全措施。

安全评价报告应当由所在地设区的市级人民政府负责危险化学品安全监督管理综合工作的部门备案。

10.1.2 运输安全管理概述

10.1.2.1 国际运输管理相关法规

国际运输管理遵循的相关法规主要是《联合国危险货物运输专家委员会以及危险货物运输规章范本》以及《国际海运危险货物规则》，具体内容及其论述可参见1.4节。

10.1.2.2 国内运输管理相关法规

中国的危险化学品国内立法直接受到国际立法的影响。10多年前颁布的国家标准《危险货物分类与品名编号》和《危险货物品名表》主要参考和吸收了联合国橘皮书的内容。而这两个标准则是国内新旧《危险化学品安全管理条例》和《水路危险货物运输规则》等法规及规章的重要依据与组成部分之一。和国际立法一样，确认危险化学品危险性质也是国内运输立法的核心和前提。我国各种运输方式危险化学品管理法规规章中的危险化学品性质的确定均以《危险货物品名表》为依据制定相应的危险货物品名表。它是危险化学品管理法规规章中十分重要的组成部分。由于《危险货物品名表》具有规定危险化学品名称和分类、限定危险化学品范围和运输条件及确定危险化学品包装等级与性能标志等作用，在行政管理和业务操作中的用处很大，所以要学会查阅和使用它。

(1)《中华人民共和国安全生产法》和《危险化学品安全管理条例》。见5.2.3中相关内容。

(2)《铁路危险货物运输管理规则》。《铁路危险货物运输管理规则》自1996年1月1日起施行，共分十一章，主要包括总则、包装、托运和承运、装卸和运输、放射性物品运输、保管和交费、危险货物罐车运输、洗涤除污、爆炸品保险箱、附则等规定。同时，还编写了《铁路危险货物运输管理细则》及《铁路危险货物品名表》以便于加强危险化学品铁路运输的管理。

（3）公路危险货物运输规则。现有的公路危险货物运输规则主要包含交通部颁发的《道路危险货物车辆标志》和行业标准《汽车危险货物运输规则》等。

《道路危险货物运输管理规定》规定了从事道路危险货物运输单位的设立条件及申办程序，并对道路危险货物的托运和运输、从事危险货物运输车辆的维修和改造提出了办理程序及管理要求，同时还对事故处理、监督检查做了规定。

公路运输主要工具是汽车，交通部制定了《汽车危险货物运输规则》行业标准。此标准规定了汽车危险货物运输的技术管理规章、制度、要求及方法。其主要内容为：分类和分项、托运和单证、包装和标志、车辆和设备、承运和交接、运输和装卸、保管和消防、劳动防护和医疗急救、监督和管理共十一章。

（4）《水路危险货物运输规则》。《水路危险货物运输规则》是在总结我国现有危险货物运输的实践经验、参照国际规则制定的，它不仅依据我国相关的法律、法规，主要是参照国际海事组织的《国际海运危险货物规则》和《危险货物运输建议书》及相关的国际公约、规则而制定的，内容主要包括船舶运输的积载、隔离、危险货物的品名、分类、标记、标识、包装监测标准等。《水路危险货物运输规则》从实际出发，具有自己鲜明的特点，尤其是在危险货物品名编号、货物分类、使用范围、危险货物明细表、总体格式及运输协调等几方面。《水路危险货物运输规则》适用于水路危险化学品运输。该规则有共八章，共七十三条。

水路运输危险货物有关的托运人、承运人、作业委托人、港口经营人及其他有关单位和人员，应严格地执行本规则和各项规定。

10.1.2.3 运输安全要求

（1）资质认定如下。

① 实行资质制度。《安全生产法》第三十二条规定：生产、经营、运输、储存和使用危险物品或处置废弃危险物品的，应由有关主管部门按照有关法律、法规的规定和国家标准或行业标准审批并实施监督管理。

《危险化学品安全管理条例》第三十五条规定：国家对危险化学品的运输实行资质认定制度；未经过资质认定，不得运输危险化学品，危险化学品运输企业必须具备的条件由国务院交通部门规定。

《危险化学品安全管理条例》第三十八条和第四十条规定：通过公路运输危险化学品的托运人只能委托有危险化学品运输资质的运输企业承运。利用内河及其他封闭水域等航运渠道运输除剧毒化学品、依据国务院交通部门规定禁止运输的其他危险化学品之外的危险化学品时，只能委托有危险化学品运输资质的水运企业承运，并应按照国务院交通部门的规定办理手续，接受有关交通部门的监督管理。

交通主管部门要按职责分工，加强市场中的危险化学品运输管理和监督工作，并严格按照《危险化学品安全管理条例》规定，对从事危险化学品运输的车辆、船

舶、车站和港口码头及其工作人员实行资质管理，严格市场准入和持证上岗制度。针对从事危险货物运输的单位及个人参差不齐的情况，为了确保危险货物运输安全，需实行高度专业化的危险化学品运输。

公路运输企业的资格审查，主要依据交通部关于发布的《道路危险货物运输管理规定》的要求：

a. 有能保证安全运输危险货物的相应设施和设备；

b. 具有10辆以上专用车辆的经营规模，5年以上从事运输经营的管理经验，并配有相应的专业技术管理人员；

c. 具有较完善的安全操作规程、岗位责任制、车辆设备保养维修及安全质量教育等；

d. 从事道路危险货物运输、装卸、维修作业及业务管理的人员，应具有经当地市级以上道路运政管理机关考核和颁发的《道路危险货物运输操作证》；

e. 运输危险货物的车辆、容器、装卸机械以及工具，需符合交通部《汽车危险货物运输规则》规定的条件，并且具有经道路运政管理机关审验和颁发的符合一级车辆标准的合格证。

对于非营业性运输单位从事道路危险货物运输，需要事先向当地交通运政管理机关提出申请，经审查合格之后，由交通运政管理机关核发《道路危险货物非营业运输证》。

对于从事一次性道路危险货物运输，应报经县级以上道路运政管理机关审查核准，并发给《道路危险货物临时运输证》方可进行运输作业。

水路运输企业的资格审查、水上运输危险化学品单位运营资格，应由国务院交通部门按其规定办理。

② 对危险化学品运输企业人员的要求。危险化学品运输企业，应该对其驾驶员、船员、装卸管理人员、押运人员进行相关的安全知识培训；驾驶员、船员、装卸管理人员及押运人员必须掌握危险化学品运输的安全知识，并经所在地设区的市级人民政府交通部门的考核合格，取得上岗资格证后，方可上岗作业。危险化学品的装卸作业必须在装卸管理人员的现场指挥下进行。

运输危险化学品的驾驶员、船员、装卸人员及押运人员必须了解所运载的危险化学品的性质、危害特性、包装容器的使用特性和发生意外时的应急措施。运输危险化学品，必须配备必要的应急处理器材和相应的防护用品。

（2）托运人的规定。《危险化学品安全管理条例》对危险化学品的托运人和邮寄人做出了明确规定，主要有以下四条。

① 通过公路和水路运输危险化学品的，托运人只可委托有危险化学品运输资质的运输企业承运。

② 托运人托运危险化学品，应向承运人说明运输的危险化学品的品名、数量、维护及应急措施等情况。

运输危险化学品需要添加抑制剂或稳定剂的，托运人在交付托运时应当添加抑制剂或稳定剂，并且告知托运人。

③ 托运人不得在托运的普通货物中夹带危险化学品，也不得将危险化学品匿报或谎报为普通货物托运。

④ 任何单位和个人不得邮寄或在邮件内夹带危险化学品，也不得将危险化学品匿报或谎报为普通物品邮寄。

为了更好落实《危险化学品安全管理条例》规定，规范托运人的业务行为，铁道部公布了《铁路危险货物托运人资质审查暂行规定》。铁路危险货物运输应实行托运人资质认证制度，办理铁路危险货物运输的托运人，应该具有企业法人资格。在办理托运之前，应按照规定取得《铁路危险货物托运人资格证书》（以下简称《资质证书》）。在办理托运时，应向承运人出具《资质证书》，经承运人确认之后方可受理运输。

铁道部运输局负责《资质证书》的监制和管理，并委托铁路局危险货物主管部门具体受理托运人《资质证书》的申报、审核及发放工作。

托运人申报《资质证书》，应将本规定的有关文件资料报发送站所在铁路分局危险货物运输主管部门进行登记核实，由铁路分局报铁路局主管部门审核。铁路局提出审核意见然后将有关资料报铁道部。铁道部主管部门审核认定以后，将批准的《资质证书》确认号以电报形式批复铁路局，由铁路局发放《资质证书》。《资质证书》确认号的编码方式以及有关执行要求，由铁道部另行规定。

托运人办理铁路危险货物运输的时候，需出具《资质证书》、经办人身份证和铁路危险货物运输业务培训合格证书，并且在铁路运单中"托运人记载事项栏"内登记《资质证书》确认号、经办人身份证号以及业务培训合格证号，并承诺对其向铁路提供的文件、有关货物资料以及收货人资格的真实性、合法性负责，来保证申报危险货物符合《资质证书》规定的范围。

（3）公路运输。通过公路运输危险化学品的，托运人只能委托有危险化学品运输资格的运输企业承运。

而通过公路运输剧毒化学品的，托运人应当向目的地的县级人民政府公安部门申请办理剧毒化学品公路运输的通行证。

在办理剧毒化学品公路运输通行证时，托运人应当向公安部门提交有关危险化学品的品名、数量、运输始发地及目的地、运输路线、运输单位、驾驶人员、押运人员、经营单位和购买单位资质情况等材料。

剧毒化学品公路运输通行证的式样和具体申领办法应由国务院公安部门制定。

企业申请从事危险货物运输经营，应当具备下列条件：

① 有 5 辆以上经检测合格的危险货物运输专用车辆或设备；

② 有经所在地区的市级人民政府交通主管部门考试合格，已取得上岗资格证的驾驶人员、装卸管理人员和押运人员；

③ 危险货物运输专用车辆要配有必要的通信工具；

④ 有完善的安全生产管理制度。

驾驶人员符合下列条件：

① 已取得相应的机动车驾驶证；

② 年龄不应超过 60 周岁;

③ 参加设区的市级道路运输管理有关机构对货运法律法规、机动车维修和货物装载保管基本知识考试合格的。

从事危险货物运输经营的,应向设区的市级道路运输管理机构提出申请。

收到申请的道路运输管理机构,自受理申请之日起 20 日内审查完毕,并做出许可或者不予许可的决定。予以许可的,向申请人颁发道路运输经营许可证,向申请人投入运输的车辆配发车辆营运证;不予许可的,则书面通知申请人并说明理由。

货运经营者应当持道路运输经营许可证向工商行政管理机关依法办理有关登记手续。

运输、装卸危险化学品,应依照有关法律、法规、规章的规定和国家标准的要求按照危险化学品的危险特性,采取必要的安全防护措施,来防止危险货物燃烧、爆炸、辐射、泄漏等。

运输危险化学品的槽、罐以及其他容器必须封严,能够承受正常运输条件下产生的内部压力和外部压力,且保证危险化学品在运输中不因温度、湿度或者压力的变化进而发生任何渗(洒)漏。

进行公路运输的危险化学品,必须配备押运人员,并随时处于押运人员的监管之下;必须要悬挂明显的危险货物运输标志。

不得超装、超载,更不得进入危险化学品运输车辆禁止通行的区域。若需进入禁止通行区域的,应当先向当地公安部门报告,由公安部门为其指定行车时间和路线,运输车辆必须遵照公安部门规定的行车时间和路线。

危险化学品运输车辆禁止通行的区域,由设区的市级人民政府公安部门划定,并设置明显的标志。

运输危险化学品途中需要停车住宿或者遇到无法正常运输的情况时,应当向当地公安部门报告。

剧毒化学品在公路运输途中发生被盗、丢失、流散及泄漏等情况时,承运人及押运人员必须立刻向当地公安部门报告,并采取一切可能的警示措施。公安部门接到报告后,应当立即向其他有关部门通报情况,以便有关部门采取必要的安全措施。

(4) 内河运输。禁止利用内河和其他封闭水域等航运渠道运输剧毒化学品以及国务院交通部门明令规定禁止运输的其他危险化学品。

利用内河以及其他封闭水域等航运渠道运输前款规定以外危险化学品的,只能委托有危险化学品运输资质的水运企业承运,并且按照国务院交通部门的规定办理手续,接受有关交通部门(港口部门、海事管理机构)的监督管理。

运输危险化学品的船舶及其配套的容器必须按照国家关于船舶检验的规范进行生产,并经海事管理机构认可的船舶检验机构检验合格,才可投入使用。

从事危险货物装卸的码头、泊位,必须符合国家有关安全的规范要求,并征求海事管理机构的意见,经检验合格后,方可投入使用。

载运危险货物的船舶，必须持有由海事管理机构认可的船舶检验机构依法检验并颁发的危险货物港口作业认可证书，并按国家有关危险货物运输的规定和安全技术规范进行配载和运输。

船舶装卸、过驳危险货物或者载运危险货物进、出港口时，应当将危险货物的名称、特性、包装、装卸或者过驳的时间、地点和进、出港时间等事项，先报告海事管理机构和港口管理机构，经其同意后，才能进行装卸、过驳作业或者进、出港口；但是，定船、定线、定货的船舶可定期报告。

载运危险货物的船舶，航行、装卸或者停泊时，应当按照规定显示信号；其他船舶应当避让。

进行危险货物装卸的码头、泊位和载运危险货物的船舶，必须编制危险货物事故应急预案，并且配备相应的应急救援设备和器材。

（5）剧毒品的运输。《危险化学品安全管理条例》对剧毒品的运输进行了如下的专项规定。

① 通过公路运输剧毒化学品的，托运人应向目的地的县级人民政府公安部门申请办理剧毒化学品公路运输通行证。

办理剧毒化学品公路运输通行证时，托运人应当向公安部门提交有关危险化学品的品名、数量、运输始发地及目的地、运输路线、运输单位、驾驶人员、押运人员、经营单位和购买单位资质情况等材料。

剧毒化学品公路运输通行证的式样和具体申领办法经国务院公安部门制定。

② 剧毒化学品在公路运输途中发生被盗、丢失、流散或泄漏等情况时，承运人及押运人应立即向当地公安部门报告，并采取一切可能的警示措施。公安部门在接到报告后，应当立即向其他有关部门通报情况，有关部门应采取必要的安全措施。

③ 严令禁止利用内河以及其他封闭水域等航运渠道运输剧毒化学品以及国务院交通部门规定禁止运输的危险化学品。

④ 铁路发送剧毒化学品时则应按照铁道部铁运［2002］21 号《铁路剧毒品运输跟踪管理暂行规定》执行：

a. 必须在铁道部批准的剧毒品办理站、专用线、专用铁路办理；

b. 剧毒品仅限参与毒品专用车或企业自备车及企业自备集装箱运输；

c. 必须配备 2 名及以上押运人员；

d. 填写运单一律使用黄色纸张印刷，并且在纸张上印有骷髅图案；

e. 铁道部运输局负责全路剧毒品运输跟踪管理工作；

f. 铁路不办理剧毒品的零担发送业务。

⑤ 对装有剧毒物品的车、船卸货之后必须清刷干净。

10.2 危险化学品物流事故应急救援预案

10.2.1 危险化学品事故应急救援预案编制的目的

事故应急救援预案是为提高对突发事故的处理能力；根据实际情况预计未来可

能发生的事故应急救援对策,是为在事故中保护人员和设施的安全而制定的行动计划。

编制应急救援预案的目的:要迅速、有效地将事故损失减至最小。应急措施能否有效地实施,很大程度上取决于预案与实际情况的符合与否及准备得充分与否。应急救援预案的总目标是:将紧急事故局部化并且尽可能地予以消除;尽量缩小事故对人和财产的影响。

10.2.2 危险化学品事故应急救援预案编制的基本要求

(1) 根据实际情况,按照事故的性质、类型、影响范围、后果严重程度等分等级地制定相应的预案。为了使预案更有针对性和能迅速应用,一般要制定出不同类型的应急预案,如火灾型、爆炸型及泄漏型等。一个单位的不同类型的应急预案要形成统一整体,救援力量应统筹安排。

(2) 预案应有实用性,要根据本单位的实际条件制定,使预案便于操作。

(3) 预案应有权威性,各级应急救援组织应职责明确,通力协作。

(4) 预案应定期演习和复查,根据实际情况定期检查和修正。

(5) 应急救援队伍要进行专业培训,并且要有培训记录和档案。应急救援人员要通过考核证实确能胜任所担负的应急任务之后,才能上岗。

(6) 各应急救援专业队伍平时就要组建落实并配有相应的器材。

(7) 应急救援的器材要定期的检查,以保证设备性能完好。

10.2.3 危险化学品事故应急救援预案编制的过程

在编制事故应急救援预案时,必不可少的 4 个工作步骤:

(1) 调查研究,收集资料;

(2) 全面分析,科学评估,主要包括危险源的分析、危险程度评价和救援力量的分析等;

(3) 进行分工,组织编写;

(4) 实地勘察,并反复地修改。

10.2.4 危险化学品事故应急救援预案的主要内容

事故应急救援预案要覆盖事故发生后应急救援各阶段的计划,也就是预案的启动、应急、救援、事后监测与处置等各阶段。其最基本的内容为:

(1) 基本的情况;

(2) 可能事故及其危险、危害程度的预测;

(3) 应急救援的组成和职责;

(4) 报警与通信;

(5) 现场抢险;

(6) 条件保障;

(7) 培训和演练。

10.2.5　重大危险源事故应急救援预案编写提纲

（1）企业的基本情况如下。

① 周边环境与内部概况。主要包括：危险化学品的品名及储量；职工人数及人员分布；库区占地面积；距库区围墙外 500m、1000m 范围内的居民及企业情况等。

② 企业重大危险源的数量和分布情况。根据本单位重大危险源的数量情况及事故后果可按其危险性的大小依次排序，如 1 号目标、2 号目标等。

（2）预防事故的措施。对已经确定的重大危险源除在建筑设计、设备设计及环境设计上采取有关的消防、安全设计外，还应该在以下两个方面做好监控和预防，采取有效的措施降低危害程度和损失。

① 设备、设施的硬件方面。

a. 应采取双电源保护。

b. 库房通风、排毒及避雷措施。

c. 对温度、压力、流量、浓度等应采取自动检测报警措施。

d. 应采取便捷、有效的消防、治安报警措施和联络通信、记录措施。

e. 对储存、使用易燃易爆、有毒有害物质或商品等采取定期检测措施。

f. 对各种消防设备、设施、器材能够做到合理配备，经常维修、保养，并且按照有关要求，对灭火器具应及时采取检验、报废或更新措施。

② 设备、设施的管理方面应建立、健全各种规章制度和岗位操作规程，落实安全生产责任。制定的制度主要有：安全生产责任制度、安全生产教育培训制度、安全生产检查制度、动火管理制度、防爆设备的安全管理制度、各种危险化学品的管理制度、重大危险源点的管理制度及各岗位安全操作规程等。

（3）组织保障和处置方案及程序如下。

① 指挥机构。企业成立重大危险源事故应急救援指挥领导小组，应由企业法定代表人、关副职领导及总务、安全技术、环保、卫生保健等部门的负责人组成，下设应急救援办公室负责日常管理工作，并成立事故应急救援指挥部，由企业法定代表人任总指挥，有关副职领导任副总指挥，负责在一旦发生事故时的应急救援的组织和指挥，并且落实各部门的职责；若企业法定代表人不在，应明确由哪位企业副领导负责应急救援工作。

② 指挥机构职责。指挥领导小组负责本单位预案的制定和修订，组织建立应急救援队伍，组织预案的实施和演练，检查督促做好重大危险源事故的预防措施及应急救援的各项准备工作。一旦发生事故，按应急救援预案，实施救援。

各部门及员工的分工如下。

a. 总指挥：全面地组织指挥企业的应急救援。

b. 副总指挥：协助总指挥负责应急救援的具体指挥工作。

c. 安全技术部门：协助总指挥做好事故的报警、情况通报及事故的处置等工作。

d. 保卫部门：负责灭火、警戒、治安保卫、疏散、事故现场通信联络及对外联系、道路管制等工作。

e. 卫生保健部门：负责现场医疗救护指挥以及受伤人员抢救和护送转院等工作。

f. 总务部门：负责抢险、抢救物资的供应及保障等工作。

g. 环保部门：负责事故现场的环境监测及毒害物质扩散区域内的清消等工作。

③ 处置方案。应根据重大危险源目标模拟事故状态，制定出各种事故状态下的应急处置方案，如火灾、爆炸、职业中毒、坍塌、停电和停气等。

④ 处置程序。企业应制定事故处置程序图，一旦发生重大危险源事故，第一步要做什么、第二步要做什么、第三步再做什么……都要有明确的规定，要做到临危不惧，指挥不乱。

（4）相关措施和要求如下。

① 通信装备。企业须针对重大危险源的目标，将用于抢救、个体防护、医疗救援、通信的装备及器材配备齐全，并确保器材始终处于完好状态，做到维护、保管及检验有专人负责。

② 信号规定。对各种通信工具的报警方法、联络方式和信号使用要有明确的规定并使每一位值班人员都能够熟悉并掌握。

③ 应急救援队伍的培训和演练。要加强对各种救援队伍的培训，以保证人员能熟悉事故发生之后所要采取的应对方法和步骤，要做到应知应会。企业应根据实际情况，保证每年至少一次事故救援演练，以检验救援的效果。

④ 紧急安全疏散。在重大危险源事故可能对企业内、外人员构成威胁时，必须在指挥部的统一指挥下，对与事故救援无关的人员进行紧急疏散。紧急疏散的方向、地点要安全。对可能威胁到企业外的居民，指挥部要立即上报有关部门，将居民迅速撤离到安全的地点。

当重大危险事故引发相邻的危险化学品发生新的事故时，应及时组织救援人员迅速地将相邻的危险化学品疏散到安全的地点。

⑤ 工程抢险抢修。有效的工程抢险抢修要以控制事故、减少损失，以达到更加安全为目的。抢险人员要根据事先拟定的抢险方案和在做好个体防护的基础上，以最快的速度排除险情，应严格避免二次事故的发生。

⑥ 现场医疗救护。事故发生之后首先要做好自救、互救，在医疗人员到达时，要听从医护人员的指挥，采取切实可行的救助方法，来达到减少人员伤亡的目的。

⑦ 社会支援。企业一旦发生重大危险源事故，在本企业抢险、抢救力量不足或有可能危及到社会安全时，指挥部必须立即上报有关部门和告知友邻单位，必要时可请求社会力量援助。在社会援助队伍到达企业时，指挥部要派员引导并告知安全注意事项。

参 考 文 献

[1] 张荣，张晓东. 危险化学品安全技术 [M]. 北京：化学工业出版社，2009.

[2] 张乃禄，刘灿编. 安全评价技术 [M]. 西安：西安电子科技大学出版社，2007.

[3] 苏华龙. 危险化学品安全管理 [M]. 北京：化学工业出版社，2006.

[4] 孙华山. 安全生产风险管理 [M]. 北京：化学工业出版社，2006.

[5] 国家安全生产监督管理局编. 危险化学品安全评价 [M]. 北京：中国石化出版社，2003.

[6] Iakvou E, et al. A Mwitime Global Route Planning Model for Hazardous Materials Transportation [J]. Transportation Science, 1999, 33 (1): 34-48.

[7] Drummond. Ochi Asynchronous parallel metaheuristic for the period vehicle routingproblem [J]. Future Generation Computer Systems, 2001, 17 (4): 379-386.

[8] 王凯全，邵辉，袁雄军编. 危险化学品安全评价方法 [M]. 北京：中国石化出版社，2005.

[9] 张建文，安宇，魏军. 化学危险品事故应急响应大气扩散模型评述 [J]. 中国安全科学学报，2007，6 (17).

[10] 崔克清，张礼敬，陶刚编. 安全工程与科学导论 [M]. 北京：化学工业出版社，2005.

[11] 刘荣海，陈网华，胡毅亭编. 安全原理与危险化学评测评技术 [M]. 北京：化学工业出版社，2004.

[12] Leonelli, Bonvicini, Spandoni. New detailed numerical procedures for calculating risk measures in hazardous materials transportation [J]. Journal of Loss Prevention in the Process Industries, 1999, 12: 507-515.

[13] Martineze Alegria, Ordonez C, Taboada J. A conceptual model for analyzing the risks involved in the transportation of hazardous goods: implementation in a geographic information system [J]. Human and Ecological Risk Assessment, 2003, 9 (3): 857-873.

[14] 罗云，樊运晓，马晓春. 风险与安全评价 [M]. 北京：化学工业出版社，2004.

[15] 王凯全，邵辉编. 事故理论与分析技术 [M]. 北京：化学工业出版社，2004.

[16] 中国安全生产科学研究院. 危险化学品法规选编 [M]. 北京：化学工业出版社，2005.

[17] 许文编. 化工安全工程概论 [M]. 北京：化学工业出版社，2002.

[18] 杨玉胜. 基于大气扩散模型的危险化学品事故疏散模拟训练方法 [J]. 武警学院学报，2009，(2).

[19] 刘艳青. 大气扩散模型分类研究及其化学危险品事故应急响应的实现 [D]. 北京：北京化工大学，2009.

[20] 徐德蜀. 安全科学与工程导论 [M]. 北京：化学工业出版社，2004.

[21] 张少岩. 危险化学品包装 [M]. 北京：化学工业出版社，2005.

[22] 刘铁民，张兴凯，刘功智. 安全评价方法应用指南 [M]. 北京：化学工业出版社，2005.

[23] Jianjun Zhang, Hodgson. Using GIS to assess the risks of hazardous materials transport in networks [J]. European Journal of Operational Research, 2000, 121: 316-329.

[24] Kara B Y, Erkut E, Verter V. Accurate calculation of hazardous materials transport risks [J]. Operations Research Letters, 2003, (31): 285-298.

[25] Erhan Erkut, Armann Ingolfsson. Catastrophe Avoidance Models for Hazardous Materials Route Planning [J]. Transportation Sciecne, 2000, 34 (2): 165-179.

[26] 王伯涛. 基于模糊数学的区域风险评价研究 [D]. 大连：大连交通大学，2008.

[27] 赵光华. 管理定量分析方法. 北京：北京大学出版社，2008.

[28] 余院兰. 基于模糊数学理论的信誉报告策略研究 [D]. 武汉：华中科技大学，2007.

[29] 罗云编. 安全经济学 [M]. 北京：化学工业出版社，2004.

[30] 陈伟. 基于人工神经网络的石油化工企业安全评价研究 [D]. 福州：福州大学，2004，1.

[31] 金龙哲，宋存义. 安全科学原理 [M]. 北京：化学工业出版社，2004.

[32] 张吉军. 模糊层次分析法 (FAHP) [J]. 模糊系统与数学，2000，(14) 2：80-88.

[33] 徐承敏，钱亚玲，俞苏霞等. 液氯储罐泄漏扩散后果的模拟研究 [J]. 中华劳动卫生职业病杂志，2007，6 (25).

[34] 祝峰. 火灾、爆炸、泄漏场所定量安全评价方法及事故后果分析 [D]. 郑州：郑州大学，2005.

[35] 赵全超, 汪波, 梁镇. BP 神经网络在企业综合绩评中的应用研究与改进 [J]. 工业工程, 2005, 3.

[36] 李绍林. 故障树分析法在皮带运输机安全评价上的应用 [J]. 安全, 2008, 7.

[37] 王起全, 佟瑞鹏. 模糊综合评价方法在企业安全评价中的分析与应用 [J]. 华北科技学院学报, 2006, 4.

[38] 李继兵. 有害气体运输过程中泄漏扩散的模拟与分析 [D]. 成都: 西南交通大学, 2005.

[39] 刘凯峥. 毒性气体公路罐车运输危险性辨识及风险评价研究 [D]. 西安: 长安大学, 2009.

[40] 李安贵, 张志宏, 段凤英. 模糊数学及其应用 [M]. 北京: 冶金工业出版社, 1994.

[41] 贺莉, 谢楚农, 李贤云. 危险化学品道路运输中存在的问题及对策 [J]. 物流科技, 2009, 32 (6).

[42] 沈小燕, 刘浩学. 基于模糊综合评价法的危险化学品物流企业安全评价 [J]. 上海海事大学学报, 2008, (29) 2.

[43] Fabiano B, Curro F, Palazzi E, Pastorino R. A framework for risk assessment and decision-making strategies in dangerous good transportation [J]. Journal of Hazardous Materials, 2002, 93: 1-15.

[44] 高玮. 基于人工神经网络化工企业安全评价方法的研究 [D]. 大连: 大连交通大学, 2007.

[45] Berman, Drezner. Routing and location on a network with hazardous Threats [J]. Journal of the Operational Research Society, 2000, (51): 1093-1099.

[46] Erkut, Alngolfsson. Transport risk models for hazardous materials: revisited. Operations [J]. Research Letters, 2005, 33: 81-89.

[47] Konstantinos, Zografos G. A heuristic algorithm for solving hazardousmaterials distribution problems [J]. European Journal of Operational Research, 2004, (152): 507-519.

[48] Bahar Kara Y, Vedat Verter. Designing a Road Network for Hazardous Materials Transportation [J]. Transportation Sciecne, 2004, 38 (2): 188-196.